10 Minutes 38 Seconds
in This Strange World
Elif Shafak

レイラの最後の10分38秒

エリフ・シャファク
北田絵里子・訳

早川書房

レイラの最後の10分38秒

10 MINUTES 38 SECONDS IN THIS STRANGE WORLD

by

Elif Shafak

Translated by

Eriko Kitada

First published 2020 in Japan by

Hayakawa Publishing, Inc.

This book is published in Japan by

arrangement with

Elif Saglik

c/o Curtis Brown Group Limited

through The English Agency (Japan) Ltd.

装画／千海博美

装幀／岡本歌織（next door design）

イスタンブルの女性たちに、
そしていつの世も女性の顔を持つ〝彼女〟であったイスタンブルの街に

こうしてまた彼は少しばかりわたしに先んじて、この奇妙な世界に別れを告げました。ですが、嘆く必要はありません。われわれのような物理学に信を置く者にとって、過去・現在・未来における別離とは、固定観念による錯覚にほかならないのです。

——親友ミケーレ・ベッソの死に接したアルベルト・アインシュタインの言葉

目次

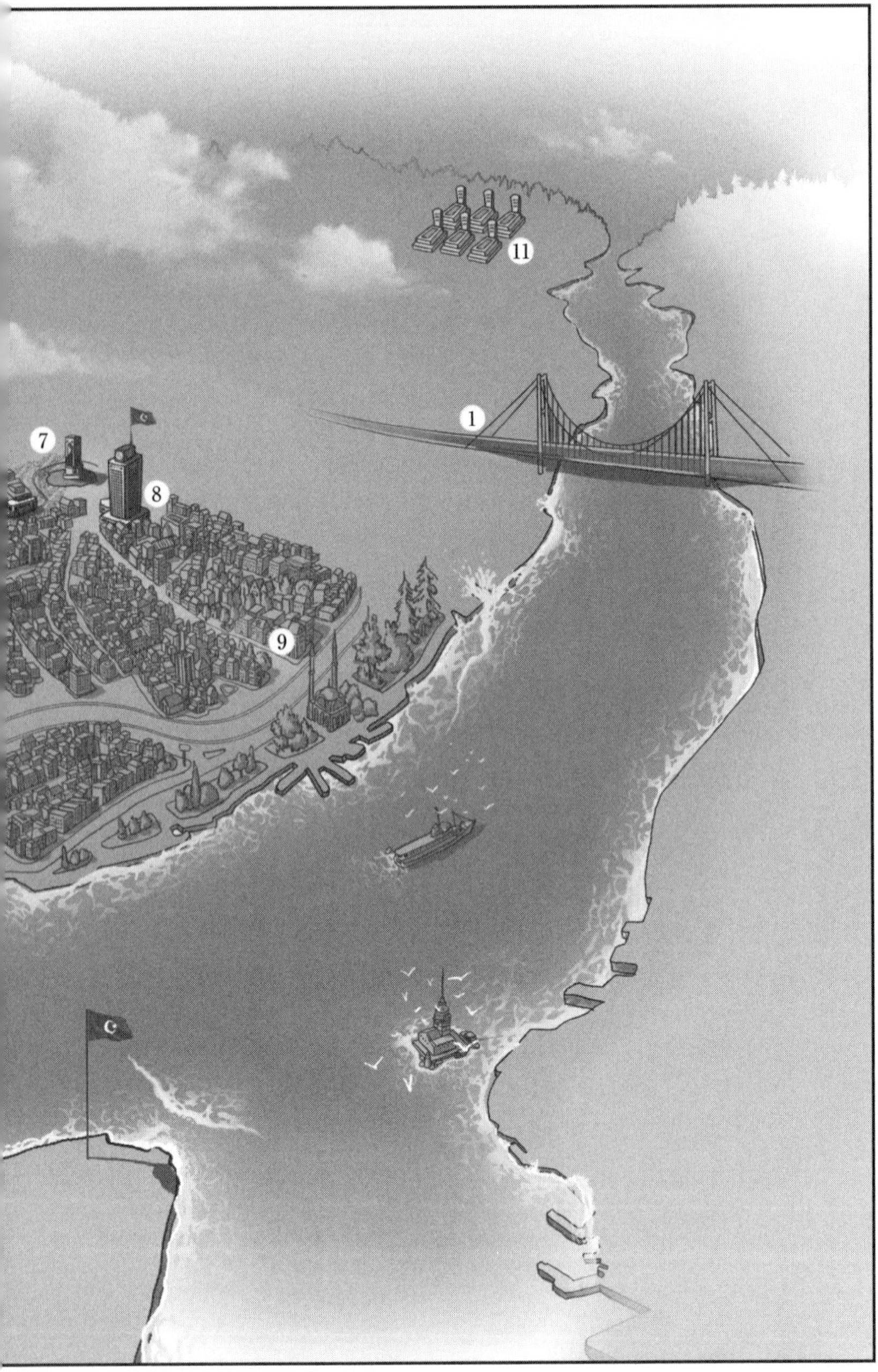
11
1
7
8
9

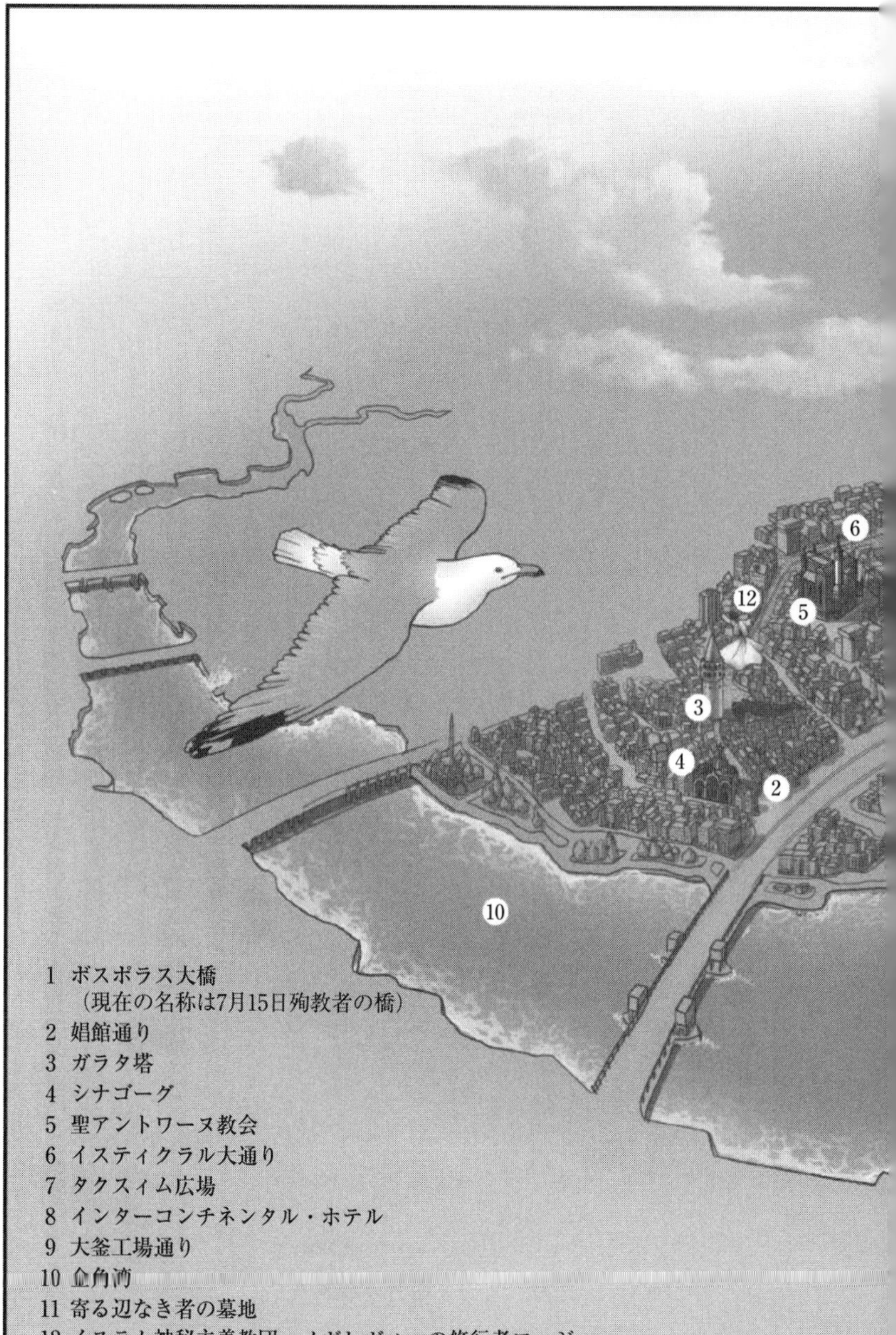
6
12
5
3
4
2
10
1 ボスポラス大橋
（現在の名称は7月15日殉教者の橋）
2 娼館通り
3 ガラタ塔
4 シナゴーグ
5 聖アントワーヌ教会
6 イスティクラル大通り
7 タクスィム広場
8 インターコンチネンタル・ホテル
9 大釜工場通り
10 金角湾
11 寄る辺なき者の墓地
12 イスラム神秘主義教団・メヴレヴィーの修行者ロッジ

登場人物

レイラ……………………………………………イスタンブルの娼館で働く娼婦
ハルーン…………………………………………レイラの父
スザン……………………………………………ハルーンの第一夫人
ビンナズ…………………………………………ハルーンの第二夫人
タルカン…………………………………………ビンナズの息子
シナン……………………………………………女性薬剤師の息子。レイラの幼馴染み
ナラン……………………………………………農家の末息子。トランスジェンダー
ジャメーラ………………………………………ソマリア出身の娼婦
ザイナブ…………………………………………北レバノンの山村出身の占い師
ヒュメイラ………………………………………アナトリア南東部出身の歌手
ディー・アリ……………………………………左派の革命グループの青年
ビター・マー……………………………………娼館の女将

最期

彼女の名はレイラといった。

テキーラ・レイラ、友人や客にはこの名で通っていた。自宅にいるときも、波止場に近い丸石敷きの袋小路にある紫檀《したん》色の館で仕事をするときも、テキーラ・レイラと呼ばれていた。キリスト教会とユダヤ教礼拝堂《シナゴーグ》のあいだ、ランプ屋やケバブ屋が連なるあたりにその館は立っている——イスタンブルでもとりわけ古い、認可された娼館をいくつか擁する通りに。

それでも、こんな出だしを耳にしたら、彼女はむっとして靴を——踵《かかと》が細く鋭く尖ったスティレットヒールを——いたずら半分に投げつけるかもしれない。

「あのね、といったじゃなくて……あたしの名はテキーラ・レイラというの」

千年経っても、自分のことを過去形で話されるのをレイラは承知しないだろう。そう考えるだけで、非力で打ちひしがれた気分になるし、この世で何よりいやなのが、そんな気分になることなのだ。そう、彼女は現在形にこだわるだろう——たとえいま、まさに心臓が鼓動を止め、呼吸がふっつりと途絶え、どんな見方をしたって自分が死んだことは否定できないと、滅入りながら自覚していてもだ。

友人たちはまだだれもこのことを知らない。こんな朝早くには、みなぐっすり眠っていて、それぞれの夢の迷宮からなんとか抜けだそうとしているだろう。自分も家で、ベッドの上掛けのぬくもりに包まれていられたらよかったのに、とレイラは思う。たぶんその足もとで愛猫がまるくなって、うとうとしながら満足そうに喉を鳴らしている。その猫は耳がまったく聞こえず、毛色は黒い――片方の前足の、雪のように白い部分を除いては。レイラはその雄猫をミスター・チャップリンと名づけていた。映画黎明期のスターたちと同様、おのれの沈黙の世界に住んでいたチャーリー・チャップリンにちなんで。

いま自分のアパートメントにいるためなら、テキーラ・レイラはなんだって差し出しただろう。でも彼女はここに、イスタンブルのはずれのどこか、暗くてじめじめしたサッカー場の向かいにある、取っ手が錆びて塗装の剝がれた金属製のゴミ容器のなかにいる。車輪付きのゴミ容器だ。少なくとも高さ四フィート、幅もその半分はある。レイラ自身の身長は五フィート七インチ――まだ足に履いている、紫色のバックベルトのハイヒールを足せば、あと八インチ高くなる。

知りたいことが山ほどあった。頭のなかで、人生最期のひとときをひたすら再生し、どこで歯車が狂ったのかと自問する――むなしい行為だ、時間は毛糸玉のようにほぐせるものではないのだから。細胞はまだ活発に働いているというのに、レイラの皮膚はすでに灰色がかった白に変わりつつあった。臓器や四肢の内部でさまざまなことが起こっているのにいやでも気づかされる。死体は、意識を持たない以上、倒れた木からうつろな切り株同然だと昔から考えられている。だがわずかでも機会があれば、レイラはこう証言するだろう――とんでもない、死体は生に満ちみちている、と。

この世での人生がもうおしまいだなんて信じられない。ついきのう、レイラはペラ界隈の、軍部指導者や国民的英雄の名のついた通りを、男たちの名のついた通りを、軽やかに歩いていた。これも今週のことだが、ガラタとかクルトゥルスの天井の低い酒場や、トプハーネの風通しの悪い隠れ家で、笑い声を響かせていた。いずれも、旅行案内や観光地図には載ったためしのない場所だ。レイラの知っていたイスタンブルは、観光省が外国人たちに見せたがるイスタンブルとはちがう。

　昨夜、レイラは高級ホテルの最上階の部屋で、ウィスキーグラスに指紋を残し、初対面の相手のベッドに投げ捨てたシルクのスカーフに、香水——友人たちから誕生日に贈られたパロマ・ピカソ——の香りを残していた。はるか上空に、ゆうべの銀色の月が見えていて、それは幸せな記憶の名残のように冴えざえとしているけれど、手は届かない。レイラはまだこの世界の一部で、まだ命が消えてはいないというのに、どうして逝ってしまえる？　最初の陽光の気配とともに消えていく夢さながらに、どうしていなくなれる？　ほんの数時間前には、歌って、煙草を吸って、毒づいて、考えていた……いや、いまだって考えている。こうして頭がフル回転で働いているのは驚くべきことだ、いつまで保《も》つかは知らないけれど。よみがえってみなにこう言えればいいのに——死者はすぐには死なない、それどころか、いろんなことを思い出しつづけることができるのだ、自身の死のことまでも、と。それを知ったら人々はきっと怯えるだろう。生きていたら自分も怯えたはずだ。それでも、知っておくのは大事だと思う。

　レイラの見るところ、生きていくなかでの重大事に関して、人はひどくせっかちな考え方をする。たとえば、〝誓います！〟と言った瞬間、ただちに妻や夫になるものと思いこんでいる。だが実のところは、結婚のなんたるかを知るのに何年もかかる。同様に、子供を持ったとたんに母性——または父性——本能が働きだすものだと社会は期待する。実際には、親——場合によっては祖父母——として一人前になるのに、かなりの年月を要することもある。退職と老後についても同じことが言える。人生の半分を過ごし、夢の大半を失ってきた職場から立ち去ったと同時にギアを入れ替えるなんてことがどうしてできるだろう？　そうたやすいことではない。レイラの知っていた退職した教師たちは、朝七時に目を覚まし、シャワーを浴びて身支度を整え、朝食のテーブルに着いてようやく、もう仕事に行かなくていいことを思い出すらしかった。まだ順応していく過程にあるのだ。

たぶん死を迎えるときもそう変わらないだろう。末期の息を吐ききった瞬間に死体に変わるのだと人々は考えている。だが物事はそんなふうにすっぱりとはいかない。漆黒と純白のあいだに無数の諸調があるように、このいわゆる〝永遠の眠り〟にはいくつもの段階がある。この世とあの世のあいだに境界が存在するとしたら、レイラが思うに、そこには砂岩並みの浸透性があるにちがいない。

レイラは日がのぼるのを待っていた。朝になればきっと、だれかが自分を見つけて、この汚らしいゴミ容器から出してくれるだろう。当局が身元を特定するのに時間はかからないはずだ。レイラの記録を探しだすだけでいいのだから。何年にもわたって、レイラは認めたくないほど頻繁に、ボディチェックされ、写真を撮られ、指紋を採られ、留置されていた。そうした裏町の署の警官たちは、独特のにおいをさせている——前日の煙草の吸い殻が山積みになった灰皿や、欠けたカップに残ったコーヒーの澱《おり》や、饐《す》えたような息や、濡れた敷物や、大量の漂白剤でも抑えられない、つんとくる尿のにおいだ。警官と違反者はせま苦しい部屋を共有する。同じ階にいる警官と犯罪者の死んだ皮膚細胞が剝がれ落ち、同じイエダニが選り好みなしにそれを食っていると思うと、レイラはいつも愉快になった。人間の目に見えないあるレベルでは、正反対のものどうしが思いもよらぬ形で混ざりあうのだ。

身元が判明すれば、家族に連絡が行くだろう。両親は千マイル離れた歴史ある都市、ヴァンに暮らしている。だがずいぶん前に勘当されたことから考えて、両親が遺体を引きとりにくるとは思えなかった。

〝おまえは家族に恥をかかせた。町じゅうから後ろ指をさされているんだ〟

そうなると、警察は代わりに友人たちのもとへ行かざるをえないだろう。五人の友人——サボタージュ・シナン、ノスタルジア・ナラン、ジャメーラ、ザイナブ122、ハリウッド・ヒュメイラ――のもとへ。

テキーラ・レイラは、友人たちが飛んできてくれることを信じて疑わなかった。みながあたふたと、だがためらいがちに、遺体に駆け寄る姿が目に見えるようだ。ショックで目を見開き、悲しみは湧いてきたばかりで、その時点ではまだ、悲嘆に胸をえぐられてはいない。申しわけないけれど、友人たちにはまちがいなくつらい思いをさせることになる。それでも、素敵な葬儀をしてくれるだろうし、そう思うと心が安らぐ。樟脳《しょうのう》と乳香。音楽と花――わけても、バラがいい。燃えるような赤、鮮やかな黄、深いワイン色……。風格があり、時代を超越した、極上の花だ。チューリップはあまりにオスマン帝国色が強く、スイセンはあまりに繊細で、ユリはくしゃみが出てしまうが、あでやかな美しさと鋭い棘を併せ持つバラなら申しぶんない。

だんだんと、夜が明けてきた。ピーチ・ベリーニやオレンジ・マティーニ、ストロベリー・マルガリータ、フローズン・ネグロニの色をした幾条《いくすじ》もの光が、東から西へと、地平線上を流れていく。数秒のうちに、周辺のモスクからの祈りの呼びかけが、ひとつとして重なることなく響きだす。ずっと遠くで、ボスポラス海峡がターコイズ色の眠りから覚め、思いきりあくびをする。漁船が一隻、咳きこむようなエンジン音を立てて、港へ戻ってくる。うねる大波が、物憂く水辺に打ち寄せている。その一帯はかつてオリーブ畑やイチジク園に彩られていたが、ひとつ残らずブルドーザーでつぶされ、増えつづけるビルや駐車場に場所を譲っていた。薄暗がりのどこかで、興奮というより義務感から、犬が吠えている。近くで鳥がけたたましい鳴き声をあげ、楽しげではないものの、別の鳥がさえずり返した。夜明けのコーラスだ。レイラの耳はいま、荷物配達車の走行音をとらえていた。ぼこぼこした道を、次々とくぼみにはまりながら走っていく。じきに早朝の往来の騒音がやかましくなるだろう。

フル稼働の世のなかだ。

生きていたとき、テキーラ・レイラは常々、世界の終わりについての推測にのめりこんで満足を得る人々に、いくぶん驚かされ、心乱されさえしていた。小惑星だの、流星だの、彗星だのが地球に破滅をもたらすなどという狂気じみた筋書きの虜になっていながら、どうして正気の顔をしていられるのだろう？　自分に関するかぎり、この世の終わりは起こりうる最悪の事態ではない。文明が一瞬ですっかり滅びる可能性よりもよほど恐ろしいのは、だれかが死のうと物事の秩序にはなんの影響もなく、その人がいようがいまいがこの世はそのまま続いていくのだと、ただ気づくことだ。それこそが、レイラが昔から怖いと思っていたことだった。


そよ風が向きを変え、サッカー場に吹きつけた。人影が見えたのはそのときだった。思春期の少年が四人。早朝から廃品を拾い集めにきたゴミ漁りだ。うちふたりが、ペットボトルやつぶれた缶でいっぱいの手押し車を押している。その後ろにくっついて、別のひとりが、背をまるめて膝をがくがくさせながら、ひどく重そうなものの入った薄汚い袋を運んでいる。明らかにリーダーらしき残りのひとりは、痩せた胸を闘鶏の雄鶏さながらに突き出して、ことさら偉そうに先頭を歩いている。四人は冗談を交わしながら、レイラのほうへ向かってきた。

そのまま歩いてきて。

少年たちは通りの向こうの大型ゴミ容器のそばで足を止め、中身を漁りはじめた。シャンプーのボトル、ジュースの紙パック、ヨーグルトのカップ、卵のカートン……お宝が選びだされ、手押し車に積まれていく。手際のいい、慣れた動きだ。ひとりが古い革の帽子を見つけた。笑いながらそれをかぶり、両手を尻ポケットに突っこんで、不遜なまでに気取った足どりで歩いてみせる。映画で観たにちがいない、ギャングのだれかを真似て。即座に、リーダーの少年が帽子をひったくって、自分の頭に載せた。だれも文句は言わなかった。ゴミを漁りつくしてしまうと、四人は移動しにかかった。レイラにとっては困ったことに、反対方向へ戻っていこうとしているようだ。

ちょっと、あたしはこっちよ！

ゆっくりと、レイラの心の声を聞いたかのように、リーダーが顎を持ちあげ、のぼりはじめた太陽に目を細めた。移ろう光のもと、少年は地平線を見渡し、さまようその視線がやがてレイラの姿をとらえた。少年の両眉がくっと持ちあがり、唇がかすかに震える。

お願い、逃げないで。

少年は逃げなかった。代わりにほかの三人に何やら言葉をかけ、いまや全員が、同じ驚愕の表情を浮かべてレイラを見つめていた。少年たちがどれほど若いかにレイラは気づいた。まだ子供と言ってもよく、ほんの青二才のくせに、大人の男を気取っている。

リーダーが小さく足を踏み出した。そしてもう一歩。落ちているリンゴに近寄るネズミのように、おどおどと落ち着きなく、それでいて決然と、急《せ》いた足どりで歩いてくる。さらに接近してレイラの状態がわかると、その顔は曇った。

怖がらないで。

いまや少年はすぐ横にいて、あまりに近いせいで充血した白目と黄色い斑点まで見えた。シンナーを吸っているのは明らかで、せいぜい十五歳のこの少年は、イスタンブルに歓迎され、受け入れられていると錯覚していても、思わぬときに、ぼろ人形のように捨てられるだろう。

ねえ、警察に連絡して。通報してくれれば、あたしの友人たちに伝わるから。

少年は左右に目をやって、だれにも見られておらず、付近に監視カメラもないのをたしかめた。身をかがめ、レイラのネックレス——中央に小さなエメラルドのはまった金のロケット——に手を伸ばす。おそるおそる、手のなかで爆発するかと心配するみたいに、そのペンダントにふれ、ひんやりと心地いい金属の感触を味わう。ロケットを開く。なかには写真が入っている。それを取り出して、しばし眺める。もっと若いころの、持ち主の女が写っている——そして、長髪を梳かしつけた昔風の髪型で、緑の目をした優しい笑顔の男も。相思相愛の仲らしく、幸せそうに見える。

写真の裏にはこう記されている——ディー・アリとあたし……一九七六年春。

少年はすばやくペンダントを引きちぎって、獲物をポケットに入れた。無言で後ろに立っていたほかの三人は、たったいまリーダーが何をしたかに気づいていたとしても、見て見ぬふりを選んだ。まだ若いのかもしれないが、利口にふるまうときとばかを装うときをわきまえる程度には、この街に慣れていた。

ひとりだけが前へ出てきて、蚊の鳴くような声でおそるおそる訊いた。「この人……生きてるかな?」

「ばか言うんじゃねえ」リーダーが言った。「調理ずみのカモ並みに死んでる」

「かわいそうにな。何者だろ?」

小首をかしげ、リーダーは初めてその存在に気づいたかのようにレイラを観察した。じろじろ眺めまわすうち、紙にインクをこぼしたように、その顔に笑みが広がる。「見りゃわかるだろ、まぬけ。こいつは売春婦だ」

「そう思う?」別のひとりが真顔で訊いた——売春婦とは口に出せないほど、はにかみ屋で純情なのだ。

「思うんじゃなくてわかるんだ、ばか」リーダーはすでに三人のほうへ半ば向きなおり、声高に言い放った。「こりゃ新聞で話題になるぞ。テレビのニュースでも！　おれたちは有名になるんだ。記者が取材に来たら、おれにしゃべらせろよ、いいな？」

遠くで車がエンジンの回転をあげ、うなりをあげて高速道路のほうへ走っていく。潮気の強い風に、排ガスのにおいが混ざる。モスクの塔《ミナレット》や屋根、セイヨウハナズオウの梢の枝々をやっと陽光がかすめはじめた、こんな早い時間にも、この街の人々はすでに大急ぎで、すでに遅れてどこかへ向かっている。

第一部　心

1分

死んでからの最初の一分で、テキーラ・レイラの意識は、海岸から引いていく潮のごとく、じわりじわりと薄らぎはじめた。血のかよわなくなった脳細胞はいま、完全な酸欠状態になっている。それでも活動を止めはしない。いますぐには。底を突きかけたエネルギーが無数の神経細胞《ニューロン》を働かせ、初めての作業のようにぎこちなくそれらを結合させる。心臓は鼓動を止めていても、不屈の闘士たる脳は抵抗を続けている。高まった状態にある意識に入りこみ、肉体の死を傍観しながらも、おのれの限界はまだ認めていない。レイラの記憶は勢いに押され、ひたすら入念に、急速に閉じようとしている人生のかけらを集めている。思い起こせるとは知りもしなかった物事を、永久に失われたと信じこんでいた物事を、彼女は思い出していた。時間は液体と化し、高速で流れる思い出がにじみ合って、過去と現在を分かちがたく結びつけていく。

レイラの心に浮かんだ最初の記憶は、塩にまつわるものだった——その肌ざわりと、舌に感じた味の記憶だ。

赤ん坊だった自分が見えた——裸で、すべすべしていて、赤みがかっている。ほんの数秒前に、母親の子宮を離れ、まったく馴染みのない恐れにとらえられながら、濡れてぬるぬるした通路を滑ってきた。そしていま、音と色と見知らぬ物だらけの部屋にいる。ステンドグラスの窓から差しこむ陽光が、ベッドの上のキルトにまだら模様をつくり、磁器のたらいに張られた水に反射している。ただそれは、一月の冷えびえとした日のことだ。その水のなかに、枯れ葉色の服を着た老女――助産婦――がタオルを浸し、前腕から血を滴らせてそれを絞る。

「よかった《マーシャアッラー》、よかった《マーシャアッラー》、女の子だよ」

助産婦は、ブラジャーのなかに忍ばせてあった石の小刀《こがたな》を取り出し、へその緒を切った。そのために金属のナイフやはさみを使うことは決してなかった。赤ん坊を取りあげるという泥くさい仕事に、機能的なばかりの道具はそぐわないと見ているのだ。老女はこの近辺で広く敬われていて、人を寄せつけない変わり者でありながら、侮れない相手だと考えられている――二面性を持ち、俗っぽく見えたり、超然として見えたりするが、空中に投げたコインのごとく、どちらの顔を見せるかわからないところがあった。

「女の子」若い母親が繰り返す。錬鉄製の四柱式ベッドにその身を横たえ、明るい褐色の髪は汗でつやをなくし、口のなかはからからに乾いている。

こうなることを彼女はずっと案じていた。臨月に入ったころ、庭へ散歩に出て頭上の枝にクモの巣がないか探し、見つかると、そっと指を押しつけて穴をあけた。それから数日後に、同じ場所を見にいった。もしクモが穴を直していたら、男の子が生まれることを意味する。だがクモの巣は破れたままだった。

若い女の名はビンナズ――〝一千の甘言〟の意味だ。十九歳だけれど、ここ一年で、はるかに歳をとった感じがしていた。ふっくらした豊かな唇と、国のこの地方では珍しいとされる、上を向いた小さい鼻を持ち、面長で顎が尖っていて、大きな黒い目にはムクドリの卵のような青い斑点が散っている。体つきは昔から華奢でほっそりしていたけれど、淡い黄褐色の麻の寝間着姿のいまは、いつにも増してそう見える。頬にはいくつか、かすかな痘痕《あばた》がある。眠っているあいだに月光を軽く浴びたしるしだと、かつて母から聞いた。母や父や、九人の兄弟姉妹が恋しかった。みな、ここから何時間もかかる遠くの村に住んでいる。実家はとても貧しく、花嫁としてこの家に入って以来、その事実をたびたび思い知らされてきた。

ありがたく思え。ここへ来たとき、おまえは何も持っていなかった。

いまだに何も持っていない、とビンナズはよく思う。持っているのは、タンポポの種のように儚く頼りないものばかりだ。一陣の風、いっときの土砂降りで、それらはなくなってしまうだろう、あっという間に。気が重いことに、いつこの家から放りだされてもおかしくなかったし、もしそうなったらどこへ行けばいいのか。父は家へ戻らせてはくれないだろう、あれだけの人数を食べさせねばならない状況では。再婚するほかないだろうけれど、次の結婚でいまより幸せになれるとか、新しい夫がもっと好みに合うとかいう保証はない。だいたい、離婚した〝使い古しの女〟をだれがほしがるだろう?　そんな悩みを抱えながら、ビンナズは家を、寝室を、自身の頭のなかを、招かれざる客のようにさまよっていた。つまり、このときまでは。この赤ん坊の誕生ですべてが変わるだろうと、自分に言い聞かせる。もうこれからは、気持ちが乱れたり、不安を覚えたりすることもなくなる。

ほとんど無意識に、ビンナズは部屋の入口に目をやった。そこには、とどまるか帰るか決めかねているみたいに、片手を腰にあて、もう片方の手をドアの取っ手にかけた、角張った顎をした丈夫そうな女が立っている。四十代前半だが、手の甲の加齢による染みや、刃のように薄い唇のまわりの皺のせいで、もっと老けて見える。深い皺が何本も刻まれた額は、でこぼこしてきめが粗く、鋤《す》き起こした畑のようだ。顔の皺のほとんどは、しかめ面と喫煙に起因している。この女は一日じゅう、イランから密輸された煙草を吹かし、シリアから密輸されたお茶をすすっている。赤煉瓦色の髪――エジプトのヘナ染料をたっぷり使っているおかげだ――は、真ん中で分けて、ウエストあたりまで届くきっちりした三つ編みにしてある。薄い褐色の目には、黒々としたコールで入念にラインが引かれている。これがビンナズの夫のもうひとりの妻、第一夫人のスザンだ。

しばしのあいだ、ふたりの女はにらみあった。まわりの空気がこもり、膨らんでいくパン生地みたいに、いくらか発酵したように感じられた。もう十二時間以上、同じ部屋にいるというのに、ふたりはいまなお別々の世界に追いやられている。この子供の誕生によって、家族のなかでの互いの立場が永久に変わることを、どちらも承知している。第二夫人は、まだ若く、新参の身であるにもかかわらず、最上位へ昇進するのだ。

スザンが目をそらしたが、それもつかの間のことだった。視線を戻したその顔つきには、さっきまでなかった冷徹さがあった。赤ん坊のほうを顎で示す。「なぜ声を立てないの？」

ビンナズは色を失った。「ほんと。どこかおかしいの？」

「何もおかしかない」助産婦は言い、スザンに冷ややかな一瞥をくれた。「待ってりゃいいのさ」

助産婦はザムザムの泉の聖なる湧き水――メッカ巡礼から最近戻った信徒が好意で分けてくれた――で赤子を洗った。血や、粘液や、胎脂がすっかり拭いとられた。赤ん坊は不快そうにもがき、洗い清められたあともなお、もがきつづけた。まるで自分と――八ポンド三オンスの全身と――闘うみたいに。

「抱かせてくれる？」ビンナズは訊き、指先で髪をもてあそんだ。この一年でついてしまった、心配なときの癖だ。「だってその子……泣いてないんだもの」

「ああ、いまに泣くよ、この子は」助産婦はきっぱりと言ったが、とたんに後悔したようで、その言葉は邪《よこしま》な予言のごとく室内に漂った。すぐさま、助産婦は床に三度つばを吐き、右の足で左の足を踏みつけた。それで予言が――いまのがもしそうなら――どこかへ行ってしまうのを防げるはずだった。

気詰まりな沈黙が続き、部屋にいた全員――第一夫人、第二夫人、助産婦とご近所のふたり――が期待をこめた目で赤ん坊を見つめた。

「どうなってるの？　ほんとうのことを教えて」ビンナズがだれにともなく、消え入りそうな声で言う。

ほんの一、二年のうちに六回も流産して、繰り返すたびにショックはより大きく、忘れがたくなっていたため、今回の妊娠期間中は尋常でない注意を払っていた。赤ん坊が産毛だらけにならないよう、桃ひとつにも手をふれなかった。赤ん坊にそばかすやほくろが出ないよう、料理にスパイスやハーブをいっさい使わなかった。赤ん坊にブドウ酒様の母斑が出ないよう、バラの香りも嗅がなかった。幸運まで断たれてしまわないよう、一度たりとも髪を切らなかった。眠っている悪霊《グール》の頭をうっかり叩いてはいけないと、壁に釘を打ちつけるのもやめていた。暗くなってからは、精霊《ジン》がトイレのまわりで結婚式を挙げるのがわかりきっているので、部屋から出ずに、おまるで用を足していた。ウサギ、ネズミ、猫、ハゲワシ、ヤマアラシ、野良犬などの動物は、見るのもどうにか避けるようにしていた。旅まわりの演奏者が踊るクマを従えて目抜き通りにやってきたときでさえ、住民たちがこぞって見物に繰り出すなか、毛むくじゃらの赤ん坊が生まれてくるのを恐れて、みなに加わるのを拒んだ。物乞いやハンセン病患者に出くわしたり、霊柩車を見かけたりしたときはかならず、踵を返して逆方向へすたすたと歩み去った。毎朝、赤ん坊にえくぼができるようマルメロの実をまるまるひとつ食べ、毎夜、悪霊よけのナイフを枕の下に入れて眠った。そして毎晩、日が落ちたあと、夫の第一夫人の力を弱めるべく、人知れずスザンのヘアブラシから抜け毛を集めて暖炉で燃やした。

陣痛がはじまるとすぐ、ビンナズは、日に当たって柔らかくなった甘くて赤いリンゴをひと口かじった。いまベッド脇のテーブルに載っているそれは、ゆっくりと茶色くなりつつある。そのリンゴはあとでいくつかに切り分けられ、妊娠できずにいる近所の女たちに与えられる。それを食べた女たちもいずれ子供を授かるように。ビンナズはまた、夫の右の靴に注ぎ入れたザクロのシャーベットをすすり、部屋の四隅にウイキョウの種をばらまき、ドアのすぐそばの床に置いた箒――悪魔《シャイタン》を遠ざけておく結界――を跳び越えた。子宮の収縮が激しくなりだすと、お産が楽になるよう、この家の閉じこめられた生き物たちが順々に放たれていった。カナリアや、フィンチが何羽か……そして最後が、寂しくも誇らかに、ガラス鉢に入っていた一匹の闘魚《ベタ》だ。いまごろそれは、上質なサファイアの青色をした優美な長いひれを操って、そう遠くない小川を泳いでいるにちがいない。その小さな魚が、アナトリア東部のこの町が誇る塩水湖に行き着いたとすれば、炭酸ガスを含む塩水のなかで生き残るチャンスはあまりないだろう。けれども反対方向へ向かったなら、大ザブ川にたどり着き、さらに泳いでいった先のどこかでチグリス川に入ることもありうる。エデンの園を源とすると言われる伝説の川だ。

それもこれもすべて、この赤ん坊が無事、健康な体で生まれてくるように願っての行為だった。

「よく見たいの。娘をこっちへよこしてもらえる?」

そう頼んだとたん、ビンナズはある動きに注意を引かれる。ふと浮かんだ考えのごとくひっそりと、スザンがドアをあけて部屋の外へ出ていったのだ。たぶん彼女の夫に――〝彼女たちの〟夫に――赤ん坊のことを知らせるためだろう。ビンナズの全身がこわばった。

ハルーンは火花が散るほどに両極端な性質を持つ男だ。ある日はきわめて寛容で慈悲深かったかと思えば、次の日には無情なまでに自分本位なわからず屋になっている。両親が自動車事故で亡くなって家庭が崩壊したあと、三人兄妹の最年長だったハルーンはだれにも頼らず、下のふたりを育てあげた。この悲劇が、身内に対して過保護で、赤の他人を信用しない彼の性格を形作ったのだ。心のなかの何かが壊れていると自覚することもあり、治したいと切に願ってはいたものの、思い悩むばかりでどうにもできずにいた。ハルーンは酒に目がなく、それと同等に宗教を畏れていた。ラク（アルコール度数の高いトルコの蒸留酒）を何杯もあおりつつも、飲み仲間には声高に禁酒を誓い、あとで酔いがさめると、ひどい罪悪感に襲われて、なおいっそう声高に、アッラーに禁酒を誓うのだった。口を慎むのがハルーンには難しかったけれど、体型を維持するのはそれ以上の難題だとわかった。ビンナズが身ごもるたびに、ハルーンの腹も妻のそれと一緒になって膨らんだ。さほどではないにせよ、隣人たちに陰でくすくす笑われるくらいには。

「またおめでただってさ！」ばかにするように目をむいて、みな言ったものだった。「自分で産めりゃいいのにね」

　ハルーンはこの世で何より息子をほしがっていた。それもひとりではない。耳を傾けてくれる者にはいつも、息子を四人持って、それぞれタルカン、トルガ、トゥファン、タリク（原注：順に、〝大胆で強壮〟〝兜〟〝豪雨〟〝神の御許へ至る道〟の意）と名づけるつもりだと話していた。スザンとの長年の結婚生活では、ひとりの子も授かっていなかった。そこで年長の親族が、ビンナズを見つけてきた――十六になったばかりの娘を。両家のあいだでの数週間の交渉のあと、ハルーンとビンナズは宗教儀式をもって結婚した。それは非公式な婚姻で、将来何か不都合が生じても一般裁判所によって認定されることはないのだが、その点をわざわざ口に出す者はいなかった。新郎新婦は証人たちの面前で床にすわり、対面にいる斜視のイマーム（礼拝を指揮する導師）は、トルコ語からアラビア語に切り替えるとき、より厳粛な声を発した。式のあいだじゅう、ビンナズは絨毯に目を落としていた。もっとも、イマームの足をちらちらと盗み見ずにはいられなかったけれど。イマームの靴下は煉瓦のような薄茶色で、ぼろぼろにくたびれていた。体重を移すたび、片方の親指が逃げ道を探すように、擦り切れたウールの編み目を突き破りそうになっていた。

結婚式のあとまもなくビンナズは妊娠したが、結果的には流産して死にかけた。深夜、焼けつくような痛みに襲われ、パニックに陥る。脚の付け根を冷たい手でつかまれ、血のにおいが充満する。何かにつかまっていないと、どこまでも落ちていきそうになる。以後も妊娠のたびに同じことが起こり、そのつらさは増すばかりだった。だれにも話せなかったけれど、ビンナズはお腹の子が流れるたび、この身と世間をつないでいる縄橋の縒《よ》り糸がまた一本ぷつりと切れてしまったように思い、ついにはか細い糸のみでこの世につなぎ止められ、正気を保たされている心境になった。

三年待ったのち、年長の親族たちはふたたびハルーンをせっつきはじめた。コーランでは、ひとりひとりを公平に扱うかぎりは、四人まで妻を持ってよいとされていることをハルーンに思い出させた。ハルーンならその条件にそむきはしまいと考えてのことだ。今度は農民の娘を、なんならすでに子供のいる寡婦を探せと彼らは促した。それもまた非公式の婚姻となるが、前回と同様、ひっそりとすみやかに宗教儀式を執りおこなえばすむことだった。あるいは、いまの役立たずの若妻を離縁したのちに再婚してもいい。これまでのところ、ハルーンはどちらの提案も拒んでいた。妻をふたり養うだけでもじゅうぶん厳しいのだから、三人目を娶《めと》ろうものなら家計が破綻してしまう、とハルーンは言った。それにスザンもビンナズも手放すつもりはない、それぞれ理由は異なるが、ふたりとも気に入っているから、と。

いま、枕を支えに身を起こしながら、ビンナズはハルーンがどうしているか想像しようとしていた。きっと隣室のソファに身を横たえ、片手を額に、もう一方の手を腹に置いて、赤ん坊の泣き声が静けさを破るのを待っていることだろう。それからスザンが、慌てず淡々とした足どりで、夫のもとへ歩み寄っていくところを思い描いた。小声で言葉を交わすふたりの姿が見えるようだ——同じベッドとは言わずとも、同じ空間を何年も共有するうちに習慣づいた、そのよどみなく自然なやりとりが。そんな想像に心乱され、ビンナズは、ほかのだれよりも自分に向けてこう言った。「スザンがあの人に知らせてる」

「いいじゃないの」隣人のひとりがなだめるように言った。

このひとことには、あてこすりが多分に含まれていた。赤ん坊が生まれたのを知らせる役目ぐらいまかせてあげなさいな、自分では産めなかったんだから。この町の女たちのあいだでは、家々のあいだに張られた物干し綱のように、口にされない言葉が飛び交うのだ。

ビンナズはうなずいたものの、内心では黒々とした何かが、一度も口に出せずにいた怒りが湧き立つのを感じていた。助産婦に目をやって尋ねた。「なぜこの子はいまだに声を立てないの？」

助産婦は答えなかった。不安の塊が腹の奥につかえていた。この赤ん坊にはどこか妙なところがあるし、それはこの気がかりな沈黙ばかりではなかった。身をかがめてその子のにおいを嗅いでみる。思ったとおりだ——この世のものらしからぬ、ジャコウのような粉っぽい香りがする。

赤ん坊を膝に載せると、助産婦はその子をうつ伏せにして尻を叩いた。パン、パン。その小さな顔に、驚きと苦痛の表情が表れる。両手を固く握りしめ、唇をぎゅっとすぼめているが、それでも声を立てない。

「どこか悪いの？」

助産婦はため息をついた。「別に。ただ……まだあっちの者たちといるんだろうね」

「あっちの者たちってだれ？」ビンナズは訊いたが、答えを聞きたくなくて、急いで言い足した。

「だったらどうにかして！」

老女は思案した。この子が自分のペースで道を切り開くならそのほうがいい。たいていの赤ん坊はただちに新しい環境に適応するけれど、人間の仲間入りをするかどうか迷っているみたいに、尻ごみする子もたまにいる――それをどうして責められる？　この稼業を長年続けてくるなかで、赤ん坊が誕生する直前か直後に、四方八方から押し寄せてくる生命力に怯えるあまり、失望して静かにこの世を去る例をたくさん見てきた。人はそれを、ただ〝カデル〟、すなわち〝運命〟と呼ぶ。自分たちを怖がらせる複雑な物事に、人々はいつも単純な名前をつけるものだから。けれども助産婦は信じていた――前途にある苦難を知っていて、それを避けたがるみたいに、人生に挑むことを選ばないでおく赤ん坊もいると。そういう赤ん坊は臆病者なのか、それとも偉大なソロモン王並みの賢者なのか。いったいだれにわかる？

「塩を持ってきておくれ」助産婦は近所の女たちに言った。

雪を使ってもよかった――外にはたっぷり新雪があるのだから。昔は、積もった純白の雪に赤ん坊の体を沈め、しかるべきタイミングで引っぱり出したものだった。そのとんでもない冷たさが肺を開かせ、血を巡らせ、免疫力を強めるのだ。こうした子供は例外なく、壮健な大人に育った。

ほどなく、近所の女たちがプラスチック製の大きなたらいと袋入りの岩塩を持って戻ってきた。助産婦はたらいの真ん中に赤ん坊を優しく横たえ、その肌に粗い塩をこすりつけはじめた。赤ん坊から自分たちと同じにおいがしなくなれば、天使たちもあきらめてその子を自由にするだろう。外ではポプラの木の梢で鳥が歌っていた。そのさえずりからするとアオカケスだ。カラスが一羽、カアと鳴きながら太陽に向かって飛び立った。あらゆるものが独自の言葉で話していた――風も、草も。その子供を除いてはみな。

「もしや口がきけないんじゃ？」ビンナズが言った。

助産婦は両眉を吊りあげた。「焦るんじゃないよ」

それが合図となったように、赤ん坊が咳きこみだした。かすれた、苦しげな息づかいが聞こえる。塩を少し呑みこんでしまって、強い刺激にびっくりしているにちがいない。真っ赤になって、唇を開け閉めし、顔をくしゃくしゃにしているが、それでも泣こうとしない。なんと頑固で、手に負えない子だろう。塩でこするぐらいでは足りないようだ。そこで助産婦は決断をくだした。別のやり方を試さなくては。

「もっと塩を」

家にはもう岩塩がなかったので、食卓塩で間に合わせるほかなかった。助産婦は塩の山にくぼみを作り、そこに赤ん坊を置いて、白い結晶にすっぽり埋もれさせた。まずは体を、それから頭を。

「窒息したらどうするの？」ビンナズが言った。

「心配ないよ、赤ん坊ってのはわたしらより長く息を止めていられるんだ」

「でも、いつ出したらいいかはどうやってわかるの？」

「シッ、静かに」荒れた唇に人さし指をあてて、老女は言った。

塩の覆いの下で、赤ん坊は目をあけて乳白色の無を見つめていた。ここは寂しいけれど、寂しさには慣れっこだった。何カ月もしていたように縮こまって、機が熟すのを待った。

本能が言っている。ああ、ここはいいな。もう出ていきたくない。

心が異議を唱える。ばか言わないで。なぜ何も起こらない場所なんかにいたがるの？　退屈でしょ。なぜ何も起こらない場所を出なきゃいけないの？　安全なのに、と本能が言う。

その諍いに当惑しながら、赤ん坊は待った。また一分が過ぎた。まわりの虚無が渦を巻いて飛び散り、足や手の指先に跳ねかかる。

安全に思えるからって、ここが自分に合った場所だとはかぎらない、と心が切り返す。どこよりも安全に思える場所が、どこよりも馴染めない場所だってこともある。

ついに、赤ん坊は結論に達した。心に従うことにする――その心こそが、のちにたいした厄介者だとわかるのだけれど。危険や困難があろうと、外へ出て世界を見てみたくてたまらず、赤ん坊は口をあけて声を発する準備をした――ところがたちまち、塩が喉に流れこんできて、鼻が詰まった。

すぐさま助産婦が、機敏な動きでたらいに両手を突っこみ、赤ん坊を引っぱり出した。ぎょっとするほど大きな泣き声が部屋に響きわたった。女たち四人がいっせいに、安堵の笑みを浮かべる。

「いい子だね」助産婦が言った。「何をそんなにためらってたんだい？　さあ、お泣き。涙を恥じることはない。泣いて、みんなに生きてるって知らせてやりな」

老女は赤ん坊をショールでくるみ、もう一度においを嗅いだ。この世のものらしからぬ、妖しい香りはほぼ消えていて、そのかすかな名残だけが感じられた。じきにそれも、消え失せるだろう――もっとも、老年に至ってもなお、楽園のほのかな香りをまとっている人間も知らないではなかったが。ただ、そのことをみなに知らせる必要はあるまいと思った。足先に体重をかけて身を起こし、ベッドの母親のかたわらに赤ん坊を横たえた。

ビンナズは胸を躍らせ、晴れやかに微笑んだ。柔らかなショールの上から、娘の足指にふれる――非の打ちどころなく美しく、恐ろしく華奢だ。手のひらで聖水を運んでいるかのように、赤ん坊の頭髪をそっと両手で包みこんだ。瞬時に、このうえない幸せを感じた。「えくぼはないのね」と言って、くすくす笑う。

「ご主人を呼んできましょうか」隣人のひとりが尋ねた。

これもまた、口にされない言葉を含んだひとことだった。ハルーンはもう、赤ん坊が生まれたことをスザンから伝え聞いたはずなのに、なぜ駆けこんでこないのか。第一夫人とぐずぐず話をして、なだめすかしているのはまちがいない。そちらを夫は優先したのだ。

ビンナズの顔に影がよぎった。「ええ、呼んできて」

その必要はなかった。いくらも経たないうちに、ハルーンが背をまるめて入ってきて、暗がりから陽光のなかへ進み出た。浮世離れした思想家を思わせる白髪交じりのぼさぼさ頭と、鼻孔の締まった傲慢そうな鼻を持ち、ひげを剃ってつるりとした幅広の顔と、目尻の垂れた焦げ茶色の目が誇らしげに輝いている。ハルーンは赤ん坊、第二夫人、助産婦、第一夫人へと目を移し、最後に天を仰いだ。

「アッラーよ、感謝します。わたしの祈りをお聞き届けくださいましたね」

「女の子よ」もしやまだ知らないのではと思い、ビンナズは静かに言った。

「わかっている。次はきっと男の子だ。タルカンと名づけよう」ハルーンは赤ん坊の額を人さし指で撫でた。何度となくさすった大切なお守りと同じくらい、なめらかでぬくもりのある額を。「この子は健やかに生まれてきた、大事なのはそこだ。わたしはずっとそれを祈っていた。神にこう言ったのだ、この子を生かしてくださるなら、もう酒は飲みません。一滴たりとも！　アッラーは願いを聞いてくださった、慈悲深いおかただ。この子はわたしのものでも、おまえのものでもない」

ビンナズは夫を見つめた。その目に困惑の色が兆す。突然、ビンナズは不吉な予感にとらわれた。いまにも罠に踏みこもうとしていることを、手遅れながら察知した野生動物のように。スザンに目をやると、唇を白くなるほどきつく引き結んで、入口に立っていた。物も言わずにじっとしているが、片方の足はもどかしげに床を叩いている。その態度の何かが、歓喜と言ってもいい、内心の興奮をうかがわせた。

「この赤ん坊は神の子だ」ハルーンがそんなことを言いだした。

「赤ん坊はみんなそうさ」助産婦がぼそりとつぶやく。

おかまいなしに、ハルーンは若いほうの妻の手を握り、その目をまっすぐに見据えた。「この赤ん坊はスザンにやろう」

「何を言ってるの?」ビンナズはしゃがれ声で言った。自分の耳にさえ、硬くて冷ややかな、見知らぬ人の声に聞こえた。

「この子をスザンに育てさせるんだ。きっと立派にやれる。おまえとわたしはまた子供を作ればいい」

「いやよ!」

「もう子供はほしくないのか」

「わたしの娘をあの人に渡したりしません」

ハルーンは深く息を吸い、それからゆっくりと吐き出した。「わがままを言うんじゃない。アッラーだってお認めにならない。赤ん坊を授けてくださったろう? ありがたく思いなさい。この家に来たときは食べるのもやっとだったじゃないか」

ビンナズは首を横に振り、そのまま振りつづけた。止めようにも止められないからなのか、ちっぽけでも自分の意のままにできるたったひとつのことだからなのかは、判然としなかった。ハルーンが身を乗り出し、ビンナズの両肩を持って上体を引き寄せた。そうしてやっと、ビンナズは動きを止め、その目は輝きを失った。

「冷静に考えてみるといい。みんなひとつ屋根の下で暮らしているんだ。娘には毎日会える。遠くへ行ってしまうのとはちがうだろうが」

ハルーンが慰めのつもりでそう言ったのだとしても、ビンナズにその気持ちは通じなかった。胸を裂かれんばかりの痛みをこらえ、ぶるぶる震えながら、手のひらで顔を覆う。「じゃあこの子はだれを〝母さん〟と呼ぶの？」

「どんなちがいがあるんだ。スザンが〝母さん〟でいいだろう。おまえは〝おばさん〟だ。この子が大きくなったらほんとうのことを話そう、小さな頭をいま混乱させることはない。子供が増えたら、どのみちみんな兄弟姉妹になる。いまに、家のなかで騒ぎまわりだすぞ。そうなったらだれがだれの子かなど見分けもつかないだろう。みんなでひとつの大家族になるんだ」

「だれがこの子にお乳をあげるんだい」助産婦が訊いた。「母さんか、おばさんか」

老女を一瞥したハルーンは、全身の筋肉を硬直させていた。その目のなかで、畏敬の念と嫌悪の情が荒々しく舞い踊っている。ハルーンはポケットに手を突っこみ、ごちゃごちゃした中身を取り出した――ライターを差しこんであるへこんだ煙草のパックに、皺くちゃの紙幣が何枚か、服地に手直しの線を引くためのチャコ、胃痛止めの錠剤。そのなかから紙幣を、助産婦に手渡す。「取っておけ――――感謝のしるしだ」

何も言わずに、老女はお代を受けとった。経験上、なるたけ無傷で世渡りしていくために、重きを置いている決め事がふたつあった――顔を見せる頃合いと、引きさがる頃合いとをわきまえることだ。

隣人たちが荷物をまとめだし、血で濡れたシーツとタオルが片づけられると、隅々まで水が染みわたるように、沈黙が部屋を満たした。

「わたしらはもう行くよ」きっぱりと、だが物柔らかに助産婦が言った。その両脇に隣人ふたりが慎ましく立っている。「胎盤はわたしらがバラの木の下に埋めておくから。それからこれも――」骨張った指で、椅子の上に放ってあったへその緒を示す。「よかったら、学校の屋根の上に投げといてあげるよ。将来、娘さんが先生になるように。それか病院に持ってってもいい。看護婦、いや、医者になるってこともありうるし」

ハルーンが一考して答えた。「学校にしてくれ」

女たちが出ていくと、ビンナズは夫から顔をそむけ、ベッド脇のテーブルに置かれたリンゴのほうを向いた。それは腐りつつあった。痛ましいほどゆっくりと、穏やかに腐敗の途をたどっている。薄茶がかったその色は、結婚式を執りおこなったイマームの靴下を思い出させた。そして、式のあときらきらしたベールで顔を覆って、まさにこのベッドにひとりですわっているあいだ、夫が隣室で客たちを祝宴の席に着かせていたことも。新婚初夜に何が待ち受けているのか、実家の母からは何ひとつ教わっていなかったが、母よりもビンナズの不安を察してくれた年長のおばから、舌の下に入れておくようにと丸薬を手渡されていた。これを飲みくだせば、何も感じなくなるから。知らないうちに終わっているわよ、と。当日のどたばたのさなかに、ビンナズはその丸薬をなくしてしまった。どうせただのトローチじゃないかと半信半疑でもあった。男の裸は、写真ですら見たことがなかったし、幼い弟たちをよく風呂に入れてはいたものの、そういう体とはちがうような気がした、大人の男の体は。夫が部屋に入ってくるのを待てば待つほど、不安はどんどん高まっていった。夫の足音を聞いたとたん、ビンナズは気絶して床に倒れた。まぶたを開いたとき目に入ったのは、近所の女たちが必死にビンナズの手首をこすり、額を湿らせ、足を揉んでいる姿だった。室内にはつんとくるにおい――コロンヤ（アルコール分の多い柑橘系の香水。気つけや消毒にも用いる）と酢だろう――が漂っていた。それとはまた別の、嗅いだことのない何かのにおいもうっすらと。その元はチューブ入りの潤滑剤だったと、のちに気づくことになる。

そのあと、夫婦ふたりきりになると、ハルーンは赤いリボンと三枚の金貨でできたネックレスをくれた。その一枚一枚が、ビンナズがこの家にもたらす美徳を表すという——若さと、従順さと、多産を。ひどく緊張している新妻に、ハルーンは優しく話しかけ、その声が暗闇に溶けていった。愛情をこめてはいたが、ドアの外で人々が待っていることも強く意識していた。大急ぎでドレスを脱がせたのは、また卒倒されては困るからだろう。ビンナズはそのあいだじゅう目をつぶっていた。額に汗が噴き出す。やがて数をかぞえはじめた——一、二、三……十五、十六、十七——「ばかな真似はやめろ！」と夫に言われてもなお、数えるのをやめなかった。

ビンナズは読み書きができず、十九より先は数えられなかった。最後の数に、その突破できない境界に行き着くたび、息をついて最初から数えはじめた。無限に思える十九カウントが繰り返されたあと、夫はベッドを離れて部屋から出ていき、ドアを閉めもしなかった。そこへスザンが駆けこんできて、明かりをつけた。一糸まとわぬビンナズにも、部屋にこもった汗とセックスのにおいにもおかまいなしに。第一夫人はベッドシーツを引き剝がし、それをじっくり見たあと、明らかに満足した顔で、言葉もかけずに去っていった。ビンナズはその夜じゅう、ひとりきりで過ごした。薄く層をなした憂鬱が、降りかかる雪のように、肩に積もっていった。そのすべてを思い出したいま、唇からおかしな音が漏れた。これほど傷ついていなかったら、笑い声になっていたかもしれない。

「おいおい」ハルーンが言った。「そんなに——」

「こうしようってスザンが言いだしたのね？」ビンナズは夫の言葉をさえぎった——そんなことをするのは初めてだ。「あの人のとっさの思いつき？　それともふたりで何カ月も前からたくらんでたの？　わたしに隠れて」

「本気で言っているのか」ハルーンは面食らったようだった。おそらくはビンナズの言葉よりも、その語気に。左手で右手の甲をさすり、目をうつろに泳がせている。「おまえは若い。スザンは老いてきている。あいつはもう自分の子は持てないだろう。贈り物をしてやるんだ」

「じゃあわたしは？　わたしにはだれが贈り物をしてくれるの？」

「アッラーだ、もちろん。すでにしてくださったじゃないか。少しは感謝したらどうだ」

「感謝しろと？　これに？」ビンナズは小さく手をひらつかせた。ひどく曖昧なしぐさで、何を示していてもおかしくなかった。この成り行きか、おそらくはこの町のことだろう――いまの彼女にとっては、古い地図上のありふれた片田舎でしかないこの町の。

「疲れたんだな」ハルーンは言った。

ビンナズは泣きだした。それは怒りの涙でも恨みの涙でもなかった。あきらめの涙であり、大きな信頼の喪失にほぼ等しい、敗北の涙だった。肺のなかの空気が、鉛のように重く感じられた。まだ子供のうちにこの家に嫁がされ、わが子を授かったいまは、その子を育て、ともに成長することも許されないなんて。ビンナズは両腕で膝を抱え、長いこと口をきかなかった。そうしてこの話は、あっけなく終わりになった――だが実のところは、ずっと終わらないままになる。みな、癒えることのないこの傷を抱えて生きていくのだ。

窓の外で、行商人がカートを押して通りを歩きながら、咳払いをして、みずみずしい熟れたアンズだよ、と呼び声をあげた。家のなかで、ビンナズは思った――どうなってるの、いまは甘いアンズの季節じゃなくて、冷たい風の季節なのに。思わず身震いする。あたかも、行商人は気に留めていないらしい寒風が、壁をすり抜けてこちらへ吹きつけたかのように。目を閉じても、暗闇は慰めにならなかった。ピラミッド状に危なっかしく積みあがった雪玉が見えた。それらがいま、雨あられとビンナズに降り注いでいる。なかに石ころが詰まった、じっとりして硬い雪玉だ。ひとつは鼻にあたり、立てつづけに次のが飛んできた。またひとつ直撃を受け、下唇が裂ける。息を呑んで、ビンナズは目をあけた。いまのは現実、それともただの夢？　試しに鼻をさわってみた。血が出ている。顎にも血が垂れている。どうなってるの、とまた思った。わたしがこんなに苦しんでるのに、だれも気づいてくれないなんて。ほかの人たちに見えないんだとしたら、これはみんな、わたしの頭のなかで起こってる、空想ってこと？

　心を病むのはそれが初めてではなかったけれど、この体験はひときわ生々しくビンナズの記憶に残ることになる。何年経っても、自分の正気がいつどんなふうに、闇にまぎれて窓から這い出る泥棒みたいに逃げていったのだったかと考えるたび、彼女はいつもその瞬間に立ち返った。自分を再起不能にしたと信じるその瞬間に。

　その同じ午後、ハルーンは赤ん坊を空中に掲げ、メッカのほうへ体を向けると、娘の右の耳に向かって祈り《アザーン》の呼びかけを唱えた。

「わが娘よ、おまえはアッラーのご意志により、この屋根の下で育つ多くの子供の最初のひとりとなる。夜のように暗い目を持つおまえを、わたしはレイラと名づけよう。だが、ただのレイラではない。わたしの母の名も与える。おまえの祖母《ニネ》はとても信心深い、高潔な女性だった。おまえもいずれそうなると確信して、アフィフェ——〝純潔、無垢〟——の名を与えよう。そしてカミレ——〝完全無欠〟——の名も。おまえは慎み深く、品行方正な人間となるだろう、水のように汚れなき……」

ハルーンはそこで口をつぐんだ。汚れた水も存在するという悩ましい事実に気づいたのだ。天上界で混乱が起きたり、神のほうで誤解したりすることのないよう、意図した以上に声高く、こう言い添える。「湧き水のように清らかで汚れなき人間に……ヴァンの母親はみな、〝なぜレイラみたいにできないの？〟と自分の娘を叱るだろう。そして夫はみな、〝なぜレイラみたいな女の子を産めなかった！〟と妻をなじるだろう」

そのあいだずっと、赤ん坊は握り拳を口に突っこもうとして、しくじるたびに唇をゆがめていた。「わたしはおまえを誇らしく思うだろう」ハルーンは続けた。「宗教に忠実で、国に忠実で、父親に忠実なおまえを」

赤ん坊は自分に苛立ち、握り拳はどうしたって大きすぎることにようやく気づいて、火がついたように泣きだした。まるで、それまでの沈黙を埋めようと決意したかのように。すぐさま赤ん坊を手渡されたビンナズは、一瞬のためらいもなく、乳をやりはじめた。焼けるような痛みが、空を旋回する猛禽のように、乳首のまわりに輪を描いた。

少しあとで、赤ん坊が寝入ってしまうと、かたわらで待っていたスザンが、音を立てないようそろそろと、ベッドに近寄った。目を合わせずに、ビンナズの手から赤子を取りあげる。

「泣いたらまた連れてくるわね」スザンは言い、ごくりと唾を呑んだ。「心配しないで。この子の面倒はちゃんと見るから」

ビンナズは、使い古された磁器の皿のように色つやを失った顔をして、なんの答えも返さなかった。かすかだがまぎれもない呼吸音のほかには、何ひとつ発していなかった。子宮も、心も、この家も……恋に破れた幾多の者がそこに身を投げたと噂される古い湖さえもすべて、中身をくりぬかれて干からびたように彼女は感じていた。ぱんぱんに張って痛み、母乳の漏れ出る乳房以外はすべて。

部屋で夫とふたりきりになったいま、ビンナズは相手が口を開くのを待っていた。聞きたかったのは詫び言よりも、ビンナズを不当な目に遭わせ、ひどく傷つけたことを認める言葉だった。だがハルーンもまた、黙りこくっていた。かくして、一九四七年一月六日、ヴァンの町――東方の真珠――で、夫ひとりと妻ふたりの家庭に生まれた女の赤ん坊は、レイラ・アフィフェ・カミレと名づけられた。そんな自信ありげで、仰々しくあからさまな名前に。のちにわかるとおり、とんでもない見こみちがいだ。たしかに、レイラ――夜の暗さをたたえた目――という名には似つかわしいけれど、ふたつのミドルネームにはまるでふさわしくないことが、じきにはっきりするのだから。

そもそも生まれたときから、完全無欠などではなかった。数多くの欠点がレイラの人生の底流を走っていた。ありていに言って、レイラは歩く不完全の見本だった――つまり、歩き方を覚えてからは。純潔に関してもまた、いずれわかるが、本人のおこないとは無関係な理由で、それを守っているとは言えなくなる。

彼女は長所に富み、貞淑そのもののレイラ・アフィフェ・カミレとなるはずだった。ところが十数年後には、一文なし同然で単身、イスタンブルに乗りこんでいた。初めて海を見て、水平線まで広がるその青い水面に目を瞠った。自分の巻き毛が湿気で縮れることに気づいた。ある朝、見慣れないベッドの、知らない男の隣で目を覚まし、もう生きていけないとつぶれそうな胸で考えた。やがて売春宿に売り飛ばされ、天井から雨漏りするので緑色のプラスチックのバケツが床に置いてある部屋で、毎日十人から十五人の男たちとセックスをさせられ……そんなあれやこれやを経たのちに、彼女は五人の親友と、ひとりの最愛の人と、大勢の客たちに〝テキーラ・レイラ〟の名で知られるようになる。

わりと多い質問なのだが、なぜレイラを〝Ｌｅｙｌａ〟でなく〝Ｌｅｉｌａ〟と綴っているのか、そうやって西洋風か異国風に見せようとしているのか、と男たちが訊いてくると、彼女は笑ってこう言っていた――あるとき市場《バザール》に行って、〝きのう（yesterday）〟の〝y〟を〝無限（infinity）〟の〝i〟と交換してもらったの、それだけのことよ。

結局のところ、こうした事実がレイラの殺害を報じる新聞記事をどう変えるわけでもない。わざわざ名前を載せなくても、イニシャルでじゅうぶんだと考える人が大半だろう。どの記事にも同じ写真が添えられる――レイラだと認識もできない、中学時代の古いスナップ写真だ。編集者はもちろん、なんなら警察に保管された顔写真からでも、近影を選ぶことはできただろう。厚化粧で胸の谷間も露なその姿が、国民を無用に刺激することを心配しなければだが。

レイラの死は、一九九〇年十一月二十九日の夜、テレビの国営放送でも報じられた。ただしその前に、内外のニュースが長々と伝えられた――イラクへの軍事介入を是認するという国連安全保障理事会の決議、英国の〝鉄の女〟マーガレット・サッチャーの涙ながらの辞任の余波、西トラキアでの暴動やトルコ民族が営む商店の略奪、コモティニでのトルコ領事追放とイスタンブルでのギリシャ領事追放のあと、ギリシャとトルコのあいだで緊張が続いていること、西ドイツと東ドイツのサッカー代表チームが二国の統一後に合併したこと、夫の許可を得て勤めに出る既婚女性のための憲法上の資格が取り消されたこと、国じゅうの喫煙者からの強い抗議にもかかわらずトルコ航空便での喫煙が禁止されたこと。

そして番組の終了間際、画面の下側に鮮やかな黄色い帯が流れた――**〝娼婦の遺体、市のゴミ容器のなかで発見される。このひと月で四件目。イスタンブルのセックスワーカーのあいだに恐怖が広がっている〟**

2分

心臓の鼓動が止まってから二分後、レイラの心はふたつの対照的な味を思い起こしていた――レモンと砂糖だ。

一九五三年六月。ほっそりして青白い顔のまわりに赤茶色の巻き毛をもしゃもしゃと生やした、六歳の自分が見える。とりわけピスタチオのバクラヴァ（重ねた薄い生地にナッツ類をはさんで焼いた甘い菓子）や、ゴマの豆板や、セイヴォリー（オードブルやデザートに出す塩味の料理）全般を、どれだけ存分に食べていても、レイラはアシのように細かった。ひとりっ子で、孤独な子だった。落ち着きがなく快活で、いつもちょっぴり注意散漫なレイラは、床に転がったチェスの駒のようにふらふらと日々を過ごし、いずれ複雑なゲームを成り立たせるべく出番を待っていた。

ヴァンの家はやたらと広く、囁き声さえも響きわたった。うつろな空間を横切るかのように、壁という壁に影が躍った。木製の長い螺旋階段が、居間から二階まで延びていた。玄関はタイルで飾られ、目のくらむような風景がずらずらと描かれていた――羽を誇示して歩くクジャクたち、ワインの杯の隣に並べられた塊の三つ編みパンと輪切りのチーズ、ルビー色の笑みを見せて皿に盛られたザクロ、そして望みどおりに愛されはしないと知りつつ恋する者のように、太陽を追って首をもたげる畑のヒマワリ。レイラはそうした絵に魅了されていた。ひびが入ったり欠けたりしたタイルもあれば、粗い漆喰で部分的に補修されたタイルもあったが、絵柄はまだ鮮やかな色をとどめていた。それらはまとまったひとつの物語――それも大昔の――なんじゃないかという気がしたけれど、懸命に考えても、どんな物語かはわからなかった。

廊下沿いには、オイルランプや獣脂蠟燭、陶製の鉢が並び、金張りのアルコーブにさまざまな収集品が飾ってあった。床には余すところなく、房飾り付きの絨毯――アフガン、ペルシャ、クルド、トルコを産地とする、ありとあらゆる色合いと図柄のもの――が敷かれていた。物を抱え持って部屋から部屋へとうろつきまわるとき、レイラは感触に頼る盲人のように、ちくちくしたりすべすべしたりする絨毯の表面を足裏に感じたものだった。家にはひどく散らかった場所がいくつかあったが、不思議とそういうところにも何かが欠けている感じがした。メインの応接間で真鍮の振り子を左右に揺らしている背の高い古時計は、ベルの音がやかましすぎ、陽気すぎた。レイラはよく、喉がむずむずするのに気づいて、大昔の埃を吸いこんでしまったかと心配になった。家じゅうがきちんと掃除され、蠟を塗って磨かれているのを知っていてもだ。家政婦が毎日来ていたし、週に一度は〝大掃除〟もあった。季節のはじめと終わりには、さらに手をかけた掃除がおこなわれた。何か見落としがあったとしても、ビンナズおばさんがかならず見つけて、重曹でこすり落としていた。とにかく潔癖で、当人のいう〝白よりも白い〟状態にしないと気がすまないのだ。

母さんから聞いた話では、この家はかつてアルメニア人の医者とその妻の住まいだったらしい。娘が六人いて、みな歌うのが大好きで、それぞれの声域は低音から超高音まで幅広かった。医者は人望のある男で、患者を家に呼んで自分の家族と過ごさせることもあった。音楽には人間の魂が負った深手をも癒やす力があると固く信じ、才能のあるなしにかかわらず、患者ひとりひとりに楽器を弾かせていた。患者たちが演奏するあいだ――痛々しいほど下手な者もいたが――娘たちは声を揃えて歌い、家は荒波のなかの筏《いかだ》のように揺らいだ。だがそれもみな、第一次世界大戦が勃発するまでのことだ。その後まもなく、医者一家は姿を消した。あっけなく、すべてを放置して。レイラはしばらくのあいだ、一家がどこへ行ったのか、なぜそれきり戻ってこないのか理解できずにいた。いったいどうしてしまったのだろう——医者とその家族と、大樹から作られたいろんな楽器たちは？

　ハルーンの祖父のマフムードは、オスマン帝国から称号を授かったクルド人の有力者で、のちに一族でここへ移り住んだ。この家は、その地域でのアルメニア人追放にひと役買ったことに対する、帝国政府からの報奨だった。果敢で熱心なマフムードは、一瞬の躊躇もなくイスタンブルからの命令に従っていた。ある者たちは反逆者だからデリゾールの砂漠地帯へ追放すべし、と政府が決定したなら、多くをのたれ死にさせる恐れがあろうと、意に介さなかった——たとえ彼らがよき隣人や旧友であっても。そのようにして国への忠誠の証を立て、マフムードは有力者となった。土地の者たちは、完璧に左右対称なその口ひげや、ぴかぴかの黒革のブーツや、仰々しいその声を褒めそやした。太古の昔から無慈悲で力のある者が崇められてきたように、彼らはマフムードを崇めた——敬愛の念などなく、ただひたすらに恐怖を抱いて。

　マフムードは家のなかのあらゆる物をよい状態で保存するよう命じていたので、しばらくはそれが守られていた。だが噂によると、アルメニア人の医者一家は、町を離れる直前、貴重品を持ち出すことをあきらめ、壺に詰めた硬貨や箱に収めたルビーを手近などこかへ隠したらしかった。じきにマフムードと親族は、それらを掘り出しにかかった——庭園、中庭、地下倉……地面は一インチ残らず掘り返された。何も見つからないと、今度は壁を打ち抜きはじめた。たとえお宝を探しあてても、それは自分たちのものではないことなど一顧だにせずに。発掘をあきらめるころには、家はがれきの山と化し、すっかり建て直さなくてはならなかった。子供のころにその狂気じみた行為を見ていた父さんが、どこかに金の宝庫が、目と鼻の先に莫大な富が眠っているといまでも信じているのをレイラは知っていた。レイラも夜、目を閉じて眠りに落ちていくとき、夏の水辺を飛ぶホタルのように遠くでちらちら光る、宝石の夢を見ることがあった。

そんな幼いうちからお金に興味があったわけではない。ポケットに何か入れるなら、ヘーゼルナッツのチョコレートバーか、包み紙に大きなフープイヤリングをした黒人女性が描いてあるザンボのチューインガムのほうがずっとよかった。父さんはそうした珍しいお菓子をレイラのためにはるばるイスタンブルから取り寄せてくれていた。目新しくて気をそそるものはなんでもイスタンブルにあり、子供心にも疼くような羨望を感じていた――不思議と新奇の街に。いつかそこへ行くんだ、とレイラは思っていた。牡蠣が真珠を内に秘めるように、だれにも打ち明けないでおく、心の誓いだ。

　レイラの楽しみは、人形たちにお茶をふるまったり、マスが冷たい水流を泳いでいくのを眺めたり、模様が浮きあがって見えるまで敷物に目を凝らしたりすることだった。けれど、そのどれにも増して、踊ることが大好きだった。いつか有名なベリーダンサーになりたいと願っていた。そんな夢を抱いていると知ったら、父さんはぎょっとしただろう。父さんに内緒で、どれほど丹念にその姿を思い描いていたか――きらめくスパンコール、コイン飾り付きのヒップスカーフ、フィンガーシンバルを軽やかに鳴らしながら、ゴブレット形太鼓《ダラブッカ》のリズムに合わせて腰を揺すり、まわす。魅了された観客を巻きこんだ手拍子がしだいに高まるなか、ターンとスピンを繰り返して興奮のフィナーレへ。それを想像するだけで胸が高鳴った。だが父さんの口癖によると、踊りは、人間に道を誤らせるのに悪魔が古くから用いてきた無数の術策のひとつだそうだ。うっとりさせる香水ときらきらした装身具で、悪魔はまず、女性という弱くて情に脆い存在を誘惑し、それから女たちを使って、男たちを罠に誘いこむのだ。

　引く手数多《あまた》の仕立屋だった父さんは、ファッショナブルなフランス風《アラ・フランガ》の婦人服――フレアドレス、タイトドレス、サーキュラースカート、ピーターパンカラーのブラウス、ホルターネックのトップス、カプリパンツ――を作っていた。陸軍将校や役人、国境の管理官、鉄道技師、香辛料商人の妻たちが父さんの常連客だった。豊富に取りそろえた帽子やベレー帽や手袋——自分の家族には決して身につけさせないような流行りの高級品——も売っていた。

父さんが踊りを毛嫌いしているので、母さんもそれに同調していた——もっとも、まわりにだれもいないときにはその信念は揺らぐらしいことにレイラは気づいていた。レイラとふたりきりのとき、母さんはまったくの別人になった。ヘナで染めたその赤い髪をレイラにほどかせ、梳かしたり編んだりさせてくれたし、皺の刻まれた顔にコールドクリームを擦りこませ、まつげを濃く見せるための炭粉を混ぜたワセリンを塗らせてもくれた。母さんはしょっちゅうレイラを抱きしめ、褒め言葉を浴びせ、鮮やかなポンポンを虹の七色ぶん作ったり、トチの実に糸を通して首飾りにしたり、トランプで遊んだりしてくれた——ただ、こういうことを、ほかの人たちの前ではしようとしなかった。特に、ビンナズおばさんがそばにいるときは控えていた。

「わたしたちが仲よくしているところを見たら、おばさんが気を悪くするかも」と母さんは言った。

「あの人の前でわたしにキスしちゃだめよ」

「それはどうして？」

「だって、あの人には子供がいないから。おばさんを悲しませたくないでしょ？」

「わかった、母さん。どっちにもキスしてあげる」

母さんは煙草を深々と吸った。「これは忘れないで。おばさんは心の病気なの——彼女のお母さんもそうだったって聞いてる。血筋なのよ。遺伝性の精神疾患。何世代にもわたって続いてるらしいわ。だから動揺させないように気をつけないとね」

おばさんは動揺すると自分を傷つける癖があった。髪をごっそり引き抜いたり、顔を引っ掻いたり、血が出るまで皮膚のささくれをむしったりした。母さんが言うには、レイラが生まれた日、入口で待っていたおばさんは、妬みだか、何かひねくれた衝動だかに駆られて、自分の顔を殴りつけたそうだ。なぜそんなことをしたのか訊くと、外の通りにいたアンズ売りが開いた窓から雪玉を投げつけてきたのだと言い張ったらしい。一月に、アンズ！　何ひとつ理屈に合わなかった。彼女が正気かどうか、みなが心配したという。この話や、ほかのいろんな話が繰り返されるたび、レイラはわれを忘れて聞き入ったものだった。

ただ、おばさんは、故意ではないらしい怪我もよくしていた。たとえば、最初の一歩を踏み出すのが、よちよち歩きの子供並みにおぼつかなかった。真っ赤に焼けた鉄のフライパンで指を火傷したり、家具に膝をぶつけたり、寝ているときにベッドから落ちたり、割れたガラスで手をざっくり切ったりもした。痛々しい痣や赤く腫れた傷跡が体じゅうにあった。

おばさんの感情は、古時計の振り子のように、絶えず揺れ動いていた。元気があり余っている日には、疲れも見せずに次から次へと家事をこなしていった。絨毯に猛然と掃除機をかけ、至るところを雑巾で拭き、前の晩に洗濯したばかりのリネン類を煮沸し、何時間もぶっ続けに床を磨き、いやなにおいのする消毒剤を家じゅうに噴きつけた。その手は擦りむけてひび割れ、羊脂をしじゅう擦りこんでいるのに、少しも柔らかくならなかった。手がいつも荒れているのは、日に何十回も洗うせいもあった。まだじゅうぶん清潔ではないと思いこんでいるのだ――手にかぎらず、何もかもが。そうかと思えば、ろくに動けないほどぐったりしているときもあった。息をするのさえ大儀そうだった。

そのどちらでもなく、まわりのことを何も気にしていない様子の日もあった。陽気にくつろいで、レイラと何時間も庭で遊んだ。たくさん実をつけたリンゴの木の枝から細い布切れをいくつもぶらさげてバレリーナに見立て、ヤナギで小さな籠を編んだりヒナギクで花冠を作ったり、次のイード・アルフィトル（イスラム教の断食明けの祭）で生け贄にされる雄羊の角にリボンを結んだりして、ふたりでゆっくり過ごした。その羊を家畜小屋につないでおくロープをこっそり切ったこともあったが、予想に反して羊は脱走しなかった。新鮮な草を探してそこかしこをさまよったあと、もとの場所へ戻ってきた。慣れない自由の感覚よりも、身に馴染んだ囚われの状態のほうが安心だったらしい。

おばさんとレイラが凝っていたのは、テーブルクロスでこしらえたドレスを着て、雑誌に出ている女性たちに見入っては、そのつんとしたポーズや自信に満ちた笑みを真似るという遊びだった。ほれぼれと眺めたモデルや女優のなかでもとりわけ、ふたりが憧れてやまない存在がひとりいた――リタ・ヘイワースだ。矢のようなまつげに、弓のような眉毛。ティーグラスのくびれよりも細いウエスト、絹織物並みになめらかな肌。彼女はオスマン帝国のあらゆる詩人が追い求めた美の化身となっていたかもしれない――まちがった時代に、遠く離れたアメリカで生まれるという、ちっぽけな誤りさえなければ。

リタ・ヘイワースの人生に興味津々ではあっても、ふたりにできるのは彼女の写真を眺めることだけだった。どちらも読み書きを習っていなかったからだ。レイラはまだ学校へあがっていなかったし、おばさんはといえば、学校へかよったことがなかった。ビンナズおばさんの育った村には学校がなく、兄たちと一緒でも彼女が町までの轍だらけの道を毎日歩いて往復するのを、父親が許さなかった。どのみち靴も満足に買えなかったし、弟や妹の面倒もビンナズが見なくてはならなかった。

おばさんとちがい、母さんは読み書きができて、それを自慢にしていた。料理本のレシピを読み、壁の日めくりカレンダーを破りとることができたし、新聞の記事を追うことだってできた。世界のニュースをふたりに読み聞かせるのが母さんの役目だった――エジプトで、軍の将校の一団が共和制を宣言した。アメリカで、スパイ容疑を受けた男女が射殺された。東ドイツで、数千人の人々が政府の政策に対する抗議デモをおこない、ソ連占領軍によって鎮圧された。トルコの、同じ国内とは思えないこともある、彼方のイスタンブルでは、美人コンテストが開催され、若い女性たちがワンピース型の水着姿でステージ上を闊歩している。このショーは不道徳だとして宗教団体が通りで非難の声をあげているが、主催側は催しを続行する構えだ。科学、教育、美人コンテストの三つを土台に国は開化するのだと、彼らは述べている。

スザンがそうしたニュースを読みあげるたび、ビンナズはさっと目をそらした。左のこめかみの静脈がぴくりとするのが、静かだがはっきりした苦痛のしるしだった。レイラはおばさんに共感していた。引け目を持つ気持ちがなんとなくわかったし、そのせいで親しみさえ感じた。ただ、このことで、おばさんの身になってあげられるのはいまのうちだけだとも思っていた。もうじき学校がはじまるのが楽しみだった。

三カ月ほど前、レイラは階段のてっぺんに置かれたシーダー材の戸棚の裏に、屋根の上へ出られるがたつい扉を見つけていた。だれかが扉を半開きにしておいたにちがいなく、そこから入ってくるさわやかな涼風が、道端に自生しているニンニクのにおいを運んできた。それ以来、レイラは毎日のように屋根を訪れるようになった。

眼下に広がる町を見おろし、遠くできらめく湖上を舞うヒメクマタカや浅瀬で餌を探すフラミンゴの鳴き声を、ハンノキのあいだを高速で飛ぶツバメのさえずりをとらえようと耳をそばだてるたび、試してみさえすれば、自分もきっと飛べそうな気がした。翼を生やして、空を気ままに軽々と飛びまわるにはどうしたらいいのだろう。このあたりに棲んでいるのは、サギやシラサギ、ヨシキリ、アオショウビン、そして地元民は〝女王《スルタナ》〟と呼ぶセイケイだ。つがいのコウノトリが煙突に陣取り、小枝を一本ずつ運んできて、見事な巣を築いていた。そのつがいはもう旅立ってしまったが、いつか戻ってくることをレイラは知っていた。おばさんが言うには、コウノトリは――人間とちがって――思い出に忠実であるらしい。ある場所を〝家〟と決めたら、そこから何マイルも離れてしまうことがあっても、かならず戻ってくるという。

屋根の上で過ごしたあとはいつも、レイラはだれにも見られないよう、忍び足で階下へおりていった。母さんに見つかったりしたら、ひどく面倒なことになるにちがいなかった。

だが一九五三年六月のその午後、母さんは忙しくてレイラにまったく注意を払えずにいた。家はお客でにぎわっていた――その全員が女性だ。月に二回、かならずそういうことがあった――コーランを読む日と、脚を脱毛する日だ。前者の日には、年配のイマームがやってきて、説教をしたあと聖典から一節を読みあげる。近隣の女たちは無言で、品よく膝をくっつけてすわり、頭を布で覆って、瞑想にふける。うろちょろしている子供たちが少しでも声を立てようものなら、ただちに黙らされた。

脚の脱毛の日には、対照的な状況になった。男たちがそばにいないので、女たちは最小限の服しか身につけない。ソファにだらしなくすわって脚を広げ、腕をむき出しにし、隠し持った茶目っ気で目をきらきらさせている。おしゃべりはやむことがなく、ぽんぽん飛び交う卑しい言葉を聞いて、年若い女たちがダマスクローズばりに頰を染めている。この慎みのない女たちがイマームの熱心な聴衆と同じ人たちだとは、レイラには信じられなかった。

きょうはまた脱毛の日だ。焼き菓子の皿やティーグラスを手に、絨毯や足台や椅子に腰をおろした女たちで居間はくまなく埋めつくされている。台所から、嗅ぎ飽きたにおいが漂ってくる。こんろの上で脱毛用のワックスが煮立っている。材料はレモンと、砂糖と、水だ。脱毛剤の用意ができたら、みな手早く真剣に、塗布作業にかかり、上に貼りつけた布切れごとワックスを皮膚から剝がすときには、ぎゅっと顔をしかめる。ただ、痛い思いをするのはもう少しあとで、いまは噂話をしながら心ゆくまで美味しいものを楽しむ時間だ。

そんな女たちを廊下から眺めていたとき、レイラは一瞬、驚きに打たれた。彼女らの動きやふれあいのなかに、自分自身の未来の姿を探していたのだ。その当時は、大きくなったらあの人たちのようになると信じこんでいた。脚に幼子をまとわりつかせ、腕に赤ん坊を抱き、従うべき夫がいて、小ぎれいにすべき家がある——それが自分の人生になるのだと。母さんの話では、レイラが生まれたとき、将来は先生になるようにと、助産婦がへその緒を学校の屋根の上に投げたが、父さんはそうなることをあまり望んでいないらしい。いまではもう。しばらく前に会ったシェイフ（イスラム教社会の長老）から、女性は家にいて、外出の必要がある稀な機会にも全身を覆い隠すのが望ましいとの教えを受けたのだ。ほかの客にさわられ、握りしめられ、傷んだトマトを買いたがる者などいない。市場で売られているトマトはすべて、丁寧に包装して保管されているのが望ましい。同じことが女性にも言える、とシェイフは言った。ヒジャブ（イスラム教徒の女性が顔を隠すのに用いるベール）はその包装であり、いかがわしい視線や不要な接触から女性たちを守る鎧であるのだ、と。

母さんとおばさんはそういうわけで、頭を覆うようになった——近所の女たちのおおかたは、西洋の流行をひたすら追いかけ、ふっくらと逆毛を立てたボブカットにしたり、パーマでくるくるとカールをつけたり、オードリー・ヘプバーンを真似て上品に後ろで結ったりしているというのに。母さんは外出のとき、黒のチャドル（イスラム教徒の女性がまとう、頭から足まで覆う衣服）を着るのが常となり、おばさんは鮮やかなシフォンのスカーフを顎の下でしっかり結ぶスタイルを選んだ。ふたりとも、ひと房たりとも髪を見せないよう、極力気をつけていた。そう遠くないいつか、自分もふたりの例に倣うのだろうとレイラは固く信じていた。その日が来たら一緒に市場へ行って、いちばんきれいなヘッドスカーフとお揃いの長いコートを買ってあげる、と母さんは言った。

「下にはベリーダンスの衣装を着たままでもいいかな？」

「おばかさんね」母さんはそう言って微笑んだ。

　思いにふけりながら、レイラは忍び足で居間の前を通り過ぎて、台所へ向かった。母さんは早朝からそこでせっせと立ち働いていた――ボレキ（詰め物をしたパイ料理）を焼き、お茶を沸かし、ワックスの準備をするのだ。甘くて美味しいそのペーストを、なぜ口に入れないで毛の生えた脚に塗りつけるのか、レイラにはどうしても理解できなかった。あたしなら喜んで味わうのに。

　台所へ入るなり、母さん以外の人がいるのに気づいてはっとした。ビンナズおばさんが調理台の前にひとりたたずみ、午後の陽光にぎらりと輝く、長い鋸歯のナイフを握りしめていた。自分を傷つけるんじゃないかと、レイラは心配になった。おばさんはこのところ要注意の状態だった。本人が最近打ち明けたとおり、妊娠しているからだ――またしても。邪視《ナザール》の災いを恐れて、だれもそのことを話題にしなかった。先例から考えて、これからの数カ月間に何が起こるか、レイラには推測がついていた。おばさんの妊娠が見た目にも明らかになると、その腹が膨らんでいくのは盛んな食欲か、長くたまっているガスのせいだとでもいうように、まわりの大人たちがふるまいだすのだ。いままでは毎回そうだった。おばさんは体が大きくなればなるほど、まわりからは見えていないみたいに扱われていた。そういう人たちの目の前では、アスファルトの上で容赦ない陽ざしに晒された写真のように薄ぼけていけるほうが、おばさんとしても幸せなのかもしれない。

　おそるおそる、レイラは前へ進み出て、じっと様子をうかがった。

　おばさんは、山盛りのサラダらしきものを前にちょっと身をかがめていて、レイラに気づいていないようだった。血の気のない肌にそぐわぬ燃えるような鋭い目で、調理台に広げてある新聞をにらんでいる。ふっとため息をつき、レタスをひと玉つかむと、まな板の上でリズミカルに刻みはじめた。ナイフの動きが速すぎてはっきり見えないほどだ。

「おばさん?」

手が止まった。「うーん?」

「何を見てるの?」

「兵隊さんよ。戻ってくるって聞いたから」おばさんは紙面の写真を指さし、しばしふたりでその下のキャプションに見入って、歩兵大隊のように連なる黒い点と渦の意味を読みとろうとした。

「へえ、じゃあおばさんの弟はじきに帰ってくるんだね」

おばさんには弟がいて、朝鮮半島に派遣された五千人のトルコ軍に加わっていた。アメリカの援軍として、その半島の悪者たちと闘う善人たちに加勢しているのだ。トルコの兵士たちは英語も現地の言葉も話さないし、アメリカの兵士たちもやっぱり母国語しか知らないだろうに、ライフルや拳銃を持った彼らはみんな、いったいどうやって意思を伝えあうのだろう、とレイラは思っていた。意思が通じないとしたら、お互いのことをどうやって理解したらいい? ただ、いまはそんな疑問を口にするときではなかった。だから、にっこり笑ってこう言った。「待ち遠しいでしょ!」

おばさんの顔が曇った。「どうして? もしもまた会えるとしたって、いつになるかなんてわかりっこない。もうどれくらいになるかしら。両親とも、兄弟や姉妹とも……ずっと会ってないのよ。向こうは会いにくるお金がないし、こっちから行くこともできない。家族が恋しいわ」

レイラはなんと答えていいかわからなかった。〝向こう〟というのはおばさんの家族のことだろうと前から思っていた。子供ながらにも気をきかせて、ここは話題を変えたほうがいいと判断した。

「お客さんに出すものを用意してるの？」

そう訊いているあいだにも、レイラはまな板に積みあがった刻みレタスをじっと眺めていた。緑色の千切りに何かが交じっているのを見つけて、息を呑む——ピンク色のミミズだ。ばらばらに切り刻まれているのもいれば、まだのたくっているのもいる。

「うへぇ、何それ？」

「赤ちゃんたちのよ。これが大好物なの」

「赤ちゃんたち？」レイラはお腹にずしりとくるものを感じた。

やっぱり母さんの言っていたとおりだった——おばさんは心の病気なんだ。レイラは床に目を落とした。おばさんは靴を履いていなくて、まるで何マイルも歩いてここへ来たみたいに、踵がひび割れてへりがコチコチになっている。そこからの想像が止まらなかった——おばさんはたぶん夢遊病者で、夜な夜なざわめく闇のなかへ消えていって、明け方の冷えこみのなか、白い息を吐きながら急いで家に帰ってくる。たぶん庭の門をそっと通り抜け、縦樋《たてどい》を伝いのぼり、バルコニーの手すりを乗り越えて、こっそり寝室に戻るのだろう、そのあいだずっと目をつぶったまま。いつか帰り道を思い出せなくなったらどうするのか？

おばさんが眠っているあいだに通りをさまよい歩く癖があるのなら、父さんはそのことを知っているはずだ。といっても、直接訊くことはできない。それはたくさんある持ち出してはいけない話題のひとつだろうから。自分と母さんが同じ部屋で寝ているのに、父さんは上階の別の部屋でおばさんと寝ているのが、レイラには腑に落ちなかった。どうしてそうなの、と以前母さんに尋ねたら、おばさんは夢に出てくる悪魔に悩まされているから、ひとりで眠るのが怖いのよ、と言われた。

「もしかしてそれ、食べるつもり？」レイラはおばさんに訊いた。「きっと気持ち悪くなるよ」

「あら、まさか！　赤ちゃんたちのだって言ったでしょ」ビンナズは、テントウムシが指に止まったくらい意外そうな、穏やかともいえる表情を見せた。「あの子たちを見たことないの？　屋根の上の。あなたはしょっちゅうあそこに行ってると思ってたけど」

レイラは驚きに目をまるくした。自分の秘密の場所をおばさんも訪れているかもしれないなんて思いもしなかった。だとしても、心配はしなかった。おばさんには幽霊みたいなところがあった――どこにも居すわらず、そこを漂っているだけのような。いずれにせよ、屋根の上に赤ちゃんなどいないのはたしかだった。

「信じてないでしょ？　わたしの頭がおかしいと思ってるのね。みんなにそう思われてるけど」

おばさんの声ににじんだ痛み、その美しい目がたたえる悲しみに気づいて、レイラはどきりとした。自分の心なさを恥じ、なんとか償いたくなった。「そんなことない。おばさんのことはいつだって信じるよ！」

「ほんとうに？　だれかを信じるって大変なことよ。そんなふうに簡単に言ってはだめ。本気なら、何があってもその人を信じつづけないと。ほかの人たちからどんなひどいことを聞かされてもね。あなたにそれができる？」

レイラは挑戦に応じる気満々でうなずいた。

嬉しそうに、おばさんは微笑んだ。「じゃあ秘密を共有させてあげる、大きな秘密をね。だれにも言わないって約束する？」

「約束する」レイラは即答した。

「スザンはあなたのお母さんではないの」

レイラは目を見開いた。

「ほんとうのお母さんはだれだか知りたい？」

沈黙。

「あなたを生んだのはわたしよ。寒い日だったけど、通りにはアンズ売りがいた。変よね？　あなたにこの話をしたことがばれたら、わたしは故郷の村へ送り返されてしまう——じゃなきゃ、精神病院に閉じこめられて、二度と会えなくなるかも。言ってることわかる？」

レイラはこわばった顔でうなずいた。

「よかった。じゃあ絶対、内緒にしておいてね」

おばさんは鼻歌交じりで作業に戻った。大釜の中身がぐつぐつ煮え、居間で女たちがぺちゃくちゃしゃべり、ティースプーンがグラスにかちゃかちゃぶつかり……庭の雄羊までがそのコーラスに加わりたがるように、みずから鳴き声を立てていた。

「いいこと考えた」ビンナズおばさんが唐突に言った。「今度お客さんが来るときは、ワックスのなかにミミズを入れてやりましょ。あの人たちがみんな、脚にミミズをくっつけて、半裸で家から逃げていくのを想像してみてよ！」

おばさんは笑いすぎて目に涙をためていた。後ろによろめいた拍子に、籠に足をぶつけて引っくり返し、なかに入っていたジャガイモがあちこちに転がった。

そんな気分ではないのに、レイラは笑みを浮かべた。こわばりをほぐしたかった。あれはきっと全部冗談だ。そうに決まってる。この家ではだれも、おばさんのことをまともに相手にしない——なら、自分もしなくていいのでは？　おばさんの言うことには、冷たい草につく露か、蝶の吐息ほどの意味もないのだから。

いまこの場で、レイラは聞かされた話を忘れることに決めた。どう考えてもそうするべきだ。とはいえ、疑惑の種が心に引っかかっていた。真実と向き合いたい自分もいるけれど、それをためらう気持ちを永遠に吹っ切れそうにない自分もいた。両者のあいだには、貧弱な電波に運ばれた不明瞭なメッセージのように、判然としないままの何かがある気がしてならなかった。伝わったとしても、明瞭なものにはなりえない言葉の連なりが。

半時間後、ワックスをひとすくいしたスプーンを手に、レイラは屋根の上の定位置に腰かけて、ひと組のドロップ型イヤリングのように、へりから脚をぶらぶらさせていた。何週間も雨が降っていないというのに、煉瓦はよく滑ったので、動きまわるのにはかなり気をつけた。もし落ちたら骨折するかもしれないし、たとえ無事にすんでも、母さんに骨を折られかねない。

スプーンのワックスを舐めつくしてしまうと、レイラはサーカスの綱渡り師ばりに集中して、めったに行かない屋根の端っこまでじりじり進んでいった。途中で足を止めて引き返そうとしたそのとき、音が聞こえた――ランタンのガラスに蛾がぶつかるような、鈍くてくぐもった音が。その音量は増していった。蛾が千匹。なんだろうと思い、そちらへ歩み寄った。すると、積んである箱の裏の、大きな金網のケージのなかに、ハトがいた。すごい数のハトだ。ケージの両脇には飲み水と餌のボウルが置いてある。下に敷かれた新聞紙にぽつぽつと糞が落ちているが、そこ以外はじゅうぶん清潔に見える。だれかがきちんと世話をしているのだ。

笑い声をあげて、レイラは手を叩いた。愛おしさがぐっとこみあげてきて、大好きな清涼飲料水、ガゾの炭酸みたいに喉をくすぐった。どんなに脆い人でも――いや、脆い人だからこそ――おばさんをかばってあげたくなった。ただ、この気持ちはたちまち、複雑な感情に呑みこまれた。ビンナズおばさんがハトについてまともなことを言っていたのなら、ほかの発言だってまともなのでは？　あの人がほんとうに母親だとしたら――だってふたりとも、つんと上を向いた鼻をしているし、朝いちばんの陽光に軽いアレルギーがあるかのように、目を覚ますなりくしゃみをする。口笛を吹きながらトーストにバターとジャムを塗るとか、ブドウを食べるときは種を、トマトを食べるときは皮を吐き出すという変わった癖も似ている。共通点がほかにもないか探そうとしたけれど、そのたびに同じ思いが頭をよぎった――ここ数年ずっと、小さな子供をさらってうつろな目の物乞いに変えてしまうという空想上の放浪の民を怖がっていたけれど、ほんとうに怖がるべきなのは自分の家の人たちなのではないかと。母親の腕から自分を奪いとったのは、たぶんあの人たちなのだ。

初めてレイラは客観的に、心を切り離して自分と家族を見つめることができた。そうやって見えた事実は、レイラを落ち着かない気分にさせた。うちは世間一般の家族と変わらない、普通の家族だとずっと思っていた。いまではもうその確信がない。うちの家族がどこか変だとしたら――根本的におかしいとしたら？　このときのレイラはまだよくわかっていないけれど、子供時代が終わりを迎えるのは、思春期に体つきが変わるときではなく、自分の人生を第三者の目で眺めるようになったときなのだ。

レイラはひどく混乱しはじめた。母さんは大好きだし、悪く思いたくない。怖いと思うときもあるけれど、父さんのことも大好きだ。両腕を体にまわして不安を抑えこみ、肺いっぱいに空気を吸いこんで、苦しい物思いに沈んだ。何を信じたらいいのか、どこへ進めばいいのか、もうわからない。森で迷子になって、行く手の道が目の前でどんどん枝分かれして増えていくみたいだ。家族のだれなら、信頼していいのだろう――父さん、母さん、それともおばさん？　答えを探すかのように、レイラはあたりを見まわした。何もかもがいままでどおりだった。でもこの先は、何もかもが変わってしまうだろう。

レモンと砂糖の味が舌の上で溶けるように、レイラの思いもまた混乱のなかに溶けていった。何年かのちには、このときのことを、物事は見た目どおりとはかぎらないと初めて気づいた瞬間だととらえるようになる。甘味の奥に酸味が、また酸味の奥に甘味が隠れうるのと同じように、どんな正気のなかにもわずかな狂気は存在し、狂気の奥底には正気の種がちらついているものなのだ。

この日まで、レイラはおばさんが近くにいるときは母への愛情を見せないよう気をつけていた。これからは、おばへの愛情を母さんに気取《けど》られないようにもしなくてはならない。愛おしいという感情は常に隠しておくべきものだと、レイラは自分に言い聞かせるようになった――そういう感情を表していいのは閉ざされたドアの奥でだけで、そのあとはおくびにも出してはいけないのだと。これが大人たちからレイラが学んだ唯一の愛情の形であり、その教えがのちのちひどい影響をもたらすことになる。

3分

レイラの心臓が止まってから三分が過ぎ、いま彼女は、濃くて香りが強く、黒々としたカルダモン・コーヒーを思い出していた。その風味はイスタンブルの娼館通りと常に結びついている。子供のころの回想のすぐあとにこれが続くというのは、なんだか妙だ。だが人の記憶というのは、酒を呑みすぎて深夜に浮かれ歩く者と似ている——どんなにがんばっても、ただまっすぐには進めないのだ。順序の乱れた記憶の迷宮をよろよろと抜け、ときにはひどい千鳥足で、筋の通らない消失しそうな道のりをたどっていく。

　こうしてレイラは思い出した。一九六七年九月。金角湾に近い、カラキョイ港の目と鼻の先の地区に、袋小路が一本走り、認可された娼館が立ち並んでいる。近くにはアルメニア人学校と、ギリシャ教会、セファルディム（スペイン・ポルトガル系のユダヤ人）のシナゴーグ、イスラム神秘主義《スーフィズム》修行者のロッジ、ロシア正教会がある——いずれも、もはや顧みられることもない過去の遺物だ。かつては商業波止場として、また裕福なレバント人やユダヤ人コミュニティの本拠地として繁栄し、やがてトルコ人の銀行業や海運業の中枢となったこの地区では当節、まったく別種の商取引が見られる。声を落とした要望が囁きで伝えられ、渡された金は同じくらいすばやく別の手に渡る。

　港周辺のその地区はいつもひどく混雑していて、歩行者はカニのように横ばいで進まなくてはならない。ミニスカート姿の若い女たちが腕を組んで歩き、運転者たちが車の窓から冷やかしの声をかけ、喫茶店の見習い店員たちが、小さなグラスを満載したティートレーを手にせわしく行き交い、観光客たちがバックパックの重みで身をかがめつつ、初めて世界を目にしたかのようにあたりを見まわし、靴磨きの少年たちが真鍮製の道具箱——表は控えめな、裏はヌードの女優の写真で飾ってある——に靴ブラシを打ちつけて客寄せしている。行商人たちが塩漬けのキュウリの皮をむき、ピクルスジュースを搾り、ヒヨコマメを煎りながら、互いに声を張りあげているそばで、自家用車の運転者たちがこれといった理由もなくクラクションを鳴らしている。煙草と、汗と、香水と、揚げ物と、ときには違法なはずのマリファナのにおいが、潮気を含んだ海辺の空気と混ざり合っている。

　横町や路地はどこも紙であふれている。社会主義者や共産主義者や無政府主義者が、壁という壁にポスターを貼って、きたるべき革命への参加を労働者階級や小作農階級に呼びかけているのだ。あちらこちらで、そんなポスターが切り裂かれたり、極右のスローガンを書き殴られたり、そのシンボル――三日月のなかで吠えるオオカミ――をスプレー描きされたりしている。ぼろぼろの箒を携え、疲れきった顔をした街路清掃人たちが、散乱した紙くずを掃き集めているものの、立ち去ったとたんに新たなチラシが降り注ぐのがわかっているので、気力は削がれる一方だ。

港から数分歩いて、急坂になった大通りを少しはずれたところに、娼館通りがある。ペンキを塗りなおす必要のある鉄製の門が、その場所と外界を隔てていて、数名の警察官が八時間交替で門前に立っている。見るからにその仕事を嫌っている者もいた――売春宿の集まるこの通りと、そこへ出入りする人間を男女の別なく軽蔑しているのだ。ぶっきらぼうな態度に無言の非難をにじませた彼らは、門をくぐりたくてたまらないのに並ぶのを渋って付近に群れ集まる男たちに、ひたと視線を据えている。かと思えば、これも職務に変わりはないという考えでその仕事を受け、日々求められることを淡々とこなしている警官や、娼館の客たちをひそかに羨み、数時間だけでも立場を入れ替われればと思っている警官もいた。

レイラの働いている娼館は、その地区でもとりわけ古い一軒だった。玄関では、千本の小さなマッチに順々に火がついて燃えていくような弱々しさで、一本だけの蛍光灯がちらついている。安物の香水のにおいで空気はよどみ、蛇口にはたまった湯垢がこびりつき、紫煙にさらされてきた天井はニコチンとタールのねばねばした茶色い染みに覆われている。外壁の全面に、充血した目の血管並みにか細い、複雑なレース模様のひびが走っている。ひさしの下の、レイラの部屋の窓のすぐ外側には、空っぽのスズメバチの巣がぶらさがっている。まるくて、紙のように薄くて、不思議な、秘密の小宇宙だ。ときおりレイラは、その巣に手を伸ばして割り開き、完璧な構造を露にしてみたい衝動に駆られたが、そのたびに、自然の力で完全な形をとどめているものを傷つけていいわけがないと自分に言い聞かせた。

　そこは、レイラが同じ通りで住んだふたつ目の場所だった。最初の館があまりに耐えがたかったので、一年と経たないうちに、彼女の前にもあとにも試みた者のいない行動に出たのだ――わずかな持ち物をまとめ、一張羅のコートを着てそこから出ていき、隣の娼館へ逃げこむという行動に。その噂を聞きつけて、地区の人々は二派に分かれた。ひとつは、レイラを元いた場所へただちに戻すべきだ、さもないと、娼婦がみな不文律を破って同じことをしだし、ここでの商売そのものが混乱に陥ると主張する一派。もうひとつは、良心の命ずるところに従い、そこまでして聖域を求める者にはそれを提供してやるべきだと主張する一派だ。結局、二軒目の娼館の女将は、レイラが新たな稼ぎ手になりうる見こみと同じくらい、その大胆さにも惹かれ、好感を持ってレイラを自分の館へ迎え入れた。ただしそれは、同業者に多額の金を支払い、心からの詫びを言い、もうだれにもこんな真似はさせないと約束したうえでのことだ。

　今度の女将は、体つきがふくよかで、足どりが決然として、板に張って伸ばした革みたいにたるんだバラ色の頬をした女だった。常連の客であれ一見の客であれ、店に入ってくるどの男にも、〝パシャ〟（オスマン帝国高官の尊称）と呼びかける癖があった。数週間おきに〈スプリット・エンズ〉という美容院にかよい、髪をさまざまな色合いのブロンドに染めていた。離れ気味の出目のせいで、実際にそうなることはめったにないのに、常に驚いたような表情をしている。赤らんだ毛細血管が幾筋も、山腹を流れ落ちる細流のように、大きな鼻の先から散りひろがっている。本名はだれも知らない。娼婦たちも客たちも、女将のことを本人の前では〝優しいお母さん《スウィート・マー》〟、陰では〝厳しいお母さん《ビター・マー》〟と呼んでいた。女将としては問題なかったが、すべてにおいて過剰なところがあった。煙草を吸いすぎ、毒づきすぎ、怒鳴りすぎ、とにかく生活の場にいるだけで、まぎれもなく極量の存在感を放つのだ。

「うちは十九世紀からこの商いをやってるんです」ビター・マーは誇らしげに声をはずませ、よくそう自慢していた。「しかも創ったのはだれあろう、偉大なアブデュルアズィズ皇帝ですよ」

その皇帝《スルタン》の額入りの肖像画を机の奥の壁に飾っていた時期もあった――ある日、超国家主義寄りの客にみなの前で責められるまでは。その客は女将に向かって、〝われわれの寛大な先人と輝かしい過去〟を、こんなばかげた宣伝に使いやがって、とずけずけ言ったのだ。

「トルコ皇帝たる者が――三つの大陸と五つの海の征服者が――なぜ、イスタンブルに売春宿を開くのを許す？」

ビター・マーはハンカチをひねくりまわしながら、しどろもどろに言った。「それは、あたしが思うに――」

「あんたの考えなどだれが気にする？　歴史家か何かのつもりか？」

ビター・マーの整えたての眉が吊りあがった。

「いや、教授かもな！」客はくつくつ笑った。

ビター・マーの肩ががっくりとさがる。

「無学な女に、歴史をゆがめる権利はない」客は真顔に戻って言った。「そこんとこをわきまえるんだな。オスマン帝国に認可された娼館などなかった。こっそり商売をしたがるご婦人が少々いたとしたって、そいつらはキリスト教徒かユダヤ教徒に――それか、何教徒だかもわからんロマだったに決まってる。だいたい、まともなイスラム教徒の女がそんなふしだらな求めに応じたはずがないんだ。体を売るくらいなら飢え死にするほうを選んだろうよ。つまり、いままではな。現代っていう、淫らな時代までは」

そうやりこめられたあと、ビター・マーは黙ってアブデュルアズィズ皇帝の肖像画をはずし、黄色いラッパズイセンと柑橘類の静物画に取り替えた。ただ、その二枚目の絵がたまたま最初のより小さかったものだから、以前の額縁の輪郭が、砂に描いた地図のようにうっすらと壁に残ってしまった。

くだんの客はといえば、その次にやってきたとき、女将はぺこぺこと愛想たっぷりに、親切そのものの態度で迎え、間に合ったのは幸運としか言いようがないとばかりに、ぴちぴちの若い娘をあてがった。

「この娘《こ》はうちを辞めるんですよ、パシャ。あしたの朝、ふるさとの村へ帰るんです。借金をどうにか返し終えたのでね。こればっかりは仕方ありません。これからは改悛の人生を送るつもりだとか。〝立派じゃないの〟と、最後にはあたしも折れました。〝あたしたちみんなのためにも祈ってちょうだい〟とね」

それは臆面もない大嘘だった。問題の娘はたしかに館を去ろうとしていたが、それにはまったく別のわけがあった。直近に受けた淋病と梅毒の検診で、どちらも陽性と出たのだ。娘はもう仕事ができず、感染症が完治するまで職場に近づくことも許されなかった。ビター・マーはこういう事情をひとことも説明せずに、その客から金を取って抽斗《ひきだし》に入れた。ひどい侮辱を受けたことを忘れていなかったのだ。女将にあんな口をきいた客はひとりもいなかった——ことに従業員たちの前では。故意の健忘症がはびこる街、イスタンブルでは珍しく、ビター・マーは優れた記憶力の持ち主だった。自分の受けたひどい仕打ちはひとつ残らず覚えていて、好機が訪れれば報復に出ていた。

娼館のなかは、冴えない色で占められていた――どんよりした茶色、くすんだ黄色、残り物のスープの濁った緑色。街の鉛色の円蓋や湾曲した屋根の上で夕刻のアザーンが響きだすと同時に、ビター・マーは明かり――藍色、赤紫色、薄紫色、深紅色をした一連の裸電球――を灯し、館内は気のふれた小妖精に口づけされたかのような、摩訶不思議な光に包まれるのだった。

玄関脇には金属枠入りの大きな手書きの看板が置かれ、入館の際、何よりも先に目に留まるようになっていた。文面はこうだ――

国民のみなさん！

梅毒その他の性感染症から身を守りたいなら、以下のことを徹底しましょう。

一　女性と入室する前に、診断書の提示を求めること。健康上の問題がないか確認を！
二　コンドームを使用すること。毎回かならず新品を使いましょう。コンドームの料金を過剰請求されることはありません。女将に頼めば、適正価格で提供されます。
三　自身に罹病の疑いがある場合は、ここをうろついていないでただちに医者へ行くこと。
四　性感染症は防げます、わが身とわが国を守るという固い意志さえあれば！

営業時間は午前十時から午後十一時まで。一日に二度、レイラはコーヒー休憩をとっていた――午後に三十分、夜に十五分だ。ビター・マーは夜の稼働時間が減ることに不服そうだったが、レイラは、長時間カルダモン・コーヒーを飲まずにいたらひどい片頭痛が起こると言って譲らなかった。

毎朝、娼館のドアがあけられるとすぐ、女たちは玄関のガラス仕切りの後ろに並んだ木製の椅子や低いスツールに着席する。新入りの娼婦は、その居住まいだけで、古顔の娼婦と見分けがつく。新顔は両手を膝に置き、見知らぬ場所で目覚めたばかりの夢遊病者のように、焦点の合わない遠い目をしてすわっている。もっと長くいる女たちは、気ままに動きまわって、爪の掃除をしたり、痒いところを掻いたり、扇で自分をあおいだり、鏡で肌の調子を見たり、互いの髪を編んだりしている。彼女らは目が合うのを恐れもせずに、数人や、ふたり組や、ひとりでぶらつく男たちに無関心な視線を向ける。

何時間も客待ちをするあいだに針仕事か編み物をしていいかと訊いた女たちもいたが、ビター・マーはいっさい聞き入れなかった。

「編み物だって——よくもそんなばかを考えつくね！　男どもに退屈な女房を思い出させようってのかい？　下手すりゃ、お袋さんを？　とんでもない！　うちはね、家では拝めないものをお出ししてるんだ、見飽きたものじゃなく」

ここは同じ袋小路に立ち並ぶ十四軒の娼館のひとつで、客には山ほど選択肢があった。男たちはうろうろ歩きまわり、立ち止まって目で物色し、黙々と煙草をくゆらせては、どこを選ぶか吟味する。考える時間がさらに必要なら、屋台に立ち寄ってキュウリのピクルスジュースを飲むか、〝売春宿のチュロス〟の異名をとる揚げ菓子、ケラネ・タトゥルスを食べるかする。最初の三分で決断しない男はいつまでたっても決断しないと、レイラは経験から学んでいた。三分が過ぎたら、ほかの男に狙いを移すことにしていた。

おおかたの娼婦は、客を呼び止めるのを慎んでいた。ときどき投げキスかウィンクをしたり、胸の谷間を見せるか組んだ脚をほどくかするだけで事足りるとわかっているからだ。ビター・マーは女の子たちが物欲しげな態度を見せるのをよしとしなかった。それをすると商品価値がさがるというのだ。かといって、自分の値打ちに自信がないみたいに、冷めた態度でいるのもいけない。必要なのは、〝洗練された微妙なバランス〟だった――ビター・マー自身がバランスのとれた人物だったわけではなく、自分には絶望的に欠けているものを従業員たちに求めていたのだ。

　レイラの部屋は二階のいちばん手前、廊下の右側にあった。〝この館で最良の場所だね〟とみなが言っていた。造りが贅沢だったりボスポラス海峡が見えたりするからではなく、何かまずい事態になっても、階下にたやすく音が届くからだ。廊下の突きあたりの部屋は最悪だ。声をかぎりに叫ぼうが、だれも駆けつけてくれない。

　レイラはドアの前に、客が靴底を拭えるよう、半月型のマットを敷いていた。部屋には家具がほとんどなく、花柄のベッドカバーと揃いのひだ飾り付きの垂れ布を掛けたダブルベッドがスペースの大半を占めていた。その隣の整理棚には、鍵のかかる抽斗がひとつ付いていて、レイラはそこに手紙や、特に貴重ではないけれど自分にとっては思い入れのある雑多なものをしまっていた。日に当たって色褪せたぼろぼろのカーテンは、スイカの果肉の色で、種によく似た黒い点々は、実のところ煙草の焼け焦げだった。一隅にはひびの入った流しがあり、ガスこんろに真鍮製のジェズヴェ（トルココーヒーを沸かす小型の片手鍋）が危なっかしく載っていた。そしてその横に、爪先にビーズがあしらわれ、サテンのバラ飾りがついた、青いベルベットのスリッパがひと組。レイラの持ち物のなかでいちばんきれいな品だ。きっちり閉まらないクルミ材の衣装戸棚が壁にぴたりと寄せられ、なかに吊された服の下には、山積みの雑誌や、コンドームの詰まったビスケットの空き箱や、長らく使っていないカビくさい毛布が置いてあった。その向かいの壁には鏡が掛けられ、ふちにポストカードが何枚もはさみこんである。細身の葉巻を手にしたブリジット・バルドー、動物皮のビキニ姿でポーズをとるラクウェル・ウェルチ、インドのヨガ行者とともに絨毯にすわったビートルズのメンバーと恋人のブロンド娘たち。さらに、さまざまな場所の写真もある。朝日に輝く首都の川、薄く雪の積もったバロック様式の広場、夜間の照明に美しく照らされた大通り——レイラは訪れたことがないけれど、いつかは行ってみたい憧れの場所だ。ベルリン、ロンドン、パリ、アムステルダム、ローマ、東京……

そこはいろいろな意味で特別待遇の、レイラの地位を示す部屋だった。ほかの女の子たちの大半は、快適さの点でずっと劣る部屋にいた。ビター・マーはレイラを気に入っていた——正直で働き者だからということもあったが、数十年前、バルカン諸国に残してきた妹に気味が悪いほど似ているせいもあった。

レイラは十七歳のとき、この通りに連れてこられた——警察にはよく知られた詐欺師カップルに、一軒目の娼館へ売り飛ばされたのだ。三年ほど前のことだが、すでに別の人生での出来事みたいに思える。その時期のことを、レイラは決して語らなかった。同様に、なぜ家を飛び出したのか、所持金わずか五リラ二十クルシュ（当時の日本円で約二百円）で身を寄せる当てもなく、どうしてイスタンブルにやってきたのかということも決して語らなかった。自分の記憶は墓地だと見なしていた。人生のいくつかの断片は、その墓地の別々の墓に眠っているので、よみがえらせるつもりはないのだった。

この通りに来て最初の数カ月は、ひどく暗澹《あんたん》として、絶望に縄でくくりつけられたような日々で、幾度か自殺を考えた。すばやく、ひそやかな死——叶わなくはないだろう。当時、どんな些細なことにもレイラは動揺していた。どんな音もその耳には雷鳴に聞こえた。多少は安全なビター・マーの館へ移ったあとでさえ、やっていける気がしなかった。トイレの悪臭、台所のネズミの糞、地下のゴキブリ、客の口内の腫れ物、ほかの娼婦の手にできた疣《いぼ》、女将のブラウスの食べこぼし染み、そこらじゅうをブンブン飛ぶハエ——あらゆるきっかけで、どうしようもない痒みに襲われた。夜、枕に頭を載せると、銅のようなかすかなにおいを感じ、肉の腐敗臭だと思いあたったとたん、それが爪のあいだに集まって血流に染みこんでくるんじゃないかと気が気でなくなった。何か恐ろしい病気にかかったにちがいないと思った。目に見えない寄生虫が皮膚の下や上を這いまわっていた。娼婦たちが週に一度かよう近場の公衆浴場では、肌が真っ赤になるまでごしごし体を洗い、帰ってくると、枕カバーとシーツを熱湯消毒した。何をしても無駄だった。寄生虫はかならず戻ってきた。

「精神的なものかもね」ビター・マーは言った。「そういう人を見たことあるんだ。だって、ここはちゃんと清潔にしてるからね。気に食わないなら、お戻り。でも言っとくけど、みんな頭のなかの問題だよ。ねえ、あんたの母親も潔癖症だったんじゃないのかい？」

そのひとことで、レイラの寒気はやんだ。もう痒くもならなかった。ビンナズおばさんやヴァンのわびしい屋敷のことを思い出すくらいなら、なんだって断ち切れた。

レイラの部屋のひとつしかない窓からは、裏の建物が見えた。カバノキが一本立っているせまい中庭の向こうにある老朽化した建物で、一階の家具工房のほかには長らく店子が入っていない。工房のなかでは、四十人ほどの男たちが日に十三時間、塵やニスや名もなき化学物質を吸いこみながら、作業に精を出している。その半数は不法移民で、だれも保険には入っていない。おおかたは二十五歳にもなっていない。長く続けられる仕事ではないのだ。樹脂から出るガスで肺がやられてしまう。

作業員たちを監督するのは、めったにしゃべらず、笑顔を見せることもないひげ面の親方だ。毎週金曜、この親方が縁なし帽《タッケ》をかぶり、数珠を手にしてモスクへ出かけたとたん、残った男たちは窓をあけて首を突き出し、娼婦を盗み見ようとする。娼館のカーテンはほぼずっと閉まっているから、たいしたものは拝めない。それでも男たちはあきらめず、まるみのある尻やむき出しの腿がちらりと見えまいかと目を凝らす。そしてじれったい覗き見の成果を互いに自慢し合っては、くすくす笑うのだった。頭のてっぺんから足の先まで塵にまみれているせいで、皺が目立ち、髪が灰色になった彼らは、老人というよりむしろ、この世とあの世のあいだにとらわれた幽霊のように見えた。中庭の反対側にいる女たちは、たいてい無関心でいたけれど、ときたまひとりが、好奇心からか哀れみからか定かでないが、いきなり窓辺に姿を見せ、前腕にたっぷりした乳房を載せて窓台に寄りかかり、手にした煙草の火が消えかかるまで、無言で一服することもあった。

作業員の何人かはいい声をしていて、順番にリードをとりながら、よく歌っていた。じゅうぶんに知ることも優位に立つこともできない世界においては、無料で得られるただひとつの喜びが音楽なのだ。だから彼らは、情熱をこめて、盛んに歌った。クルド語、トルコ語、アラビア語、ペルシャ語、パシュトー語、ジョージア語、チェルケス語、バルーチー語で、彼らは小夜曲を捧げた――窓にシルエットを映し出す、生身の人間というより幻影に近い、謎に包まれた女たちに。

あるとき、聞こえてきた声の美しさに胸を衝かれ、レイラはそれまでずっときっちり閉めてあったカーテンをあけて、家具工房に目をやった。そこには青年がいて、レイラをじっと見あげながら、駆け落ちした男女が洪水に呑まれるという、世にも悲しい譚歌《バラッド》を歌いつづけた。彼の目はアーモンド形で、瞳は磨きあげた鉄の色をしていた。下顎が張り出していて、顎先はくっきりと割れている。レイラを強く惹きつけたのは、そのまなざしの優しさだった。欲望で曇っていないまなざし。向こうが真っ白な歯を見せて微笑みかけてきたので、レイラも思わず微笑み返した。この街には常に驚かされる――その最も暗い片隅に隠れた、汚れなき瞬間に。あまりにとらえがたく、その汚れなさに気づいたときには消え去っているような瞬間に。

「名前はなんていうの？」青年は風の音に負けじと叫んだ。

レイラは教えた。「で、あなたのほうは？」

「ぼく？　名前はまだないんだ」

「だれにだって名前はあるわ」

「まあ、そうだね……でも、自分のは好きじゃなくて。とりあえずは無《ヒーチ》――〝ナッシング〟――って呼んでよ」

次の金曜日、またいるか見てみたときには、その青年はいなかった。その翌週も。だからレイラは、永遠に消えてしまったのだろうと思った。あの見知らぬ青年は、頭と上半身だけでできていて、だれかの想像の産物みたいに、別の世紀の絵画よろしく窓台に立ててあったのだと。

それでもイスタンブルはレイラを驚かせつづけた。ちょうど一年後、レイラは青年と再会することになる――偶然に。ただこのとき、〝ナッシング〟は女性になっていた。

そのころには、ビター・マーはレイラを賓客のもとへ送りこむようになっていた。女将の娼館は政府に認可されていて、館内でおこなわれる商取引はすべて合法であったものの、館外でのそうした行為は認可されておらず、ゆえに税金がかからなかった。この新たな試みに乗り出すことで、ビター・マーはかなりのリスクを負っていた――儲かるリスクではあったけれど。もし見つかれば、起訴されて、ほぼまちがいなく監獄送りになる。だが女将はレイラを信用していて、たとえ捕まっても、だれの指示で働いているか警察に漏らしはしまいと踏んでいた。

「あんたは口が堅いだろ？　いい娘《こ》だね」

ある夜、警察がボスポラス海峡の両岸で、数十のナイトクラブやバーや酒屋の手入れをおこない、未成年のクラブ客や麻薬常用者やセックスワーカーが大勢捕まった。気がつくとレイラは、長身でがたいのいい女と監房でふたりきりになっていて、女はナランと名乗ったあと、隅に寝転んで、ぼんやりとハミングしながら長い爪でリズミカルに壁を叩きはじめた。

それが聞き覚えのある歌――あの悲しいバラッド――でなかったら、だれだか気づかなかったかもしれない。はっと気をそそられ、レイラはその女を観察し、きらきらして暖かみのある茶色の目と、張り出した下顎と、顎先の割れ目を見てとった。

「ナッシング？」息を呑み、半信半疑でレイラは訊いた。「あたしのこと覚えてる？」

女は首をかしげ、少しのあいだなんとも言えない表情をしていた。それから、満面に人懐こい笑みを浮かべて飛び起き、低い天井に危うく頭をぶつけそうになった。

「あの娼館の女の子だね！　こんなとこで何してんの？」

留置場でのその夜、ふたりとも染みだらけのマットレスでは眠れなかったので、初めは暗闇のなかで、やがて明け方の薄明かりのなかで、互いに話しこんだ。ナランの説明によると、前に会ったときは、あの家具工房でほんのいっとき働いて、性転換手術のためのお金を貯めていたのだという。手術は思っていたより困難で費用も高くついたうえに、〝担当の形成外科医がとんでもなくいやなやつだった〟そうだ。それでもナランは、とにかくあまり大きな声では、文句を言わないようにした。〝ムカつくけど〟、やり遂げると心に決めていたから。ナランはこの歳までずっと、初めて発音する外国の言葉と同じくらい違和感のある体に押しこめられてきた。中央アナトリア地方で農業と牧羊を営む裕福な家庭に生まれたけれど、全能の神が犯したあまりにも明らかなまちがいを正すため、この街にやってきたのだった。

朝になると、夜通しすわっていたせいで腰が痛み、脚も丸太のようにむくんでいたにもかかわらず、レイラはいくらか重荷がおりたように感じた――ほとんど忘れていたその軽やかな感覚がいま、全身を満たしていた。

釈放されるや、ふたりはすぐにでもお茶を一杯飲みたくて、ボレキ屋へ向かった。一杯が数杯になった。その日以後、ふたりは連絡を絶やさず、同じ角の店で定期的に会うようになった。離れているときでさえ、互いに伝えたいことが山ほどあるのに気づき、手紙のやりとりをはじめた。ナランはよくレイラにはがきを送ってきたが、文面は裏にボールペンで走り書きしてあって、綴りはまちがいだらけだった。一方レイラは便箋を好み、万年筆を使って、何年も前にヴァンの学校で習ったように、整った丁寧な字を書いた。

ときおり、ペンを置いてビンナズおばさんのことを考え、彼女が人知れずアルファベットを恐れていたのを思い出すことがあった。レイラは何度か家族に手紙を書いていたが、一度も返事をもらっていなかった。送った手紙はどうなったのだろう――だれの目にもふれない箱にしまってあるのか、それとも破り捨てられたのか。受け取りを拒否されて郵便配達人が持ち帰ったのだろうか、もしそうなら、どこへ？　歓迎されず読まれもしないままの手紙が、ひっそりと行き着く場所がどこかにあるにちがいない。

ナランは、タクスィム広場からほど近い大釜工場《こうば》通り沿いの、じめじめした地下のフラットに住んでいた。床板が水平でなく、窓枠が曲がっていて、壁が傾いているそのフラットは、ひどくおかしな造りで、担当者がハイな状態で設計したとしか考えられなかった。ナランはそこを、ほかのトランスジェンダー四人と、ナランにしか見分けがつかないらしい、つがいのウミガメ——トゥッティとフルッティ——と共有していた。豪雨のたびに水道管が破裂したりトイレの水があふれたりしたが、幸い、ナランの見るところ、トゥッティとフルッティは泳ぎが得意なのだった。

〝ナッシング〟というあだ名が、ナランのように我の強い女にはしっくりこないので、レイラは代わりに〝郷愁《ノスタルジア》〟と呼ぶことにした——ナランが、どう見ても捨て去ってせいせいしている過去を思って涙ぐむからではなく、この街で深刻なホームシックにかかっているからだ。ナランは田舎とその豊かなにおいを恋しがり、屋外の広い空の下で眠りたがった。田舎なら、四六時中、背後に気をつけている必要もない。

威勢がよくて勇敢で、敵には獰猛、大切な相手には誠実なノスタルジア・ナラン——レイラの最も勇ましい友。

ノスタルジア・ナラン、五人のうちのひとりだ。

ナランの物語

かつて、そして長いあいだ、ナランはアナトリアの農家の末息子で、オスマンと呼ばれていた。掘り起こしたばかりの土のかぐわしさと、野草の香りとともに過ごす日々は忙しかった。畑を耕し、ニワトリを飼育し、乳牛の世話をし、ミツバチが確実に冬を越せるようにする……。一匹のハチは、ティースプーン一杯ぶんのハチミツを作るためだけに、その短い一生を捧げる。オスマンはよく思ったものだ、自分は一生をかけて何を創り出すのだろう――心底ぞくぞくすると同時に、ぞっとする疑問だ。村には夜が早く訪れた。日が落ちたあと、兄や姉たちが寝入ってしまうとすぐ、ナランは籐製のランプの脇のベッドで身を起こした。ゆっくりと、自分にだけ聞こえるメロディに合わせて両手をあちこちへ曲げ、向かいの壁で踊る人影を形作る。みずから創作した物語のなかで、ナランはいつも主役を演じた――ペルシャの女流詩人、中国の王女、ロシアの女帝。役柄はがらりと変わっても、ひとつだけ変わらないものがあった。空想のなかのナランは常に女の子で、決して男の子ではなかった。

学校では、まるきりちがう状況に置かれた。教室というのは、物語のための場所ではなかった。そこは規則と反復のための場所だった。単語を綴るのにも、詩を暗記するのにも、アラビア語の祈りを朗唱するのにも四苦八苦し、ほかの子たちになかなかついていけないのに気づいた。教師――冷淡で気難しい男で、教室を行きつ戻りつしては、手にした木の定規で行儀の悪い生徒を叩く――はナランにつらくあたった。

学期ごとに上演される愛国劇では、人気のある生徒たちがトルコの戦争の英雄役を得ようと争い、クラスの残りはギリシャ軍の兵士役に甘んじた。だがオスマンはギリシャ兵の役でもよかった――さっさと死んで、劇が終わるまで床に倒れていさえすればいいからだ。ただ、毎日のようにからかいやいじめを受けるのはいやだった。そんな行為がはじまったのは、男子のひとりが裸足のナランに目を留め、爪のペディキュアに気づいたときからだった。〝オスマンは女みたいなやつだ！〟。一度そういうレッテルを貼られてしまったら、あとはもう、額に的を描いて毎朝教室に入っていくのも同然だった。

金も財産もある両親は、子供たちをもっといい学校へやることもできたのだが、父は都会や、都会の人間に不信の念を抱いていて、子供には農業を学ばせることを選んだ。オスマンは、都会の同年代の少年がポップシンガーや映画スターの名前を知っているように、植物や薬草の名前を知っていた。人生は予測可能で安定した、原因と結果のたしかな連鎖だった。人々の機嫌は稼いだ金の量によって決まり、稼ぎは収穫によって決まり、収穫は季節によって決まり、季節はアッラーの手にゆだねられ、アッラーはだれのことも必要としない。オスマンが一度だけそのサイクルから抜け出したのは、徴兵の義務を果たすために家を離れたときだった。軍隊では、ライフルの手入れの仕方や、銃の装塡の仕方、塹壕の掘り方、屋上からの手榴弾の投げ方といった、いつかまた役立てるのは遠慮したい技能を学んだ。ほかの兵士四十三人と寝泊まりしている宿舎では毎晩、懐かしい影絵遊びを復活させたくなったが、そこには空いている壁も素敵なオイルランプもなかった。

兵役から戻ってみると、家族は以前と少しも変わっていなかった。だがナランは変わっていた。自身の内面が女性であることはずっとわかっていたけれど、軍隊での試練のおかげで肝が据わり、妙なことに、ほんとうの自分として生きる勇気が湧いてくるまでになった。運命の気まぐれか、折しも母が、そろそろ結婚して孫の顔を見せてほしいと言ってきた、孫ならすでにたくさんいるというのに。ナランが拒んだにもかかわらず、母は息子にふさわしい妻探しに本腰を入れた。

結婚式の夜、招待客らが楽団の太鼓に合わせて手拍子を打ち、若い花嫁がゆるくベルトをした衣装を着て上階の部屋で待っているあいだに、オスマンはこっそり家を出た。頭上で、自分の息遣いと同じくらい耳慣れた、ワシミミズクとイシチドリの鳴き声が聞こえていた。十二マイル歩いて最寄りの駅にたどり着き、二度と戻らない覚悟で、いちばん早いイスタンブル行きの列車に飛び乗った。当初は野宿をしながら、清潔さに欠ける評判の悪い公衆浴場で、マッサージ師として働いた。その後まもなく、ハイダルパシャ駅のトイレ掃除をはじめた。オスマンが同胞たる人間に関するだいたいの確信を固めたのは、このふたつ目の職でのことだった。人間の本質について知ったふうに語ろうとするなら、まずは何週間か公衆トイレで働いて、確たる理由もなく人々がすることをその目で見るべきだ——だれかが掃除することになるのを知っていながら、壁の散水ホースをずたずたにし、ドアの取っ手を壊し、至るところに卑猥な落書きをし、ハンドタオルに小便をかけ、そこらじゅうにありとあらゆる汚物を垂らすといった行為を。

こんなのはナランの想像していた街ではなかったし、こんな人々と同じ公道や脇道を歩くなんてまっぴらごめんだった。とはいえ、ここイスタンブルでしか、外見を内面のほんとうの姿に変えることはできないから、とどまり、耐え忍んだ。

オスマンはもういない。いるのはナランだけで、昔に戻ることはありえない。

4分

心臓の鼓動が止まってから四分後、儚い記憶がレイラの意識に浮かびあがるとともに、スイカのにおいと味を運んできた。

一九五三年八月。こんなに暑い夏は数十年ぶりよ、母さんはそんなふうに言っていた。レイラは十年という年月をぼんやり想像した——それってどれだけの長さ？　長い年月を感覚でとらえようとしても、シルクのリボンみたいに指のあいだから滑り落ちてしまう。先月、朝鮮戦争が終わり、おばさんの弟は無事に故郷の村へ戻ってきた。いま、おばさんには別の心配事があった。前回とちがって、今回の妊娠は順調らしかったが、そのわりに昼も夜もずっと具合が悪いのだ。繰り返しひどいつわりに襲われ、食べた物を吐かずにいるのが難しいほどだった。暑いのがまたよくなかった。父さんはみんなで休暇に出かけようと言いだした。地中海のそばのどこかへ、保養に行こうと。父さんは自分の弟と妹も誘い、それぞれの家族を連れてこさせた。

マイクロバスにぎゅう詰めになって、一同は南東部沿岸の漁業の町へ向かった。全部で十二人いた。運転手の隣にすわったおじは、きらめく陽光を顔に受けながら、学生時代の面白おかしい話を披露し、話のネタが尽きると愛国賛歌を歌いはじめ、けしかけて全員に合唱させた。父さんまでが声を合わせた。

おじはすらりとして背が高く、髪は地肌近くまで短く刈ってあり、青みを帯びたグレーの瞳と、先端がカールした長いまつげの持ち主だった。美男だとみなが言っていて、同じ褒め言葉を聞き飽きるほど聞いてきた影響が、傍目にわかるほど態度に表れていた。そのふるまいは、家族のほかの面々には明らかに欠けている余裕に満ちていた。

「見よ、偉大なアカルス一家のお通りだ！　おれたちだけでサッカーチームを作れるぞ」おじはいまそう言っていた。

母さんと後部にすわっていたレイラは、声を張りあげた。「選手の数は十一人だよ、十二人じゃなくて」

「そうなのか？」おじは言い、振り返ってレイラを見た。「じゃあおれたちが選手で、おまえは監督だ。指示を出して、なんでもさせたいことをさせればいい。なんなりと従いますよ、監督」

一度きりでもボスになれると思うと嬉しくて、レイラは顔を輝かせた。それからの道中ずっと、おじは楽しそうに調子を合わせていた。途中停車するたびに、レイラのためにドアをあけ、飲み物とビスケットを持ってきて、午後に小雨が降ったあとには、レイラの靴が汚れないよう、道の水たまりを越えるときに体を持ちあげてくれた。

「その子はサッカーの監督か、それともシバの女王か？」横で見ていた父さんが言った。

おじは言った。「彼女はうちのサッカーチームの監督で、おれの心の女王なのさ」

それを聞いてみながにっこりした。

長くてゆっくりした道のりだった。運転手は手巻き煙草を吹かし、渦巻きつつ頭上へ立ちのぼった細い煙が、もやもやした筆記体の文字を綴っていた。外では、太陽が強烈に照りつけていた。バスのなかは、空気がカビくさくて息苦しかった。熱いビニールの座面で腿の裏がひりひりするので、レイラはずっと両手を脚の下に入れていたが、そのうちだるくなってきてあきらめた。綿のショートパンツの代わりに丈の長いワンピースか、楽なシャルワール（イスラム文化圏で着用される、ゆったりした股下の短いズボン）を着てくればよかったと思った。幸い、麦わら帽は忘れずに持ってきていて、その片側には真っ赤なサクランボの飾りがついていた——これがほんとうに美味しそうに見えるのだ。

「帽子を交換しようか」おじが言った。本人はつばのせまい白の中折れ帽をかぶっていて、あまり日よけにはならないものの、よく似合っていた。

「うん、そうしよう！」

日が暮れたあとも、新しい帽子を頭に載せたまま、レイラは窓の外のかすんだ高速道路や、走り過ぎる車のライトを眺めた。その光の条《すじ》は、カタツムリがよく庭に残す、銀白色のねばねばした這い跡に似ていた。高速道路の向こうには、小さな町々の街灯が輝いていて、そこかしこに民家の集落があり、モスクやミナレットのシルエットも見えた。そうした家々にはどんな家族が住んでいるのだろう、そしてもしいるとしたら、どんな子供たちが、このバスを見てどこへ行くのかと考えているのだろう。目的地に着くころには、もう夜が深まり、レイラは中折れ帽を胸に抱いて眠りこんでいた。小さくて淡いその影を窓に映し、建物の脇をふわふわと漂わせながら。

レイラが驚き、そして少しがっかりしたのは、これから休暇を過ごす場所を見たときだった。古くて、どの窓の網戸も破れていて、カビが点々と壁を伝い、庭の踏み石のあいだにイラクサや棘のある雑草がはびこっていた。それでも嬉しいことに、水を入れて行水できる木製のたらいが中庭にあった。道の先の野原には、大きなクワの木がそびえ立っていた。吹きおろす山風がその木にぶつかると、紫色のクワの実が降ってきて、服や手に染みがついた。快適な家ではなかったが、いつもとちがう冒険気分にはなれた。

年上のいとこたちはみな、何かと機嫌を損ねるティーンエイジャーで、年端もいかないレイラと同じ部屋になるのはいやだと言い張った。母さんがあてがわれたのは、いくつかのスーツケースがやっと収まるくらいのせまい部屋だったので、そこもだめだった。だからレイラは幼子たちと一緒に寝るしかなかった。おねしょをする子もいれば、夢の内容によっては眠ったまますくすく笑う子もいた。

深夜、レイラは寝つけなくて、目を見開いてじっと横たわり、あらゆるきしみや、通り過ぎるあらゆる影に警戒していた。蚊が飛んでいる音がするということは、網戸の穴を通り抜けてきたにちがいなかった。蚊は何匹も頭のまわりに群がり、耳もとでブンブンうなった。そいつらは真っ暗になるのを待って、同時に部屋へ忍びこんできたのだ——蚊も、レイラのおじも。

「眠ってるか？」おじは初めて来たとき、レイラのベッドのへりに腰かけてそう訊いた。囁き近くまで声を落とし、幼児たちを起こさないように注意して。

「うん……ううん、あんまり」

「暑いよな？　おれも眠れなかったんだ」

レイラは変に思った。それなら台所に行っていれば、冷たい水を一杯飲めたのに。冷蔵庫には鉢に盛ったスイカのスライスもあるから、夜中に軽く食べるにはもってこいだろう。さっぱりするし。スイカは、なかに赤ん坊を入れてもまだ余裕があるくらい、すごく大きくなることがあるのをレイラは知っていた。でもそのことは言わないでおいた。

おじはレイラの心を読んだかのようにうなずいた。「長居はしないよ、ほんのしばらく——妃殿下がお許しくださるなら」

レイラは微笑もうとしたけれど、顔がこわばっていた。「うーん、いいよ」

おじはさっとシーツを脇へ寄せて、レイラの隣に横たわった。彼の鼓動が聞こえた——大きくて速い。

「トルガの様子を見にきたの？」ぎこちない間を置いて、レイラは訊いた。

トルガはおじの末息子で、窓辺の幼児用ベッドで眠っている。

「みんな眠れてるかたしかめたくてな。だがおしゃべりはよそう。起こすといけないから」

レイラはうなずいた。たしかにそうだ。

おじの腹がゴロゴロ鳴った。照れくさそうに笑って言う。「おっと、たくさん食べすぎたせいだな」

「あたしも」そんなことはないのに、レイラは言った。

「ほう？　どれどれ、どのくらいお腹いっぱいなのかな」おじはレイラの寝間着を引っぱりあげた。「手を置いていいか？」

レイラは何も言わなかった。

おじはレイラのへそのまわりに円を描きはじめた。「ふーむ。おまえはくすぐったがり屋か？」

レイラは首を横に振った。たいていの人がくすぐったがるのは足や腋の下だ。レイラは首のまわりが敏感だったが、それをおじに教えるつもりはなかった。自分のいちばん弱いところを人に教えたら、絶対にそこを狙われる気がした。だから口をつぐんでいた。

最初、おじの描く円は遠慮がちで小さかったが、だんだん大きくなって、大事なところに達していた。レイラは恥ずかしくて身を引いた。おじはじりじりすり寄ってきた。レイラの嫌いなもの――嚙み煙草と、お酒と、揚げナス――のにおいがした。

「おまえはずっとおれのお気に入りだった」おじは言った。「気づいていたはずだぞ」

あたしがおじさんのお気に入り？　たしかにあたしをサッカーチームの監督にしてくれた、けどそれでも。混乱しているのを見て、おじはもう一方の手でレイラの頬を撫でた。「どうしておまえがいちばん好きなのか知りたいか？」

答えを聞いてみたくて、レイラは待った。

「ほかの子たちみたいにわがままじゃないからだ。賢くて、愛らしい。そのまま変わるんじゃないぞ。

変わらないって約束してくれ」

レイラはうなずき、おじがこんなふうにレイラを褒めるのを聞いたら、年上のいとこたちがどんなにむくれるだろうと思った。ここにいないのが残念だ。

「おれを信じるか？」暗闇のなかで、おじの目はふたつのトパーズの結晶に見えた。

そこでレイラは、またうなずいた。後年、レイラは自分のその態度――力を持つ年長者への無条件の服従――を呪うようになる。

おじは言った。「もっと大きくなったら、男の子たちからおまえを守ってやる。やつらがどんなふうか知ったら驚くぞ。おまえには絶対近寄らせない」

おじはレイラのおでこにキスをした。ちょうど、イード・アルフィトルのたびに家族で訪ねてきて、ボンボンやお小遣いをくれるときみたいに。それと何も変わらないキスだった。そして戻っていった。

その最初の夜は。

次の夜、おじは現れなかったので、レイラはすべての出来事を忘れてしまおうとした。だが三日目の夜に、おじはまたやってきた。今度はもっとにやにやしていた。スパイシーな香りが漂っている――アフターシェーブ・ローションを塗ってきたってこと？ 近づいてくるのが見えたとたん、レイラは目を閉じて、眠ったふりをした。

静かに、おじはシーツを脇へ寄せて、レイラに添い寝してきた。またレイラのお腹に手を置いて、今度は前より大きな円を、執拗に描く――もう自分のものだと思いこんでいるものを探し求めて。

「おまえの義理のおばさん《イエンゲ》の具合が悪くて、きのうは来られなかった」約束を果たせなかったのを謝るかのように、おじは言った。

廊下の先で、母さんがいびきをかいているのが聞こえた。父さんとおばさんは上階の、浴室に近い大きな部屋をあてがわれていた。おばさんは夜中の変な時間に何度も目を覚ますから、ひとりで寝たほうがいいんじゃないかと、みなが言っているのを聞いた。つまり、おばさんはもう悪魔と闘っていないということ？　あるいは、悪魔がついに闘いに勝ったということかもしれない。

「トルガがおねしょしてる」レイラは目をあけて、そう口走った。

なぜ言ったのか自分でもわからない。その男の子がそんなことをするのは見たことがなかった。

おじは面食らっていたとしても、そういうそぶりは見せなかった。「ああ、知ってるよ。おれがなんとかするから、おまえは気にしなくていい」

おじの生温かい息が首にかかった。無精ひげが伸びていて、肌がちくちくする。レイラはサンドペーパーを思い出した。父さんがもうじき生まれる赤ん坊のために木製のゆりかごを作っていて、それをすべすべに仕上げるのに使っていた。

「おじさん――」

「シーッ。おれたちのせいでみんなが起きてしまうぞ」

おれたち。ふたりはチームなのだ。

「握ってくれ」おじは言い、パジャマのズボンの前の、股のところへレイラの手を押しさげた。レイラはびくっとして手を引っこめた。その手首をつかんで、おじはまた強引に股間へ導き、不満げで苛立った声を出した。「握れと言っただろ！」

手のひらの下に、レイラは硬いものを感じた。おじはもだえ、うめき声を漏らし、歯を食いしばった。前後にせわしく動き、呼吸が速くなっていく。レイラは硬直して、じっと横たわっていた。もうおじにふれてもいなかったが、本人はそれに気づいていないようだった。おじは最後に一度うめいて、動きを止めた。荒い息をしていた。鼻を突くにおいが漂い、シーツが濡れていた。

「おまえのせいでこんなことになったぞ」口がきけるようになると、おじは言った。

レイラはとまどいと恥ずかしさを感じた。これはいけないことで、起きてはならなかったことだと本能的に察していた。自分のせいだ。

「おまえは悪い子だ」おじは言った。まじめくさった、ほとんど悲しげな顔をしていた。「そんなに愛らしくて無邪気に見えるのに、それはただの仮面なんだな。腹の底は、ほかのみんなと同じくらい汚れてるんだ。行儀の悪いやつめ。よくもおれをだましたな」

罪の意識がレイラを刺し貫き、あまりの痛みに動くこともできなかった。涙が目にあふれてくる。泣くまいとしたけれど、だめだった。いまやレイラは泣きじゃくっていた。

おじはしばらくそれを眺めていた。「わかった、もういい。おまえが泣くのは見ていられない」ほぼ同時に、しゃくりあげるのはおさまったが、レイラの気分はちっともよくならず、ひどくなる一方だった。

「まだおまえが好きだ」おじは唇をレイラの口に押しつけた。

口にキスされたのはそれが初めてだった。全身が麻痺していた。

「心配するな、だれにも言わない」レイラの沈黙を承諾のしるしと受けとって、おじは言った。「だが、おまえが信用に値する人間かどうかは証明してもらうぞ」

なんて長ったらしい言い方だろう。信用に値する人間。その意味さえよくわからない。

「おまえもだれにも言ってはいけないってことだ」レイラの考えを先読みして、おじは言った。「つまり、これはおれたちの秘密になるんだ。それを知っていいのは、おれとおまえのふたりだけだ。第三者が知ることは許されない。じゃあ訊くが、おまえは秘密を守るのが得意か？」

得意に決まっている。レイラはすでに多すぎるほどの秘密を胸にしまっていた——これでまたひとつ増えるだけだ。

のちに、大人になっていく過程で、レイラは何度となく、おじはなぜ自分を選んだのかと自問したものだ。アカルス家は大家族だった。ほかにも子供はいた。レイラがいちばん器量がよかったわけではない。いちばん頭がよかったわけでもない。実のところ、自分は少しも特別ではなかったと思う。くよくよ考えつづけたあげく、ある日、それがいかにおぞましい問いであるかに気づいた。〝なぜ自分だった？〟というのは、裏を返せば〝なぜほかのだれかじゃなかった？〟ということで、そんな考えを持った自分に嫌気がさした。

モスグリーンの鎧戸を備え、小石の浜との境目まで丸太杭と横木の柵をめぐらせてある別荘。女たちは食事を作り、床を掃き、皿を洗い、男たちはトランプや、バックギャモンや、ドミノで遊び、子供たちは見守りもされずに駆けまわり、ふれたものにはなんにでもくっつくイガを投げつけ合う。地面にはつぶれたクワの実が散らばっていて、室内の布製品はスイカの染みだらけになっている。

海辺の別荘。

レイラは六歳、おじは四十三歳だった。

ヴァンに戻ったその日、レイラは熱を出して寝こんだ。口のなかに金属の味を感じ、みぞおちの奥がきりきりと痛んだ。体温があまりに高いので、ビンナズとスザンがふたりでレイラを抱えあげて浴室へ運び、冷たい水に浸した——なんの効き目もなかった。レイラは酢で湿らせたタオルを額に、タマネギの湿布を胸に、茹でたキャベツを背中に、ジャガイモのスライスを腹の全面に当てて、ベッドに寝かされた。数分おきに、卵の白身を足の裏に塗りつけられた。夏の日の終わりの魚市場みたいなにおいが、家じゅうに充満していた。何をしてもだめだった。意識が途切れては戻り、目の前でちらちらした光が躍るなか、レイラは意味不明なことを言ったり、歯ぎしりしたりしていた。

ハルーンが地元の床屋に連絡した——ほかの多くの務めの合間に、割礼や、抜歯や、浣腸もやってのける男だ——ところが彼は急用で出かけていた。それで、代わりに女性薬剤師を呼びにやった。ハルーンにとっては容易な決断ではなかった。その女を好ましく思っていなかったし、向こうもそれは同様だったからだ。

彼女の本名をはっきり知っている者はいなかった。だれにとっても〝女性薬剤師〟で、だれに訊いても変人だという話だったが、腕はたしかだった。肉づきのいい、澄んだ目をした寡婦で、髪をその笑みに劣らず固いシニヨンに結い、注文仕立てのスーツときりりとした小ぶりの帽子を身につけ、人前でしゃべり慣れた者らしく自信たっぷりに話す。世俗主義や現代性、その他西洋に由来する多くの概念の擁護者でもある。一夫多妻に断固として反対する彼女は、ふたりの妻を持つ男が嫌いなことも、考えるだけで虫唾が走ることも隠さなかった。彼女の目には、迷信深く、科学時代に順応することを頑なに拒むハルーンとその家族全員が、自分の思い描くこの矛盾した国の未来の対極にいるように映っていた。

それでも、彼女は助けにきた。シナンという息子を連れて。その子はレイラとほぼ同じ歳だった。独身の働く母親に育てられているひとりっ子——聞いたこともない境遇だ。この町の人々は、ときに軽蔑や、嘲りさえこめて、よくその母子《おやこ》の噂をしていたものの、程度には気をつけていた。陰口をきいてはいても、女性薬剤師のことを大いに尊敬していたし、思わぬときに彼女の助けを必要とする事態になっていたからだ。そんなわけで、母子は完全には受け入れられずとも許容されて、社会の片隅で暮らしていた。

「いつからこんな状態なんです?」到着するなり、女性薬剤師は訊いた。

「ゆうべからです……。思いつくかぎりのことをしたんですけど」スザンが言った。

ビンナズが隣でうなずく。

「ええ、何をしたかは見ればわかります――タマネギやらジャガイモやらでね」女性薬剤師は呆れ顔で言った。

そしてため息をつきながら、地元の床屋が少年たちの割礼パーティに携えていくのとよく似た、黒い革鞄を開いた。銀色の箱とガラス瓶と計量スプーンをいくつかと、注射器一本を取り出す。

そのあいだ、母親のスカートの後ろに半ば隠れた息子のシナンは、頭を横から突き出し、ベッドの上で汗だくになって震えているレイラを見つめていた。

「ママ、あの子、死んじゃうの?」

「シッ、ばかなこと言わないの。あの子は大丈夫よ」女性薬剤師は言った。

そこでやっと、レイラは声の出所をたどろうと顔を横に向け、薬剤師の女性と、彼女が持った注射器の針と、その先端でダイヤモンドのかけらのように輝いている滴を目にした。そして泣きだした。

「心配しないで、痛いことはしないから」女性薬剤師は言った。

レイラは何か言おうとしたけれど、その力がなかった。まぶたがぴくぴくしたのと同時に、意識が飛んだ。

「じゃあ、どちらのかたでもいいけど、手を貸してもらえます？　この子を横向きにするので」女性薬剤師は言った。

ビンナズが即座に進み出た。自分も何か手伝いたいスザンは、意味のある仕事がないかと目を走らせ、ベッド脇のテーブル上のボウルに酢を注ぎ足すことに決めた。つんとしたにおいが部屋にたちこめる。

「あっち行って」レイラはベッドのそばのぼやけた人影に向かって言った。「おじさん、行って」

「何を言ってるのかしら」スザンが怪訝そうな顔で言った。

女性薬剤師はかぶりを振った。「なんでもないわ、幻覚を見てるんです、かわいそうに。注射を打ったら落ち着きますよ」

レイラの泣き声が悲痛な色を帯びた——あえぐように、大きく嗚咽している。

「ママ、待って」心配そうに眉を寄せて、シナンが言った。

シナンはベッドに歩み寄り、レイラの顔の近くに身を乗り出して、耳もとで優しく話しかけた。

「注射を打たれるときは何か抱いてるといいよ。ぼくんちには、ぬいぐるみのフクロウとサルがいるけど、フクロウがいちばんかな」

話すうちに、レイラの嗚咽はだんだんと、ゆっくりした長いため息に変わり、やがてすっかりおさまった。

「ぬいぐるみを持ってなかったら、ぼくの手を握っててていいよ。気にしないから」

シナンはそっとレイラの手をとった。手応えがまるでなく、死んでいるみたいだった。ところが驚いたことに、針が刺しこまれたそのとき、レイラは指をシナンの指にからませ、そのまま放さなかった。

そのあと、レイラはたちまち眠りに落ちた。濃密な、深い眠りに。気がつくとレイラは海岸の沼地にいて、アシの茂みのなかをひとりで歩いていた。その先には大海原が広がり、荒い三角波が寄せては砕けている。見ると、おじが遠くの釣り舟から大声でレイラを呼んでいて、しけをものともせず軽々と漕いで、鼓動と同じ速さで近づいてきた。慌てて引き返そうとしたものの、ねばねばした泥に足をとられてろくに動けない。そのとき、かたわらに心強い存在を感じた――女性薬剤師の息子だった。ダッフルバッグをかついで、ずっとそこに立っていたにちがいない。

「ほら、これあげる」と彼は言い、ぴかぴかのアルミ箔で包まれたチョコレートバーをバッグから引っぱり出した。それを受けとると、レイラはあんなに不安だったのに緊張がほぐれていくのを感じた。熱がさがって目を覚まし、ようやくヨーグルトスープを少し飲めるようになると、レイラはすぐにシナンのことを尋ねた。近いうちにまた顔を合わせることも、地味だけど頭がよくて、ちょっと不器用で、優しくてひどく照れ屋なその男の子が、人生最初の真の友達となることもまだ知らずに。

レイラの雨宿りの木にも、逃げ場所にもなり、レイラのすべてと、レイラの夢見たことすべて、そして結局、夢破れたことすべてを目にしたシナン。

シナン、五人のうちのひとりだ。

シナンの物語

母子の住まいは薬局の上階にあった。片側には牛や羊がのんびりと草を食む放牧場が、反対側には古くて荒れた墓地が見える、小さなフラットだ。午前中、シナンの部屋にはたっぷり日が差すけれど、夕方以降は薄暗くなる――学校から帰ってくるのはそのころだ。毎日、シナンは首にかけて持ち歩いている鍵でドアをあけ、仕事に出ている母親の帰宅を待つ。台所の調理台には夕食が用意してある。母は手の込んだものを作っている時間がないので、簡単な食事だ。母は学校の弁当にも軽食を持たせる――チーズとパン、それにやたらと卵を入れる、やめてと言っているのに。同じクラスの男子は、卵くさいと言ってシナンの弁当をばかにした。そして〝エッグタルト〟とあだ名をつけた。そういう子たちはちゃんとした家庭料理を持ってきていた――ブドウの葉のサルマ（葉物野菜で具を巻いて煮込んだ料理）、ピーマンの肉詰め、挽肉のボレキ……。彼らの母親は主婦だ。この町では、どこの母親もみな主婦のようだった。シナンの母親以外はみな。

　ほかの子たちはみな大家族の一員で、いとこやおばや兄弟姉妹や祖父母の話をするけれど、シナンの家には自分と母親しかいなかった。昨春に父が死んでからずっと、母とふたりきりだ。心臓発作での急死だった。母はいまも同じ部屋で、夫婦の寝室で眠っている。一度、母は寄りそい慣れた体を手探りするかのように、ベッドの使っていない半面を愛おしげに撫でながら、もう一方の手で自分の首や乳房にさわっていた――シナンには理解できない熱望に駆られて。母は顔をゆがめていたが、しばらくして、泣いているのだと気づいた。シナンは胃に焼けるような痛みを感じ、無力さに震えた。母が泣くのを見たのはそれが初めてだった。

　父はトルコ軍に属する兵士だった。信を置いていたのは、進歩、理性、西洋化、啓蒙――シナンはそうした言葉の正確な意味をまだ知らなかったけれど、よく聞かされて耳慣れたせいか、親しみを感じていた。この国はいずれ、ヨーロッパ諸国並みに開けた文明国になるだろう、と父はいつも言っていた。〝人は地形を変えることはできないが、運命を欺くことはできる〟と。この東部の町の人々のおおかたが無知で、宗教と厳格なしきたりの重みに押しつぶされていようとも、きちんとした教育を受ければ、過去から救われる望みはある。父はそう信じていた。そして母も。ふたりして仕事に精を出し、新たな共和国の模範的な夫婦となって、明るい未来を一緒に築こうと決めていた。ともに強い意思と勇敢な心を持った、兵士と薬剤師。シナンはその血を引くひとり息子で、ふたりの最大の美点である、進歩的な精神を受け継いでいたが、性格も外見も、両親に似ているとは言いがたいことを不安に思っていた。

父はすらりとした長身で、髪はガラスのようにつや光りしていた。何度となく、シナンはヘアトニックと櫛を手に鏡の前に立ち、父の髪型を真似ようとした。オリーブオイルやレモンジュースや靴墨も試し、あるときバターの塊を使ったら、とんでもないことになった。何をしてもだめだった。ぽっちゃりした顔立ちで身ごなしのぎこちない自分が、笑顔も姿勢も非の打ちどころのない兵士の息子だとだれが信じるだろう？　父はこの世を去ったかもしれないが、あらゆるところに存在していた。シナンは、自分がこの世を去っても、これほどぽっかり空洞を残すとは思えなかった。ときどき、母の悲しげな、物憂い視線を感じると、なぜ夫の代わりにこの子が死ななかったのかと思っているんじゃないかと、つい考えてしまう。そんなときは、ひどく孤独で惨めな気分に陥って、身動きもできなくなる。やがて、孤独が極まったころ、母がそばへ来て、あふれんばかりの愛情をこめて抱きしめてくれ、勝手に思いつめた自分が恥ずかしくなる。それで少し安心もするけれど、頭のなかにはなおも、こんな疑いが居すわっている――自分はどんなにがんばっても、どんなに変わっても、母を何かしら失望させつづけるんじゃないだろうか。

シナンは窓の外を見た――すばやく、こっそりと。墓地が怖いのだ。一度嗅いだら忘れがたい、異様なにおいがした――とりわけ、世界が黄褐色に変わる秋には。数世代にわたって、この家の男は早死にしていた。父も、祖父も、曾祖父も……。どれだけ気を強く持とうとしても、自分も遠くない将来、そこに葬られることになるのだろうという予感は振り払えなかった。母はよく墓地へ行って、夫の墓を掃除するか、花を植えるか、ときにはただ墓前にすわるかしていたが、シナンはそれを窓から覗き見ていた。以前の母はいつもきちんと化粧をして髪を整えていたので、枯れ葉を服にくっつけて泥土のなかにすわっている姿を見るとぎょっとしたし、母が見知らぬ人になってしまったようで、少し怖かった。

　近所の人たちはみな、老いも若きも薬局を利用していた。ときどき、黒いブルカ（イスラム教徒の女性が頭から全身を覆う、目の部分だけメッシュになった外衣）姿の女たちが子供連れでやってきた。あるとき、これ以上赤ん坊を授からないようにする方法はないかと女の人が訊いているのを耳にした。もう十一人も子供がいるんです、と言っていた。母はその人に小さな四角い箱を持たせて帰した。一週間後、その人がまたやってきて、ひどい腹痛を訴えた。

「あれを飲みくだしたですって？」母は声を荒らげていた。「コンドームを？」

　上階で、シナンはじっと耳をそばだてていた。

「あれはあなたじゃなく、ご主人が使うものですよ！」

「わかってます」女の人は疲れた声で言った。「でも使ってくれるように言っても聞かないんで、自分が飲んだほうがよさそうだと思ったんです。それでも効き目はあるんじゃないかと」

　母はひどく腹を立て、その人が帰ったあともずっとぶつぶつ言っていた。

「田舎の人ってどこまで無知で愚かなの！　ウサギみたいに子供を殖やして！　こんな、無学な人が学のある人よりずっと多いままで、この哀れな国が近代化する日はいつ来るの？　うちはひとりだけ子供をつくって、大事に育ててる。そのあいだにあの人たちが悪ガキを十人産んで、面倒見きれないって言われても知らないわよ。勝手に自活させろっていうの！」

母は死んだ人には優しいけれど、生きている人には厳しい。だがシナンは、死んだ人より生きている人にこそ優しくするべきだと思っている。だって、結局、この世界を理解しようともがいてるのは生きている人じゃない？　髪にバターのかけらをくっつけた自分とか、コンドームを飲んじゃったあの女の人とか……。学があるかないか、現代的か否か、東洋的か否か、大人か子供かにかかわらず、だれもがちょっと途方に暮れていて、傷つきやすくて、自信がなさそうに見える。ともかく、シナンの目には。たとえば自分は、どこか不完全な人の隣にいるほうが、いつも居心地よく感じる。

5分

心臓の鼓動が止まってから五分後、レイラは弟の誕生を思い出していた。その記憶は、香辛料をきかせたヤギのシチュー——クミン、フェンネル・シード、クローヴ、タマネギ、ジャガイモ、トマト、羊の尾の脂肪、ヤギの肉——の味と香りをともなってきた。

レイラが七歳のとき、弟は生まれた。待ちに待たれた息子、タルカンだ。父さんはこのうえない喜びようだった。ここ数年ずっと、その瞬間を待ち望んでいたのだ。第二夫人が産気づいたとたん、父さんはラクのグラスを置いて部屋に閉じこもり、何時間もソファに横たわったまま、レイラが生まれた日とまったく同じように下唇を噛んだり、数珠玉をいじったりしていた。

赤ん坊が生まれ落ちたのは、一九五四年三月の、いつになくうららかな日の午後のことだったが、レイラが弟に会わせてもらえたのは夕方遅くなってからだった。

レイラは手で髪を梳きながら、おそるおそるゆりかごに近寄った——前もってこうと決めた表情を顔に浮かべて。望みもしない人生の邪魔者なんか好きになるもんかと身構えていた。ところが、そのバラのつぼみのような顔や、ふくふくした頬や、柔らかい粘土みたいにくぼみのできた膝に目が留まった瞬間、弟を愛さずにはいられないことを悟った。身じろぎもせずに、レイラは待った。弟がいまにも挨拶の言葉をかけてくれそうな気がして。その顔つきにはどこか普通でないところがあった。なんだか、快いメロディに心奪われた旅人が、足を止めてその音色に聞き入っているように見えたので、レイラはなぜそうなのか考えてみた。不思議なことに、家族のだれともちがって、弟の鼻は平たくつぶれた感じで、目は少し吊りあがっていた。遠くからはるばるここまで旅してきたような雰囲気があった。そのせいでなおさら、弟が愛おしくなった。

「おばさん、この子にさわってもいい？」

錬鉄製の四柱式ベッドで身を起こして、ビンナズはにっこりした。目の下に濃いくまが出ていて、頬骨あたりのきめ細かい肌は乾いて突っぱっているようだ。午後じゅうずっと、ビンナズは助産婦や隣人たちと一緒だった。その人たちが帰ったいま、ようやくレイラと息子とこの静かなひとときを味わっていた。

「もちろんいいわよ」

父さんがサクラ材から削り出してサファイアブルー色に塗ったゆりかごは、持ち手からぶらさげた魔除けの目玉ビーズで飾られていた。トラックが外を走り過ぎて窓を震わすたび、ビーズはそのヘッドライトの光をとらえ、極小の太陽系の惑星みたいに回転する。

レイラが人さし指を伸ばすと、赤ん坊はすかさずそれをつかんで、ベルベットの肌ざわりの口もとへ引き寄せた。

「おばさん、見て！　あたしを放したくないって」

「あなたを大好きだからよ」

「そうなの？　あたしのこと知りもしないのに」

ビンナズは目配せした。「きっと天国の学校であなたの写真を見てたのね」

「何それ？」

「あら、第七天国には教室を何百と備えた大きな学校があるのよ」

レイラは微笑んだ。正規の教育を受けそこなったのをずっと悔やんでいるおばさんにとっては、きっとそれが天国の想像図なのだ。自身が学校にかよいはじめて、そこがどんなところかもう知っていたレイラとしては、大いに異論があった。

「そこの生徒はね、まだ生まれてない赤ん坊なの」ビンナズは続けた。レイラが何を思っているかには気づいていない。「机の代わりに、長い黒板の前にゆりかごが並べてあるのよ。どうしてかわかる？」

目にかかった髪の房を吹き払って、レイラは首を横に振った。

「黒板に男の人や、女の人や、子供の写真が貼ってあるからよ……すごくたくさんのね。赤ちゃんはそれぞれ、どこの家に生まれたいか選ぶの。弟はあなたの顔を見るなり、当番の天使にこう言ったのよ。〝あそこがいい！　あの人にお姉ちゃんになってもらう！　どうかぼくをヴァンの家にやって〟って」

レイラの笑みが大きくなった。目の端に、空中を漂っていく羽がちらりと見えた——たぶん屋上に隠れているハトか、頭上を飛んでいる天使の翼のだろう。学校という点は疑問だけれど、おばさんの想像する天国を好きになろうと決めた。

ビンナズは言った。「これからは、三人ずっと一緒よ——あなたと、わたしと、この赤ちゃんと。わたしたちの秘密を覚えてる？」

レイラははっと息を呑んだ。あの脱毛の日以来、どちらもその話題を持ち出さずにいた。

「この子には、スザンじゃなくてわたしがあなたの母親だって教えるつもりよ。そうしたら、わたしたち三人はひとつの大きな秘密を持つことになる」

レイラは考えこんだ。これまで、秘密というのはふたりの人間が共有するはずのものだった。まだそのことを考えていると、家のなかに呼び鈴の音が鳴り響いた。母さんがドアをあけたようだ。廊下でがやがやと声がする。聞き覚えのある声だ。おじと奥さんと三人の息子たちが、出産のお祝いにやってきたのだ。

客たちが部屋に入ってくると同時に、レイラの顔に影がよぎった。弟のすべすべした手を振りほどいて、レイラは後ろへさがった。眉間に険しく皺が寄る。視線を落とし、完全に左右対称なペルシャ絨毯のへりを時計まわりに歩くダマジカの列を見つめる。その模様は、毎朝黒い制服を着て鞄を肩に掛け、教室まで縦一列で歩いていく自分たち小学生を思い出させた。

ひっそりと、レイラは床にすわり、立てた両膝を引き寄せて、絨毯をじっと眺めた。よく見ると、すべてのシカが規則に従っているわけではないのに気づいた。一頭だけ、両前足を持ちあげて立ち止まり、顔を恨めしそうに後ろへ向けている。反対方向の、ヤナギの木の茂った緑の谷へ引き返したがっているのだろうか。その利かん気なシカを注視しているうちに、レイラの目はかすみだし、シカは、まるで魔法で生命を与えられたかのように、その立派な枝角に陽光を浴びて、レイラのほうへ向かってきた。草原の香りを胸いっぱいに吸いながら、レイラはシカのほうへ手を伸ばした——その背中に飛び乗って、この部屋から逃げ出したい一心で。

そのあいだ、だれもレイラに注意を払っていなかった。みな、赤ん坊のまわりに集まっていた。「ちょっとぽっちゃりしてないか?」おじが言った。そっとタルカンをゆりかごから抱きあげ、高く掲げる。

赤ん坊はひどくへなへなしていて、首がやけに短く見えた。何かがおかしかった。だがおじはそれに気づかないふりをした。「末はレスラーだな、おれの甥は」

父さんは豊かな髪を指で掻きあげた。「いや、レスラーはごめんだな。息子は大臣になるんだ!」

「やめてくださいな、政治家なんて」母さんが言った。

みなが笑った。

「実は、へその緒を町役場へ持っていくよう助産婦に言ったんだ。なかに入れなかったら、庭に隠してくると約束してくれた。だから、いつか息子がここの町長になっても驚かないでくれ」

「見て、笑ってるわ。この子もその気なのよ」派手なピンクの口紅を塗った、おじの奥さんが言った。だれもがタルカンの機嫌をうかがい、順々に抱っこしながら、甘い声であやしたり、言葉にもなっていないお愛想を言ったりしていた。

父さんの目がレイラをとらえた。「どうしてそんなにおとなしい?」

おじが問いかけるような顔つきでレイラのほうを向いた。「うむ、おれのお気に入りの姪はなぜきょうはだんまりなんだ?」

レイラは答えなかった。

「ほら、おいで」おじは指で顎にふれた。これから洒落や面白い話を聞かせようというとき、そのしぐさをするのを見たことがある。

「ここでいい……」声がか細く消えていく。

おじのまなざしが、好奇から疑惑に似たものに変わった。

そんな視線を注いでくるおじを見て、レイラはどっと不安に襲われた。胃がむかむかしてきた。ゆっくりと、レイラは立ちあがった。片方の足から別の足へと体重を移し、気持ちを落ち着かせる。スカートの前の皺を直したあと、両手は力なく垂れた。

「もう行っていい、父さん？　宿題があるの」

大人たちはわけ知り顔でレイラに微笑みかけた。

「ああ、いいとも」父さんは言った。「勉強してきなさい」

部屋を出ようとレイラが歩きだすと、孤独なシカが立ちつくしている絨毯がその足音を消した。背後でおじが小声で言うのが聞こえた。「おやおや！　赤ん坊に嫉妬してるんだな、かわいそうに」


翌朝、父さんはガラス職人を訪ね、空よりも青く、礼拝用の敷物よりも大きな魔除けビーズをひとつ注文した。タルカンの誕生から四十日目には、ヤギ三匹を生け贄にし、その肉を貧しい人々に配った。そうやって、しばらくのあいだ、父さんは幸せそうで誇らしげにしていた。

数カ月後、タルカンの口のなかにふた粒の米が現れた。最初の歯が生えたいまが、その子の将来の職業を決めるときだった。近所の女たち全員が招かれた。そして女たちは、コーランを読む日ほど控えめでなく、脚を脱毛する日ほど大胆でもない服装でやってきた。きょうの彼女らはその中間の、母であり、家庭の主婦であることを示す装いをしていた。

タルカンの頭上には、大きな白い傘が開いて差しかけてあり、その上に女たちが鍋いっぱいの麦粥を注いだ。赤ん坊はちょっとびっくりした様子で傘に降りかかる麦粥を見つめたが、みなが安堵したことに、泣きはしなかった。第一のテストには合格した。この子は強い人間になるだろう。

今度は、赤ん坊は絨毯にすわらされ、さまざまな物――札束、聴診器、ネクタイ、鏡、数珠、本、はさみ――に取り囲まれた。札束を選んだなら、銀行員になる。聴診器なら医者、ネクタイなら政府の役人、鏡なら美容師、数珠ならイマーム、本なら教師、そのどれでもなくはさみに手を伸ばしたなら、きっと父親の跡を継いで、仕立屋になる。

少しずつ、半円状に集まってきた女たちが、息を詰めて待ち受けた。ビンナズおばさんの顔は真剣そのもので、少しうつろな目で、ハエを叩こうとする人のように、その対象だけを見つめている。レイラはこみあげてくる笑いをこらえた。弟を見ると、重大な岐路に立って運命の道筋を選ぼうとしていることなど知りもせずに、親指を吸っている。

「さあ、こっちへおいで」おばさんが、本のほうを示して言った。息子が先生になったら――校長先生ならなおのこと――素敵じゃない？　そうなったら毎週、鼻高々で学校の門を通って息子を訪ねるだろう。子供のころ、行きたくて仕方なかったのに入れてもらえなかった場所に、ついに受け入れられるのだ。

「だめ、こっちよ」母さんが数珠を指さして言った。母さんに言わせれば、家族にイマームがいるほど名誉なことはないのだった。家族みなを神に近づけてくれるであろう、良い選択だ。

「気はたしかかい？」年配の隣人が声高に言った。「みんなに必要とされるのは医者だよ」聴診器のほうへ顎をしゃくりながら、赤ん坊を目で追って甘ったるい声で言う。「こっちだよ、坊や」

「いや、だれよりもお金を稼ぐのは弁護士だと思うよ」その隣にすわっていた女が言った。「どうやらそれを忘れてたらしいね。ここには憲法の写しが見あたらないもの」

そのあいだ、タルカンはとまどいの目をまわりの品々に向けていた。結局どれにも興味を示さず、客たちに背中を向ける。そのとき初めて、無言で背後に立っていたレイラに目を留めた。とたんに、その表情が和らぐ。姉のほうへ手を伸ばし、レイラのブレスレット——編んだ茶色の革紐に青いサテンの細幅リボンを通したもの——を腕から奪いとって、それを宙に掲げた。

「へええ！　この子、先生にはなりたくないんだ……イマームにも」レイラはくすくす笑って言った。

「あたしになりたいのよ！」

レイラの喜びようがあまりに無邪気で自然だったので、大人たちはがっかりしつつも、しぶしぶ笑いに加わった。


筋肉の張りや制御力に乏しい虚弱な子供、タルカンは、しじゅう体調を崩した。ちょっと体力の要ることをするだけでへとへとになるようだった。年齢のわりに体も小さく、どうも均整のとれていない成長の仕方をしていた。時が経つにつれ、タルカンの体に異常があるのはだれの目にも明らかになったが、それを公然と口に出す者はいなかった。二歳半になったときようやく、父さんはタルカンを病院に連れていくことを承知した。レイラはついていくと言い張った。

本降りの雨のなか、診療所に着いた。父さんはタルカンをシーツのかかったベッドに寝かせた。タルカンは父さんからレイラへ、また父さんへときょろきょろ目を移し、いまにも泣きだしそうな面持ちで下唇をさげていて、レイラはもう何度感じたかわからない、強すぎて痛いくらいの愛情の波に襲われた。温かくてまるい弟のお腹にそっと手を置き、微笑みかける。

「やはり問題があるようですね。息子さんの病状についてはお気の毒です――稀に起こることでしてね」タルカンを診察したあと、医師は言った。「こういうお子さんは物を習い覚えることができません、努力してもほぼ無意味です。どのみち長くは生きられません」

「どういうことでしょう」父さんは懸命に声を抑えていた。

「この子は蒙古症（ダウン症候群の旧称）です。耳にされたことはありませんか」

父さんは無言で身じろぎもせず、虚空を見つめていた。まるで質問をしたのは自分のほうで、じっと返答を待っているかのように。

医師は眼鏡をはずし、それを明かりにかざした。さほど汚れてはいなかったと見え、すぐに鼻の上に戻した。「息子さんは正常ではありません。きっともうお気づきでしたでしょう。何せ、一目瞭然ですから。なぜそんなに驚いておられるのか理解に苦しむほどです。ところで、奥さまはどちらに？」

父さんは咳払いをした。どうしても必要なとき以外は若妻を外出させないことにしているのを、この親切ぶった男に話すつもりはないのだ。「家におります」

「そうですか、一緒に来てくださっていればよかったのですが。奥さまが状況をよく理解なさることが大事なのです。あなたから話していただけますか。西洋には、こうした子供たちのための施設があります。生涯をそこで過ごすので、だれにも迷惑はかけません。しかし、ここではそうした支援が得られません。奥さまが息子さんの世話をすることになります。たやすいことではありません。愛情を抱きすぎないようにとお伝えください。たいていは思春期に至るまでに亡くなってしまいますので」

胸騒ぎをこらえつつ、その一言一句に耳を傾けていたレイラは、医師を鋭くにらみつけた。「うるさい、ばか、人でなし！　なんでそんなひどいことばっかり言うの？」

「レイラ……行儀が悪いぞ」父さんが言った――ただ、ほかのときならもっと厳しい口調だったかもしれない。

　レイラの存在を忘れていたかのように、医師はまごついた顔で振り向いた。「大丈夫だよ、お嬢ちゃん、きみの弟は何もわからないんだから」

「わかるもん！」レイラはガラスが割れんばかりの声で叫んだ。「この子は全部わかってる」

　その剣幕に面食らって、医師はレイラの頭を撫でようと手を持ちあげたが、考えなおしたにちがいない。その手をすぐにおろしたから。


　父さんはタルカンの病気を自分への当てつけととらえた。きっと自分は、神の怒りを招くような過ちを犯していたのだ、過去と現在の過ちのせいで罰せられているのだと。アッラーは明々白々たるメッセージを送ってきていて、受けとるのを拒もうものなら、さらなる不幸が続くにちがいなかった。これまでずっとむなしい生き方をしてきて、自分が全能の神に何を望むかということばかりに気をとられ、全能の神が自分に何を望むかということは考えもしなかった。レイラが生まれた日に禁酒を誓っておきながら、自分はその誓いを破ったのではなかったか？　守らなかった約束と果たしそびれた務めだらけの半生だ。自我《ナフス》の声をどうにか黙らせたいま、彼は名誉挽回する気満々だった。長老《シェイフ》に相談したのち、その助言に従って、フランス風《アラ・フランガ》の婦人服を仕立てるのをやめた。露出の多いドレスや短いスカートは、もう作らない。自分の腕はよりよい目的のために役立てることにした。残された時間があとどれだけであろうと、神を畏れる心を広めることに人生を捧げるつもりだった。なぜなら自分は、神を畏れることをやめたとき人々に降りかかる不幸について語れる、生き証人なのだから。

ふたりの子供たちの世話は、ふたりの妻にまかせればいいだろう。夫婦生活とも、セックスとも、もう縁を切る。いまではわかるが、そのふたつは、金と同様に、物事をややこしくしがちだ。だから家の裏手の薄暗い寝室に移り、なかの家具をすっかり運び出させた――残したのはマットレス一枚と毛布、オイルランプ、木製のチェスト、シェイフに厳選してもらった数冊の本だけだ。チェストには衣類と数珠と浴用タオルをしまった。安楽さをもたらす品々はすべて、枕さえも手放した。多くの改心した信者のように、自分にとっての失われた歳月を取りもどそうと躍起になった。まわりの人間をみな神――自分の神――のもとへ導きたいと切望するあまり、何十人とは言わずとも、せめて数人は弟子を持ちたくなった。でなければ、ただひとりの献身的な信徒を。その役柄に、自分の娘以上にうってつけの者がいるだろうか。ことにその娘が、無作法で不敬な態度を増長させ、どんどん反抗的な少女になりつつあるときには？

もしタルカンが、数年後にダウン症候群と呼ばれるようになる重い障碍を持って生まれていなかったら、父の期待と苛立ちはふたりの子供にもっと均等に向けられていたかもしれないが、こうした状況ゆえ、それらはすべてレイラにのしかかった。そして、その期待と苛立ちは年々増していった。

一九六三年四月十三日。十六歳のレイラは、世界のニュースを丹念に追いかけるのが習慣になっていた。ほかの場所で起こっていることに興味があったのはもちろん、そうしていれば自分の生きているせまい世界のことをあまり考えずにいられたからだ。この午後、レイラは台所のテーブルに広げた新聞に目を凝らして、おばさんのために記事を読みあげていた。遠く離れたアメリカでは、黒人たちに対する不当な処遇に抗議して、勇気ある黒人男性が逮捕されていた。罪状は、許可なくデモ行進をおこなったこと。写真の下のキャプションにはこうあった――〝マーティン・ルーサー・キング牧師、監獄送りに！〟。牧師はびしっとしたスーツと暗色のネクタイを身につけ、カメラのほうへ顔を傾けていた。レイラが目を引かれたのは、その手だった。牧師は優雅に両手をあげ、目に見えない水晶玉を支え持っているみたいに、向かい合った手のひらをゆるく曲げていた。その玉は未来の光景を見せてはくれないけれど、それでも決して落とすまいと心に決めているかのように。

ゆっくりと、レイラはページをめくって国内ニュースの面に移った。アナトリアの数百人の農民がデモ行進をおこない、貧困と失業にあえぐ実状を訴えていた。多数の逮捕者が出ていた。記事によると、アンカラ政府はその抗議行動を鎮圧する構えで、すぐお隣のイランの皇帝《シャー》と同じ轍を踏むまいとしているという。シャー・パフラヴィーは小作農民に土地を分け与えることで彼らの忠誠心を得ようとしたが、その策は功を奏しなかったようだ。ザクロとカスピトラの国では不満が噴出していた。

「やだやだ、世界のめまぐるしさときたら、アフガンハウンドの走りっぷり並みね」レイラが記事を読み終えると、おばさんは言った。「どこもかしこも貧困と暴力だらけ」

はるか彼方の世界に怯えながら、おばさんは窓の外へ目をやった。それは彼女の人生の尽きせぬ悩みのひとつで、これだけの年月を経ても、子供をふたり産んだあとでも、この家から蹴り出される恐怖は少しも薄らいでいなかった。おばさんはまだ安心できずにいるのだ。もう九歳になっていたがコミュニケーション能力は三歳児並みのタルカンは、彼女の足もとで絨毯にすわって、毛糸玉で遊んでいた。尖った角も危険な部分もない毛糸玉は、この子のおもちゃに最適だ。タルカンはこのひと月ずっと具合が悪く、胸の痛みを訴え、いつまでたっても治る気配のない流感に体力を奪われていた。最近だいぶ体重が増えてはいたけれど、やつれた肌の色は青白い。レイラは気遣わしげな笑みを浮かべて弟を眺め、この子はほかの子たちのようには決してなれないとわかっているんだろうかと考えた。わかっていなければいい。そのほうがこの子のためだ。人とちがっていることも、胸の奥でそれを知っていることも、つらいに決まっているから。

そのときは三人のうちだれひとり、レイラが、というか家族のだれかが新聞を読みあげるのはこれが最後になるとは知らずにいた。世界が変わりつつあるとすれば、父さんも変わりつつあった。シェイフが亡くなったあと、彼は新たな心の師を探しつづけていた。春の初めごろから、父さんはヴァンのはずれに拠点を置く、タリーカ（イスラム神秘主義者スーフィーが創設した教団）によるジクル（神の名を含んだ句を繰り返し唱えるイスラム神秘主義の修行）の儀式に参加するようになった。そこの伝道者は、父より十歳若い、乾いた草色の目をしたいかめしい男だった。タリーカは、古くからのスーフィー哲学と、愛と平和と控えめさにまつわる謎めいた教えに歴史的ルーツを持っていたが、今日では厳格と狂信と傲慢を軸としていた。かつては自身の自我《ナフス》との生涯にわたる戦いと見なされていた聖戦《ジハード》は、いまや異教徒との戦いのみを意味するようになっている――そして異教徒はあらゆるところにいるのだ。「われらはまったく同じイスラムの徒であるのに、どうして国と宗教を分離したりできるのか」と伝道者は問うた。このまがい物の二元論は、酒量が多く道徳観念に乏しい西部の人々にはともかく、何をするにも神の導きを求めるここ東部の人々にはおそらく通用しない。世俗主義とは〝悪魔《シャイタン》による支配〟の別名である。タリーカの教団員は全身全霊でそれと戦い、いつの日か、神のつくりたもうたシャリーア（コーランに基づくイスラム法）を復活させることで、人間がつくりだしたこの支配体制に終止符を打つ。

その目的に向けて、教団員はみな、神の御業《みわざ》のために道を切り開かなくてはならない。まずは私生活からだ、と伝道者は助言した。あなたがたの家族——妻や子供たち——が聖なる教えに従って生きていることをたしかめる必要がある、と。

かくして、父さんは家のなかで聖戦に乗り出した。まず、新たな一連のルールを設けた。レイラはもう、女性薬剤師の家にテレビを観にいってはいけない。今後はどんな出版物も、特にアラ・フランガを売りにしたものは読むのをやめること、毎月ちがう女優を表紙に載せる雑誌〈ハイアット〉も当然だめだ。歌唱コンクールや美人コンテストやスポーツ競技会は道徳に反する。短すぎるスカートを穿いたフィギュアスケーターはみな罪人《つみびと》だ。肌に張りつくような着衣の水泳選手や体操選手は、信心深い男たちの淫らな妄想を誘っている。

「あの娘たちはみんな、裸で飛び跳ねているも同然だ！」

「でも、前はスポーツを楽しんでたでしょ」レイラは本人に思い出させた。

「わたしは堕落していたんだ」父さんは言った。「いまはもう目が覚めた。アッラーは、わたしが荒れ野で道に迷うことなど望んでおられなかった」

レイラは父の言っている荒れ野がどんなところかわからなかった。うちの家族は町で暮らしている。大きくはないけれど、町は町だ。

「わたしはおまえのためを思っているんだ。いつか感謝する日が来るぞ」父さんはよくそう言ったものだった。宗教団体の冊子をどっさり並べた台所のテーブルで、レイラを向かいにすわらせて。

数日おきに、母さんは、お祈りのためにとってある優しく哀切な声で、もう髪を覆うようになっているべきなのに、とレイラに繰り返した。頃合いはとうに過ぎていた。一緒に市場へ行って、気に入った布を選ばなくてはいけない、前に合意したとおりに――ただしレイラのほうは、その取り決めにはもう拘束力がないと思っていた。ヘッドスカーフをかぶるのを拒むばかりか、心ゆくまで美しく整え、服を着せ、化粧を施せるマネキンよろしく自分の体を扱っていた。レモンジュースとカモミールティーで髪と眉を脱色していたし、台所のレモンとカモミールがなぜかすっかり消えてしまったときには、母さんのヘナを拝借した。ブロンドになれないなら、赤毛でもいいじゃない？　母さんはこっそりと、家じゅうのヘナを処分した。

　ある日の登校途中、レイラは顎に伝統のタトゥーを入れたクルド人女性を見かけ、それに影響されて、翌週、右足首のすぐ上に黒バラの模様を刻んでもらった。タトゥー用のインクは、この地方の民族に伝わる数百年前からの調合法――焚き火のすす、シロイワヤギの胆汁、シカの脂肪、人間の母乳数滴――で作られていた。針を押しこまれるたび、レイラはぴくりとしながらも痛みに耐え、皮膚の下で無数の棘が暴れているような不思議な感覚を味わった。

　レイラは有名歌手の写真でノートを飾っていた。音楽はハラーム（イスラム法で禁じられたもの）で、ましてや西洋の音楽などもってのほかだと父さんに言われていたのだが。頭ごなしにそう言われたので、このところレイラはもっぱら西洋の音楽を聴いていた。こんな辺鄙な場所でヨーロッパやアメリカのヒットチャートを追いかけるのはなかなか大変だったけれど、どんな機会も逃さなかった。特に好きだったのはエルヴィス・プレスリー、アメリカ人よりもトルコ人に見え、親しみを感じずにはいられない、浅黒い二枚目だ。

　レイラの体は急速に変化しつつあった。腋の下の毛、脚のあいだの黒ずんだ部分。いままでにない肌と、においと、感情。乳房は見慣れないふたりに――鼻先をつんと上に向けたひと組の気取り屋に

——姿を変えた。毎日、鏡で顔を見るときも、だれかほかの人が見つめ返してくるのを半ば期待するような、そわそわした気持ちがともなった。ことあるごとに化粧をしたし、髪はきちんと三つ編みにせずにいつもおろしていて、穿けるときにはいつでもタイトスカートを穿き、最近ではひそかに、母さんの煙草入れからくすねて、煙草を吸いはじめた。クラスにはひとりも友達がいなかった。ほかの生徒たちからは変人か怖い人だと思われていたが、自分でもどちらなのかわからなかった。みな聞こえよがしにレイラの噂話をし、腐ったリンゴ呼ばわりした。レイラは別に平気だった。どのみち、そういう子たち、わけても批判がましい目をして辛辣な物言いをする、評判のいい女子たちのことは避けていた。レイラの成績はよくなかった。父さんは気にしていないようだった。じきに結婚して自分の家族を持つことになるのだから、優等生でいるよりも、善良で、控えめな娘でいることを望んでいた。

この日に至っても、レイラの学校の友達は女性薬剤師の息子ひとりだけだった。ふたりの友情は、年月が経つほどに強く育つオリーブの木のように、時の試練に耐えた。生まれつき内気で無口なシナンは、数字にめっぽう強く、数学ではかならず最高点をとっていた。おおかたの同級生たちの自信に満ちた活発さについていけないせいで、シナンもほかに友達がいなかった。支配的な人たち——クラス担任や校長、そして何より、自分の母親——の横で、シナンはいつもひっそりと自分の殻に閉じこもっていた。ただ、レイラといるときはちがった。レイラと一緒のときは、生き生きと声をはずませて、止めどなく話しつづけた。学校の休憩や昼食の時間のたびに、ふたりは互いの姿を探した。ほかの女子たちがグループで集まったり縄跳びをしたりし、ほかの男子たちがサッカーやビー玉遊びをしているあいだ、ふたりはぽつんと隅にすわって、飽きずにおしゃべりしたものだった。異性間の一定の距離が保たれているこの町で、自分たちに向けられる非難の視線にもかまわず。

シナンは第一次世界大戦と第二次世界大戦について書かれた、目につくかぎりのものを読んでいた――戦闘の名称、爆撃の年月日、レジスタンス運動の英雄……。ツェッペリン型飛行船とその発明者であるドイツのツェッペリン伯爵にまつわる膨大な情報も知っていた。レイラはシナンのそういう話を聞くのが好きだった。あまりに熱をこめて語るので、頭上に浮かんだ飛行船が、その巨大な円筒形の影でミナレットや円蓋をかすめながら大きな湖のほうへ漂っていくのが見えるようだった。

「いつかあんたもきっと何か発明するね」レイラは言った。

「ぼくが？」

「うん、しかもドイツの伯爵のよりずっといい発明になるよ、あっちは人を殺すものだから。だけどこっちは人を助けるものを発明するの。あんたは絶対、びっくりするようなことをやってのけるはず」

シナンに非凡なことをなし遂げる力があると思っていたのはレイラひとりだった。

シナンは暗号とその解読にとりわけ興味があった。戦時のレジスタンス運動の一環としての地下放送、いわゆる〝サボタージュ放送〟について話すときには、嬉々として目を輝かせた。何が伝えられたかに関心があったというより、そのラジオ放送の持つ力に魅入られたのだ。耳を傾けようとする人がそこにいると信じて、隠れてどこへともなく語りかけるその声の、揺るぎない楽観性に。

父さんの知らないところで、レイラに本や雑誌や新聞――どれも自宅ではもう読むことができない――の内容を教えていたのはシナンだった。おかげでレイラは、イギリスに大寒波が襲来したことや、イランで女性が選挙権を獲得したことや、ベトナムでアメリカが苦戦していることを知った。

「例のラジオでの地下放送のこと、ずっと話してくれてるでしょ」校庭に一本だけある木の下にシナンとすわっているとき、レイラは言った。「思ったんだけど、あんたの存在ってそれと似てるよね？

あんたのおかげで、あたしは世界のニュースについていけてるわけだし」

シナンはぱっと顔をほころばせた。「ぼくはきみのサボタージュ・ラジオなんだ！」

チャイムが鳴り、教室へ戻る時間だと告げた。立ちあがって服の塵を払いながら、レイラは言った。

「あんたを〝サボタージュ・シナン〟って呼んだほうがいいかもね」

「ほんとに？　そりゃいいね！」

そんなわけで、町の女性薬剤師のひとり息子は〝サボタージュ〟というあだ名を得た。この少年は、レイラが家出してしばらく経ったある日、はるばるヴァンからイスタンブルへ彼女を追っていくことになる。不満を抱えた者や夢を追う者がみな、いつかは行き着くその街へ。

6分

心臓の鼓動が止まってから六分後、レイラは記憶のなかから薪ストーブのにおいを引き出した。一九六三年六月二日。おじの長男の結婚式があった。婚約者の家族は、シルクロードでの交易で富を得ていた。この地域の多くの者が承知していながらよそ者の前ではあえて口にしないように、かの交易路では絹や香辛料ばかりでなく、ケシの取引もおこなわれていた。アナトリアからパキスタン、アフガニスタンからビルマにかけて、ケシは何百万本と生い茂り、不毛な風景に抗う鮮やかな色をして風に揺れている。その莢《さや》からは、魔法の乳液がじわりじわりとにじみ出て、貧しいままの農民らをよそに、一部の者が大儲けする。

ヴァンでいちばんの高級ホテルで催された贅沢なパーティでは、だれもそんなことは話題にしなかった。招待客らは明け方近くまで飲み騒いだ。煙草の煙がもうもうと立ちこめ、会場じゅうが燃えているように見えた。父さんはダンスフロアに足を踏み入れる者にことごとく非難の目を向けたが、最大級に渋い顔をしたのは、伝統舞踊のハライを踊る男女に対してだった。腕を組み合わせ、慎みという言葉を知らないかのように腰を振るダンスだ。それでも、とやかく言うのは控えていた――弟のために。弟思いの兄なのだ。

翌日、両家の面々が写真館に集まった。交換できるビニール製の背景幕――エッフェル塔、ビッグベン、ピサの斜塔、夕日に向かって身を起こすフラミンゴの群れ――を背に、新郎新婦は新調した高価な衣装を着て汗だくになりながら、かしこまって記念写真に収まった。

レイラは幸せなカップルを脇から眺めていた。花嫁は骨格の整った黒髪の若い娘で、真珠色につやめくロングドレスをきれいに着こなし、白いクチナシのブーケを手に持って、純潔の象徴である赤いベルトをウエストに巻いてそれを明示していた。彼女の前では、レイラは胸の奥に岩が沈んでいるみたいに、ひどく憂鬱な気分になった。ふいにある思いがこみあげてくる――自分は決してあんなドレスを着ることはできない。新婚初夜に処女ではないことを知られた花嫁たちについては、ありとあらゆる話を聞いたことがあった――そういう女は、近所の人たちがレースのカーテン越しに覗き見るなか、暗い通りに足音をむなしく響かせながら、夫に病院へ引っぱっていかれて詳しい検査を受ける。そして実家に送り返され、なんであれその家族が妥当と考える罰を受ける。ふたたび社会に受け入れてもらうことはかなわず、恥辱と汚名を背負った女は、若くしてうつろな顔つきに……。レイラは左手の薬指の甘皮をむしり、血がにじむほど強く引っぱった。馴染みのあるその鋭い痛みで、気持ちが落ち着いた。ときどきこういうことをしていた。だれにも傷跡を見られることのない腿や上腕に、家でリンゴやオレンジを切るのに使うナイフを滑らすと、ぎらりと光る刃の下で皮膚がゆっくりと縮まった。

おじはその日、たいそう誇らしげだった。グレーのスーツに白いシルクのベストと柄物のネクタイという服装をしていた。家族の集合写真を撮る段になると、片方の手を息子の肩に置き、もう一方の手をレイラの腰にまわした。気づく者はいなかった。


写真館からの帰り道、アカルス一家は気持ちのいいパティオと木陰のテーブルがあるパン屋に立ち寄った。オーブンから出したばかりの、食欲をそそるボレキのいいにおいが窓から漂っていた。

おじが全員ぶんの注文をした――大人たちにはお茶をサモワール（金属製の湯沸かし。ティーポットを載せて保温できる）で、子供たちには冷たいレモネードを。息子が裕福な家の娘と結婚したものだから、おじは何かにつけて自分の富を誇示した。つい先週も、みながもっと頻繁に連絡をとれるようにと、兄の家に電話機を贈っていた。

「何かつまめるものも一緒に頼む」おじはウェイターに言った。

数分後、ウェイターが飲み物とシナモンロールをたっぷり盛った皿を持って現れた。タルカンがここにいたら、正直な瞳を嬉しさと、純粋で偽りない喜びで輝かせ、すかさずひとつつかみ取るだろうに、とレイラは思った。どうしてあの子を家族のお祝いに参加させないのだろう。タルカンはどこにも連れていってもらえず、写真館の偽のエッフェル塔を見ることすらかなわない。ほんの小さいころに医者にかかった以外には、庭の垣根の向こうの世界を覗き見てさえいなかった。近所の人たちが訪ねてくると、タルカンは好奇の目にさらされない部屋に閉じこめられた。タルカンがずっと家にいるので、おばさんもそうしていた。レイラとおばさんは、もう親密ではなかった――年を追うごとに心が離れていくようだった。

おじはお茶を注ぐと、グラスを光にかざした。ひと口飲んで、首を横に振る。そしてウェイターを呼びつけ、身を乗り出して、一語一語を大儀そうに、やけにゆっくりと発した。「この色を見てみろ、え？　まだまだ薄いじゃないか。何を入れたんだ？　バナナの葉っぱか？　皿を洗った水みたいな味だぞ」

謝りながら、ウェイターは慌ててサモワールをさげ、その拍子にお茶をぽたぽたとテーブルクロスにこぼした。

「不器用なやつだな」おじは言った。「右手と左手の区別もつかないんじゃないか」そこでレイラのほうを向き、急に猫撫で声を出す。「さて、学校はどうだい？　好きな科目はなんだ？」

「別にない」レイラは肩をすくめて言った。お茶の染みに視線を落としたまま。

父さんが眉を寄せた。「それが年長者への口のきき方か？　礼儀をわきまえろ」

「いいんだよ」おじは言った。「まだ若いんだから」

「若い？　母親はこの歳にはもう結婚して、家事で手を荒らしていたぞ」

母さんがぎくりと姿勢を正した。

「世代がちがう」おじは言った。

「いや、シェイフが言うには、審判の日が近づいている四十の兆しがあるらしくてな。ひとつは、若者が始末に負えなくなっていることだ。昨今の風潮はまさにそうじゃないか？　若い男どもがみんな、だらしないモップ頭にしている。次はどうする気なんだ――女みたいに長く伸ばすのか？　娘にはいつも、注意しろと言い聞かせている。道徳の衰退が著しい世のなかだからな」

「ほかにはどんな兆しがあるの？」おじの奥さんが訊いた。

「正直なところ、全部は覚えていない。わかるだろう、あと三十九もあるんだ。たとえば、大規模な地滑りが起こるとか。海面が上昇するとか。ああ、世界の女性の数が男性をうわまわるというのもあった。なんなら全部解説してある本をあげよう」

レイラは、おじが自分に視線を注いでいるのに、横目で見て気づいた。やや急すぎる動きで顔をそむけたとき、家族客が近づいてくるのが見えた。幸せそうな家族だ。ユーフラテス川のごとく寛容な微笑を浮かべた女性と、優しい目をした男性、髪にサテンのリボンを蝶結びにした女の子ふたり。一家はテーブルを探し、隣の席に落ち着いた。レイラが見ていると、母親は小さいほうの女の子の頬をそっと撫でつつ、小声で何か言ってくすくす笑わせた。大きいほうの女の子は、そのあいだ、父親とメニューに見入っていた。四人は一緒に焼き菓子を選びながら、どれにするのかと尋ね合った。だれの意見もないがしろにされなかった。モルタルで接合した石みたいに、全員がぴったり心を寄り添わせている。それを眺めているうちに、レイラは突然胸が疼くのを感じ、羨望を顔に出してしまっている気がして目線をさげた。

そこへウェイターが、新しいサモワールときれいなグラスをいくつか持って戻ってきた。

おじはグラスをつかんで、お茶をひと口含むなり、まずそうに口もとをゆがめた。「これをお茶と呼ぶとは、たいした神経だな。おまけにぬるいじゃないか」と叱りつけ、礼儀正しくおとなしいその男を相手に、手に入れたばかりの力を振りかざした。

おじの怒りの鉄槌に打たれた釘のように身をすくめ、ウェイターは平謝りしながらあたふたと戻っていった。ずいぶん時間が経ったように思えるころ、ウェイターは三つ目のサモワールを持ってきたが、今度は熱すぎて、立ちのぼる湯気がいつまでもおさまらなかった。

レイラはウェイターの青ざめた顔をうかがった――疲弊した様子で、全員のグラスにお茶を注いでいる。疲弊しているだけでなく、腹立たしいほど屈従している。そのとき、彼の態度に、身に覚えのある無力感がにじんでいるのに気づいた。ほかのだれでもなく自分が弱いせいで、おじの力と権威に無条件に屈していることへの無力感が。にわかに衝動に駆られ、レイラは立ちあがってグラスをつかんだ。「いただいちゃお！」

みなが呆気にとられているうちに、レイラはお茶を口に含み、舌や口蓋を思いきり火傷して涙目になった。それでもどうにか飲みくだし、口の片端をあげてウェイターに笑ってみせた。「ばっちりよ！」

ウェイターはおじを、それからレイラをおどおどと見やった。そして「ありがとうございます」と早口でつぶやき、さがっていった。

「いったいなんのつもりだ？」かっとしたというより面食らった様子で、おじが言った。

母さんが場を和らげようとする。「あら、この子はただ――」

父さんが割りこんだ。「レイラをかばうんじゃない。頭のおかしい人間みたいにふるまったんだから」

レイラは胸が締めつけられるようだった。たったいま、内心ではずっと感じていたけれどそんなはずはないと自分に言い聞かせてきた事実を、目の前に突きつけられた。父さんは、レイラではなくおじの味方なのだ。この先もずっと変わらないだろう。いまそれを思い知った。父さんが本能的にまず助けようとするのは弟のことだ。レイラはむしってかさぶたのできた下唇を嚙みしめた。もっと、ずっとあとになってから、この瞬間の出来事は、ちっぽけでなんでもないことのようだけれど、実はきたるべきことの前兆だったと考えるようになる。人生でこのときほど孤独を感じたことはなかった。

父さんが西洋かぶれした客向けの服を仕立てるのをやめて以来ずっと、家計は苦しかった。前の冬は、広すぎる家のいくつかの部屋しか暖房する余裕がなかったが、台所はいつでも暖かかった。みな一年じゅう、そこで多くの時間を過ごした――母さんが米を選り分け、豆を水に浸し、薪ストーブで食事の支度をするあいだ、おばさんがタルカンをしっかり見守っていた。目を離すと、服を破ったり、転んで痛い思いをしたり、物を飲みこんで窒息しかけたりするのだ。

「レイラ、おまえもきちんと理解しておいたほうがいい」その八月、レイラが本を持ってきて台所のテーブルにすわると、父さんが言った。「われわれが死んで墓のなかでひとりきりになると、天使がふたり――青いのと黒いのが――墓を訪ねてくる。名前はムンカルとナキール、拒まれた者と拒む者だ。ふたりはわれわれに、コーランの章《スーラ》をいくつか暗唱するように言う――一字一句まで正確にな。三回失敗した人間は、地獄行きになる」

父さんは、棚に並んだキュウリのピクルス瓶のあいだに地獄があるかのように、戸棚を指さした。

試験はレイラを不安にさせた。学校では、ほとんどの試験に落第していた。父さんの話を聞いていると、いろいろ想像せずにはいられなかった。青と黒の天使たちがやってきたら、宗教の知識をどんなふうに試験するのだろう。口述なのか筆記なのか、面談形式なのか選択方式なのか。まちがった答えを言ったら減点されるのか。試験の結果はすぐ教えてもらえるのか、それとも合計点が出るまで待たされるのか――その場合、集計にはどのくらいかかるのか。結果を通告するのは、〝当然の報いと永遠の呪い高等審議会〟みたいな名前の最高権力機関だろうか。

「カナダとか朝鮮とかフランスの人たちはどうなの？」レイラは訊いた。

「というと？」

「ええと、ほら……そういう人たちは普通、イスラム教徒じゃないわけで。その人たちは死んだらどうなるの？　つまり、天使たちは彼らにイスラム教の祈りを暗唱させるわけにいかないでしょ」

父さんは言った。「なぜいけない？　だれもが同じ質問を受けるんだ」

「でもほかの国の人たちはコーランを暗唱できないよね？」

「そのとおりだ。まともなイスラム教徒でない者はみな、天使の試験に落第する。まっすぐ地獄行きだ。だからこそわれわれは、できるだけ多くの人々にアッラーのお告げを広めなくてはならない。そうやって彼らの魂を救うのだ」

しばしのあいだ、ふたりはストーブの薪がパチパチとはぜる音にじっと耳を傾けた。それは差し迫った何かを独自の言葉で伝えようとしているみたいに感じられた。

「父さん……」レイラは居住まいを正した。「地獄でいちばん恐ろしいものって何？」

レイラが予想していたのは、サソリやヘビでいっぱいの奈落や、硫黄のにおいのする煮え湯や、凍えるような極寒の地ザムハリーアといった答えだった。でなければ、融けた鉛を飲まされるとか、ザックームの木に生《な》る甘くも美味しくもない悪魔の頭の形の果実を食わされるとか。ところが、少し間を置いて父さんはこう答えた。「神の声だな……。来る日も来る日も、罵り、脅しつづける声だ。おまえたちは機会を与えられたのにわたしを失望させた、よってその代償を払わねばならない、そう罪人たちに繰り返すのだ」

体がこわばっていくなか、レイラの頭はパニックを起こしていた。「神さまは赦してくださらないの？」

父さんは首を振って肯定した。「そうだ――いつか赦すことになさるとしても、その前に罪人はみな、長きにわたって地獄の責め苦を受ける」

レイラは窓の外を見やった。空はまだらの灰色に変わりつつある。一羽きりのガンが、珍しく声も立てずに、湖に向かって飛んでいた。

「じゃあもし……」レイラは肺いっぱいに息を吸い、ゆっくりと吐き出した。「たとえば、悪いとわかっていながら悪いことをしてしまったけど、それは本意じゃなかった場合はどうなるの？」

「それでもだめだ。神はやはり罰をお与えになる。だが一度きりの過ちならば、少しは慈悲を垂れてくださるかもしれない」

レイラはささくれをむしり、親指の爪のきわにぷくりと血がにじみ出た。「じゃあ、一度きりじゃない場合は？」

父さんはまた首を振って、眉根を寄せた。「その場合は、弁解の余地なく、永遠の呪いを受ける。地獄から逃れることはできない。いまは厳しいことを言っているように聞こえるかもしれないが、おまえもいずれありがたみに気づくだろう。おまえに善悪の区別を教えるのはわたしの義務だ。まだ若くて罪のないうちに、おまえはこういったことを知っておく必要がある。あすでは遅すぎるかもしれない。若枝が曲がってしまえば、木はそのように育つ」

レイラは目をつぶった。胸のなかに硬いしこりができはじめていた。自分は若いけれど、この身に罪がないとは思えなかった。すでに恐ろしい罪を犯していた、一度きりではなく、二度でもなく、何度も。おじはいまもレイラに手を出していた。家族の集まりがあるたび、おじは手立てを見つけてレイラに近づいていたが、数カ月前――父さんが腎臓結石を取り除く手術を受けるため、母さんが一週間ほど病院に泊まりこむことになったとき——に起こったことは、口にするのもおぞましく、思い出すだけでいまだに吐き気がした。おばさんはタルカンと一緒に自分の部屋で過ごしていたので、なんの物音も聞いていない。その週ずっと、おじは夜な夜なレイラのもとへやってきた。二度目からは血は出なかったが、ずっと痛みはともなった。拒もうとすると、スイカのにおいのするあの別荘でこんなことをはじめたのはおまえのほうだと、おじはレイラに思い出させた。

おれはよく考えたもんだ、無邪気で可愛らしいあの子が、実は男の心をもてあそぶのが大好きとはどういうわけだ、とな……。あの日のバスでのふるまいを思い出してみろ、おれの気を引こうとしてくすくす笑いどおしだったろう？　なぜあんなショートパンツを穿いてきた？　夜、おまえのベッドにおれがもぐりこむのをなぜ許した？　やめてと言うこともできたし、そう言われたらおれはやめてたのに、おまえは言わなかった。両親の部屋で寝ることだってできたのに、それもしなかった。毎晩おれを待ってた。それはなぜか、自問してみたことはあるか？　なぜなのか、おれは知ってる。おまえも知ってるな。

この身は汚れている、それはたしかだ。その汚れは手のひらの皺と同様、洗い落とせるものではない。そしていま、目の前で父さんがこう言っていた——アッラーはすべてお見通しで、レイラをお赦しにならないだろうと。

恥辱と自責の念は、ずっと昔からレイラの心を片時も離れたことがなく、対をなすふたつの影はどこへ行ってもついてきた。それでも、得体の知れない憤りを感じたのはこれが初めてだった。感情に火がつき、燃えあがる怒りで、全身の筋肉が抑えようもなく引きつった。人間を裁いて罰する方法を山ほど考え出しておきながら、いざ必要とされたときに人間をろくに守りもしない神となど、いっさいかかわりたくなかった。

レイラはいきなり立ちあがり、椅子の脚がタイル張りの床をけたたましくこすった。

「どこへ行く？」父さんが目を見開いた。

「タルカンの様子を見てこなきゃ」

「こっちがまだ終わっていないぞ。勉強の時間だ」

レイラは肩をすくめた。「へえ、そう、あたしはもう勉強なんかしたくない。うんざりよ」

父さんは顔色を変えた。「なんだと？」

「うーんざりだって言ったの」口のなかのチューインガムみたいに言葉を伸ばす。「神、神、神って！　こんなくだらないこと、もうたくさん」

父さんはぐっと身を乗り出し、右手をあげた。そこで、はっとしたように身を引く。ぶるぶる震え、目に失望を浮かべて。父さんの顔には、乾いた粘土のようにひび割れた、新たな皺が刻まれた。ふたりともわかっていた、父さんがもう少しでレイラをぶつところだったのを。

父さんは一度もレイラをぶたなかった。その前にも、あとにも。いくつか短所はあっても、腕力に物を言わせたり、われを忘れて怒り狂ったりすることはなかった。だから、自分をそんな衝動に駆り立て、ひどく邪悪で本来の気質にそぐわぬ何かを目覚めさせたのはレイラだと、ずっと思いこむことになった。

レイラもまた、自分のせいだと思いこみ、それから何年も自分を責めつづけることになる。当時はそれが習慣になっていた——何をしても何を思っても、わが身が罪に浸りきっているからだと考えがちだった。

その午後の記憶は、あまりに深く胸に焼きついていて、歳月が経ったいまもなお、イスタンブルのはずれにある金属製のゴミ容器のなかで、脳が活動を止めようとしているいまに至っても、レイラは薪ストーブのにおいを思い出し、鋭い悲しみに身を貫かれた。

7分

意識がもがきつづけるなか、レイラは乾いて粉っぽく、苦い土の味を思い出していた。

サボタージュ・シナンがこっそり借してくれた〈ハイアット〉誌の古い号に、黒の水着に黒のスティレットヒールという恰好で、プラスチックの大きな輪っかを楽しそうに回転させているブロンド女性が載っていた。写真の下のキャプションには、〝デンヴァーにて、細いウエストでフラフープをぐるぐるまわすアメリカ人モデル、フェイ・ショット〟とあった。

その写真にはふたりとも目を奪われたが、理由はそれぞれちがっていた。サボタージュは、緑の芝生の一角に立つだけのためにハイヒールと水着を身につける意図を知りたいと思った。レイラのほうは、その輪っか自体に興味を引かれた。

レイラの心は十歳の春に舞いもどっていた。母さんと市場へ行く途中、少年の一団が老人を追いかけているのを見かけた。追いつくと、少年たちはげらげら笑い騒ぎながら、老人のまわりにチョークで円を描いた。

「あの人はヤジーディ（複数の宗教の要素が交じった独特な信仰を持つ少数民族）よ」レイラがびっくりしているのを見て、母さんが言った。「自分であそこから出ることはできないの。だれかがあの円を消してあげないと」

「えっ、じゃあ助けてあげようよ」

母さんは困ったというよりうろたえた顔をした。「なんのために？　ヤジーディは邪悪な人たちよ」

「どうしてわかるの？」

「わかるって何が？」

「あの人たちが邪悪だってこと」

母さんはレイラの手を引っぱった。「あの人たちは悪魔を崇拝してるから」

「どうしてわかるの？」

「だれでも知ってるわ。あの人たちは呪われてるの」

「だれに呪われてるの？」

「神さまよ、レイラ」

「でも、神さまがあの人たちを創ったんじゃないの？」

「もちろんそうね」

「神さまはヤジーディとしてあの人たちを創っておいて、彼らがヤジーディであることに腹を立ててる……そんなのおかしいよ」

「いい加減にして！　行くわよ！」

市場からの帰り道、レイラはあの老人がまだそこにいるかたしかめたくて、同じ道を通ると言い張った。大いにほっとしたことに、老人の姿はどこにもなく、円の一部が消えていた。聞かされた話はみんなでたらめで、老人はすんなり歩いて出ていったのかもしれない。だれかが来てくれるまで待ってようやく、監禁を解かれたのかもしれない。それから何年も経ったいま、ブロンド女性のウエストまわりの輪っかを見たとたんに、レイラはその出来事を思い出したのだった。ある人を隔離して閉じこめた同じ形が、ほかのだれかの究極の自由と至福の象徴になるなんて。

「輪っかって呼ぶのやめなよ」レイラがその考えを口にすると、サボタージュ・シナンは言った。

「フラフープっていうんだ！　実は母さんにイスタンブルから取り寄せてもらってさ。必死に頼んだら、ふたつ注文してくれた。ひとつは母さんの、ひとつはきみの。ちょうど届いたとこだよ」

「あたしの？」

「まあ、ぼくのだけど——きみのにしてほしいんだ！　きれいなオレンジ色だし」

「わあ、ありがと、でも受けとれないよ」

サボタージュは譲らなかった。「頼むよ……プレゼントだと思ってもらえないかな……ぼくからの」

「けど、お母さんにはなんて話すの？」

「大丈夫。ぼくがきみのことをすごく大切に思ってるのは、母さんも知ってるから」首から頬まで盛大に赤らめて言う。

レイラは聞き入れた。父さんがいい顔をしないだろうと思いつつも。

だれにも見られずにフラフープを家に持って入るのは至難の業だった。鞄には入らないし、服で隠すこともできない。数日のあいだ庭の落ち葉の下に埋めておこうかと思ったが、名案とは言えなかった。結局、だれもいないときに台所のドアから持って入って、駆け足で浴室まで転がしていった。浴室の鏡の前で、レイラはアメリカ人のモデルがしていたみたいにそのプラスチックの輪っかをまわしてみた。思ったより難しかった。練習が要りそうだ。

頭のなかのジュークボックスから、エルヴィス・プレスリーの曲を選んだ。自分にはまったく縁のない言語で愛を歌った〈トリート・ミー・ナイス〉という曲だ。「ドン……キズ・ミー・ワンス、キズ・ミー・トワイズ、トリト・ミー・ナイズ」最初は踊る気分ではなかったのだが、ピンクのジャケットと黄色のズボン――この町では、ことに男性にはありえない、反乱軍の旗みたいに挑戦的な配色――に身を包んだエルヴィスを、どうして拒めるだろう。

母さんとおばさんが化粧品をしまっている戸棚をあける。そこには、薬の瓶やチューブ入りのクリームに交じって、お宝が眠っていた――口紅だ。鮮やかなサクランボ色。レイラはそれを唇と頬にたっぷり塗った。鏡のなかの少女は、すりガラスの窓を隔てているみたいに、知らない人の目をしてこちらを見つめている。そのなかにほんの一瞬、未来の自分の姿が見えた気がした。よく知っているようで知りつくせないその女が幸せかどうか見定めようとしたけれど、草葉を濡らした朝露のように、その姿は跡形もなく消えた。

おばさんが廊下の細長い絨毯に掃除機をかけていなかったら、レイラは見つからずにすんでいただろう。いつもながらに重々しい、父さんの足音を聞きつけていたはずだ。

父さんは巾着袋みたいに口をぎゅっと引き結んだかと思うと、レイラに雷を落とした。その声は、いましがたまでエルヴィスが独特のダンスを披露していた床に跳ね返った。いまではしじゅう貼りつけている失望の表情で、父さんはレイラをにらみつけた。

「いったい何をやってる？　その輪をどこで手に入れたか言いなさい！」

「プレゼントしてもらったの」

「だれからだ」

「友達よ、父さん。別にいいでしょ」

「ほう？　その顔を見ろ、おまえはわたしの娘か？　もう見分けもつかないぞ。きちんとしつけようとあんなに骨折ってきたのに。信じられん、そんな……娼婦みたいにふるまうとは！　そんな人間になり果てたいのか？　卑しい娼婦に？」

吐き出すように発せられたその言葉の、ざらついた耳障りな響きが、レイラの体に震えを走らせた。娼婦という言葉を聞くのは初めてだった。

その日以後、レイラは一度もそのフラフープを目にしていない。ときおり、父さんはあれをどうしたのだろうと考えることはあったが、訊いてみる勇気はなかった。ゴミに出したのか。だれかにあげたのか。それとも、あれもまた幽霊に変えるべく、土に埋めたのだろうか。それでなくても、この家には前から幽霊がうようよしている気がするのに？

ヤジーディの老人にとっては呪縛の形であり、若いアメリカ人モデルにとっては自由の象徴だった円はこうして、東部の町の少女にとっての悲しい思い出となった。


一九六三年九月。父さんはシェイフに相談したすえ、レイラは手に負えなくなってきているから、結婚する日まで家から出さないのがよかろうという結論をくだした。本人が抗議しても、考えなおしてはもらえなかった。新学期がはじまるところで、卒業の日もいまや遠くなかったというのに、レイラは学校を中退させられた。

木曜日の午後、レイラとサボタージュは一緒に最後の下校をした。少年は打ちひしがれた様子で、絶望に顔をゆがめ、両手をポケットに突っこんで、レイラの数歩後ろを歩いていた。道端の石ころをひっきりなしに蹴り、肩に背負ったリュックサックを揺らしながら。

レイラの家に着くと、ふたりは門のところで立ち止まった。しばらく、どちらも口を開かなかった。

「さよならを言わなきゃね」レイラは言った。夏のあいだにいくらか体重が増え、その頬にはふっくらとまるみが出ている。

サボタージュは額をこすった。「きみのお父さんを説得してくれるよう、母さんに頼んでみる」

「だめ、そんなの。父さんがどんな顔するか」

「どうでもいいよ。きみにこんなことするなんてあんまりだ」と声を詰まらせる。

レイラは顔をそむけた。何よりも、彼が泣くのを見るのは耐えられなかった。「きみがもう学校へ行かないんなら、ぼくも行かない」サボタージュは言った。

「ばか言わないで。お願いだから、お母さんにもこのことは黙ってて。どうせ父さんは会おうとしないよ。ふたりが険悪なのは知ってるでしょ」

「ぼくがご両親と話すのはどう?」

レイラは苦笑した。この無口な友達がそんなことを言い出すのには、かなりの覚悟が要ったはずだから。「あのね、そうしてくれても何も変わらないと思う。気持ちは嬉しいんだよ……すごく」胃のなかにうっとくるものがあり、一瞬ほんとうに吐きそうになって身震いした。なんであれ早朝からずっと自分を持ちこたえさせてきた力が、急に抜けたみたいに。精神的に追い詰められてしまったときいつもするように、レイラはせっかちな態度をとった。このひとときをこれ以上長引かせたくなかった。

「それじゃ、もう行かなきゃ。これからも会えるよね」

サボタージュは首を横に振った。学校は、未婚の若い男女が交流できる唯一の場所だ。ほかにはどこにもない。

「何か手立てを見つけよう」レイラは言った。サボタージュは疑わしげな顔つきだ。その頬に軽くキスする。「ほら、しょんぼりしないで。元気でね！」

もう一度顔を見もせずに、レイラは走り去った。サボタージュは、ここ数カ月で急に伸びた背丈にまだ慣れない様子で、一分近くそこに立ちつくしていた。それから、自分でもどうしてかわからずに、ポケットに小石を詰めはじめた。小石はそのうち石になった。大きいほどよかった。ひとつ加わるたびに重くなるのがわかって。

一方、レイラはまっすぐ庭へ行き、リンゴの木の下にすわった。昔おばさんとふたりで、その木にシルクやサテンの布切れをぶらさげた。バレリーナたちを。上のほうの枝を見ると、布の細い切れ端がいまも風にはためいていた。レイラは温かい地面に手を置き、頭を空っぽにした。ひとつかみ土をとり、それを口に運んで、ゆっくりと噛んだ。酸味が喉に満ちていく。さらに土をつかんで、今度はすばやく飲みくだした。


数分後、レイラは家に入った。リュックサックを台所の椅子に放り出す。ヨーグルトを作るためにミルクを沸かしているビンナズおばさんが、自分をじっと見ているのには気づかずに。

「何を食べてたの？」おばさんは訊いた。

小首をかしげながら、レイラは口の端を舐めた。舌の先が、歯にはさまった砂粒にふれた。

「こっちへ来なさい。口をあけて。なかを見せて」

レイラは言われたとおりにした。

おばさんは目を細くすがめ、それから大きく見開いた。「これは……土？」

レイラは何も言わなかった。

「土を食べてるの？　信じられない、どうしてそんなことするの？」

レイラはなんと言っていいかわからなかった。そういう問いかけを自分にしていなかったから。ただ、いま考えてみると、理由が頭に浮かんだ。「おばさんの村にいた女の人の話、前にしてくれたでしょ？　砂とか、割れたガラスとか……砂利まで食べた人のこと」

「ええ、だけどその気の毒な農家の女性は、妊娠してた——」おばさんは言葉につかえた。そして鋭い目をレイラに向けた。アイロンをかけたシャツに、うっかり皺をつけていないかたしかめるときのように。

レイラは肩をすくめた。また別の投げやりな気分にとらわれ、いままでにないほど心が麻痺していた。ひょっとしてほんとうは、たいした問題じゃないのかも、という気がした。「たぶんあたしもよ」

実のところ、レイラはそもそもどんな徴候があれば妊娠がわかるのか知らなかった。女友達や姉がひとりもいないと、そういうときに困る。訊ける相手がいないのだ。女性薬剤師に相談しようと考え、何度かその話を持ち出そうとしたものの、いざとなると、勇気を奮い起こすことができなかった。

おばさんの顔から血の気がすっかり引いた。それでもまだ、事を軽く考えようとしていた。「ねえ、言っておくけど、そういうことが起こるには、まず男性の体を知らなくちゃいけないの。木にさわっただけで妊娠するわけじゃないのよ」

レイラはおざなりにうなずいた。グラスに水を一杯注ぎ、口をゆすいだあと、残りを飲み干した。グラスを脇に置いてから、低く、感情のこもらない声で言う。「でも知ってるの……。男性の体のことは全部知ってる」

おばさんは両眉を吊りあげた。「何を言ってるの？」

「つまりね、おじさんも男性に入る？」グラスを見つめたまま、レイラは言った。

おばさんはそのまま凍りついた。銅鍋のなかで、ミルクがゆっくりと煮立ってきた。レイラはこんろに歩み寄って火を止めた。


翌日、レイラは話があると父さんに言われた。ふたりで台所のテーブルをはさんですわった。アラビア語の祈りを教わり、墓を訪ねてくる黒と青の天使の話を聞かされたテーブルだ。

「おまえのおばさんからひどく気がかりな話を聞いた……」父さんは間を置いた。

レイラは沈黙したまま、震える手をテーブルの下に隠していた。

「土を食べていたそうだな。二度とそんなことはするな。寄生虫が湧くぞ、聞いてるのか？」父さんは見えない何かを嚙んでいるみたいに、下顎を片側に寄せ、歯をこすり合わせている。「それに作り話をしてはいけない」

「作り話なんかしてない」

窓から入ってくる灰色の光のなかで、父さんはいつもより老けこんで、なぜか小さくなった感じがした。厳しい顔つきでレイラを見つめている。「われわれの心は、ときに思いちがいをさせる」

「あたしを信じないなら、医者に連れてって」

落胆の表情が父の顔をよぎり、それがたちまち険しさに変わった。「医者だと？　町じゅうの噂になるじゃないか。絶対にだめだ。いいか、このことは他人に話すんじゃない。わたしにまかせておけ」

そして前もって覚えてきた答えを口にするかのように、性急に付け加えた。「これは家族の問題だから、家族で協力して解決策を見つける」


二日後、レイラは父さんとまた台所のテーブルを囲んだ。今度は、くしゃくしゃのティッシュを握りしめ、目を赤く泣き腫らした母さんとおばさんも一緒だ。その朝、母さんとおばさんの両方から、妊娠何カ月になるのか質問された。ここ二カ月生理が来ていなかったレイラは、ぐったりしながら、途切れとぎれにふたりに話した——実はきのうの朝、出血がはじまったけど、今回のはなんだかおかしい。量が多すぎるし、痛みがひどすぎる。動くたびにお腹の奥を鋭い針で刺されるみたいで、息もつけなくなる、と。

それを聞いて、母さんは内心ほっとした様子ですぐに話題を変えたけれど、おばさんはレイラの流産に自分の経験を重ねて、悲しそうな目で見つめてきた。「いまのうちだけよ」優しい声でそうつぶやいた。「じきにおさまるわ」女性の体の謎についてだれかがレイラに教えてくれたのは、何年ぶりかのことだった。

それから、母さんができるかぎり言葉少なに、これでもう妊娠については悩まなくていいし、こうなってよかった、〝姿を変えた天の恵み〟だと言った。祈りのなかで、最後の最後で慈悲をかけてくださった神に感謝するとき以外には、すべて忘れて二度と口にしないことだ、と。

「弟と話をした」翌日の午後、父さんが言った。「おまえが若くて……混乱していることはあいつも理解している」

「混乱なんかしてない」レイラはテーブルクロスを見つめ、その複雑な刺繡模様を指でなぞった。

「弟から、おまえが学校で会っている少年のことを聞いたぞ。だれもが噂しているようなのに、われわれは知らずにいた。薬剤師の息子だというじゃないか！　前から気に食わなかったんだ、あの陰険で愛想のない女は。用心しておくべきだった。あの母にして、あの息子だ」

レイラは頰が一瞬で赤らむのを感じた。「サボタージュの……シナンのことを言ってるの？　こんなことに巻きこまないで。友達なんだから。たったひとりの。彼は優しい子よ。おじさんが嘘をついてるの！」

「よさないか。おまえは年長者を敬うことを覚えなくては」

「どうしていつも信じてくれないの――自分の娘でしょ？」気力がたちまち失せていく。

父さんは咳払いをした。「いいか、いまはみな冷静になろう。賢明に事を収めなくてはいけない。親族会議を開いた。おまえのいとこのトルガは善良な子だ。おまえと結婚してもいいと言っている。だから婚約をして――」

「ええっ？」

トルガ――あの別荘の同じ部屋で、夜中に彼の父親がレイラのお腹をさわっているあいだ、幼児用ベッドで眠っていた子だ。その少年がいま、年長の親族によってレイラの未来の夫に選ばれたのだ。

母さんが言った。「トルガがあなたより年下だってことは、わたしたちもわかってる、でもいいのよ。婚約を発表しましょう、そうすれば、あなたたちがお互いにこの人だと決めているってみんなに知れるから」

「うむ、それで口さがない連中も黙るだろう」父さんは続けた。「そのあとおまえは宗教儀式をもって結婚する。数年後に正式な結婚をしてもいい、もし望むならな。アッラーの目で見れば、宗教結婚でじゅうぶんだ」

自分でも意外なほどしっかりした声で、レイラは言った。「どうすればアッラーの目で見るなんてことができるの？　ずっと不思議だったんだけど」

父さんはレイラの肩に手を置いた。「とまどっているのはわかる。だがもうその必要はないんだ」

「じゃあ、もしあたしがトルガとの結婚を拒んだら？」

「おまえはそんな子じゃないだろう」父さんは表情を硬くして言った。

レイラはおばさんのほうを向き、目で助けを求めた。「おばさんはどうなの？　あたしを信じてくれてる？　だってあたしはおばさんを信じたよね、覚えてる？」

一瞬、レイラはおばさんがこくりとうなずいてくれるかと思った――かすかなしぐさでもよかった――が、おばさんは肯定しなかった。代わりにこう言った。「わたしたちみんな、あなたを愛してるのよ、レイラちゃん。普通の生活を取りもどそうとしてるの。この件はお父さんがまるく収めてくれるわ」

「まるく収める？」

「おばさんに突っかかるんじゃない」父さんが言った。

「どっちのおばさん？　この人はあたしの母親だと思ってた。そうなんでしょ、ちがうの？」

だれも答えなかった。

「この家は嘘とごまかしだらけ。ここの生活が普通だったことなんて一度もない。普通の家族じゃないのに……どうしてずっとそのふりをしてるわけ？」

「もうおよしなさい、レイラ！」険しく眉を寄せて、母さんが言った。「ここにいるみんなで、あなたを助けようとしているのよ」

レイラはゆっくりと言葉を発した。「そうじゃないと思う。おじさんを助けようとしてるんでしょ」

胸が張り裂けそうだった。この数年ずっと、閉ざされたドアの奥で何が起こっていたかを父さんに話したらどうなるだろうと恐れてきた。父さんはあれだけ弟思いだから、レイラの話を決して信じないだろうと確信していた。けれどもいま、沈んだ気持ちでレイラは悟った。父さんがほんとうは、こちらの言いぶんを信じていることを。だからこそ、憤怒に身を震わせて女性薬剤師の家に怒鳴りこみ、傷物にされたうちの娘とおまえの息子を結婚させろと迫りはしなかったのだ。だからこそ、身内以外にはひとことも漏らすまいとしているのだ。だれが真実を話していてだれが嘘をついているのか、父さんは知っている。


一九六三年十一月。その月末にかけて、タルカンがひどく体調を崩した。流感をこじらせて肺炎になったのだが、医師が言うには、何よりも衰えているのは心臓らしかった。結婚の予定は延期された。おばさんは心配のあまり取り乱していた。レイラも心配ではあったが、麻痺してしまった心はこのところ鈍さを増すばかりで、感情を表すのがどんどん難しくなっていた。

おじの奥さんがよく手伝いに訪れ、喪中の家でもないのに、手作りのシチューや盆に盛ったバクラヴァを持ってきた。ときどきレイラは、その人が哀れみに近い目で自分を見つめているのに気づいた。おじ本人は顔を見せなかった。そう決めたのが本人なのか父さんなのか、レイラには知るよしもなかった。

　タルカンが死んだ日、家族は家じゅうの窓をあけ放した。その魂が光と場所を交換し、その息が空気に変わり、その姿をとどめたどんなものも安らかに飛び立つことができるように。閉じこめられた蝶みたい、とレイラは思った。そんなふうに、弟は家族のなかに存在していた。みながこのすばらしい子を失望させていた気がしてならない。レイラを含めただれもかれもが、おおかたはレイラ自身が。

　その同じ午後の、真っ昼間に、レイラは家出した。しばらく前から計画していたことで、そのときが来ると、ごちゃごちゃした思いが頭を駆けめぐるなか、大急ぎですべてを準備した。一秒でもためらったら、心がくじけてしまうかもしれないから。そして外へ出た——何も考えず、まばたきもせずに。台所のドアからではない。家族も近所の人たちも、男も女もみなそこにいた。異性どうしが自由に交流できるのは、結婚式か葬式だけなのだ。弔問客たちの声が静まると、イマームがコーランの開端章《スーラ・アル・ファーティハ》を朗唱しはじめた。〝われらを正しい道へ導きたまえ。あなたの怒りを招いた者たちや道を誤った者たちではなく、あなたの恩寵《おんちょう》を受けた者たちの道へ〟

　レイラはそちらではなく家の正面に行って、玄関ドアをあけた。ダイカストのかんぬきと鉄のチェーンのついた、頑丈でどっしりしたドアだが、不思議と軽やかに開く。鞄のなかには、固ゆで卵を四個と冬リンゴを十個ほど入れていた。まっすぐ女性薬剤師の店に向かったが、なかに入る勇気はなかった。外をうろうろして、店の裏の古い墓地をのんびり歩いたり、墓石に刻まれた死者の名前を読んだり、この人たちはどんな人生を送ったんだろうと考えたりしながら、友達が学校から帰ってくるのを待った。

　バスに乗るのに必要なお金を、サボタージュ・シナンが母親からくすねてくれた。

「ほんとにこれでいいの？」一緒にバス停まで歩きながら、少年は訊きつづけていた。「イスタンブルは大都会だよ。あっちに知り合いもいないじゃないか。このままヴァンにいなよ」

「なんで？　あたしがここに残る理由はもう何もないもん」

サボタージュの顔にちらりと悲しみがよぎったのに気づいて、レイラはしまったと思った。彼の腕にふれる。「あんたは別だよ。離ればなれじゃすごく寂しくなると思う」

「ぼくも寂しくなるよ」上唇にはらりと髪を垂らして、サボタージュは言った。ぽっちゃりした少年はもういなかった。最近痩せてきて、まるかった顔はいくらか細くなり、頬骨がはっきりしてきていた。一瞬、何か別のことを言いかけたように見えたが、勇気が出なかったのか、レイラの顔から視線をそらした。

「ねえ、毎週、手紙を書くよ」レイラは約束した。「そのうちまた会おう」

「ここじゃ安全でいられないんだね？」

口には出さなかったけれど、昔聞いたような気がする言葉が、レイラの心のどこかでこだましていた――〝安全に思えるからって、ここが自分に合った場所だとはかぎらない〟

レイラの乗ったバスは、ディーゼル排気と、レモンのコロンヤと、疲労のにおいがした。前の座席の乗客が新聞を読んでいた。その第一面の記事を見て、レイラは目を見開いた。太陽のような笑顔のアメリカの大統領が暗殺されていた。大統領と、スーツに円筒形の縁なし帽という装いの美しい夫人が、最初の銃撃のわずか数分前に、パレード用の車に乗って群衆に手を振っている写真が載っていた。もっと読みたかったのに、ほどなく車内灯が消された。レイラは鞄から固ゆで卵を取り出し、殻をむいて黙々と食べた。やがて時間の流れがゆっくりになり、ひとりでにまぶたが閉じた。

恐ろしく無警戒で無知だった当時のレイラは、イスタンブルなんてどうってことない、このメガロポリスをこっちが逆にやっつけてやる、と思っていた。だがレイラはダヴィデではなく、イスタンブルはゴリアテではなかった。レイラがうまくやれるよう祈ってくれる者も、しくじったときに頼れる者もいなかった。ここでは物がいとも簡単に消えてしまう――到着早々、レイラはそれを学んだ。バス停のトイレで顔と手を洗っているあいだに、だれかに鞄を盗まれたのだ。一瞬のうちに所持金の半分と、残っていたリンゴと、ブレスレット――歯が生えたお祝いの日に弟が掲げてみせたもの――を失った。

トイレの外にあった空の枠箱にすわって、どうしようか考えていると、洗車用の洗剤とスポンジの入ったバケツを運んでいた従業員が近寄ってきた。愛想がよくて親切そうな男で、レイラが困っているのを知ると、力になると言ってくれた。自分のおばのところに一、二カ月身を寄せたらどうかという。店のレジ係をしていたけれど最近退職したおばは、年寄りのひとり暮らしで、話し相手をほしがっているらしい。

「きっといい人なのね、でもあたし、自分だけの住まいを見つけなきゃ」レイラは言った。

「そうか、わかった」若い男は笑顔で言った。そして清潔で安全な近くのホステルの名前をレイラに教え、幸運を祈ってくれた。

夜の帳がおりて、空が低く迫ってきたころ、レイラはようやく教えてもらったホステルにたどり着いた。脇道にあるぼろぼろの建物で、外壁の塗りなおしや清掃をしたのは何年も前だろうと思われた、一度でもしたことがあるなら。レイラは気づいていなかったが、この場所を探しあてたとき、さっきの男があとをつけてきていた。

なかに入ると、汚れて塗装のはげた椅子や、期日の過ぎた薄汚い張り紙だらけの掲示板の横を通って、ロビーの隅まで歩いていった。痩せこけた陰気くさい男が、フロントデスク代わりのがたついた架台式テーブルの前にすわっていて、その奥のカビで汚れた壁の番号付けされたフックに、ルームキーがいくつかぶらさがっていた。

上階の部屋に入ったいま、レイラはなんだか落ち着かず、チェストを押していってドアをふさいだ。古新聞みたいに黄ばんだシーツは、カビのにおいがした。ベッドの上にジャケットを広げて、服のまま横たわった。疲れきっていたせいか、思いのほかあっさりと眠りに落ちた。夜遅く、物音がして目が覚めた。だれかが外の廊下にいて、ドアの取っ手をまわして入ってこようとしている。

「だれ?」レイラは叫んだ。

去っていく足音が廊下に響いた。規則的で、急ぐ様子もない。そのあとレイラは一睡もせず、あらゆる音に耳をそばだてていた。朝になるとバス停に戻った。この街で知っている場所はそこしかなかった。きのうの若い男がいて、運転手たちに長い手足できびきびと水を運んでいた。

今度はレイラもその男の申し出を受け入れた。

彼のおば——甲高い声と、静脈が透けて見えるほど青白い肌をした中年女——は、レイラに食べ物といい服をくれた。翌週から仕事の面接に行くつもりなら〝長所を生かす〟べきだと言って、やけにいい服を。

最初の数日は安心しきって過ごした。寛大で鋭いところはあっても、レイラの心は誘惑に負けやすく、自分では認めたくないけれど、いつしかその若い男の計算ずくの魅力の虜になっていた。ようやくだれかに話せるという安堵に似た気持ちにとらわれていた――でなければ、ヴァンでの出来事を彼に話したりしなかっただろう。

「家族のところには戻れないよな、どう考えても」彼は言った。「なあ、おれはきみみたいな女の子たちを何人か知ってた――ほとんどはしみったれた町の出身だ。ここにうまく居場所を見つけた子もいるが、だめだった子も多い。悪いことは言わないから、おれと一緒にいることだ、さもなきゃイスタンブルにつぶされるぞ」

その言葉つきの何かがレイラを萎縮させた。男がその腹の底に、石臼のように硬くて重い、抑えた怒りを宿しているのがいまわかった。すぐにでもここを出ようと、レイラは心ひそかに決意した。

レイラの動揺を相手は察していた。そういうことが得意なのだ、人の不安を見抜くのが。

「あとで話そう」彼は言った。「あんまり心配するなよ」

まさにその男と女――実のところ、おばではなく稼業の相棒だった――がその同じ夜、レイラを見知らぬ男に売り、それから一週間のうちにさらに数人の相手をさせた。レイラの血も、飲み物も、息も、アルコールに毒されていた。ほとんど記憶がなくなるように、大量に酒を飲まされた。前には見過ごしていたものがいまでは見えた――ドアには南京錠がかかっていて、窓はあかないようにしてあり、イスタンブルはチャンスに満ちた街ではなく、傷だらけの街だった。転落がはじまってからは、水が渦を巻いて排水栓に吸いこまれるように、あっという間だった。その家を訪れる男たちは、年齢層はばらばらで、さまざまな低賃金の単純労働をしていて、ほぼ全員が家庭を持っていた。彼らは父親であり、夫であり、兄だった……。レイラと同じ歳の娘がいる男もいた。

やっとのことで初めて家に電話をかけるとき、レイラは手の震えを止めることができなかった。そのころには、この新たな世界にどっぷりはまりこんでいて、もはやほかに行き場もあるまいと思われたのか、近所ならひとりで出歩かせてもらえた。夜に雨が降ったあとだったので、歩道で同じ湿った空気を吸っているカタツムリを見て、レイラは息苦しさを覚えた。郵便局の前に立って、手探りで煙草を取り出したが、ライターを握る手がわなないた。

ようやく覚悟を決めてなかへ入ると、レイラは電話交換手に料金受信人払いの通話を申しこみ、家族が支払いに応じてくれることを願った。願いは通じた。そして母さんかおばさんが受話器を取るのを待った。どちらが先に話したがるか見当がつかなかったので、それぞれがこういうときどうするかを考えてみた。声が聞こえてきた——両方の。こちらの声を聞くなり、ふたりは泣きだした。そしてレイラも。電話の向こうから、玄関ホールの時計が不変のたしかなリズムを刻む音が聞こえてきて、自分たちを取り巻く不確かさと拮抗した。やがて、沈黙が訪れた。じめじめして、滴の垂れそうな、深い沈黙が。そのねばついた液体に、三人はどんどん沈みこんだ。明らかに、母さんもおばさんもレイラに罪の意識を感じさせようとしていて、実際レイラは感じていた——ふたりには想像もできないほどに。ただ、自分が家を出たあと、母さんが固く心を閉ざしてしまったことも、タルカンに死なれて、おばさんがまた心を病んでいることも、レイラにはわかった。打ちのめされた気分で電話を切ったとき、レイラは二度と家には戻れないことを、いつの間にか陥っていたこの緩慢な死が自分の人生になったことを悟った。

それでもレイラは、折にふれて家に連絡しつづけた。

一度、早く帰宅していた父さんが電話に出た。レイラの声を聞いたとたん、はっと息を呑んで黙りこんだ。無防備な父さんに接したのはこれが初めてだと強く意識しながら、レイラは言うべき言葉を探した。

「父さん《ババ》」と言ったその声が、内心の緊張をさらけ出した。

「そう呼ぶことは許さん」

「ババ……」レイラは繰り返した。

「おまえは家族に恥をかかせた」息をするのも大儀そうに、父さんは言った。「みなに後ろ指をさされているんだ。わたしはもう喫茶店に行くこともできない。郵便局にも出入りできない。モスクのなかでさえ、だれもわたしに話しかけない。通りで挨拶してくる者もいない。まるで姿の見えない幽霊だ。わたしはずっとこう思ってきた。〝わたしが金持ちでないからだろう、宝を見つけられなかったからだろう、息子すらいないからだろう、だが少なくとも名誉は保っている〟とな。もはやそれさえない。わたしは破滅した人間だ。シェイフによると、アッラーはいずれおまえを呪い、わたしは生きてそれを見届けるそうだ。それがわたしの償いとなるのだろう」

窓が結露して水滴がついていた。そのひと粒に、レイラは指先をそっと当てて一瞬とどめ、放したあと滴が転がり落ちるのを見守った。どことは言えない体の奥が、ずきずきと痛んだ。

「二度と電話してくるな」父さんは言った。「もししてきても、通話を受けないと交換手に言う。うちにレイラという娘はいない。レイラ・アフィフェ・カミレ——おまえはその名に値しない」

初めて逮捕されて、ほかの女数人と一緒に輸送用のバンに押しこまれたとき、レイラは手のひらをぎゅっと合わせて、窓格子の隙間から見える空を見据えていた。警察署で受ける扱いよりもひどいのは、追っておこなわれるイスタンブル性感染症病院での検査だった。それから何年にもわたってたびたび訪れることになる場所だ。レイラは新しい身分証明書を手渡された。検診を受けるべき日付がそこに列記されている。検診をすっぽかしたら、即刻身柄を拘束されるという。そして留置場でひと晩過ごすか、また病院へ行って性病検査を受けるのだ。

警察署から病院へ、それからまた警察署へと行ったり来たりだ。

〝娼婦のピンポン〟と仲間内では呼んでいた。

そんなふうにまた病院を訪れたとき、レイラはイスタンブルで最初の友人になる女と出会った。ジャメーラという若くてほっそりしたアフリカ人だ。目はまんまるでとびきりきらきらしていて、まぶたがその光を通しそうなほどだ。髪を頭皮に沿ったコーンロウにきつく編んでいて、痛々しいほど細い両手首には、ブレスレットやバングルをいくつもつけて隠そうとしている赤い傷跡がある。外国人である彼女は、すべての外国人と同じく、よその国の影を背負っている。レイラとジャメーラは何度か顔を合わせていたが、挨拶さえ交わしていなかった。そのころまでにレイラは、あちこちの街角に集められた女たちは、その国の人間であろうとなかろうと、目に見えない部族に属していることを学んでいた。ちがう部族のメンバーどうしは、交流するべきではないのだ。

病院で一緒になるたび、ふたりは舌で味わえそうなほどきつい消毒剤のにおいのする、せまい廊下に並んだベンチに腰をおろした。トルコ人娼婦が片側に、外国人娼婦はその反対側にすわる。女たちはひとりずつ診察室に呼ばれるため、待ち時間は耐えがたいほど長かった。冬場は、手を腋の下にはさみ、声を落として、その一日を乗りきる体力を節約したものだった。院内のほかの患者やほとんどの職員が近寄らないこの区画は、まともに空調されていたためしがなかった。夏場は、みなだるそうにベンチに伸びて、かさぶたをむしったり、蚊を叩いたり、暑さに文句を言ったりしていた。靴を脱いで疲れた足を揉みほぐすものだから、かすかなにおいが空気に充満して、いつまでも消えなかった。たまに、トルコ人娼婦のひとりが、医者や看護師や、外国人で侵略者とも言える、向かいのベンチの女たちについて毒舌をふるい、笑いを誘ったが、決して愉快なたぐいではなかった。そういうせまい空間では、電気が走るように敵意が高まって広まり、同じくらいあっという間に消えることがある。地元の娼婦は、自分たちの仕事を盗られると言って、アフリカ人をことさらに嫌っていた。

その晩、向かいにすわっている若い黒人の女に目をやったレイラは、自分たちとのちがいを見てはいなかった。ただ彼女のつけている組紐のブレスレットを見て、自分がなくしたものを思い出していた。彼女のカーディガンから覗くお守りのペンダントを見て、自分を守ってくれなかった数々のお守りを思い出していた。この国ではなくとも、この場所からいまにも蹴り出されるかと身構えるように、彼女がリュックサックを胸に抱えているのを見て、その姿に自分もよく知る孤独とわびしさを感じとっていた。鏡に映った自分を見つめていると言ってもいい、不思議な感覚だった。

「それ、きれいなブレスレットね」レイラは女の腕を顎で示した。

動きが見えないくらいゆっくりと、相手の女は顔をあげ、まっすぐ視線を向けてレイラを眺めた。答えは何も返ってこなかったが、その静かな表情を見ていると、レイラはもっと話したくなった。

「あたしもそれと同じようなブレスレットを持ってたんだけど」身を乗り出して、レイラは言った。

「イスタンブルに出てきたときになくしちゃった」

続く沈黙のなか、地元の娼婦のひとりが卑猥なことを言って、何人かがくすくす笑った。いまやレイラは、話しかけるんじゃなかったと後悔しはじめ、うつむいて物思いに沈んだ。

「自分で作る……」しゃべることはないだろうとだれもが思ったそのとき、女が言った。長く引き延ばすような囁き声で、少しかすれていて、トルコ語はたどたどしい。「みんなにちがうのを」

「その人に合わせてちがう配色にするの？」にわかに惹きつけられて、レイラは訊いた。「それって素敵、どんなふうに色を決めるの？」

「見えるんだ」

その日以後、ふたりは顔を合わせるたびに、前より少し多く言葉を交わし、少しずつ自分のことを伝え合い、言葉がうまく通じないときは、身ぶりで沈黙を埋めた。そして、最初に言葉を交わしてから数カ月経ったある午後、ジャメーラは向かいのベンチから手を伸ばして、見えない壁を越え、何か軽いものをレイラの手のひらに載せた。

さまざまな色合いの紫――ツルニチニチソウの淡い青紫、ギョリュウモドキのくすんだ赤紫、ダークチェリーの濃い赤紫――を取り合わせた組紐のブレスレットだった。

「あたしに？」レイラは遠慮がちに訊いた。

こくりとうなずく。「そう、あんたの色」

ジャメーラ――人々の魂を覗きこみ、見るべきものを見たときにだけ、その人に心を開くかどうかを決める女。

ジャメーラ、五人のうちのひとりだ。

ジャメーラの物語

ジャメーラはソマリアで、イスラム教徒の父とキリスト教徒の母とのあいだに生まれた。幼少期は自由で幸福そのものだった。もっともそれを自覚するのは、自由も幸福も失って長く経ってからのことだ。母親が昔、こんな話をしてくれた。子供時代はその体を乗せて先へ運んでくれる大きな青い波で、これが永遠に続くのだろうと思ったそのとき、視界から消えてしまうのだと。追いかけることも、取りもどすこともできない。けれどもその波は、消える前に贈り物を残していく――砂浜に、ホラ貝をひとつ。その貝殻のなかには、子供時代の音がすべて蓄えられている。今日でもなお、ジャメーラは目を閉じてじっと耳をすませば、その音を聞くことができる――弟や妹がころころと笑う声、父親が数日で断食をやめて子供たちをかわいがる言葉、母親が食事の支度をしながら歌う声、夜の暖炉で薪がはぜる音、外でアカシアの木が風にさざめく音……

インド洋の白い真珠、モガディシュ（ソマリアの首都）。晴れわたった空の下、ジャメーラは目の上に手をかざして、遠くのスラム街の家々を眺めたものだった。そうした家を建てるのに使われる泥と流木と同じくらい、その存在は危なっかしく見えた。当時のジャメーラは、貧困を心配する必要がなかった。何事もなく日々は過ぎ、夢見ることはたやすく、チャパティ（円形の薄焼きパン）にかけるハチミツ並みに甘美だった。ところが、大好きだった母が癌で亡くなった。痛ましい長患いのあいだも、臨終のときまで笑顔を絶やさずに。いまやかつての父の抜け殻となった男は、気がつけばひとりで五人の子供を抱え、その重荷を肩に背負う心構えもできていなかった。顔つきは暗くなり、だんだんと、心もそうなった。

年長の親族たちは父に再婚を強いた——今度は宗教を同じくする相手と。

自身も寡婦だったジャメーラの継母は、母の亡霊に嫉妬し、自分が妻の座におさまるはずなのだから、その女の痕跡をすべて消してしまおうと決めた。ほどなくジャメーラは、長女だったこともあり、着るものや食べるものから話し方まで、何かにつけて継母と衝突するようになった。乱れた心をいくらかでも静めようと、家の外で過ごす時間が増えていった。

ある午後、母が昔かよっていた教会に足が向いた。かようのはやめてしまっていたけれど、母が心の隅にずっととどめていた場所だ。深く考えることなく、ジャメーラは背の高い木の扉を押しあけて、なかへ足を踏み入れ、蠟と磨かれた木のにおいを吸いこんだ。祭壇のそばに年老いた司祭がいて、母が夫と子を持つずっと前、別の人生を送っていた少女時代の話を聞かせてくれた。

再訪するつもりはなかったのだが、一週間後、ジャメーラはまた教会へ行った。十七歳になるころには、父親をひどく怒らせ、弟や妹をひどく悲しませたすえに、キリスト教信徒団に加わっていた。ジャメーラとしては、アブラハムの伝統を継ぐふたつの宗教のどちらかを選んだわけではなかった——自分と母とをつなぐ見えない糸にすがっていただけのことだ。ほかの家族はだれもそんなふうに見てくれなかった。だれもジャメーラを許さなかった。

いまやはるかに大きな、信者たちという家族を見出したのだからそう悲しむことはない、と司祭は言ったが、どんなに努力しても、いずれ訪れると言われた安らかな充足は感じられないままだった。気がつくとまた、家族とも教会とも離れ、ひとりきりになっていた。

仕事を見つける必要に迫られた。まったくなかった——求人はあっても、求められる資格や能力がジャメーラになかった。かつて遠くから眺めていたスラム街が、ほどなく自分の住所になった。そのあいだにも、国は変化しつつあった。友人たちはみな、モハメド・シアド・バーレ（一九六九年に改革者としてクーデターを決行、その後大統領となる）――あだ名は大口叩き《マイティ・マウス》――の言葉を真似て、他者に隷従して生きているソマリ族の解放をまくし立てていた。ソマリ族の居住地域をひとつの国家に統合した、大ソマリア。その建設のために戦う――さらには、そのために死ぬ――覚悟はできているとみな言っていた。ジャメーラには、自分を含めただれもが、いま現在から目をそむけているように思えた。自分は、子供時代に戻りたいと願うことで。友人たちは、臨海砂漠の移動する砂地に劣らず不確かな未来に望みをかけることで。

やがて情勢は悪化していき、通りはもはや安全ではなくなった。タイヤの燃えるにおい、火薬のにおい。反体制者たちがソビエト製の武器を使って逮捕され、監獄――かつてのイギリスやイタリア支配の遺物――はたちまちいっぱいになった。学校や、政府の建物や、軍の兵舎が間に合わせの監獄になった。それでも逮捕者全員を収監するには足りなかった。大統領宮殿の一部までがやむなく監獄として使われることになった。

そのころ、ジャメーラは知人から、あるヨーロッパ人が、イスタンブルへ連れていく働き者で健康なアフリカ人女性を募っていると聞かされた。現地に、家事や子守や料理などの手伝い仕事があるという。知人の話だと、トルコ人家庭はソマリア人を家政婦に使いたがるのだそうだ。ジャメーラは好機だと思った。自身の人生は、ドアのように閉じてしまっていたので、どこかで別のドアが開くことを切望していた。〝世界を旅したことがない者は目が見えないも同然〟というソマリ族のことわざが思い浮かんだ。

大半が女性の、四十人を超す人々とともに、ジャメーラはイスタンブルへやってきた。到着するなり、全員が整列させられ、グループに分けられた。自分のように年若い娘たちが一方によけられたことにジャメーラは気づいた。残りの者たちはすぐに連れ去られた。そのうちのだれの姿も二度と見ることはなかった。騙された――性的搾取が目的なのに低賃金労働と偽って連れてこられたのだ――と気づいたときにはもう手遅れで、逃げ出すこともできなかった。

イスタンブルのアフリカ人は、その古い大陸のあらゆる地域――タンガニーカ、スーダン、ウガンダ、ナイジェリア、ケニヤ、オート・ヴォルタ（ブルキナ・ファソの旧称）、エチオピア――から、内戦や、宗教暴動や、政治的反乱を逃れてきていた。亡命を求める人々の数は長年にわたって日々増大していた。そのなかには、学生や知的職業人、芸術家、記者、学者もいる。けれども新聞に出るのは、ジャメーラのように、売買されたアフリカ人のことばかりだった。

タルラバシュの家。擦り切れたソファ、カーテン代わりにしたぼろぼろのシーツ、焼いたジャガイモと揚げたタマネギ、それに熟していないクルミのような、酸っぱいにおいが充満した空気。夜になると、何人かの女が呼び出される――そのうちのだれが選ばれるのかはわからない。数週間おきに、警察がこの家のドアを叩き、女たちを集合させて、性感染症病院へ検診に連れていく。

それを拒んだ女たちは、真っ暗でうずくまらないと入れないほどせまい、家の地下室に閉じこめられる。空腹や、脚の痛みにも増してつらいのは、自分をここに閉じこめ、唯一こちらの居場所を知っている男たちの身にもし何かあったら、と矛盾した心配をしたり、結果として自分が永遠にここに放置されることになったら、と恐れたりすることだった。

「馬を馴《な》らすみたいなもんだね」女たちのひとりが言った。「あいつらがあたしたちにしてるのはそういうことだよ。気力が萎えたら最後、もうどこへも行かないって知ってるんだ」

それでもジャメーラは逃げる計画を立てるのをやめていなかった。病院でレイラと出会った日も、まさにそれを熟考していた。自分はたぶん、多少は気力の残っている馬で、逃げ出すには怯えすぎていて、立ち向かうには弱りすぎているけれど、まだ自由の甘い味は覚えていて、だからこそ自由を求めてやまないのだと思っていた。

8分

八分が過ぎ、レイラが次に記憶のなかから引き出したのは、硫酸のにおいだった。

一九六六年三月。娼館通りの、二階の自室で、レイラはベッドにもたれて、表紙にソフィア・ローレンの写真が載った光沢紙の雑誌をぱらぱらめくっていた。考え事で気が散っていたので、読んでいたとは言えない――そのうち、ビター・マーが名前を呼ぶ声がした。

レイラは雑誌を放り出した。ゆっくりと立ちあがって、手足を伸ばす。夢うつつの状態で廊下を横切り、うっすらと赤らんだ頬をして階段をおりていった。中年の客がビター・マーの横に立っていて、女将に半ば背を向けて、黄色いラッパズイセンと柑橘類の絵を眺めていた。レイラは客が手にしている葉巻に目を留めたあと、その顔を見た。娼婦ならだれもが避けようとするたぐいの男だった。冷酷で、卑劣で、口汚く、何度かひどく粗暴なふるまいをして、この館から叩き出されていた。それなのにきょう、ビター・マーはその男を迎え入れることにしたらしい――またしても。レイラは顔をしかめた。

男はいくつもポケットのついたカーキ色のベストを着ていた。ほかの何よりレイラの注意を引いたのはそこだった。あんなものを着る必要があるのは報道写真家ぐらいだろう――あるいは、隠したいものがたくさんある人間か。男の様子はどこか、クラゲを思わせた。大海原にいるクラゲではなく、実験用の鐘形《ベルジャー》ガラス器のなかのせまい空間で、その透明な触手を垂らしているクラゲだ。体をしゃきっと支えるものが何もないみたいに、全身がくにゃくにゃしていて、さまざまな種類の固体でできてはいても、いまにも液化しそうな感じだ。

机に両手をついて、巨体を前へかがめながら、ビター・マーは客に目配せした。「ほら来ましたよ、パシャ――テキーラ・レイラが！　うちの売れっ子のひとりです」

「それが呼び名か？　なんでそんなふうに呼んでる？」男はレイラを頭のてっぺんから足の先まで眺めまわした。

「この娘《こ》はせっかちなんですよ。生き急ぐタイプでね。けど打たれ強くもあって、いやなこともつらいこともひと息で乗りきれるんです、テキーラをショットで飲み干すみたいにね。あたしが名づけたんです」

男は面白くもなさそうに笑った。「だったらおれにうってつけだ」

ほんの数分前にはソフィア・ローレンの完璧なスタイルと白いレースのドレスを眺めていた二階の部屋で、レイラは服を脱いだ。花柄のスカートと、ビキニのトップ――大嫌いなピンクのフリル付きのやつだ。ストッキングをおろしながらも、ベルベットのスリッパは履いたままでいた。そのほうが安心できるかのように。

「あのあまは見張ってると思うか？」男は声をひそめて言った。

レイラは驚いて男を見やった。「何？」

「下の女将だよ。おれらを覗いてるかもしれないだろ」

「まさか」

「見ろよ、あそこ！」壁の割れ目を指さす。「目玉が見えないか？　きょろきょろしてるのが？　あの悪魔め！」

「なんにもないわよ」

男は細目でレイラをにらんだ。見まがいようもない憎悪で、その目は曇っている。「おまえはあの女の手先だろうが。どうして信用できる？　悪魔のしもべを？」

レイラはふいに怖気立って、思わず身を引いた。情緒不安定な男とふたりきりで部屋にいることに気づき、吐き気がこみあげてくる。

「スパイどもが見張ってやがる」

「ねえ信じて、ここにはほかにだれもいないって」レイラはなだめるように言った。

「黙れ！　ばかな淫売が、何も知らないくせに」男は大声を出し、すぐに声を落とした。「やつらはおれたちの会話を録音してる。そこらじゅうにカメラを取りつけてあるんだ」

男はいまや、ポケットを叩きながら、意味不明な言葉をつぶやいていた。小さな瓶を取り出す。男がそのコルク栓を抜くと、抑えたうめき声のような音が出た。

レイラはうろたえた。混乱したまま、瓶の中身がなんなのか見当をつけようと、男のほうへ近寄りかけたが、気が変わって身をひるがえし、ドアのほうへ向かった。大のお気に入りだったあの華奢なスリッパを履いていなかったら、もっとすばやく逃げられたかもしれない。レイラはつまずき、バランスを失って、ほんの一秒前に男が放《はな》った液体を背中に浴びた。

硫酸だ。残りは顔にかけるつもりでいたらしいが、レイラは酸に肌を焼かれながらも、どうにか廊下へ駆け出した。その痛みは、ほかのどんな痛みにも似ていなかった。息を切らし、身を震わせながら、捨てられた古い箒のように壁に寄りかかった。めまいがしていたが、それでもよろよろと階段のほうへ進み、倒れてしまわないよう、しっかりと手すりを握った。声を——荒々しい、野獣のような声を——発することができたとき、レイラのその悲鳴は、娼館内のすべての部屋に降り注いだ。

硫酸がこぼれた床板には、穴が残った。病院から退院して、背中の傷跡――完全に癒えることはない傷――がまだぴりぴりして、赤みも引いていないころ、レイラはよくその穴のかたわらに腰をおろした。そこを指でなぞっては、曖昧な形や、ぎざぎざしたふちの感触を味わったものだ。まるで自分と床板とで秘密を共有しているみたいに。その黒っぽい穴にずっと目を凝らしていると、カルダモン・コーヒーの表面の渦のように、くるくるまわりだした。子供のころ、絨毯の模様をなすシカが動くのを見たときと同じように、いまレイラは、酸の穴の渦を眺めていた。

「顔をやられてたかもしれないんだよ。幸運だと思いな」ビター・マーは言った。

客たちもその見方に同調した。顔が醜くなって仕事にあぶれることにならなかったのは、ほんとうに運がよかったと言うのだ。むしろ以前よりも人気が出て、指名がずいぶん増えた。レイラは〝ドラマを持つ娼婦〟になったわけで、男はそういうのに弱いらしかった。

その襲撃のあと、娼館通りを見張る警官の数が増えた――二週間ほどのあいだは。一九六六年の春はずっと、街の至るところで暴力が激化していて、警察の派閥間の衝突が、血で血を洗う抗争となり、大学のキャンパスでは学生が銃撃され、通りのポスターはより怒りをはらんで、より切迫した調子になったため、増員された警官たちはほどなく別の場所に配置された。

襲われてからしばらくのあいだ、レイラはできるかぎり娼館のほかの女たちを避けていた。おおかたが年上の彼女たちの、刺々しい言葉や皮肉めいた冗談に苛々させられるからだ。必要ならやり返すこともあったが、そうでなければ、たいていひとりで引きこもっていた。鬱の症状は、この通りの女たちにはよく見られ、炎が木を噛みしだくように、その心を蝕んでいた。ただ、だれも鬱という言葉は使わなかった。〝ひどい〟と言っていた。自分自身のことではなく、ほかのあらゆる人や物のことだ。〝食べ物がひどい〟〝支払いがひどい〟〝足が痛い、こんなひどい靴を履いてるから〟

　レイラが一緒に楽しく過ごせる女がひとりだけいた。年齢不詳のアラブ人で、異常に背が小さいので、やむなく子供服売り場で着るものを買っていた。名前はザイナブ《Zaynab》１２２といい、気分によってZainab、Zeinab、Zayneb、Zeynepなどとも綴っていた。本人いわく、百二十二通りの書き方ができるらしい。その数字は、きっかり百二十二センチメートルという、彼女の身長を示すものでもあった。小人《ドワーフ》や、アフリカの小人族ピグミーや、グリム童話の親指小僧を筆頭に、ザイナブはもっとばかにした呼び方もされてきていた。人が自分をじろじろ見て、ひそかに、あるいはあけすけに身長の見当をつけようとするのにいい加減うんざりした彼女は、開きなおるつもりで、名前に寸法をくっつけたのだった。彼女の腕は胴体と釣り合いがとれておらず、指は短くて太く、首は存在しないに等しい。顔の特徴として目立つのは、広い額と、口蓋裂と、知的な濃い青灰色をした離れぎみの目だった。トルコ語は流暢だが、喉で発音する話し方にその出自が表れていた。

　床のモップがけや部屋の掃除機がけ、トイレ掃除などをせっせとこなしたうえに、ザイナブ１２２は娼婦たちの求めに応じて何やかやと手助けをしていた。どれもたやすいことではなかった。手足が短いばかりでなく、背骨も曲がっているため、長時間立っているのはきついのだ。

　ザイナブ１２２は空いた時間に占い師をしていた――ただし、相手にするのは、自分の気に入った人たちだけだ。欠かさず一日に二度、彼女はレイラのためにコーヒーを淹れてくれる。飲み終えると、ザイナブ122はカップの底の茶色い残りかすを覗きこむ。彼女は過去でも未来でもなく、現在のことを好んで口にした。予言するのは、一週間より短い期間か、長くても数カ月間のことにかぎられた。だが、ほかでもないその午後、ザイナブ122は自身のルールを破った。

「きょうのあんたのカップには、驚くようなことがいっぱい出てる。こんなのは見たことないよ」

ふたりは肩を並べてベッドにすわっていた。外の路上のどこかで、陽気なメロディが流れだし、レイラは子供のころ耳にしたアイスクリーム売りのトラックの音楽を思い出した。

「ほら見て！　山の頂にワシが止まってる」ザイナブ122は言い、カップを回転させた。「その頭のまわりに光輪が出てる。いい兆しだよ。けどこっちにはカラスがいる」

「で、それは悪い兆しなの？」

「そうともかぎらない。闘争のしるしなんだ」ザイナブ122はさらにカップをまわした。「うわ、びっくり、これを見てごらんよ！」

どれどれとばかりに、レイラは身を乗り出してカップの底を凝視した。そこには、まとまりのない茶色の染みがあるだけだった。

「あんたはある人と出会うよ。背が高くて、すらっとしてて、ハンサムな……」ザイナブ122はいまや早口に、火花のごとく言葉を発していた。「花咲く小道、これは大恋愛を意味してる。お相手は指輪を持ってるよ。ほお……あんたは結婚することになるね」

レイラはしゃんと身を起こして、手のひらを見てみた。遠くの灼熱の太陽か、それに劣らず手の届かない未来を覗きこむかのように、目を細める。やがて口を開き、平板な声で言った。「からかってるんでしょ」

「まさか、大まじめだよ」

レイラは信じる気になれなかった。この部屋からじきに出ていくことになるだろうなんて、ほかのだれにも言われたことがない。とはいえこの人は、自分はしじゅう嘲笑われていても、他人に決して意地の悪いことを言ったりしない女だ。

ザイナブ122は、トルコ語の正しい言葉を探しているときのように小首をかしげた。「ひとりで興奮しちゃってごめん、抑えられなくて。だって……何年ぶりかでこんなに希望に満ちたしるしに出くわしたもんだから。わたしは見たままのことを言ってるだけ」

レイラは肩をすくめた。「ただのコーヒーでしょ。どうってこともない」

ザイナブ122は眼鏡をはずし、ハンカチで拭いてからまたかけなおした。「信じないなら、それでいいよ」

レイラは部屋の外のどこかを見据えたまま、身を固くした。「だれかを信じるって重大なことだよ」と言う。そしてその瞬間、彼女はヴァンに暮らす少女に戻っていた。台所に立って、自分の産みの母である人がレタスとミミズを刻むのを見守っていた少女に。「そんなふうに軽々しく言うことじゃない。大きな誓約なの、信じることは」

ザイナブ122はレイラを見つめた――長々と、探るような目で。「まあ、その点は同感ね。じゃあ、わたしの言葉を真剣に受け止めてみたら？　いつか、あんたはウェディングドレスを着てここを出ていく。その夢を励みにしなよ」

「夢なんか要らない」

「ハビビ（親愛の情をこめたアラビア語の呼びかけ）、あんたの口からそんなばかげた言葉を聞かされるとはね」ザイナブ122は言った。「ねえ、だれにだって夢は必要だよ。いつかあんたはみんなを驚かすはず。〝レイラをごらん、あの娘は山を動かしてみせたよ！　最初はある娼館から別の娼館へ移った。恐ろしい女将のもとを去る勇気があるんだ。次はこの通りとすっぱり縁を切るっていうんだから。すごい女だね！〟。いなくなったあとも長いこと、あんたは語りぐさになる。みんなに希望を与えるんだよ」

レイラは反論しようと息を吸ったが、何も言わなかった。

「その日が来たら、わたしを一緒に連れてってよ。一緒に出ていこう。それにほら、ベールを持つ係が要るでしょ。長く引きずるやつになるだろうし」

不覚にも、レイラは口の両端にうっすらと笑みが浮かぶのを抑えられなかった。「学生のとき……まだヴァンにいたころ……王家の花嫁の写真を見たの。それはもう、美しくてね。ドレスも最高にきれいで、ベールなんて二百五十フィートもあったのよ、想像してみて！」

ザイナブ122は流しへ歩み寄った。つま先立ちをして、蛇口から水を出す。これを彼女は占いの師匠から学んでいた。コーヒーかすが稀に見る吉兆を示したときは、ただちにそれを洗い流さなくてはいけない。そうしないと、運命の神が割りこんできて、例のごとく、流れを狂わすかもしれないから。ザイナブ122は丁寧にカップの水を切って、窓台に置いた。

レイラは続けた。「宮殿の前にたたずむ王女は、まるで天使だった。サボタージュがその写真を切り抜いて、あたしにくれたっけ」

「サボタージュってだれ？」ザイナブ122は訊いた。

「ああ」レイラの顔が曇った。「友達よ。彼は大切な友達だった」

「そう、その花嫁だけど……」ザイナブ122は言った。「ベールの長さが二百五十フィートだったって言った？　ハビビ、そんなのたいしたことないよ。だって、言ってるでしょ、あんたは王女にはならないだろうけど、あのカップのなかに見えたことがほんとうなら、あんたのドレスはそれよりうんときれいなのになるから」

占い師で、楽天家で、信じる人、ザイナブ122――彼女にとって、〝信仰〟という言葉は〝愛〟という言葉と同義であり、ゆえに彼女にとっての神とは、最愛の人でしかありえないのだ。

ザイナブ122、五人のうちのひとりだ。

ザイナブの物語

ザイナブは、イスタンブルから千マイル離れた、北レバノンの孤立した山村で生まれた。何世代にもわたって、その地域のスンニ派イスラム教徒の家族は近親婚を繰り返してきており、村のなかでは小人症が珍しくなかったため、しばしば外界から興味津々の訪問者――記者や科学者など――を引き寄せた。ザイナブの兄弟姉妹はみな標準の身長で、年ごろになると、ひとりまたひとりと結婚していった。そのなかでザイナブだけが、どちらも小さい両親の病態を受け継いでいた。

ザイナブの人生が変わったのは、イスタンブルから来た若い写真家が家のドアを叩いて、彼女の写真を撮らせてほしいと頼んだ日だった。その青年はこの地方を旅しながら、中東の知られざる暮らしを記録していた。ザイナブのような取材対象を必死に探していたという。「女性のドワーフって最高だよ」はにかんだ笑顔で、彼は言った。「けどアラブ人女性のドワーフは、西洋人に二重の神秘を感じさせる。だからぼくはヨーロッパじゅうでこのテーマの展覧会を開きたいんだ」

ザイナブはこの申し出を父親がことわるだろうと思ったが、意外にも応じた――家族の名前や居住地にはふれないという条件で。来る日も来る日も、ザイナブは写真家の前でポーズをとった。彼には芸術的才能があった――人の気持ちにはまったく疎かったけれど。自分が部屋に入っていくたびに、モデルが頬を赤らめているのに気づきもしなかった。百枚を超す写真を撮ったあと、ザイナブの顔が展覧会の中心になるだろうと言って、彼は満足げに帰っていった。

その同じ年、ザイナブは健康状態が悪化したため、姉と一緒にベイルートへ行き、しばらく滞在した。サンナイン山に抱かれたこの首都で、ザイナブは病院がよいの合間に、師となる占い師に気に入られ、古くから伝わる茶葉占い――茶葉や、ワインの澱《おり》や、コーヒーかすのパターンを読みとることを基にした占い――を教わった。ザイナブは生きてきて初めて、自分の普通でない体つきを利点として生かせると感じた。人々はドワーフに未来を予測してもらうことに興味をそそられるようなのだ。そういう体つきだから、不可思議なものと特別なつながりを持っていそうだとでも思うのだろうか。通りではばかにされ、哀れまれていようと、占いをする個室のなかでは、崇められ、畏怖された。これは気分がよかった。占いも上達した。

この新たな職のおかげで、ザイナブはお金を稼げるようになった。たいして儲かりはしないが、希望を見出すにはじゅうぶんだった。だが希望というのは、人の心に連鎖を引き起こしかねない危険な薬物だ。人々の無遠慮な視線に倦み、結婚できる見こみも仕事が見つかる見こみもなく、ザイナブは長らく自分の体を災いのように思ってきた。それなりにお金が貯まるとすぐ、すべてを捨ててどこかへ行くことを好きなだけ夢想した。まっさらな自分になれる場所へ行こう。子供のころから聞かされてきたすべての物語は、同じメッセージを伝えていなかったか？　希望のかけらをポケットに忍ばせてさえいれば、砂漠を越え、山に登り、海を渡り、巨人を倒すことができるのだと。そうしたお話のなかの英雄たちは、例外なく男性で、自分のように小さい者もいなかったけれど、そんなことかまうものか。度胸で勝負するのなら、自分にだってできるはずだ。

故郷に戻ってからの数週間、家を出て自分の道を見つけることを許してもらうべく、ザイナブは年老いた両親を説得しつづけた。ずっと従順な娘として生きてきた彼女は、両親の承諾なしには外国へもどこへも旅行できなかったし、許可してもらえないときはあきらめたものだった。兄弟姉妹は、狂気の沙汰だと言ってザイナブの夢に猛反対した。それでもザイナブは譲らなかった。アッラーが自分と兄弟姉妹をこれほどちがった姿で創られたことをザイナブが心の奥底でどう感じていたか、彼らが知っていようはずがない。社会の端っこに必死にしがみついている、小さい人間の何がわかるというのか。

結局、だれよりもよくザイナブのことを理解してくれたのは、やはり父だった。

「母さんもわたしも、もう歳だ。われわれがいなくなったら、おまえはひとりでどうやって生きていくのかと、わたしは自問してきた。むろん、姉たちがしっかり面倒を見るだろう。だが、おまえの誇り高さをわたしは知っている。同じように小さい相手と結婚してくれることをずっと望んでいたが、そうはならなかった」

ザイナブは父親の手に口づけした。自分は結婚する運命にないと、できることなら父に説明したかった。旅する天使ダルダイルが枕もとに現れ、あれは夢だったのか幻だったのかとあとで首をかしげた夜がいくらもあったと。あと何年かこの地上で健康に暮らしていけるのなら、きょうの日まで家族のだれもしていないことをするのが、旅人になるのが自分の願いだと。

父は深く息をついて、すべてを聞いていたかのように、軽く頭《こうべ》を垂れた。そして言った。「どうしても行くというなら、行きなさい、愛し子《ヤ・ルヒ》よ。友達を作ることだ、よき友を。忠実な友を。だれもひとりでは生きていけない——全能の神は別だが。だから覚えておきなさい、人生という砂漠を、愚か者はたったひとりで、賢い者は隊を組んで旅することを」

一九六四年四月。シリアを〝民主的な社会主義共和国〟と記した新憲法が公布された翌日、ザイナブはカッサブの町に到着した。そして、あるアルメニア人一家の助けを借りて、トルコへの国境を渡った。行き先はイスタンブルと決めていた。これといった理由はなかったが、いまでも脳裏に浮かんで記憶を揺さぶるあの写真家の顔を、いままでにただひとり恋心を抱いた人をいつかひと目見られたらという、ひそかな願いはあったかもしれない。ぞっとするような想像に取りつかれながら、ザイナブはトラックの荷台の段ボール箱のあいだに身をひそめていた。運転手がブレーキを踏むたび、何かひどいことが起こるのではとびくついたが、旅は驚くほど平穏無事だった。

けれども、イスタンブルで仕事を見つけるのは容易ではなかった。だれひとりザイナブを雇おうとしなかった。言葉がわからないのでは、占いをすることもできない。何週間も求職したのち、〈スプリット・エンズ〉という美容院で雇ってもらった。仕事はきつく、給料は最低で、オーナーは意地が悪かった。毎日無理して長時間立っているせいで、ひどい腰痛に苦しんだ。それでも辞めなかった。

数カ月が過ぎ、やがてまる一年経った。

常連客のひとりで、数週間おきにちがう色合いのブロンドに染めにくる、でっぷりした女がザイナブを気に入っていた。

「ねえ、あたしのところへ来て働く気はない?」ある日、その女が言った。

「どういうところです?」ザイナブは尋ねた。

「ああ、娼館だよ。むっとされたり、頭に何か投げつけられたりする前に、はっきり言っとくと、うちはまともな娼館だから。認可された、合法のね。オスマン帝国の時代に逆戻りしてるんだ、だれにもそんなことは言わないけどね。聞きたがらない連中もいるようだし。とにかく、うちへ来てくれたら、絶対にひどい扱いはしない。やってもらいたいのはいまと同じような仕事——掃除とか、コーヒーを沸かすとか、カップを洗うとか……。まあそれくらいだね。でも、ここよりいいお給料を払うよ」

かくして、北レバノンの高山からイスタンブルの低い丘陵まで旅してきたザイナブ122は、テキーラ・レイラの人生に登場したのだった。

9分

九分目になると、レイラの記憶は鈍くなると同時に制御を失い、過去の断片が頭のなかで渦巻いて、飛び交うハチのように熱狂のダンスを踊った。いまレイラはディー・アリを思い出していて、彼のことを思うと、食べてみないと中身のわからないチョコレートボンボンの味が一緒によみがえった——キャラメル、チェリーペースト、ヘーゼルナッツのプラリネ……

一九六八年七月。うだるような暑さの、長い夏だった。陽光がアスファルトを焦がし、空気はじっとりしていた。風はそよとも吹かず、雨は降りだしてもすぐにやみ、空には雲ひとつなかった。カモメたちは屋根の上にじっと止まって、敵の大型艦隊の幻が戻ってくるのを待ち受けるかのように、水平線に目を据えていた。マグノリアの木に止まったカササギたちは、きらきらした装身具を狙って周辺を見まわしていたが、暑いなか動くのが怠いのか、結局ほとんど盗めずにいた。一週間前に水道管が破裂して汚水が通りに流れ出し、南のトプハーネまで達して、あちこちに水たまりを作り、子供たちがそこに紙のボートを浮かべていた。収集されないゴミが悪臭を放ち、娼婦たちはそのにおいやハエのことでずっと文句を言っていた。だれかの耳に届くのを期待していたわけではない。水道管がただちに修理されるとはだれも思っていなかった。それには時間がかかるだろう、人生のほかの多くのことで待たされてきたように。ところが、みなが仰天したことに、ある朝彼女らは、作業員たちが道路にドリルで穴をあけ、破裂した水道管を直している音で目を覚ました。そればかりか、歩道の敷石のはずれたところが修復され、娼館通りの入口の門が塗りなおされた。いまやそれは、食べ残しのレンズ豆を思わせる、くすんだ深緑色になっていた。そんな色を選ぶのは、急いで仕事を片づけたい政府の役人ぐらいだ。

　結局のところ、この慌ただしい動きの裏には当局がいるという娼婦たちの推測は正しかった。理由はまもなくはっきりした。アメリカ人がやってくるのだ。第六艦隊がイスタンブルに向かっていた。重量二万七千トンの空母が、北大西洋条約機構《NATO》軍の作戦に加わるため、ボスポラス海峡に停泊する予定だった。

　その知らせは娼館通りの至るところに興奮のさざ波を立てた。数百人の水兵がもうじき、ぱりっとしたドル紙幣をポケットに詰めて上陸してくる。その多くは、故国を離れて何週間も経ち、女の肌のぬくもりに飢えていることだろう。ビター・マーは嬉しさで有頂天になっていた。女将は表のドアに〝閉館〟の看板を出し、従業員全員に腕まくりを命じた。レイラたち娼婦は、モップや箒や雑巾やスポンジを握りしめ、目につくかぎりの場所を掃除した。ドアの取っ手を磨き、壁をこすり、床を掃き、窓を拭き、つや消しの白ペンキでドアの枠を塗りなおした。ビター・マーは建物全体を塗り替えたかったのだが、本職の塗装工を雇うのを渋って、素人の仕事で妥協することにしたのだ。

そのあいだにも、街じゅうでまた別の騒ぎが起こっていた。イスタンブル市当局は、来訪するアメリカ人にトルコ流のもてなしをきちんと味わってもらおうと決め、街路を花で飾った。何千という旗が揚げられ、車の窓やバルコニーや前庭から節操なく垂らされた。〝NATOは安全、NATOは平和〟と書かれた横断幕が高級ホテルの外壁に掲げられた。修理と取り替えのすんだ街灯がすべて点灯すると、清掃したてのアスファルトに金色の光が反射した。

第六艦隊が到着したその日、二十一発の礼砲が発射された。ほぼ同じ時刻に、なんの問題も起こらないよう念には念を入れて、警察がイスタンブル大学のキャンパスへ踏みこんだ。左派学生のリーダーたちを連行し、艦隊が街を去るまで身柄を拘束しておくのが狙いだった。警棒を振りまわし、拳銃の威勢も借りて、警官らは売店や寮を急襲した。そのブーツの足音をセミの鳴き声並みに途切れなく響かせて。しかし学生たちは、まったく予想外の行動に出た――抵抗したのだ。それに続くにらみ合いが、最後には流血の惨事となった。三十人の学生が逮捕され、五十人がひどく殴られ、ひとりが殺された。

その夜のイスタンブルは、ひどく張りつめた雰囲気ではあったが、華やかで美しかった――もう出席したいとは思えないパーティのために着飾った女性のように。時間が経つにつれ、緊張感は増していくばかりだった。街じゅうの多くの人がときおりまどろんでは目覚め、最悪の事態を恐れながら、ひたすら夜明けを待っていた。

翌朝、アメリカ人のために植えられた花々にまだ露が光っているうちに、数千人の抗議者が通りに繰り出した。群衆の大波が、革命の賛歌を歌いながらタクスィム広場をめざして進んでいった。ドルマバフチェ宮殿――六人の名高いオスマン帝国のスルタンと、名もない妾《めかけ》たちの住まい――の前で、行進はいきなり止まった。一瞬、ぎこちない沈黙が流れ、デモのさなかに生じたその合間、群衆は息を詰めて、次に起こる何かを待ち受けた。やがて、学生のリーダーがメガホンをつかみ、声をかぎりに英語で叫んだ。「アメリカ人ども《ヤンキー》、国へ帰れ《ゴー・ホーム》！」

群衆は、雷の一撃で力がみなぎったかのように、声を合わせて繰り返した。「ヤンキー、ゴー・ホーム！　ヤンキー、ゴー・ホーム！」

　そのころ、朝早くに下船していたアメリカの水兵たちは、この歴史ある都市を見てまわり、いくらか写真を撮って、何か土産でも買うつもりで、街なかをうろついていた。遠くで叫ぶ声が最初に聞こえたとき、彼らはさほど気にもしなかった――角を曲がって、怒れるデモ隊と真正面からぶつかるまでは。

　デモ行進とボスポラス海峡にはさまれた水兵たちは、後者を選び、まっすぐ海に飛びこんだ。泳いで沖へ出て、漁師に救われた者もいれば、岸の近くにとどまって、デモが収束してから通行人に引きあげられた者もいた。その日のうちに、第六艦隊の指揮官は、このまま滞在するのは危険と判断し、予定より早くイスタンブルを去ることを決めた。

　一方、娼館では、ビター・マーが烈火のごとく怒っていた。何しろ、女たち全員ぶんのビキニトップと腰みのを買い、ピジン英語で〝ようこそ、ジョン〟と書いた看板まで用意していたのだ。前から左翼は嫌いだったが、これでなおいっそう嫌いになった。あいつら、いったい何さまのつもりなんだ、こんなふうにあたしの商売を邪魔して。塗装も、掃除も、ワックスがけも、すべて無意味だった。あたしに言わせりゃ、共産主義ってやつは、結局そういうことしかしない――まっとうで、善良な人間にとんだ無駄骨を折らせるんだ！　こんな時代が来るとわかっていたら、この歳まであくせく働いてはこなかった。見当ちがいの過激派から、必死に稼いだお金を怠け者や路上生活者や物乞いどもに分け与えろと言われるなんて。ご冗談でしょう、そんなのはまっぴらごめんだ。どんなに薄っぺらでも、この街で反共産主義を理想とする団体があればお金を寄付しようと決めて、ビター・マーは小声で毒を吐き、ドアの看板を〝営業中〟に替えた。

アメリカの水兵たちが娼館通りにやってこないことがはっきりして、娼婦たちはだらけていた。二階の部屋で、レイラはベッドであぐらをかき、紙の束をバランスよく膝に載せて、ペンで頬をトントン叩いていた。ひとりで静かな時間を持ちたかった。紙にこうしたためる――

親愛なるナラン、

この前話してくれた、農場の家畜の知能のこと、あれからずっと考えてたの。あたしたち人間は家畜を殺して、食べて、自分たちのほうが賢いと思ってるけど、家畜のことをほんとうに理解してはいないって言ってたでしょ。

あんたの話だと、牛は過去に自分を傷つけた人間を見分けるし、羊も顔を見ればだれだかわかるのよね。でもあたしには疑問なの、家畜は状況を変えることができないのに、そんなにいろいろ覚えてなんになるんだろうって。

ヤギはちがうって話だったよね。ヤギは簡単に腹を立てるけど、すぐに許すって。あたしたち人間にも、羊とヤギみたいに、二種類いるんじゃないかな。決して忘れることのできない人たちと、許すことのできる人たち……

けたたましく、甲高い声に思考を破られ、レイラはぎくりとペンを止めた。ビター・マーがだれかに怒鳴っている。すでにとんでもなく不機嫌だった女将は、かっかしているようだ。

「いったいなんの用なの、坊や」ビター・マーは言っていた。「何が望みなのか言ってみなさいよ!」

レイラは部屋を出て、階下へたしかめにいった。

戸口に青年がいた。顔が真っ赤で、長く伸ばした黒髪はぼさぼさだ。必死で逃げてきた人のように、少し荒い息をしている。ひと目見ただけで、彼は通りでデモをしていた左翼で、たぶん大学生だろうとレイラは察した。警察が道路にバリケードを築き、片っ端から人々を逮捕しているとき、彼は行進の列から離れて路地へ駆けこみ、いつしか娼館通りに行き着いていたにちがいない。

「もう一回だけ訊くから、苛々させるんじゃないよ」ビター・マーは険しい顔で言った。「いったいなんの用なんだい? 何もないなら、さあ、出てっておくれ! カカシみたいにそこに突っ立っていられちゃ困るんだ。なんとか言ったらどうなのさ!」

青年は目を泳がせ、安心感を得ようとするように、胸の前で腕をぎゅっと組み合わせた。レイラの心を動かしたのはそのしぐさだった。

「スウィート・マー、その人、たぶんあたしに会いにきたのよ」レイラは階段の上から言った。

はっとした顔で、青年は目をあげてレイラを見た。口の両端がわずかに持ちあがり、柔らかな笑みが浮かぶ。

同時に、ビター・マーが垂れたまぶたの下から青年を観察し、何か言葉を返すのを待ち受けた。

「ええと、ああ……そうなんだ……実は、あの女性と話したくて来たんだ。ありがとう」

ビター・マーは腹を抱えて笑った。「〝実は、あの女性と話したくて〟? 〝ありがとう〟? まあいいけどさ、坊や。どこの星から来たんだっけ?」

青年は目をぱちぱちさせ、急にはにかんだ。答えを見つけるのに時間が要るとでもいうように、手のひらでこめかみを撫でる。

ビター・マーはもう、商売に徹した真顔になっていた。「で、あの娘を買うの、買わないの？　お金は持ってるのかい、パシャ？　あの娘は高いからね。売れっ子のひとりさ」

ちょうどそのとき、ドアが開いて客が入ってきた。通りから流れこんでくる信号の光で、レイラは一瞬、青年の表情が読めなくなった。そして見えた――不安そうな顔に落ち着きを取りもどしつつ、青年はうなずいていた。

二階のレイラの部屋に来ると、青年は興味ありげに、あらゆる細部をじっくり見まわした――流しのひびや、扉がきっちり閉まらない戸棚や、煙草の焼け焦げだらけのカーテンを。それからようやく、振り返って、ゆっくりと服を脱いでいるレイラを見た。

「あっ、だめ、だめ。脱がないで！」青年はのけぞり気味にさっと後ずさり、鏡から反射した光に顔をしかめた。大声を出したのがきまり悪かったのか、声を静めて言う。「いや、その……服は着たままでいてくれないかな。ほんと、そういう目的で来たんじゃないから」

「じゃあどうしたいの？」

青年は肩をすくめた。「ただすわって、おしゃべりするのはどう？」

「おしゃべりしたいの？」

「うん、きみのことをぜひ知りたいし。おっと、まだ名前も聞いてないよ。ぼくの名前はディー・アリ――本名じゃないけど、本名をずっと使いたがるやつなんかいないよね？」

レイラはぽかんと相手を見つめた。中庭の向こうの家具工房で、だれかが歌いはじめた――レイラの知らない歌を。

ディー・アリはベッドに寝転がると、両脚を引きあげてゆったりと片脚を組み、片方の手のひらに頬を預けた体勢になった。「あ、もし話す気分じゃなかったら気を遣わなくていいよ、まじで。ぼくがふたりぶんの煙草を巻いたっていいし。黙ったまま一緒に吸おうよ」

ディー・アリ。襟もとまである、ウェーブがかかった漆黒の髪。考えこんだり困惑したりすると明るい色合いになる、そわそわ動くエメラルド色の瞳。移民の息子で、子供のころから国外への退去や移住を強いられてきた。トルコ、ドイツ、オーストリア、ドイツへ戻り、ふたたびトルコへ――その過去の痕跡はあちこちに現れていた。道中、飛び出た釘に引っかけて穴のあいたカーディガンみたいに。彼に会うまでレイラは、それほど多くの場所に家を持ったのに、どこにいても心からは安らげない人を、ひとりも知らなかった。

ドイツのパスポートに記されている彼の本名は、アリだった。

学校では、冷笑の的になるのは毎年のことで、ときには偏見の激しい生徒たちにけなされたり殴られたりした。やがてそのうちのひとりが、アリの美術熱を知った。それが、毎朝教室に入っていくときのさらなるからかいのネタになった。〝アリ少年のお出ましだ……まぬけなことに、あいつは自分がダリだと思ってるのさ！〟。そのしつこい嘲りに、その棘のある言葉に、アリは心底傷ついた。だがある日、新任の教師がクラスの全員に自己紹介を求めたとき、アリは真っ先に立ちあがり、力強い、自信に満ちた笑顔でこう言った。「やあ、ぼくはアリです。でもディー・アリ《D／Ali》って呼ばれるほうが好きだな」それを境に、嫌みな冷やかしはやんだが、強情で自尊心の強い本人は、もとの蔑称を組み合わせたその名を、むしろ喜んで使いはじめた。

両親はふたりともエーゲ海のそばの村の出身で、一九六〇年代の初めに〝ガストアルバイター〟――外国から招かれて働きにきて、不要になれば荷物をまとめて帰るよう求められる出稼ぎ労働者――として、トルコからドイツへ移住した。一九六一年に、まず父が現地へ移り、ホステルの部屋をほかの十人の労働者と共有した。その半数は読み書きができなかった。夜には、ランプの薄明かりのもとで、読み書きのできる者が、できない者たちのために手紙を代筆したものだった。そんな窮屈な空間でひと月も生活をともにするうちに、家族の秘密から便秘まで、みながお互いのあらゆることを知るようになっていた。

一年後、母がディー・アリと双子の娘たちを連れて、ドイツの父のもとへ行った。当初、望んだようには事が運ばなかった。一家でオーストリアに移住しようとしたもののうまくいかず、またドイツへ戻った。ケルンのフォード自動車の工場で労働者を募集していたので、その近所のフラットに落ち着いた。雨が降るとアスファルトのにおいのする通りに、似たような外観の家が並び立つ地区で、階下に住む老婦人は、アリ一家がちょっとうるさくしただけで警察に苦情を言った。母が詰め物入りのスリッパを買ってきて全員に履かせ、みな声を殺して話すのに慣れていった。テレビを観るにも音量を低くし、夜のあいだは音楽をかけるのもトイレの水を流すのもやめていた――そのどちらも許容してはもらえなかったから。ディー・アリの弟が生まれ、子供たちはみなそこで、ライン川のせせらぎを子守歌にして育った。

ディー・アリがその黒髪と角張った顎を受け継いだ父は、いずれトルコへ帰るぞ、とよく話していた。金がじゅうぶん貯まったら、こんな冷たくて偉そうな国には見切りをつけて、とっとと出ていこう。故郷の村に家を建てるんだ。裏にプールと果樹園のある、でっかい家をな。夜には渓谷のさざめきや、ハトの鳴き声なんかも聞こえて、もう詰め物入りのスリッパを履いたり小声で話したりする必要もない、と。年月が経つにつれ、父はより事細かに帰郷の計画を語るようになった。家族のだれも、それを真に受けてはいなかった。ドイツを故郷と思っていた。ドイツが祖国《ファーターラント》なのだ――たとえ一家の父《ファーター》がその事実を認めようとしないにせよ。

ディー・アリが中等学校にあがるころには、彼が画家になるべく生まれついたことが、教師や級友のだれの目にも明らかになっていた。だがその美術への情熱は、家族のなかでは奨励されなかった。目をかけてくれている女性教師が家まで話をしにきたときでさえ、両親は理解しようとしなかった。その午後にどれだけ恥ずかしい思いをしたか、ディー・アリは一生忘れないだろう。どっしりした体格のクリーガー先生は、椅子に腰かけ、小さなティーグラスを品よく手に載せて、両親に説明しようとした――息子さんにはまぎれもない才能があるので、個人的な指導や助言を受けさえすれば、芸術系の学校へ進めるはずですよ、と。ディー・アリはじっと見ていた。口もとだけの笑みを浮かべて話を聞く父が、息子の進路に口出ししてくる、サーモンピンクの肌とブロンドの短髪をしたそのドイツ人女性を見くだしている様子を。

ディー・アリが十八歳のとき、双子の妹たちが友人宅でのパーティに出かけた。その夜、思いがけない事態が起こった。双子のひとりが、八時の門限を過ぎても帰宅しなかったのだ。翌朝、妹は幹線道路のそばで、意識不明の状態で発見された。そして救急車で病院に担ぎこまれ、過剰な飲酒による低血糖性昏睡の処置を受けた。魂まで抜かれたかと思うほど胃を洗浄されたそうだ。母はこの出来事を、当夜は夜勤をしていた父には黙っていた。

村ではあっという間に噂が広まる。移民のコミュニティはみな、規模の大小にかかわらず、根っこのところは村である。妹の醜聞はまもなく父の耳に届いた。嵐が渓谷の隅々にまでその猛威を解き放つように、父は家族全員を罰した。娘のこの事件で、いよいよ辛抱ならなくなったのだ。父は子供たちをトルコへ帰すことにした。ひとり残らず。自分と妻は退職までドイツに残るが、子供たちは今後、イスタンブルの親戚のもとで生活させる。ヨーロッパは娘を、ましてや娘ふたりを育てるべき場所ではない。ディー・アリはイスタンブルの大学にかよいながら、妹や弟に目を光らせることになる。何か厄介事が起こったら、それはディー・アリの責任だ。

そんなわけでディー・アリは、十九歳のとき、トルコ語がところどころ怪しく、ドイツの流儀に染まりきった状態で、この街にやってきた。ドイツで疎外感を覚えるのには慣れていたけれど、イスタンブルで暮らしはじめるまでは、トルコでも、いっそうひどくはないにせよ同じような思いをするとは考えてもみなかった。まわりから浮くのは、ドイツ語訛りや、言葉尻でつい〝うん《ヤー》〟とか〝なるほ《アッ・》ど《ゾー》〟とか言ってしまうせいばかりではなかった。いつも不満そうな、あるいは何を見ても何を聞いても親しみが持てず、しらけているふうな顔つきのせいもあった。

怒り。この街でのそんな最初の数カ月、ディー・アリは突然あふれ出す怒りにたびたびとらわれた。ドイツやトルコに対する怒りというより、体制や、家族をばらばらにする資本主義制度や、労働者の汗と苦しみを食い物にするブルジョア階級や、居場所を見つけることを許さない歪《いびつ》な機構に対する怒りだ。中学時代にマルクス主義に関する本を広く読みあさっていた彼は、ローザ・ルクセンブルクをずっと崇拝していた。勇敢で才気煥発な女性革命家で、ベルリンで反革命義勇軍《フライコール》によって殺害され、運河に捨てられた――クロイツベルクを静かに流れるその運河を。ディー・アリは幾度か訪れていて、人知れず、花を投げこんだこともあった。ローザへの、一輪のバラを。だが、筋金入りの左派グループに加わったのは、イスタンブル大学にかよいはじめてからのことだ。新たな同志たちは、現体制を壊し、すべてを立てなおすことを望んでいて、それはディー・アリも同様だった。

こうして一九六八年の七月、ディー・アリは、第六艦隊に対するデモを取り締まる警察から逃げてきて、レイラのいる娼館の戸口に現れたのだった。催涙ガスのにおいとともに、急進的思想と、複雑な過去と、どこか悲しげな微笑を携えて。

「どんな事情でここへ来ることになったんだい？」男たちがかならず訊く質問だ。

そしてレイラは、相手がどんなことを聞きたがりそうかを考え、毎回ちがう話をしていた――客の好みに応じてカスタマイズしたお話だ。これはビター・マーから学んだ特技だった。

ただ、ディー・アリにはその技を使おうと思わなかったし、どのみち彼は一度もその質問をしなかった。代わりに、レイラにまつわるほかのことをあれこれ知りたがった――ヴァンで子供のころに食べていた朝食はどんな味だったか、季節が移り変わっても鮮やかに思い出せる、冬のいい香りといえば何か、すべての都市に香りをつけるとしたら、イスタンブルはどんな香りになるか、〝自由〟が一種の食べ物だとしたら、その舌ざわりはどんな感じだと思うか、〝祖国〟についてはどうか。ディー・アリはどうやら、風味と香りを通して世のなかを知覚しているようだった。愛や幸福のような、人生の抽象的な物事さえも。そのうちこれは、ふたりが一緒に楽しむゲームとなり、ふたりだけの通貨となった。記憶や瞬間を切りとっては、それらを味やにおいに変えるのだ。

ディー・アリの言葉のリズムを味わいながら、レイラは何時間でも飽きずに話を聞いていられた。彼の前だと、長らく縁のなかった明るい気分になれた。もう感じることはできないと思いこんでいた、ひとしずくの希望が体じゅうをめぐって、胸が高鳴ることもあった。そんな感覚に陥ったのは、小さいころ、ヴァンの家の屋根にすわって、あすという日がないみたいに景色を眺めていたとき以来だった。

ディー・アリと接してレイラがいちばんとまどったのは、彼が初対面のときから、レイラを自分と同等の人間として扱ったことだった。まるでこの娼館が、かよっている大学のもうひとつの教室で、レイラは薄暗い廊下でいつも出くわす学生にすぎないとでもいうように。ほかの何より、それがその思いがけない平等意識が——あったからこそ、レイラは警戒心を解いた。きっと幻想だろうけれど、それでもしっかりと心に刻んだ。その不慣れな世界を歩きながら、ディー・アリを見出し、レイラは自分自身をもふたたび見出していた。彼を見るときのレイラの目の輝きはだれにでも見てとれたが、そのときめきに罪悪感がともなっていることに気づく者は少なかった。

「もうここへは来ないほうがいいよ」ある日レイラは言った。「あなたのためにならないもの。ここはひたすら惨めな場所なの、わからない？　人の心を汚してしまうの。自分ははまってないなんて思わないで、ここは人を吸いこんじゃうんだから、沼みたいに。あたしたちは普通の人間じゃないの、だれひとりね。ここに自然なものはひとつもない。もうあたしなんかと過ごしてほしくないの。それに、こんなに何度もここへ来てて、やることもやらない——」

レイラは言葉を呑みこんだ。ディー・アリがいまだに自分と寝ようとしないせいで怒っていると思われたくなかったのだ。だってほんとうは、彼のそういうところが好きだし尊敬していたから。彼が自分にくれた貴重なプレゼントのように、レイラはその事実を大切に胸にしまっていた。ただ、妙なことに、彼のことをそんなふうに思えるのはセックスを抜きにして考えたときだけで、いまではときどき、彼の首筋にふれたら、顎の脇の小さな傷跡にキスしたらどんな感じだろうと、ぼんやり夢想していることがあった。

「ぼくはきみに会いたいから来てる、ただそれだけのことだよ」ディー・アリはしんみりした口調で言った。「それに、こんなねじ曲がった体制のなかでだれが普通かなんて、ぼくにはわからない」

ディー・アリに言わせると、〝自然な〟という言葉を使いすぎる人たちはたいてい、〝母なる自然〟のありようをろくに知らないのだそうだ。そういう連中に、カタツムリやミミズやブラックシーバスは雌雄同体だとか、タツノオトシゴの雄が体内の袋で卵をかえすとか、カクレクマノミの雄が成熟の過程で雌に変わるとか、コウイカの雄が体の半分を雌と似た模様に変えるなんてことを教えてやったら、驚くことだろう。自然に精通している人間はだれでも、〝自然な〟という言葉を軽率に使うのをためらうものだ、と。

「わかった、でもあなたはお金を払いすぎてる。ビターー・マーは時間単位で料金を取るでしょ」

「ああ、そうだね」ディー・アリは気まずそうに言った。「けどさ、ぼくらがデートしてるって、ちょっと想像してみようよ、ぼくがきみをどこかへ連れていくのでも、その逆でもいいけど。どんなデートをする？　映画に行って、それから高級レストランやダンスホールへ……」

「高級レストラン！　ダンスホール！」レイラはにやにやしながら繰り返した。

「要するに、金を使うだろうってこと」

「それとこれとはちがう。ご両親は、苦労して稼いだお金をあなたがこんなところで浪費してるって知ったらショックを受けるわ」

「おい、ぼくは両親から金なんかもらってないよ」

「ほんと？　あたしはてっきり……。じゃあどうやってこの費用をまかなってるの？」

「働いてる」ディー・アリは目配せした。

「どこで？」

「あっちこっち、至るところで」

「だれのために？」

「革命のために！」

レイラは動揺して、目をそらした。そして人生でふたたび、本能と心とのあいだで引き裂かれた。この人には、親切で優しい青年という見た目以上の何かがあるから、くれぐれも気をつけろ、と本能は告げている。けれども心は、レイラの背中を押していた——生まれたばかりの赤ん坊の自分が、塩をかぶってじっと横たわっていたあのときと同じように。

だからディー・アリが来ることを拒むのはやめた。毎日姿を見せる週もあれば、週末しか来ない週もあった。レイラは胸騒ぎとともに感じとった——多くの夜に、彼は同志たちと街へ出て、人気《ひとけ》のない通りに黒く長い影を投じているのだろうと。けれどもその時間に何をしているのかは、あえて訊かなかった。

「またあんたのご贔屓さんだよ！」ビター・マーは彼がやってくるたびに、階下から叫んだものだった。そしてレイラが接客中だった場合、ディー・アリは入口のそばの椅子にすわって待つことになった。そういうとき、レイラは恥ずかしくて死にたい気分になった——前の客が帰ったあと、その男のにおいのする部屋へ彼を招き入れるときに。だがディー・アリは、そういったものに心乱されていたとしても、決して口には出さなかった。自分の動作に黙々と集中し、ほかのどんなものにもかまわず、レイラだけをじっと見つめた。まるでレイラが、ずっと変わらず世界の中心であったかのように。その優しさは、なんの計算もない、無意識のものだった。毎回、きっかり一時間後に、彼がさよならを言って立ち去るたびに、部屋の隅々まで空洞が広がり、レイラをまるごと呑みこんだ。

ディー・アリはかならず、レイラにちょっとしたプレゼントを持ってきた——書き物に使うノートや、髪につけるベルベットのリボンや、自分の尾をくわえたヘビの形の指輪、そしてときには、食べてみないと中身のわからないチョコレートボンボンも——キャラメル、チェリーペースト、ヘーゼルナッツのプラリネ……。ふたりはベッドにすわって箱をあけると、ゆっくり時間をかけてどのボンボンを最初に食べるかを決め、まる一時間、おしゃべりに興じた。一度、硫酸をかけられて残ったレイラの背中の傷跡に、彼がふれた。預言者が海を割ったように、レイラの肌を引き裂いたその傷を、そっとなぞっていく。

「きみの絵を描きたいんだ」ディー・アリは言った。「いいかな?」

「あたしの絵?」レイラはちょっと赤面して目を伏せた。ふたたび目をあげると、思ったとおり、彼はレイラに微笑みかけていた。

その次に現れたとき、ディー・アリはイーゼルと木箱を携えていた。硬毛の絵筆、油絵の具、パレットナイフ、スケッチブック、アマニ油が詰まった木箱だ。彼のためにポーズをとったレイラは、深紅のクレープ地のミニスカートに、ビーズをあしらった揃いのビキニトップという姿でベッドに腰かけ、髪をゆるく結いあげて、永遠に閉まっていてと念じるみたいに、ドアから少し顔をそむけていた。カンヴァスは、彼が次に来るときまで衣装戸棚にしまっておくことにした。一週間ほどして、絵が仕上がったというので見せてもらうと、硫酸の傷跡があるところにはなんと、小さな白い蝶が描かれていた。

「気をつけな」ザイナブ122は言った。「彼は芸術家だし、芸術家は身勝手な生き物だからね。ほしいものを手に入れたら、すぐに姿を消すよ」

ところが、だれもが驚いたことに、ディー・アリはその後も姿を見せつづけた。娼婦たちは、きっと勃《た》たなくてセックスできないんだと言って彼を笑いものにし、からかいの種が尽きると、テレピン油のにおいに文句をつけた。嫉妬されているとわかっていたから、レイラは気にも留めなかった。だがビター・マーまでが、左翼の連中には来てもらいたくないと不平がましく繰り返すようになったので、もう彼に会えなくなるのでは、とレイラは心配になった。

そんなある日、ディー・アリがビター・マーに意外な申し入れをした。

「壁のあの静物画ですけど……その、気を悪くしないでください、でもあのラッパズイセンとレモンじゃ、ちょっと安っぽいんじゃないかと。あそこに肖像画を掛けようと考えたことはありませんか」

「掛けてたよ、前はね」ビター・マーは答えたが、それがアブデュルアズィズ皇帝の肖像画だったことは言わずにおいた。「けど、わけあってやめたんだ」

「なるほど《アッ・ソー》、それはお気の毒に。だったら新しい肖像画が要りますかね。ぼくがあなたの肖像を描きましょうか――無料で？」

ビター・マーはしわがれ声で笑い、ウエストまわりの脂肪が愉快そうに震えた。「ばか言わないでおくれ。あたしは美女じゃない。だれかほかのモデルを探すんだね」そこで、いきなり真顔になる。

「本気で言ってるのかい？」

その同じ週、ビター・マーはディー・アリの前でポーズをとった。胸の前に自作の編み物を掲げて、その腕前を見せびらかすついでに、二重顎を隠しながら。

肖像画が仕上がったとき、カンヴァスに描かれていたのは、モデル本人をもっと上機嫌に、もっと若々しく、もっとほっそりさせた女だった。いまや娼婦たちはこぞってディー・アリのモデルになりたがり、今度はレイラが嫉妬することになった。

恋に落ち、その真っ只中にいる者にとって、世界はもはや同じ場所ではない――その先の世界は、めまぐるしくまわっていくばかりだ。

10分

時は刻々と過ぎていき、レイラの心は大好きな屋台料理の味を幸せな気分で思い出していた。イガイのフライ――材料は、小麦粉、卵の黄身、重曹、胡椒、塩、そして黒海から獲れたばかりのイガイだ。

一九七三年十月。世界第四位の長さを誇るボスポラス大橋が、三年の施工期間を経てようやく完成し、華々しい記念式典ののちに開通した。その一方の端には〝アジア大陸へようこそ〟という大きな標識が、もう一方の端には〝ヨーロッパ大陸へようこそ〟という別の標識が立てられた。

その朝早く、式典を見物しようと、橋の両側に群衆が集まった。午後には大統領が感動的なスピーチをおこない、軍の英雄たち――高齢の者のなかには、バルカン戦争や、第一次世界大戦や、トルコ独立戦争で戦った者もいる――が、厳粛に黙して気をつけの姿勢をとっていた。外国の高官たちが、わが国の政府高官や地方長官らと並んで高い観覧台に着席し、見えるかぎりの範囲にずらりと掲げられた赤白の国旗が風にはためいていた。楽団が国歌を演奏し、みなが声をかぎりに斉唱した。数千個の風船が空に放たれた。民族舞踊ゼイベックの踊り手たちが、飛翔するワシのように肩の高さで両腕を広げ、輪になってくるくるまわった。

のちに、この橋が歩行者向けにも開通すると、人々はひとつの大陸から別の大陸まで歩けるようになった。ただ、驚いたことに、多くの国民がこの絵になる橋を自殺の場所に選んだため、ついには当局が、歩行者の通行を全面的に禁止した。とはいえ、それはすべてのちに起こったことだ。当初は、楽観の時代だった。

開通の前日は、トルコ共和国の建国五十周年記念日で、それ自体も巨大なイベントだった。そしてきょう、イスタンブル市民は、全長五千フィートを超えるこの橋梁工事の偉業を祝っている——トルコの土木作業員と開発業者、そして英国のクリーヴランド橋梁会社の技術者によって生み出されたものだ。細くてせまいボスポラス海峡は、昔から〝イスタンブルの首筋〟と呼ばれていて、こうしていま、まばゆいネックレスのようにその首を飾る橋が架かったのだ。ネックレスは街の高みで輝き、黒海がマルマラ海と混ざるあたりから、エーゲ海が地中海と出会うあたりにかけてぶらさがっている。

その週はずっと、街じゅうに祝賀ムードが色濃く漂っていて、路上の物乞いまでが、ひもじさを忘れたかのように微笑んでいた。アジア側のトルコがヨーロッパ側のトルコと恒久的に結ばれたからには、この国の未来は明るい。この橋は、新たな時代の幕あけを告げていた。トルコはいまや、事実上ヨーロッパの一部なのだ——あちらの人々が認めようと認めまいと。

夜には、頭上で花火が炸裂し、暗い秋の空を彩った。娼館通りでは、娼婦たちがいくつもの塊になって歩道にたたずみ、煙草を吹かしつつ花火を見物した。真の愛国者を自称するビター・マーは、涙ぐんでいた。

「あの橋はたいしたもんだね――ばかでかいよ」花火を見あげながら、ザイナブ122が言った。

「鳥が羨ましいな」レイラは言った。「だって、いつでも好きなときにあそこに止まれるんだよ。カモメも、ハトも、カササギも……。それに魚はあの下を泳げる。イルカも、ハガツオも。すごい特権だよね。そんなふうに人生を終えたいと思わない？」

「思うもんですか」ザイナブ122は言った。

「ふうん、あたしは思う」レイラは頑として言った。

「あんたさ、なんでそんなにロマンチックになれるわけ？」ノスタルジア・ナランが、見るからに面白そうに、大げさなため息をついた。ナランはときどきレイラを訪ねてきたが、彼女がいるあいだ、ビター・マーはぴりぴりしていた。娼館で異性装者を雇ってはならないと、法律にはっきり定められているからだ。ていた。さりとて、ほかのどんなところでも職を得ることはできないので、彼女らは街頭で客を誘うしかないのだ。「あの巨大な橋を架けるのにどれだけお金がかかったかわかってんの？　それに、だれがそのお金を払ってるのか――あたしたち、国民だよ！」

レイラは微笑んだ。「たまにディー・アリみたいなこと言うよね」

「噂をすれば……」ナランが左のほうへ首を傾けてみせた。

レイラがそちらを向くと、ディー・アリが近づいてくるのが見えた。皺くちゃのジャケットを着て、ブーツの靴音を響かせ、肩から大きな帆布の鞄をさげて、手にはイガイのフライが入ったコーン型の紙容器を持っている。

「これ、きみに」彼は言い、イガイのフライをレイラに手渡した。大好物なのを知っているのだ。

ディー・アリはそれきりしゃべらないまま、レイラとふたりで二階へ行ってドアをぴったり閉ざした。額をこすりながら、ベッドに腰をおろす。

「大丈夫?」レイラは訊いた。

「ごめん。ちょっと気が立ってて。今回は危うく捕まるところだった」

「だれに? 警察?」

「いや、グレイ・ウルヴス。極右のやつらさ。この地区を縄張りにしてる、そういうグループがあるんだ」

「極右の人たちがここの地区を縄張りに?」

ディー・アリはまじまじとレイラの目を覗きこんだ。「イスタンブルのどこの地域でも、ふたつのグループが対立してる――やつらみたいな右派と、ぼくらみたいな左派がね。あいにく、ここらでは向こうのほうが、こっちよりかろうじて数が多いんだ。けどぼくらは盛りかえすよ」

「何があったのか話して」

「角を曲がったら、そこにやつらが寄り集まってて、叫んだり笑ったりしてた。橋のことで浮かれ騒いでたんだと思う。それで連中はぼくを見て――」

「あなたのことを知ってるの?」

「ああ、いまじゃお互いのメンバーをだいたい把握してる、たとえしてなくても、目つきを見れば簡単に見当はつくよ」

服装に政治思想は表れる。顔の毛にも――とりわけ口ひげに。国家主義者は、先端が下を向いた三日月形の口ひげを生やす。イスラム原理主義者は、口ひげを短く切りそろえ、小ぶりに整えている。スターリン主義者は、カミソリの存在を知らないのかと思わせる、セイウチみたいな口ひげを好む。ディー・アリ自身はいつもきれいにひげを剃っている。それが政治的なメッセージを発しているのかどうか、もしそうなら、具体的にどんなメッセージなのか、レイラにはわからなかった。ふと気づくと、彼の唇をじっと見つめていた――直線的で、バラ色をした唇を。男性の唇をしげしげと見たことはなく、むしろ見ないようにしてきたので、そんなことをしている自分にとまどった。

「すごい勢いで追ってきたよ」レイラのとまどいには気づかずに、ディー・アリは言っていた。「これを持ってなかったら、もっと速く走れたんだけど」

レイラは鞄に目を留めた。「中身はなんなの？」

彼は見せてくれた。鞄のなかには、何千枚とは言わないまでも、何百枚ものチラシが入っていた。レイラは一枚抜きとって、じっくり見てみた。半分は絵で埋まっている。天井からの明かりに照らし出された、青い作業服姿の工場労働者たち。肩を並べた男女の工員らは、自信に満ちて超俗的な、無垢と言ってもいい顔つきをしている。別のチラシを手にとった。明るい青のつなぎを着た炭鉱夫たち。その顔立ちはすすでくっきりと際立ち、ヘルメットの下で見開かれた目は鋭敏だ。手を止めず、ほかのチラシを次々と見ていった。描かれている人物はみな、引き締まった顎と強靭な筋肉を持っている。向かいの家具工房で毎日見かける作業員たちのように生白くも弱々しくもない。ディー・アリの共産主義者の世界では、だれもが丈夫で、筋骨たくましく、健康に満ちあふれている。レイラは弟のことを思い、ぎゅっと胸を締めつけられた。

「こういう絵は好きじゃない？」レイラの様子を見て、ディー・アリは言った。

「好きよ。これみんな、あなたが描いたの？」

ディー・アリはうなずいた。一瞬、誇らしげに顔を輝かせる。地下出版で印刷された自分の絵が、街じゅうにばらまかれているのだ。

「これを至るところに置いてくるんだ――カフェや、レストランや、書店や、映画館に……。ただ、いまはちょっとびくびくものだよ。このチラシを持ってるところを極右のやつらに捕まったら、袋叩きにされるだろうからね」

「その鞄、ここに置いてったら？」レイラは言った。「ベッドの下に隠しておくから」

「だめだよ、きみの身が危なくなる」

レイラはくすりと笑った。「あのね、だれがここを捜索しようと思うの？　心配しないで、あなたのために、革命の武器はちゃんと見張っておく」

その夜、娼館のドアが施錠され、全館が静まりかえったあと、レイラはそのチラシを取り出した。ほとんどの娼婦たちは自宅に帰って眠る。年老いた親や、子供の面倒を見る必要がある者たちだが、ここで夜を過ごす者も何人かはいる。そのひとりが、廊下の先のどこかで高いびきをかいていて、別のだれかが寝言を言っている。内容は聞きとれないけれど、懇願するような、か細い声だ。レイラはベッドに身を沈めて、チラシの文言を読みはじめた。〝同志よ、警戒を怠るな。米国はただちにベトナムから撤退せよ！　革命ははじまっている。プロレタリア独裁を〟

レイラは懸命に文字を追った。その言葉にみなぎる力や、その真の意味をどうにも理解できず、気をくじかれながら。ビンナズおばさんが、文章を目にするたびに、声もなくうろたえていたのを思い出した。深い後悔に身を貫かれる。まだ家にいたころ、なぜ一度も思いつかなかったのだろう、実の母親に読み書きを教えることを。

「ひとつ訊こうと思ってたの」翌日、ディー・アリがまたやってくると、レイラは言った。「革命のあとも、売春はなくならない？」

彼はぽかんとレイラを見つめた。「どこからそんな疑問が湧いてきたんだい？」

「あなたたちが勝ったら、あたしたちはどうなるのかなってずっと考えてたの」

「何も悪いことは起こらないよ――きみにも、きみの友達にもね。ほら、こんなことになってるのはきみのせいではないだろ。責められるべきは資本主義だ。この非人道的なシステムは、弱者を虐げ労働者階級を食い物にすることで、絶滅寸前の資本主義ブルジョアジーとその共謀者どもの懐を潤している。革命はきみたちの権利を守る。きみだってプロレタリアで、労働者階級の一員なんだよ、それを忘れないで」

「でも、あなたたちはこの娼館を閉めるの、それともあけておくの？　ビター・マーのことはどうするの？」

「あの女将は搾取する資本主義者にすぎない、シャンパンをがぶがぶ飲んでる金満家と変わらないんだ」

レイラは何も言わなかった。

「いいかい、あの人はきみの体を使って金儲けをしてるんだ。きみや、ほかの大勢のね。革命後は罰を受けるべきだ――もちろん、公正に。けど、ぼくらは娼館を全部閉鎖して赤線地区を一掃する。全部工場になるよ。娼婦や街娼はみんな工場労働者になるんだ――それか農場労働者に」

「うわ、あたしの友達の何人かは、そういうのいやがりそう」目を細くして、レイラは言った。あたかもノスタルジア・ナランが、そこで働くよう強いられたどこかのトウモロコシ畑から、露出の多いドレスとハイヒール姿で脱走している未来を覗き見ているかのように。

ディー・アリも同じことを考えているようだった。彼は何度かナランと会って、その意志の強さに感銘を受けていた。彼女のような人たちをマルクスならどう見たか、彼にはわからなかった。それを言うなら、トロツキーも。いままで熟読してきたどんな本でも、いまさら農民にはなりたがらない異性装者のことを読んだ覚えはなかった。「きみの友達には、適した仕事をきっと見つけるよ」

ディー・アリが熱弁を振るうのを、レイラはひそかに楽しんで、微笑みながら聞いていたが、口をついて出たのは、それとは裏腹なひとことだった。「いま言ってたようなことを、どうして信じられるの？　あたしには幻想に聞こえる」

「幻想なんかじゃない。夢でもない。歴史の流れなんだ」傷ついたのか、ディー・アリは不機嫌な顔になった。「川の流れを逆向きに変えられるか？　それは無理だ。けど歴史は動いてる、否応なく必然の流れで、共産主義に向かってね。遅かれ早かれ、その日はかならず来る、歴史に残る日が」

こうも簡単に激するディー・アリを見て、レイラは愛しさを抑えきれなくなった。彼の肩にそっと手を載せ、巣ごもりするツバメのようにそこにとどめた。

「けど、ぼくには夢もあるよ、もし疑問に思ってるんなら」ディー・アリはぎゅっと目をつぶった。いまから言うことを耳にするレイラの顔を見たくなくて。「きみに関係あることなんだ、実は」

「へえ、そうなの？　どんなこと？」

「ぼくと結婚してほしい」

続く沈黙があまりに深くて、ディー・アリを穴のあくほど見つめているレイラの耳には、港で低くさざめく波音や、釣り舟のエンジンが水を叩く音まで聞こえた。息を吸っても、なぜだか肺に空気が届かない感じで、胸が詰まった。そのうち時計のアラームが鳴りだし、ふたりともびくんと身をすくめた。時間を過ぎても客が居すわることのないよう、ビター・マーが最近、各部屋に時計を置いたのだ。

レイラは姿勢を正して言った。「お願いしておくわね。二度とあたしにそんなこと言わないで」

ディー・アリは目を開いた。「怒ってるの？　そりゃないよ」

「あのね、こういうところで絶対に言っちゃいけないことがあるの。たとえ悪気がなくてもよ、あなたに悪気がないのはわかってるけど。でもこれははっきり言わせて――あたし、こういう話は嫌い。

すごく……心がかき乱されるから」

ディー・アリはしばらく、途方に暮れた顔をしていた。「きみがまだ気づいてなかったなんて、驚くしかないよ」

「気づくって何に？」レイラは火にさわったみたいに、さっと手を引っこめた。

「ぼくがきみを愛してること」彼は言った。「初めてきみを見たときからずっと……階段の上の……第六艦隊が来たあの日……覚えてる？」

レイラは頬が赤らむのを感じた。顔じゅうが火照っている。彼がこれ以上何も言わずに立ち去って、二度と来ないでくれるよう願った。何年も甘い月日を過ごせたかもしれないのに、この関係はいずれつらいものになると、いまはっきりわかってしまった。

ディー・アリが帰ったあと、レイラは窓辺に歩み寄り、ビター・マーの厳しい言いつけを破って、カーテンをあけた。窓ガラスに頬を押し当てる。そこから見えるのは、ぽつんと立ったカバノキと、暖房の排気孔から蒸気を噴き出している家具工房だけだ。レイラは、いつものようにせかせかした足どりで港のほうへ歩いていくディー・アリを思い描いた。そして想像のなかで、真心と愛をこめて彼を見送った。花火の滝の下の暗い路地に、その姿が消えてしまうまで。

その週はずっと、高揚したムードに活気づけられ、ガズィノ（トルコのミュージックホール）やナイトクラブは大盛況だった。金曜日、夕べの祈りのあと、レイラはビター・マーの指示で、ボスポラス大橋近くの〈コナック〉での男だけの結婚前夜パーティに送りこまれた。ひと晩じゅう、ディー・アリと彼に言われたことが頭を離れず、どうしようもないふさぎの虫に取りつかれていたレイラは、調子を合わせて陽気にふるまうことができず、湖からさらった泥さながらに、鈍く緩慢な態度に終始していた。主催者たちはこちらのサービスに不満げで、このぶんではあとで女将に苦情が入りそうだった。苦々しくこう思う――悲しみに沈んでるピエロや娼婦なんて、だれが呼びたがる？

帰り道、何時間もハイヒールで立ちどおしだったせいで疼く足を引きずって、とぼとぼと歩いた。前日の昼食以来何も食べていなくて、ひどく空腹だった。こんな夜に気をきかせて食べ物を差し入れてくれる人はいなかったし、レイラも頼みはしなかった。

赤い瓦屋根や鉛で覆われた円蓋の上方に、太陽がのぼってきた。空気は新鮮で、希望のにおいがした。レイラはまだ眠っているアパートメント群のそばを通った。数歩先に籠が見えた。上階の窓から垂れさがったロープにくくりつけてある。中身はジャガイモとタマネギのようだ。だれかが近くの食料品商に注文して、籠を引きあげるのを忘れたにちがいない。

物音がして、レイラはその場で足を止めた。じっと動かずに、耳をそばだてる。数秒後、鳴き声が聞こえたが、あまりに弱々しくて、初めは寝不足が原因の空耳だったのかと思った。が、すぐに歩道の上の、形のよくわからない、肉と毛皮の塊が目に入った。傷ついた猫だ。

ちょうどそのとき、ほかのだれかもその生き物を見つけて、道の反対側から近づいてきた。女だった。目尻に皺のある落ち着いた茶色の目と、つんとした鼻と、ずんぐりした体つきをしていて、どことなく鳥を思わせる――子供が夢中になりそうな、ころころした陽気な鳥を。

「その猫、大丈夫？」女は訊いた。

ふたりして身をかがめ、同時にそれを見てとった――ひどい傷を負っている。内臓があふれ出ていて、呼吸はか細く苦しげだ。

レイラはスカーフをはずし、それで猫をくるんだ。そっと抱えあげ、腕のなかで揺すってやる。

「獣医を見つけなきゃ」

「こんな時間に？」

「だって、ほかにどうしようもないでしょ？」

ふたりは一緒に歩きだした。

「ところで、あたしの名前はレイラ。真ん中が〝y〟じゃなく〝i〟のやつ。綴りを変えたんだ」

「あたしはヒュメイラ。普通の綴りのね。波止場の近くのガズィノで働いてる」

「そこでどんな仕事を？」

「あたしとバンドで、毎晩ステージに出てる」ヒュメイラは言い、それからもっと力をこめて、ちょっぴり誇らしげに、こう付け加えた。「あたしは歌手なんだ」

「わあ、エルヴィスの曲は歌う？」

「ううん。うちのバンドは古い曲をやるんだ、譚歌《バラッド》とか。新しいのも少しはやるけど、ほとんどはアラベスク（アラブ音楽の影響を受けたトルコの大衆歌謡）かな」

やっと見つけた獣医は、こんな時間に起こされて不機嫌そうだったが、ありがたいことにふたりを追い払いはしなかった。

「この仕事もずいぶん長いが、こんなのを見たのは初めてだ」獣医は言った。「あばらが折れて、肺に穴があいて、骨盤が砕けて、頭蓋骨が割れて、歯が抜けてる……。車かトラックに轢かれたにちがいない。すまんが、このかわいそうな猫を助けられるかどうかは、かなり疑わしい」

「でも、疑わしいのね」レイラはゆっくりと言った。

獣医の目が、眼鏡の奥で細くなった。「というと？」

「百パーセント死ぬとは言いきれないわけでしょ？　疑わしいっていうのは、生き延びる可能性もなくはないってことだから」

「いや、助けたいのはわかるが、はっきり言うと、こいつは眠らせてやったほうがいい。この猫はもうじゅうぶんすぎるほど苦しんだんだ」

「なら別の獣医を探す」レイラはヒュメイラのほうを向いた。「そうするよね？」

ヒュメイラはためらった――一瞬だけ。支持にまわってうなずく。「だね」

「わかった、そこまで言うなら、できるだけのことをしよう」獣医は言った。「だが、保証はできない。これも言っておくが、高くつくぞ」

三度の手術と、数カ月に及ぶ痛々しい治療が続いた。レイラがおおかたの費用をまかない、ヒュメイラもできるかぎりのお金を出した。

最後には、レイラが正しかったことが証明された。その猫は、鉤爪にひびが入り歯が抜けていても、力いっぱい生にしがみついた。その回復がまさに奇跡だったことから、ふたりはこの雌猫を〝八《セキズ》〟と呼んだ。これほどの苦痛に耐え抜いた猫は、まちがいなく九生を持っているはずで、八つの生命は使い果たしたにちがいないからだ。

レイラとヒュメイラは交替で猫の世話をしながら、だんだんと固い友情を築いていった。

数年後、夜ごとの奔放な冒険のすえに、セキズは妊娠した。そして十週間が経ち、はっきり性格のちがう五匹の子猫を産んだ。そのうちの一匹は小さな白い斑のある黒猫で、まったく耳が聞こえなかった。レイラとヒュメイラは一緒に、その雄猫をミスター・チャップリンと名づけた。

ハリウッド・ヒュメイラ――メソポタミアの世にも美しいバラッドをいくつもそらんじていて、その多くに歌われている悲しい物語とどこか似た人生を送ってきた女。

ハリウッド・ヒュメイラ、五人のうちのひとりだ。

ヒュメイラの物語

ヒュメイラは、メソポタミアの石灰岩大地に立つ聖ガブリエル修道院にほど近い、マルディンで生まれた。蛇行した通り、石造りの家。ひどく古めかしく荒れ果てた土地で、彼女は歴史の遺物に取り囲まれて育った。廃墟の上の廃墟。古い墓所のなかの新しい墓所。無数の英雄伝説や恋物語を聞かされてきたせいで、もはや存在もしない場所を恋しく思うようになった。妙なことだが、ヒュメイラは、国境――トルコの端に至ってシリアがはじまるところ――のことを、定められた境界線ではなく、生きて息をしているもの、夜行性の生き物のように思っていた。それは国境の両側の人々がぐっすり眠っているあいだに移動する。そして朝には、ごくわずかに左か右へずれたところに、また落ち着く。国境を越えて行ったり来たりする密輸人たちは、息を殺して、地雷だらけの野原を横切る。ときおり静寂のなかで爆発音が聞こえると、村人たちは、いまばらばらになったのはラバで、それに乗っていた密輸人ではありませんようにと祈る。

トゥル・アブディン――〝神のしもべたちの山〟――のふもとから、夏には淡い黄褐色の砂地に変わる平地にかけては、広大な地表が広がっている。だがその地域に住む者たちは、しばしば島の住民のようにふるまう。自分たちは近隣の部族とはちがうということを、瞬時に感じとるのだ。彼らの上には過去が、よどんだ淵のようにのしかかっていて、彼らはそこを、決して自分たちだけではなく、祖先の亡霊にともなわれて泳ぐのだ。

聖《モール》ガブリエルは、世界最古のシリア正教会の修道院である。水と乏しい食糧だけで生き長らえる隠者のように、その修道院は信仰とわずかな風格のみで、どうにか存続してきた。その長い歴史を通して、流血や大虐殺や迫害の舞台となり、修道士はこの地を越えていったあらゆる侵入者に虐げられた。石造りの防護壁は残存しているが、壮大な書庫は失われた。かつては誇らかに収蔵されていた数千冊の書物や写本の、一頁たりとも残っていない。地下納骨堂には、数百の聖人が――殉教者も――葬られている。外では、道路のほうまで延びたオリーブの木立と果樹園が、その独特の香りをあたりに放っている。一帯を満たしているのは、歴史に暗い者たちがたやすく平穏と混同しかねない静けさだ。

ヒュメイラは、この地域の多くの子供たちと同じく、さまざまな言語――トルコ語、クルド語、アラビア語、ペルシャ語、アルメニア語、古典シリア語――の歌曲とバラッドと子守歌を聴いて育った。くだんの修道院にまつわる物語も耳にしたし、そこへ出入りする観光客や記者や男女の聖職者も目にした。いちばん興味をそそられたのは修道女だった。彼女らのように、ヒュメイラは一生結婚しないと決めていた。ところが十五になった春、突然学校をやめさせられ、父親が一緒に商売をしていた男と婚約させられた。十六になるころには、もう人妻になっていた。夫は野心のない男で、寡黙なうえにひどい小心者だった。向こうもこの結婚を望んでいなかったのは察しがついたので、どこかに忘れられない恋人がいるのではと疑った。幾度となく、こんなことになったのはヒュメイラのせいだとでもいうような、夫の恨めしげな視線を感じた。

一緒になった最初の年は、夫を理解し、要望に応えようとひたすら努力した。自分のことは二の次だった。なのに夫は決して満足せず、拭いたとたんに曇る窓のように、しじゅう眉間に皺を寄せていた。それからまもなく、夫の商売が不振に陥り、夫婦でやむなく夫の実家に身を寄せることになった。

義理の家族との同居で、ヒュメイラは神経が参ってしまった。来る日も来る日も、朝から晩まで、召使いのように扱われた――名前も呼んでもらえない召使いだ。〝嫁、お茶を淹れてきて〟〝嫁、お米を炊いてきて〟〝嫁、シーツを洗ってきて〟。四六時中どこかへ行かされ、ゆっくりすることもできない。あの人たちは、声は届いても目には入らないところに自分をいさせたいのだと思うと、どうにも納得いかなかった。それでも、夫の暴力さえなかったら、すべてに耐えていたかもしれない。一度は、木製のコートハンガーが折れるほど背中を強打された。別のときには、鉄製の火ばさみで脚をぶたれ、左膝の脇に赤ワイン色の跡が残った。

実家に戻るのは問題外だった。だからこの惨めな場所にとどまっていた。ある日の明け方、みながまだ眠っているあいだに、義母がベッド脇のテーブル上のビスケットの箱にしまっている金のブレスレット数本を盗んだ。その箱の横の、グラスの水に浸けてある義父の総入れ歯が、共謀するようににんまりしていた。ブレスレットを質入れしてもたいした値はつかないだろうが、イスタンブル行きのバスの切符を買うには足りるはずだった。

街へ出てきたヒュメイラは、なんでもすばやく覚えた――スティレットヒールでの歩き方も、髪をまっすぐにするこての使い方も、ネオンの光の下で映える化粧の仕方も。子供のころからの名前をヒュメイラに変え、偽の身分証明書を手に入れた。深みのある声をしていて、アナトリアの歌をたくさん覚えていたおかげで、ナイトクラブでの仕事が見つかった。初めてステージにあがったときは木の葉のように震えたが、幸い声は震えなかった。カラキョイで見つけて借りた格安の部屋は、娼館通りのすぐ横手にあり、そこである夜の仕事帰りに、レイラと出会ったのだった。

ふたりは、頼る当てのない者たちだけが共有できる忠実さで、互いを支え合った。レイラの忠告に従って、ヒュメイラは髪をブロンドに染め、ターコイズ色のコンタクトレンズを着け、鼻の整形手術を受け、服装をがらりと変えた。それもこれも、夫がイスタンブルで自分を探していると知らせを受けたからだった。寝ても覚めても、ヒュメイラは名誉殺人の犠牲者になるのを恐れていた。殺される自分を想像せずにはいられず、そのたびに結末はよりひどいものになった。家族の名誉を汚したとされる女たちは殺されるとはかぎらず、ただ自殺を促されることもあった。強制された自殺者の数は、特にアナトリア南東部の小さな町で激増していて、外国の新聞に記事が出たほどだった。ヒュメイラの生地からそう遠くないバトマンでは、自殺が若い女性の死因の第一位になっていた。

だがレイラはいつも、気を楽に持つようにとヒュメイラに言っていた。ヒュメイラほど打たれ強くて運のいい人間はそういない、と請け合っていた。彼女が眺めて育ったあの修道院の石壁のように、あの明け方にたまたま一緒に助けた猫のように、状況がとことん不利でも、生き延びるよう運命づけられているのだと。

10分20秒

脳が完全に活動を止める前の最後の数秒間に、レイラはウェディングケーキを思い起こした――バタークリームの砂糖ごろも《アイシング》で重ねられた、真っ白な、三段のケーキを。てっぺんには、砂糖細工でできた、編み針二本を添えた赤い毛糸玉がちょこんと載っている。ビター・マーへの感謝のしるしだ。女将が許してくれていなければ、レイラは娼館を去ることなどできなかったのだから。

二階の部屋で、レイラはひびの入った鏡に映る自分の顔を見ていた。そのなかに、ほんの一瞬、過去の自分が見えた気がした。ヴァンで暮らしていたあの少女が、オレンジ色のフラフープを手に、見開いた目でこちらを見つめていた。おずおずと、哀れむように、レイラはその少女に微笑みかけ、とうとう彼女と和解した。

レイラのウェディングドレスは、シンプルながら、繊細なレースの袖と、ウエストラインを際立たせるぴったりしたシルエットが優雅なデザインだった。

ドアを叩く音が、彼女の物思いを破った。

「そのベールはわざと短く作らせたの？」ザイナブ122がそう訊きながら、部屋に入ってきた。むき出しの床を踏みしめるたび、中敷で底あげした靴がムギュッと音を立てる。「覚えてるでしょ、ベールはうんと長いのになるって予言したのを。これじゃあ、自分の占いに自信をなくすよ」

「ばか言わないで。あんたの言ったことはみんな当たってた。あたしはただ、大げさなことをしたくなかったの、それだけ」

ザイナブ122は、隅に用意してあるコーヒーカップのほうへ歩み寄った。空っぽだというのに、カップのひとつに目をやって、ため息をつく。

気詰まりな沈黙のあと、レイラはまた口を開いた。「ビター・マーがあたしを自由にしてくれるなんて、まだ信じられないの」

「あの硫酸事件のせいだろうね。いまだに罪の意識があるんだよ、まあ当然だけど。だって、あの男が正気じゃないのを承知で、お金を取ってあんたを差し出したんだもの――この娘《こ》ですね、さあどうぞって。殺されてたっておかしくなかったんだから、あの獣《けだもの》に」

実のところ、ビター・マーがレイラの切望する許可をくれたのは、純粋な親切心からでも、内心の罪悪感を認めたからでもなかった。ディー・アリが大金を支払ったのだ――娼館通りでは前代未聞の金額を。のちに、そんなお金をどこで調達したのかとレイラが問い詰めると、ディー・アリは同志が出し合ってくれたのだと言った。革命というのはひとえに、愛と、愛し合う者たちのためにあるのだと。

娼婦がウェディングドレスを着て娼館を出ていく――そうそうあることではない――ところをひと目見ようと、一群の見物人が集まった。ビター・マーは、引退する従業員を見送るのなら、それなりに賑やかなお祝いをしてやろうと決めた。兄弟とおぼしきふたりのロマ人演奏者が雇われ、ひとりが叩く太鼓に合わせて、もうひとりが頬をふくらませ、陽気な調べに目を躍らせながらクラリネットを吹いた。だれもが通りに繰り出して、喝采を送り、手を叩き、足を踏み鳴らし、口笛を吹き、歓声をあげ、ハンカチを振り、うっとりと見入った。警官たちまでが、門の警備を中断して、なんの騒ぎかたしかめにやってきた。

レイラはこのときすでに、ディー・アリの身内が、一家の恥でしかない結婚話を耳にしたのを知っていた。彼の父親が、いちばん早い飛行機の便でドイツから飛んできて、息子に分別を叩きこもうとした――最初は文字どおり、殴るぞと脅して（そんな真似をするには歳をとりすぎていたが）、その次は、家族の財産をいっさい渡さないと脅して（財産といえるほどのものはないのだが）、そして最後には、勘当すると脅して（これは何よりもこたえた）。けれどもディー・アリは、子供のころからずっと、攻撃されると意固地になるたちだったし、父親の態度は、当人により強く決意を固めさせただけだった。妹たちがたびたび、母親が泣きどおしで、息子が死んで葬られたかのように悲嘆に暮れているのを電話で知らせてきた。自分を動揺させないよう、ディー・アリが何もかもは伝えないでくれているのをレイラは知っていて、ひそかにありがたく思っていた。

それでも何度かは、先行きの不安を言葉にした。過去が、自分の過去がふたりのあいだに壁を作って、それが突き破れないほど大きくなったりしないとは、どうしても信じられなくて。「あなたは気にならないの？　いまは平気でも、いつか気になりだすんじゃない？　あたしが何者で、どんなことをしてきたか知ってるんだし……」

「なんの話をしてるのかわからないな」

「ううん、わかってる」レイラは緊張で刺々しくなっていた声を和らげた。「あたしの言ってる意味はちゃんとわかってるはず」

「そうだね、でもいいかい、ほとんどすべての言語で、ぼくらは過去と現在のことを別の言葉で言い表す、当然ながらね。つまり、あれはきみの過去で、これがきみの現在なんだ。もしきみがきょう、ほかの男の手を握ったら、ものすごく気になるよ。きみにもわかるよね、ぼくが嫉妬に狂うだろうって」

「そんな……」

ディー・アリは、瞳をほんのり輝かせて、レイラに優しくキスした。顎の脇の小さな傷跡のほうへ、彼女の指を導く。「これわかる？　塀から落ちたときの傷だよ。小学校の。それとこっち、足首のこには、自転車を片手で操ろうとして転げ落ちたときのだ。おでこのこれが、いちばん深いね。最愛の母からの贈り物だよ。ぼくに苛ついて壁にお皿を投げつけたんだ、もちろん、狙いがはずれたわけだけど。どうかしたら目に当たるところだった。ぼくより母さんのほうがわんわん泣いてたよ。一生消えない傷がまたできたって。こんなに傷跡だらけのぼくでも、きみは気にならない？」

「気になるもんですか！　そのままのあなたが大好き！」

「ほら、そうだろ」

ふたりが一緒に借りたフラットは、ヘアリー・カフカ通りにあった。七十番地。最上階。手入れもされずに放置されていた建物で、その地区自体、皮なめし工場や革製品メーカーの点在する殺風景なところだったが、ふたりとも住みにくさには耐えられる自信があった。朝、レイラは綿のシーツの下で仰向けになって、毎日ちがったにおいが混ざり合うその界隈の空気を吸いこんでは、この世のものとは思えない、人生の格別な甘さを味わったものだった。

同じ窓のそばに、それぞれが気に入っている居場所があって、夜はふたりでそこにすわってお茶を飲みながら、眼前に広がる、何マイルもコンクリートが連なった街並みを眺めた。ふたりは不思議な目線でイスタンブルを見ていた。まるで自分たちはそこの住人ではないかのように、世界には自分たちしか存在せず、車やフェリーや赤煉瓦の家はみな、自分たちだけに見える絵の背景を飾る細部にすぎないかのように。頭上からはカモメの鳴き声や、ときには、どこかへ緊急出動する警察のヘリコプターの音が聞こえた。ふたりの気持ちを乱すものも、ふたりの平穏を乱すものも、何ひとつなかった。朝は、先に目覚めたほうがこんろにやかんを載せ、朝食を用意した。トーストしたパンと、生胡椒の塩漬け、通りすがりの行商人から買ったシミット（ゴマをまぶしたリング状のパン）に、オリーブオイルを振りかけた角切りの白チーズと、ローズマリーの若枝二本——それぞれに一本ずつ——を添えて出す。

朝食がすむと決まって、ディー・アリは本を手にとり、煙草に火をつけて、そのなかの一節を声に出して読んだ。妻にも自分と同じくらい共産主義に熱中してほしいのだろうとレイラは察した。夫婦で同じ組織のメンバーになり、同じ国の国民になり、同じ夢を共有することを彼は望んでいるのだ。これがレイラにはひどく悩ましかった。かつて父の神を信じることができなかったように、今度は夫の革命を信じることができないのではないかと気に病んだ。たぶん問題は自分にある。たぶん自分には信じる心が足りないのだ。

だがディー・アリは、単に時間の問題だと考えていた。いつかレイラも仲間に加わる気になるだろう。だからその日に向けて、持てるかぎりの知識を彼女に伝えつづけていた。

「トロツキーがどんなふうに殺されたか知ってるかい」

「ううん、ダーリン、教えて」レイラは夫の縮れた胸毛のあちこちに指先を走らせた。

「アイスピックでやられたんだ」ディー・アリは苦々しげに言った。「スターリンの命令で。はるばるメキシコまで刺客を送りこんでね。スターリンはトロツキーとその国際主義的視野に恐れをなしていたのさ。ふたりは政敵どうしだった。トロツキーの永久革命論もきみに教えないとな。きっと気に入るよ」

この世に永久のものなんてありうるのかな、とレイラは思ったけれど、その疑問は口に出さないことにした。「ええ、ダーリン、教えて」

成績が悪いうえに出席日数も足りなかったせいで二度除籍になり、落第生を対象にした別個のふたつの救済措置のおかげで二度再入学したディー・アリは、まだ大学にかよっていたが、レイラの見るところ、真剣に学ぶ気はまったくなさそうだった。彼が何より優先するのは革命であって、一部の者が教育と呼びつづけている〝ブルジョア思想への改造〟ではなかった。数日おきに、彼は夜に仲間と会って、ポスター貼りやチラシ配りに出かける。それは夜陰にまぎれて、できるだけ目立たず迅速におこなわなくてはならない。〝イヌワシみたいに降り立って、飛び立つんだ〟と彼は言っていた。一度は、目のまわりに痣をこしらえて帰ってきた——極右のやつらが待ち伏せして襲ってきたのだという。また別の夜は、いつまでたっても帰ってこず、レイラは心配でたまらない夜を過ごした。それでもおおむね、幸せな夫婦だというのは、ふたりとも認めるところだった。

一九七七年五月一日。その日の朝早く、ディー・アリとレイラはふたりの小さなフラットを出て、行進に加わった。レイラは緊張で、胃がきりきりしていた。自分がだれだか人に気づかれるのが心配だった。隣を歩いている男が昔の客だったりしたらどうしよう？　ディー・アリもその不安を察していたが、それでも一緒に行こうと言い張った。きみはもう革命の同志なんだから、未来の公平な社会にきみの居場所はないなんて言わせておいちゃだめだ、と。レイラがためらえばためらうほど、ディー・アリはいっそう頑なになり、レイラには自分や友人たち以上にメーデーに参加する権利がある、と力説した。自分たちはしょせん学生崩れだが、レイラは本物のプロレタリアだと。

説き伏せられたあとも、レイラは着ていくものを決めるのにさんざん迷った。スカートよりズボンがよさそうだけど、フィット感や生地や色はどんなのがいい？　上に着るのは、社会主義者の女性が好む、だぼっとして体の線が出ないカジュアルなシャツあたりが無難だろう——ただ、自分がきれいに見えるという点もはずせなかった。加えて女らしく。それって悪いことなの？　ブルジョアのすること？　結局、レースの襟がついたパウダーブルーのワンピースに白のカーディガン、斜めがけにした赤のバッグと、赤のフラットシューズでいくことにした。派手さは極力抑えたが、お洒落にまったく無頓着にも見えないことを祈った。ただ、ディー・アリと並んで歩くと、やはり虹みたいに目立った。彼は濃い色のジーンズと、黒のボタンダウンシャツと黒の靴を選んでいた。

ふたりは行進に加わるなり、その規模の大きさを見て驚いた。レイラはそれほど大勢の人をいちどきに見たことがなかった。数十万の人が集まっていた——学生や、工場労働者や、農民や、教師が、顔に集中した表情を張りつけ、踵《きびす》を接して歩を進めている。スローガンが唱えられ、国歌が歌われるなか、止めどない音の波が前方へ流れていく。ずっと先のほうで、だれかが太鼓を鳴らしていたが、どんなに目を凝らしてもだれなのか見定められなかった。いまでは鋭く冴えたレイラの目は、よみがえった活力で輝いていた。人生で初めて、自分自身より大きな何かの一部になったことを実感していた。

至るところに横断幕やポスターがあり、言葉の群れが四方八方へ散っていた。〝帝国主義と闘おう〟〝ワシントンでもモスクワでもなく、国際社会主義を〟〝万国の労働者よ、団結せよ！〟〝ボスに必要とされても、ボスを必要とするな〟〝金持ちを取って食え〟……。レイラはこんな看板も見つけた。〝われわれはそこにいた――われわれはアメリカ人どもを海のなかへ追いこんだ〟。思わず頭に血がのぼった。一九六八年七月のあの日、娼館で働いていたレイラもそこにいたのだ。ビター・マーがみなに大掃除をさせたあげく、アメリカ人が来ないと知ってがっくりきていたのが思い出された。

数分おきに、ディー・アリはレイラにさっと目を向けて、どんな様子かたしかめていた。つないだ手を一度も離さなかった。この日はセイヨウハナズオウが芳しく香り、あらゆるものに、生まれたての希望と新たな勇気を吹きこんでいた。だがレイラは、とうとう自分の居場所が見つかったようで気分が浮き立っているからこそ、こんな久々の解放感に身をゆだねたからこそ、油断は禁物という、馴染みのある警戒心にとらわれた。そして、気づいていなかった細かなことを感じとりはじめた。甘い芳香に隠れた、人々の汗や、饐えたような息や、煙草や、怒り――ふれられそうなほど強い怒り――のにおいをレイラは嗅ぎとった。それぞれのグループが、隣のグループと少しずつ異なる、独自のスローガンを掲げているのを見てとった。行進が続くなか、何人かの抗議者がほかの抗議者に怒鳴ったり悪態をついたりしているのが聞こえた。これにはひどく驚かされた。それまでレイラは、革命家がいくつもの種類に分かれていることをわかっていなかった。毛沢東主義者はレーニン主義者を軽蔑していて、レーニン主義者は無政府主義者を嫌っていた。最愛の夫が、まったくちがう道――トロツキーとその永久革命の道――を行こうとしているのをレイラは知っていた。料理人が多すぎるとスープがまずくなると言われるように、革命家が多すぎて革命がだめになるということもあるんだろうかと思ったが、その疑問もやはり口に出さないでおいた。何時間も行進したのち、タクスィム広場の〈インターコンチネンタル・ホテル〉の周辺地区まで来た。群衆の数はさらに膨れあがり、ひどく蒸し暑かった。ブロンズ色の斜陽が抗議者たちを照らしていた。角の街灯がともったが、少々時間が早すぎて、光は囁きのようにぼんやりしていた。はるか遠くで、労働組合のリーダーがバスの屋根の上に立ち、メガホンを通した機械的で力強い声で熱弁を振るっていた。レイラは疲れてきていた。ちょっとのあいだでいいから、すわりたいと思った。目の端で、ディー・アリの引き締まった顎を、傾斜した頬骨を、ぴんと張った肩を盗み見た。その横顔は、まわりの何千人もの顔のなかでもひときわ端整だった。沈みかけた真っ赤な太陽が、彼の唇をワイン色に染めていた。彼にキスして、彼を味わって、体のなかで彼を感じたかった。もっと重要なことを考えているべきときに、こんな不まじめで愚かしいことが胸をよぎったのを悟られでもしたら、きっとがっかりされる――そう思うと不安になって、レイラは視線を落とした。

「大丈夫?」ディー・アリが訊いた。

「うん、平気!」デモに身が入っていないのがばれないよう、この場に合いそうな高めの声音でレイラは言った。「煙草持ってる?」

「ああ、あるよ」ディー・アリは煙草のパックを引っぱり出すと、一本をレイラに渡し、自分にも一本抜きとった。銀のジッポでレイラの煙草に火をつけようとするが、どうもうまくいかない。

「あたしにやらせて」レイラは彼の手からライターを引きとった。

音が聞こえたのはそのときだった――まるで神が空の欄干に棒を当てて滑らせているかのような、あらゆる方向からの連続した音が。不気味な静けさが広場を覆った。だれひとり動いていないような、だれひとり息をしていないような、完全なる静寂だ。そしてまた破裂音が響いた。今度はそれがなんの音なのか、レイラにもわかった。恐怖に胃がよじれる。

歩道の先の、防壁の向こう、〈インターコンチネンタル・ホテル〉の上方階に、狙撃手が配置されていた。自動小銃を持った狙撃手たちが撃ってきている――群衆に狙いを定めて。ひとりの悲鳴が、動転した抗議者たちの沈黙を切り裂いた。女が泣きわめき、ほかのだれかが大声で、みんな逃げろと叫んでいた。そして人々は、どちらへ行けばいいかもわからずに逃げだした。左方向には大釜工場通り――ナランがルームメイトとウミガメたちと住んでいる通り――があった。

そちらをめがけて、数千の群衆が、土手を決壊させる川の勢いで進んでいった。押し合い、肩をぶつけ合い、叫び、走り、互いの足につまずきながら……

その通りに、警察の装甲車がどこからともなく現れ、行く手をふさいだ。ここで抗議者たちは、後方には命を狙う狙撃手が、前方には逃れられない逮捕と拷問が待ち受けていることに気づいた。そのとき、いっときは抑えられていた発砲が、容赦のない連射に変わった。いっせいに数千の口が開き、心の底からの恐怖とパニックの叫びが轟いた。互いをぐいぐい押しながら、後方の人々は強引に前進し、石が石をこすって削るように、前の人々をつぶしていった。淡い花柄のワンピースを着た若い女が、転んで装甲車の下敷きになった。レイラは声をかぎりに叫んだ。耳のなかでドクンドクンと自分の鼓動が聞こえていた。ふと気づくと、もうディー・アリの手を握っていなかった。あたしが離したの、それとも彼が離したの？　知りようがなかった。一瞬、頬に彼の息を感じたのに、次の瞬間にはいなくなっていた。

つかの間、八フィートか十フィート先に、ディー・アリの姿が見えた——何度も何度も、彼の名前を叫んだが、荒波がすべてを運び去ってしまうように、人波がレイラを彼から遠ざけた。いくつも銃声がしたけれど、もはやどこから響いてくるのかわからなくなっていた。地面から発射されていたとしても同じことだった。レイラの隣で、がたいのいい男が首を撃たれ、バランスを失って倒れた。苦痛よりも驚愕の表れたその顔つきを、レイラは一生忘れないだろう。数分前には、ともに歴史の舵をとり、世界を変え、体制を壊そうとしていたのに、いまや顔を見ることすらできない者たちに狩られているのだ。


翌日の五月二日、タクスィム広場の周辺地区で二千発以上の銃弾が回収された。百三十人を超える人々が重傷を負ったと報じられていた。

レイラは街じゅうの公立病院とその地区の開業医に電話をかけた。他人と話をする気力さえなくしてからは、友人のひとりが捜索を代わってくれた。毎回、ディー・アリの実名も伝えるようにしていた。彼もレイラと同じく、人生の途中で別の名を授かっていたから。

電話をしたどの病院にも、アリという患者はたくさんいた——ベッドで治療を受けている者もいれば、遺体安置所にいる者もいたが、レイラの夫のアリがいた痕跡はなかった。二日後、ノスタルジア・ナランが最後にもう一カ所、以前から知っているガラタ地区の診療所を当たってみた。そして、ディー・アリがそこへ運びこまれていたことが確認できた。彼は、大半が大釜工場通りへの殺到で圧死した、三十四人の死者のひとりだった。

10分30秒

脳が力尽きる寸前の数秒間に、テキーラ・レイラはシングルモルト・ウィスキーの味を思い出した。死んだその夜、最後に口にしたものだ。

一九九〇年十一月。平凡な一日だった。午後、同居しているジャメーラと自分のためにボウル一杯のポップコーンを作った。バター、砂糖、専用の乾燥コーン、塩、ローズマリーを使った特製のレシピで。ふたりがそれにほとんど手をつけないうちに、電話が鳴った。ビター・マーからだった。

「疲れてるかい?」電話の向こうで、ビター・マーが普段なら聞かないたぐいの静かで神秘的な曲が流れていた。

「疲れてるかどうかで何かちがってくるの?」

ビター・マーは聞こえなかったふりをした。もう長い付き合いなので、まじめに答える気も起こらないことは、お互いただ聞き流していた。

「あのね、すごいお客をつかまえたんだよ。あの有名な俳優を思い出させる男でさ、しゃべる車を乗りまわすやつ」

「テレビドラマの〈ナイトライダー〉のこと?」

「そう、当たり! あの役者にそっくりなんだ。それにまあ、家族がとんでもなく裕福でね」

「で、問題はなんなの？」少々声を尖らせて、レイラは訊いた。「金持ちで、若くて、ハンサム――そんな男に商売女は必要ないでしょ」

ビター・マーはくすりと笑った。「その家族ってのが、なんて言えばいいか……たいそう、救いがたいほど、保守的なのさ。そう、極端に。父親が威張り屋の暴君で、息子に事業を継がせたがってる」

「どうして？」

「本人の問題をまだ教えてくれてないけど」

「辛抱は美徳だよ。その若者は来週結婚することになってる。ただ、父親がひどく気を揉んでてね」

「理由はふたつ。ひとつは、息子が結婚をいやがってる。その婚約者が好きじゃないんだ。聞いた話じゃ、その女と同じ部屋にいるのも耐えられないらしいよ。もうひとつ、こっちは大問題なんだけど――つまりね、あたしじゃなくて、父親の見るところ――」

「さっさと言って、スウィート・マー」

「この息子は女に興味がないんだよ」世のなかに倦んだみたいに、ビター・マーはため息交じりに言った。「長く付き合ってる男の恋人がいてね。父親はそれを知ってるんだ。なんだって知ってる。結婚させれば息子の同性好みが治るって信じこんでるのさ。それで花嫁を見つけて、結婚式の予定を立てて、招待客まで決めちまったんだろうね」

「なんて父親！　あたしにはクズ野郎にしか聞こえない」

「まあね、ただ、ケチなクズ野郎じゃない」

「ふん、クズのパシャってわけ」

「そうそう、で、クズのパシャは、優しくて、垢抜けてて、熟練した女から、息子が結婚初夜のための要領を教わることをお望みなんだよ」

「優しくて、垢抜けてて、熟練した……」一語一語を味わうように、レイラはゆっくりと繰り返した。

ビター・マーが褒めてくれることなど、あっても稀だった。

「ほかの女の子を行かせたってよかったんだけど」ビター・マーは辛抱強く言った。「あんたはたしかに、歳を食ってきてる。でもお金が必要なのを知ってるからさ。まだあのアフリカ娘の面倒を見てるんだろ？」

「ええ、一緒に住んでる」レイラは声を落とした。「そういうことなら、了解。場所は？」

「〈インターコンチネンタル〉」

レイラの顔が陰った。「あたしがあそこへ行かないのは知ってるでしょ」

ビター・マーは咳払いをした。「とにかく、そこをご指定なんだよ。あんたしだいだね。ただ、前へ進むことも覚えないと。あんたのディー・アリが逝ってからもう長いんだし。あのホテルか別のモーテルかで、何がちがうっていうんだい？」

レイラは何も言わなかった。

「それで？一日じゅう待ってるわけにもいかないよ」

「わかった、行く」レイラは言った。

「その意気だ。グランド・デラックス・ボスポラス・スイート。ペントハウスだよ。十時十五分前には行っとくれ。ああ、もうひとつ……ドレスを着ていくこと。長袖で、襟あきの深い、キラキラしたゴールドのを――ミニだよ、もちろん。特別な要望なんだ」

「それは息子の要望、それとも父親の？」

ビター・マーは笑った。「父親のだよ。息子がゴールドと光り物好きだとかで。それもそそる材料になるって考えかね」

「こうしない？　息子のことは忘れて、クズのパシャのところへあたしを送ってよ。ぜひ会ってみたいから――本気で。ちょっとは石頭を柔らかくする役に立つかも」

「ばか言わないでおくれ。じいさんに、あたしらふたりとも撃ち殺されるよ」

「じゃああきらめる……けど、そんなドレス持ってない」

「だったら買ってきな」ビター・マーはぴしゃりと言った。「いい加減、怒るよ」

レイラは聞こえなかったふりをした。「息子はほんとにこの件を承知してるの？」

「してるもんか。いままでに四人、女の子をあてがわれたけど、指一本ふれなかったらしい。今度こそその気にさせるのがあんたの仕事だよ。いいね？」

そこで電話は切れた。


夕方近くに、レイラはイスティクラル大通りへ向かった。必要がなければ避けているルートだ。店が立ち並ぶその目抜き通りは、いつでも混雑している。あまりに多くの肘、あまりに多くの視線とぶつかる。ふらつくほどのハイヒールに、襟ぐりの深いブラウスと赤い革のミニスカートという姿で、レイラは歩行者の群れに加わった。みな、体と体をくっつけるようにして、同じようなせまい歩幅で歩いている。大通りの一方の端からもう一方の端まで人波は流れ、壊れた万年筆から漏れるインクのように、夜のなかへあふれていく。

女たちは敵意の視線を、男たちは好色な視線をレイラに向ける。レイラは、夫と腕を組んで歩く妻たちを眺める。夫は自分のものだと言いたげな女もいれば、夫のものでいることが嬉しそうな女もいる。実家を訪ねた帰りに乳母車を押して家路をたどる母親たちを、目を伏せて歩く若い女たちを、こっそり手をつなぎ合っている未婚のカップルを眺める。人々は、社会環境など自分には関係ないとでもいうように、この街はあすもその先も毎日ここにあるだろうと確信しきって行動している。そのとき、ふっと、店のウィンドウに映った自分の姿に気づいた——心に思い描く自身のイメージより、もっとくたびれて、もっとぼうっとして見える。ドレスの店に入った。店員——頭の後ろでヘッドスカーフを結んだ、親切で、話し方の穏やかな女性——が、前にも来店したことのあるレイラを覚えていた。彼女に手伝ってもらい、要望どおりのドレスが見つかった。「まあ、すごくお似合いですよ、お客さまの肌の色によく映えて」レイラが試着室から出てくると、店員は朗らかにそう言った。何を着た客に対しても、幾度となく使ってきた決まり文句だ。それでもレイラは、偏見をちらりともうかがわせなかったその店員に微笑んだ。代金を支払い、ドレスはそのまま着ていくことにした。脱いだ服一式はビニール袋に詰めて、店に預けた。あとで取りにくるつもりで。

レイラは腕時計をたしかめた。少し時間をつぶす必要があったので、〈カラヴァン〉へ向かった。その道筋には、屋台料理のいいにおいが漂っていた——ドネル・ケバブ（香辛料などで下味をつけた羊肉のスライスを串に刺してあぶった料理）、ライスのヒヨコマメ添え、羊の腸詰めの網焼き。

〈カラヴァン〉で、レイラはスウェーデン人のゲイ・カップルと飲んでいるナランを見つけた。そのふたりは、スウェーデンのイェーテボリからパキスタンのカラチまで、四千八百五十五マイルを自転車で旅している途中だった。トルコを西端から東端へ横断したあと、イランを通っていくという。先月はベルリンに立ち寄って、午前零時ちょうどに、ドイツ再統一を祝って国会議事堂前に西ドイツの国旗が掲揚されるのを見たそうだ。いま、ふたりに写真を見せてもらっているナランは、互いに通じる言語がひとつもないなかでも、交流を楽しんでいるようだった。レイラもしばらく静かに同席して、三人の様子を微笑ましく眺めた。

そのテーブルに新聞が載っていた。レイラはまずニュースに目を通し、それから星占いを読んだ。〝あなたは自分を、抗うすべのない状況の犠牲者だと思っていることでしょう。きょうはそんな意識を変えうる日です〟と書かれていた。〝星の整列が、いつになくあなたの気分を高揚させます。近々刺激的な出会いが待ち受けていますが、それにはあなたの自発的な行動が必要です。内にこもってばかりいるのはもうやめて、すっきりした頭で散歩に出かけ、自分の人生の主人となりましょう。自分自身を知る頃合いです〟

首を横に振りながら、レイラは煙草に火をつけ、テーブルにジッポを置いた。〝自分自身を知れ〟――なんて素敵な響きだろう。いにしえの人々はそのモットーをやたらと好んで、寺院の壁に彫りこんでいた。そしてレイラは、その真理がわからないではないものの、不完全な教えだと思っていた。正確にはこうあるべきだ――〝自分自身を知り、最低のバカの見分け方を知れ〟。自身を知ることと最低のバカを知ることは、対になっていなくてはいけない。だけど今夜、仕事を終えてそれほど疲れていなかったら、家まで歩いて帰り、頭をすっきりさせてわが人生の主人になってみよう、それが何を意味しているのであれ。

決められた時間が迫ると、新品のドレスとバックベルトのスティレットヒールを身につけたレイラは、夜空に高く堅固なその輪郭を浮かびあがらす〈インターコンチネンタル・ホテル〉へ足を運んだ。

背筋がこわばるのを感じ、背後の角にひそんだ装甲車の轟音が、頭上をかすめる銃声が、倍加していく叫びと悲鳴がいまにも聞こえてきそうな気がした。建物の前の駐車場はがらがらなのに、四方八方から押し寄せてくる数百人の体をそこに感じた。喉が締めつけられるようだ。ゆっくりと、痛む肺に閉じこめられた息を吐き出した。

数秒後には、ガラスのドアを通ってホテルへ足を踏み入れ、落ち着いた表情で周囲を見まわした。特注品のシャンデリア、つや光りした真鍮のランプ、大理石の床――同様の施設のどこででも見かける、豪奢な内装だ。共通した記憶の痕跡はない。同じ歴史を知る者もいない。全館が美しく改装され、窓は銀白色のカーテンで覆われ、過去は目を引く華やかさに置き換えられていた。

玄関には、通り抜け式の金属探知機とベルトコンベヤーがあり、その脇にたくましい警備員が三人いた。中東の最高級ホテルを狙ったテロ攻撃が頻発しだしてから、街の警戒レベルが引きあげられていた。レイラはハンドバッグをベルトコンベヤーに載せ、腰を振りふり金属探知機を通り抜けた。警備員は、三人ともあからさまに、いやらしい視線を向けてきた。レイラはコンベヤーの反対端からハンドバッグを取るとき、身をかがめて胸の谷間をたっぷり拝ませてやった。

フロントデスクの奥に、本物の日焼けをして偽物の微笑を浮かべた若い女が立っていた。レイラが近寄っていくと、その顔にかすかな困惑の色がよぎった。一瞬、彼女はレイラが自分の思ったとおりの相手なのか、友人への土産話にする忘れがたい思い出を探しに、イスタンブルでの奔放な夜遊びに出かけようとしている外国人客なのか、判断しかねたようだった。後者なら微笑みつづけるだろうし、前者なら眉をひそめるだろう。

レイラが口を開いたとたん、フロント係の顔から控えめな興味が消え、露骨な軽蔑が表れた。

「こんばんは、お姉さん」レイラは朗らかに言った。

「どういったご用でしょうか」その声は、まなざしに劣らず冷たかった。

ガラス製のカウンターを爪でコツコツ叩きながら、レイラは部屋番号を告げた。

「どなたさまがいらしているとお伝えすれば？」

「ずうっと待ち焦がれてたレディが来てるって言って」

フロント係は険しい目をしたが、何も言わなかった。すぐさま、部屋番号をダイヤルする。応答した相手とのあいだで短い会話が続いた。係は電話を切り、レイラの顔を見ずに言った。「お待ちだそうです」

「ありがと《メルシ》、お姉さん」

レイラはゆっくりとエレベーターの前まで行き、上階行きのボタンを押した。部屋へ戻ろうとしている年配のアメリカ人夫婦も箱に乗りこみ、ある世代のアメリカ人の持つ気安さでレイラに挨拶した。この人たちにとっては、夜は終わろうとしている。レイラにとっては、はじまったばかりだった。


七階。明るく長い廊下、美しいまだら模様の絨毯。レイラはペントハウスの外に立って、ひとつ深呼吸をしたのち、ドアをノックした。男がドアをあけた。たしかに、しゃべる車を乗りまわす俳優にそっくりだ。目のまわりがわずかに赤く、しきりにまばたきをしているので、泣いていたんじゃないかと思った。手放すのを恐れているみたいに、片手で電話をきつく握りしめている。だれかと話していたようだ。例の恋人だろうか？　そうにちがいないと、直感でわかった――とにかく、結婚する予定の相手ではないと。

「ああ、どうも……約束の人だね。どうぞ、入って」

少し呂律が怪しかった。クルミ材のテーブルの上の、半分空いたウィスキーのボトルが、レイラの疑いを裏づけていた。

彼はソファを顎で示した。「さあ掛けて。何か飲み物は？」

レイラはスカーフをはずしてベッドに放り投げた。「テキーラはある、ダーリン？」

「テキーラ？　ないな、でもそれがいいならルームサービスを頼もうか」

なんて礼儀正しくて——なんて気弱なんだろう。父親に立ち向かう意気地がなく、慣れ親しんだ安楽さを捨てる気もない。たぶんそんな自分を嫌悪していて、これからもそうやって生きていくのだろう。

レイラは手を振った。「必要ないわ。なんでもいいから、あるものをもらう」

レイラに半ば背を向けながら、彼は電話を口もとへ近づけて、こう言った。「彼女が着いた。あとで電話するよ。ああ、もちろん。大丈夫さ」

だれと話していたにせよ、向こうはこれまでの会話をずっと聞いていたようだ。

「待って」レイラは手を突き出してさえぎった。

彼は怪訝な顔でこちらを見ている。

「あたしにおかまいなく。話を続けて」レイラは言った。「バルコニーで煙草を吸ってるから」

言葉を返す間を与えずに、レイラはバルコニーへ出た。眺めは実にすばらしかった。最終便のフェリーから柔らかな明かりが漏れ、クルーズ船が遠くを通過していて、波止場の近くには、大きな照明看板を出してキョフテ（直火で焼くスパイシーな小型ハンバーグ）とサバを売っているボートが見えた。できることなら自分もあそこで、小さなスツールのひとつに腰かけて、具だくさんのピタサンドにかぶりついていたかった。こんな高級ホテルの七階で、絶望と付き合わされているよりも。

十分ほど経ったころ、両開きのドアがあき、ウィスキーのグラスをふたつ手にした彼がバルコニーに出てきた。ひとつをレイラに手渡す。ふたりはひとつの寝椅子に並んですわり、膝をふれ合わせつつ、飲み物を口にした。一級品のシングルモルト・ウィスキーだ。

「お父さんはすごく信心深いって聞いてるけど。あなたがお酒を飲むことは知ってるの？」レイラは訊いた。

彼は顔をしかめた。「親父はぼくのことを何から何まで知ってるよ！」

ゆっくりと、だが躊躇なく、グラスを口に運ぶ。このペースで飲みつづけたら、朝にはひどい二日酔いになっているだろう。

「今月に入って親父がこれをやったのはもう五回目なんだ。女性を手配して、毎回ちがうホテルにぼくを来させるっていうのを繰り返してる。費用は親父が持つ。そしてぼくは、気の毒な娘さんを仕方なく部屋に通して一夜をともにする」そこで酒をあおった。「親父は数日待って、ぼくが治ってないのを知ると、また新たにお膳立てをする。こんなことが結婚式まで続くんだろうな」

「もしいやだと言ったら？」

「ぼくはすべてを失う」彼は言い、目を伏せて考えこんだ。

レイラはウィスキーを飲み干した。そして立ちあがり、彼の手からグラスを取りあげて、自分のかたわらの床に置いた。彼はそれをじっと見ていた――びくつきながら。

「あのね、ダーリン。あなたがこういうことしたくないのはわかってる。あなたがだれかを愛してて、あたしよりその人と一緒にいたいのもわかってる」レイラはあえて性別を口にしなかった。「いまからもう一度その人に電話して、ここへ呼んで。この豪華な部屋で夜を過ごしながら、とことん話し合って、乗り越える方法を探してみるのよ」

「きみはどうするの?」

「あたしは帰る。けどだれにも言っちゃだめ。お父さんにも、あたしのボスにも知られないようにして。ふたりで熱い夜を過ごしたって言っておきましょ。あなたは驚くべき、最高のラブマシーンだったことにしとく。それであたしはお金を、あなたはいっときの平穏を得る……ただ、問題は解決しないとね。言っちゃ悪いけど、この結婚はどう考えてもおかしい。あなたの婚約者をこんなごたごたに巻きこむのはどうかと思う」

「いや、彼女は満足なはずだよ、どんな結婚だろうと。彼女もあの家族も、うちの金を狙ってるハゲタカどもだから」余計なことまでしゃべっているのに気づいて、彼は急に言葉を切った。身を乗り出して、レイラの手に口づけする。「ありがとう。きみに借りができた」

「いいのよ」レイラは言い、ドアのほうへ向かった。「そうだ、あたしはゴールドのスパンコールのドレスを着てたってお父さんに伝えて。なんだか知らないけど、それが重要らしいの」


レイラはスペイン人観光客の一団の後ろに隠れて、こそこそとホテルの外へ出た。フロント係は新来の客たちのチェックインに忙しく、彼女が帰るのを見ていなかった。

通りに戻ると、レイラは肺いっぱいに空気を吸いこんだ。ワックスで磨いたような、灰のように白っぽい三日月が出ていた。そのとき、上の部屋にスカーフを忘れてきたことに気づいた。戻ろうかと一瞬考えたけれど、彼の邪魔をしたくなかった。あーあ、あのスカーフ気に入ってたのにな、混じりけなしのシルクで。

煙草を唇にはさみ、ライターを出そうとバッグのなかを手探りする。そこにはなかった。ディー・アリのジッポがなくなっている。

「火が要るのかい？」

レイラは顔をあげた。縁石に寄ってきていた車が、すぐ目の前で停まった。シルバーのメルセデス。後部の窓はスモークガラスで、車内灯は消してある。半分おろした窓から、男がライターを手に、じっとこちらを見ていた。

レイラはゆっくりと、車に歩み寄った。

「こんばんは、美人さん」

「あら、こんばんは」

男はレイラの胸もとに視線をとどめつつ、火を貸してくれた。翡翠色のベルベットのジャケット、そしてその下に、もっと濃い緑色のタートルネックを着ている。

「ありがと《メルシ》、お兄さん」

別のドアが開いて、運転席から男がおりてきた。友人より細身で、ジャケットの肩がだらりとさがっている。禿げ頭で、頬はくぼんで血色が悪い。ふたりとも、顔の真ん中に寄った焦げ茶色の小さな目と、アーチ形の眉をしている。きっと親戚どうしだろうとレイラは思った。いとこぐらいか。ただ、それより先に気づいたのは、どちらもまだ若いわりに、ひどく荒《すさ》んで見えることだった。

「よお」運転手がぶっきらぼうに言った。「きれいなドレスだな」

ふたりのあいだで何かが、暗黙の了解らしきものが交わされたように見えた。レイラがだれだかわかったかのように。こちらが全然知らない相手なのはたしかだ。レイラは名前を忘れることはあっても、顔はずっと覚えている。

「考えてたんだが、おれたちとドライブするってのはどうだい」運転手が言った。

「ドライブ？」

「ああ、わかるだろ……」

「条件しだいね」

運転手はいくら出せるか言った。

「ふたりでそれだけ？　冗談でしょ」

「友達のほうだけだ」運転手は言った。「こいつはきょうが誕生日でさ、おれからのプレゼントってことで」

レイラはなんだか変だと思ったが、この街で変なことはいくらも見てきているので、気にしなかった。「あんたが便乗しないのはたしか？」

「ああ、おれは好みじゃないんだ、その……」彼はみなまで言わなかった。正確には何が好みじゃないのだろう。女性全般か、レイラみたいな女か。レイラは倍額を吹っかけた。

運転手は目をそらした。「いいだろう」

向こうが値切ろうとしなかったことに、レイラは驚いた。この街で、ひとしきり交渉もせずに取引がまとまることは珍しかった。

「じゃあ乗るかい？」もうひとりの男が訊き、なかからドアをあけた。

レイラはためらった。ビター・マーがこのことを知ったらかんかんになるだろう。女将の把握していない仕事を受けたことも、あるにはあるが、稀だった。それでも拒むには惜しい金額だ。ことに、昔患っていた狼瘡《ろうそう》が再発して苦しんでいる、ジャメーラの治療費がかかるいまは。レイラはひと晩で二件の高額な支払いを受けることになるのだ、一件はホテルの若者の父親から、今度はこのふたりから。

「一時間だけよ。それと、車を停める場所はあたしが指定する」

「決まりだ」

レイラは車に乗りこみ、後部座席に腰をおろした。窓をおろし、清涼な夜気を吸いこむ。街がさわやかに感じられるときがたまにあった。気のきくだれかがぶちまけた、バケツの水で洗われたかのように。

ダッシュボードの葉巻入れの上に、長いガウン姿の天使をかたどった磁器人形が三体据えてあるのが目に留まった。レイラはしばらく、ぼんやりとそれを眺めた。

いつしか車は速度をあげていた。

「次の角を右に」レイラは言った。

運転席の男がバックミラーでレイラをちらりと見た。その目には、思わずぞっとするような、耐えがたいほど悲しい何かがあった。

背筋に震えが走る。レイラはいまになって感づいた、相手はこちらの指示など聞く気がないのだと。

残り8秒

レイラがいちばん最後に思い出したのは、手作りのストロベリーケーキの味だった。

ヴァンで暮らしていた子供のころ、お祝いをするのは、ふたつの崇高な大義――国歌と宗教――があるときにかぎられていた。両親は、預言者ムハンマドやトルコ共和国の生誕記念日は祝っても、普通の人間の誕生日を毎年祝うに足る理由があるとは考えなかった。レイラはなぜそうなのか訊いたことがなかった。家を出てイスタンブルへ来て、ほかの人たちは自身の特別な日にケーキや贈り物をもらうらしいと知るまで、疑問に思ってさえいなかったのだ。それ以来レイラは、毎年一月六日は、何があろうと、精いっぱい楽しく過ごすようにしてきた。そして、パーティでひどく羽目をはずしている人に出くわしても、そういう人を非難しなかった。だってもしかしたら、その人は自分と同じように、パーティの三角帽をかぶらせてもらえなかった子供時代の埋め合わせに必死なのかもしれないから。

誕生日には毎年、友人たちが、カップケーキと渦巻き飾りとたくさんの風船を用意して、パーティを開いてくれた。例の、サボタージュ・シナン、ノスタルジア・ナラン、ジャメーラ、ザイナブ１２２、ハリウッド・ヒュメイラの五人が。

レイラの考えでは、人ひとりが持てる友人の数は五人までだ。ひとりでもいれば、運がいい。恵まれていれば、ふたりか三人、もし輝く星でいっぱいの空の下に生まれついたなら、五人――生涯でそれだけいれば、じゅうぶんすぎるほどだ。それ以上に増やそうとするのは賢明ではない。そんなことで、すでに頼りにしている友人たちの立場を危うくしてはいけない。

五というのは特別な数字だとよく思う。ユダヤ教のトーラーは五書からなる。イエスは五つの致命傷を負った。イスラム教には信仰の五本の柱がある。ダヴィデ王は五つの石でゴリアテに殺された。仏教には五道があり、ヒンドゥー教のシヴァ神は異なる五方向を向いた五つの顔を見せる。中国哲学は、五行《ごぎょう》――木《もく》、火《か》、土《ど》、金《ごん》、水《すい》――を中心としている。広く認められた五つの基本味――甘味、酸味、塩味、苦味、うま味——もある。人間の知覚は基本的な五感——視覚、聴覚、味覚、嗅覚、触覚——に依存する。わかりにくい名のついた感覚がもっとあると科学者たちは主張しているが、だれでも知っているのは初期分類の五つだ。

レイラにとって最後の誕生日となった日に、友人たちは豪勢なメニューを選んだ——ナスのピューレを添えたラムシチュー、ホウレンソウとフェタチーズを添えたボレキ、スパイシーなパストラミを添えたインゲンマメ、ピーマンの肉詰め、小瓶入りの生キャビア。ケーキは内緒だったようだが、レイラはみながその話をしているのを漏れ聞いていた。フラットの壁はパストラミのスライスより薄いし、長年の過剰な喫煙とそれ以上に過剰な飲酒のせいで、ナランは囁くときでも、紙やすりで金属をこするようなざらついたかすれ声を出すのだ。

ストロベリーケーキには、おとぎ話みたいなピンク色の、ふんわりしたアイシングがかかっていた。みなはその相談をしていたのだ。レイラはピンクがあまり好きではない。どちらかというと、もっと濃いフクシア——個性のある色——が好きだ。フクシアという名前がまた、舌の上でとろける響きだし、甘くて美味しそうで、パンチもきいている。ピンクは根性のないフクシアだ——洗いすぎでぺらぺらになったシーツみたいに、薄ぼけていて生気がない。フクシア色のケーキをねだるべきだったかも。

「それで、蠟燭は何本立ててるの?」ハリウッド・ヒュメイラが訊いた。

「三十一本よ、ダーリン」レイラは言った。

「ま、三十一本にしといてあげるよ」ノスタルジア・ナランがくっくっと笑った。

友達付き合いが習わしを意味するなら、五人はトラックいっぱいの習わしを持っていた。それぞれの誕生日に加えて、戦勝記念日、アタテュルク記念と青少年スポーツの日、国民主権と子供の日、共和国記念日、カボタージュデー（近海運行を自国船に限定する法律の制定日）、聖ヴァレンタインデーや大晦日も祝い、毎回揃って食事をして、予算ぎりぎりのごちそうを味わう。ノスタルジア・ナランが得意の飲み物を用意する――〈カラヴァン〉のバーテンダーと戯れの恋をしていたころ、作り方を習った〝パタ・パタ・ブン・ブン〟というカクテルだ。材料はザクロジュース、ライムジュース、ウオッカ、つぶしたミント、カルダモンの種、それにウィスキーをたっぷり注ぐ。友人たちのうちアルコールをたしなむ者は、ぐいぐいあおって、頬を真っ赤に染める。厳格な絶対禁酒者は、代わりにファンタオレンジを飲む。夜の残りは、みなでモノクロ映画を観て過ごす。ソファにぎゅう詰めですわって、一本終わればまた次のを映し、たまにため息やあえぎを漏らすのを除いては、無言で映画に没頭する。そうした昔のハリウッドや昔のトルコの映画スターは、観客をうっとりさせる達人揃いだった。レイラと友人たちは俳優たちの台詞を空で覚えていた。

友人たちに、はっきりした言葉で伝えたことはなかったけれど、五人はレイラの安全ネットだった。つまずいたり倒れたりしたとき、彼らはいつもそこにいて、レイラを支え、転倒の衝撃を和らげてくれた。客にひどい扱いを受けた夜は、友人たちが、その存在自体が、すり傷や痣を癒やす膏薬になってくれるとわかっていたから、力を振り絞って身を起こした。自己憐憫に溺れ、胸が張り裂けそうになった日には、友人たちがそっと体を引っぱりあげて、肺に生気を吹きこんでくれた。

脳が停止しかけ、すべての記憶が溶けて、悲しみのように厚い霧の壁と化そうとしているいま、レイラが最後の最後に心の目で見たのは、鮮やかなピンクのバースデーケーキだった。あの夜は、全員でおしゃべりと笑いに興じて過ごした。自分たちを引き裂くものなど何もなく、人生はただの刺激的で心乱されるショーで、だれかの夢に誘いこまれているのと同じく、本物の危険はそこにないかのように。テレビでは、リタ・ヘイワースが髪を手で乱し、腰をくねらせて、衣擦れの音とともにガウンを床に落としていた。カメラのほうへ首を傾けたリタは、お馴染みのあの微笑を浮かべ、それを世界じゅうの多くの人が情欲と見誤った。だがレイラの友人たちはちがう。懐かしのリタも、彼らの目は欺けなかった。悲しい女を見たら、かならずそうと気づくのがあの五人だった。

第二部　体

遺体安置所

遺体安置所は病院の裏手、地下の北東の角にあった。そこへ至る廊下は、抗鬱薬プロザックのカプセルと同じ薄緑色に塗られ、昼も夜も隙間風にさらされているかのように、建物のほかの区画より明らかに寒い。安置所のなかには、刺激のある化学薬品臭が漂っている。そこに存在する色はごく少ない――白墨色、鉄灰色、淡青色、そして固まった血の暗い赤錆色。

両手のひらを白衣の側面で拭いながら、検屍官――少し背のまるまった痩せこけた男で、額が広く、黒曜石のような目をしている――は新着の遺体に目をやった。また殺人の被害者だ。無関心な表情がその顔に浮かぶ。長年にわたって、そうした遺体をあまりに多く見てきていた。老人も若者も、富裕者も貧困者も、流れ弾にたまたま当たった者も、冷酷に撃ち殺された者も。毎日、新たな遺体が持ちこまれる。一年のどの時期にその数が急増し、どの時期に減りはじめるのか、彼は正確に知っている。冬よりも夏のほうが殺人は多い。イスタンブルでは五月から八月にかけてが、悪質な性的暴行と殺人未遂の最盛期だ。十月に入ると、気温の低下とともに、犯罪もめっきり減っていく。

その理由について、検屍官は独自の説を持っていて、すべて人々の食習慣と関係があると確信している。秋には、ハガツオの群れが黒海からエーゲ海へ向かって、海面のすぐ下を泳いでいく。やむにやまれぬその移動とトロール漁の絶え間ない脅威に疲れ果て、ひと思いに捕まりたがっているようにも思える。レストランや、ホテルや、職場のカフェテリアや、家庭で、脂の乗ったこの美味い魚を人々が食すると、セロトニン値がぐんとあがってストレス値がどっとさがる。その結果、法律違反が減るのだ。ただ、美味なるハガツオにできることはたかが知れていて、ほどなく犯罪率はまた上昇しはじめる。たとえ裁きがなされても、遅きに失することの多い国では、多くの国民が、倍返しで報いる形の復讐を考える。〝片目には両目を、歯には顎を〟だ。すべての犯罪が計画的というわけでもない――というより、ほとんどは衝動的なものだ。目つきが気に入らなかっただけで、相手を殺してしまうケースがある。言葉の意味の取りちがえが、流血沙汰の言いわけにされるケースもある。イスタンブルは些細なことで殺しが起こり、もっと些細なことで人が死ぬ街だ。

検屍官は遺体の検査にかかり、体液を排出してから、鎖骨から胸骨へとメスを入れて胸を切開した。長い時間をかけて損傷を調べ、その女性の右足首のすぐ上にタトゥーがあることを書き留め、背中の皮膚に変色した部分があるのを確認した――腐食性物質、おそらくは酸による化学火傷を負って残った傷跡だ。二十年ほど前のものだろう。どうしてこういうことになったのかと考えた。背後から襲われたか、不慮の事故か――もし事故なら、なぜ彼女はその種の酸を所持していたのだろう。

体内をくまなく解剖する必要はなく、検屍官はようやく腰をおろして大まかな報告書を書いた。それ以上の詳細は、ファイルに添付された警察の報告書を参考にした。

名／姓――レイラ・アカルス
ミドルネーム――アフィフェ・カミレ
住所――イスタンブル、ペラ地区、ヘアリー・カフカ通り、七十番八号。

遺体は成育状態、栄養状態ともに良好な白色人種の女性のもので、身長五フィート七インチ、体重百三十五ポンド。年齢は身分証明書に記載の三十二歳とは見たところ一致しない。四十歳から四十五歳のあいだと思われる。検屍は死亡の原因と様態を特定するためにおこなわれた。

着衣——ゴールドのスパンコールのドレス（裂けている）、ハイヒールの靴、レースの下着。身分証明書一枚、口紅一本、ノート一冊、万年筆一本、家の鍵束が入ったクラッチバッグ。現金なし、宝石なし（盗まれた可能性あり）。

死亡時刻は午前三時半から午前五時半のあいだと推定される。性交の痕跡は検出されず。被害者は重みのある（鋭利でない）道具で殴打され、意識を失ったあとに絞殺されている。

検屍官はタイピングの手を止めた。その女性の首の跡が気にかかった。絞殺者の指の跡の横に、死後についたと思われる赤い筋があった。つけていたネックレスを引きちぎられたのだろうか。いまさらそのことが問題になるわけではない。引きとり手のいない死者はみなそうだが、彼女も、寄る辺なき者の墓地にゆだねられることになる。

この女性のために イスラム教の葬儀がおこなわれることはない。それを言うなら、ほかのどんな宗教の葬儀もだ。近親者に体を拭き清めてもらうことも、髪を三本の三つ編みにしてもらうことも、永《と》遠《わ》の安らぎに導かれるよう両手をそっと胸もとに置いてもらうことも、この先は内側に目を向けるようまぶたを閉じてもらうこともないだろう。葬られる墓地には、棺に付き添う者も哀悼する者も、祈禱を先導するイマームも、雇われてだれよりも声高く嘆き悲しむプロの泣き屋のひとりも現れないだろう。彼女はすべての好ましからざる者たちと同様、ひっそりと手早く葬られるのだ。

その後も、墓参りに訪れる者はいないだろう。昔からの隣人か姪あたり――家族の不面目を気にしないほどかかわりの遠い者――が何度か顔を見せるかもしれないが、それもいずれは途絶えるだろう。ほんの数カ月のうちに、墓標も墓石もないこの女性の墓は、周囲にすっかり溶けこんでしまうだろう。十年もしないうちに、だれも彼女の眠る場所を探しあてられなくなるだろう。彼女は寄る辺なき者の墓地のまた新たな番号に、また新たな哀れむべき魂になるだろう。彼女の人生そのものが、アナトリアの昔話の語りだしを思わせるものになる――〝あったことか、なかったことか……〟

検屍官は机にかがみこみ、眉を寄せて集中した。この女性が何者なのかも、どんな人生を送ったのかも知りたいと思わなかった。まだ新米だったころでさえ、被害者の素性が気になったことはほとんどなかった。ほんとうに興味があるのは死そのものである。理論上の概念や哲学的疑問としてではなく、科学的探究の対象としてだ。葬儀に関して人類がろくに進歩を遂げていないことがずっと意外で仕方なかった。デジタル式腕時計を考え出し、DNAを発見し、MRI装置を開発した種が、死者の弔いとなると恐ろしくもたもたしているのだ。千年前から比べても、やり方はたいして進んでいない。もちろん、金と想像力があり余っている者には、そうでない者より多少は選択の余地があるようだ。もし望むなら、宇宙へ遺灰を撒くこともできる。あるいは、百年後に蘇生できることを願って、遺体を冷凍保存するか。だが大多数の人々にとって、選択肢は非常にかぎられている。埋葬か、火葬か。そんなところだ。もし神が天にましますなら、きっと笑い転げておられることだろう――原子爆弾を製造したり人工知能を構築したりできる人類が、自分たちの死にはいまだに神経質で、死者をどう弔うかも決めかねているのを見て。死がすべての中心にあるときに、死を人生の周辺に追いやろうとするのは、なんと嘆かわしいことか。

検屍官は、際限なくおしゃべりする生者より無言でそばにいる死者を好んで、ずっと死体を相手に仕事をしてきた。死体を調べれば調べるほど、いっそう死の過程に興味をそそられた。生者が死体に変わるのは正確にいつなのだろうか。医大を出たばかりの若造だったころは、明確な答えを持っていたが、このごろでは確信が持てなくなっていた。いまは、池に落ちた石が同心円状の波紋を広げるのと同様に、生命の停止は肉体と精神の両面に一連の変化をもたらすので、最後の変化が完了した瞬間をもって死亡と認めるべきだという気がしている。長年熟読してきた医学誌で、革新的な研究に出くわしたときは、実に興奮した。世界に名だたるさまざまな機関の研究者たちが、人が死んだ直後も持続する脳の活動を観察していた――いくつかのケースでは、それは二、三分間だけ続いていた。別のケースでは、十分三十八秒も続いていた。そのあいだに何が起こっているのか？　死者は過去を覚えているのか、もしそうなら、過去のどの部分を、どんな順序で？　心が全人生を、やかんの湯が沸く程度の時間に凝縮することは果たして可能なのか？

続く研究により、人が死亡宣告されてから数日は、一千を超す遺伝子がその体内で機能しつづけることも判明していた。こうした発見のすべてに彼は魅了された。おそらく人の思念は心臓より長く生きつづけるのだ、その夢は膵臓より長く、その願いは胆嚢より長く……。これがもし事実なら、人間を形作る記憶がまだわずかに波立っていて、まだこの世の一部でいるかぎり、その人は〝生死の境にある〟と考えるべきではないのか。その答えはまだわからないが、それを探究することは大事だと思う。どうせわかってもらえないだろうから、この話をだれかにするつもりは毛頭ないけれど、おかげで遺体安置所での仕事を大いに楽しんでいる。

ドアにノックの音がして、はっと物思いから覚めた。

「どうぞ」

用務員のカメール・エフェンディが、少し足を引きずりながら入ってきた。気立てがよく温厚な男で、もうかなりの歳ながら、ずっとこの病院に勤めている。もともとは、ありふれた雑役のために雇われたのだが、その日その日に必要とされるどんな仕事もこなす。たとえば、緊急治療室に外科医が足りていないとき、軽傷患者の傷口を縫うようなことも。

「こんにちは《セラミュン・アレイキュム》、先生」

「こんにちは《アレイキュム・セラーム》、カメール・エフェンディ」

「看護師たちが噂してた娼婦の遺体はこれですか」

「ああ、そうだ。正午ちょっと前に運ばれてきた」

「かわいそうに、この人が犯したかもしれないどんな罪も、アッラーがお赦しになりますように」

検屍官は一笑したが、まともに目は合わせなかった。「かもしれない？　おかしなことを言うね、娼婦だったとわかっているのに。この女の一生は罪にまみれていた」

「まあ、そうかもしれませんが……この不運な女性と、自分だけが神に選ばれし者だと思ってる狂信者のどっちが天国へ迎えられるべきかは、だれにもわかりゃしません」

「おいおい、カメール・エフェンディ！　きみが娼婦に甘いとは知らなかったな。だが、口には気をつけることだ。わたしは気にしないが、そんなことをほざくやつがいたら即刻ぶん殴ってやるって輩《やから》が、ちまたには大勢いるぞ」

老人は無言でじっと立っていた。生前の彼女を知っていたかのような、哀れみの目で遺体を見つめる。安らかな死に顔だ。長年のあいだに対面してきた遺体の多くはこんなふうだったから、この世の争いや不和と縁が切れてほっとしているのだろうかとよく思った。

「この人に家族は、先生？」

「いるにはいる。ヴァンの両親だ。知らせは受けているが、遺体の引きとりを拒んでいる。ありがちだな」

「兄弟姉妹は？」

検屍官は報告書をたしかめた。「いないようだな……いや、弟がひとりいたが、亡くなっている」

「ほかにはだれも？」

「おばがいるが、具合がよくないらしい……引きとりは無理だろう。あとは、ほほう、別のおばとおじがいる――」

「そのどちらかに頼めそうですかね？」

「見こみなしだ。ふたりとも、この姪とはいっさいかかわりたくないと言っている」

口ひげを撫でつつ、カメール・エフェンディはその場でもじもじしている。

「さて、ここでの作業はほぼ終わりだ」検屍官は言った。「遺体はもう墓地へ運んでいいぞ、いつものところへ」

「先生、それについて考えてたんですが……。中庭に数人のグループがいまして。もう何時間も待ってます。えらく参った様子で」

「何者なんだ？」

「この人の友達です」

「友達」初めて聞く言葉みたいに、検屍官は鸚鵡返しに言った。ほとんど興味が湧かなかった。街娼の友達といえば、同じ街娼仲間に決まっているし、いつかここで、同じスチールの台に横たわった姿を見ることになるかもしれない連中だ。

カメール・エフェンディはこほんと咳をした。「できればその人たちに遺体を渡してやりたいんですが」

それを聞いて検屍官は眉をひそめ、目を険しく光らせた。「われわれにそんな権限がないことは、きみもじゅうぶんわかっているだろう。遺体を引き渡していい相手は肉親だけだ」

「わかってます、けど――」カメール・エフェンディはためらったのちに言った。「引きとる家族がいないなら、友達に葬式をまかせて何がいけないんです?」

「わが国はそうした行為を許していない、当然のことだ。それをやったら、遺体の行き先をたどれなくなる。世のなかにはありとあらゆる変質者がいるんだ、臓器泥棒やら、サイコパスやら……制限なしでは、伏魔殿と化してしまう」検屍官は老人の顔をうかがい、伏魔殿の意味がわかっていないらしいのを見てとった。

「ええ、でもこの遺体の場合は、どんな害があるんです?」

「いいか、われわれはルールを作りはしない。ルールに従うだけだ。〝古い村に新しい習慣を持ちこもうとするな〟。それでなくてもここの運営は大変なんだぞ」

老人は了解したしるしに顎をあげた。「そうですね、わかりました。墓地に連絡します。空きがあるかどうかたしかめませんと」

「ああ、それがいい、確認してくれ」検屍官はフォルダーから書類の束を引き出し、手にとったペンで頬をトントン叩いた。各頁にスタンプを押し、署名していく。「きょうの午後には遺体を搬送したいと伝えるんだ」

確認と言っても、それは形だけのことだ。街のほかの墓地には何年も前から予約で埋まっているところもあるが、〝寄る辺なき者の墓地〟――イスタンブルでいちばんわびしい墓地――にはいつでも空きがあることを、ふたりとも承知していた。

五人

外の中庭に、木製のベンチにぎちぎちに並んですわっている、五人の姿があった。敷石の上に、体つきのばらばらな各々の影が延びている。正午過ぎに、ひとりまたひとりとそこへ駆けつけて以来、何時間も待ちつづけている。いまやゆっくりと日が落ちてきて、クリの木々のあいだから斜光が差していた。数分おきに、だれかひとりが立ちあがって建物のほうへとぼとぼ歩いていき、管理者か医師か看護師をだれかれなしにつかまえて話しかける。その甲斐はなかった。どんなにしつこく頼んでも、友人の遺体を見る許可はもらえなかった――埋葬の許可は言うに及ばず。

それでも五人は帰ろうとしなかった。深い悲しみの刻まれた顔を、乾燥しきった木のようにこわばらせて、そのまま待ちつづけた。中庭にいるほかの人たちは、訪問者も従業員も、彼らのほうにいぶかるような視線を投げ、ひそひそと囁き合った。母親と並んですわった十代の少女は、軽蔑の交じった好奇の目で、五人の一挙一動を見つめていた。ヘッドスカーフをした年配の女は、変わり者やはみ出し者のために取ってある侮蔑をこめて、五人をにらみつけた。レイラの友人たちはここには場ちがいだったが、考えてみれば、場ちがいにならない場所がそもそも少ないのだった。

近隣のモスクから夕べの祈りが聞こえたそのとき、院内から、こぎれいな髪型をした小柄な女性が出てきて、妙に背筋のぴんとした歩き方で、つかつかと五人のほうへやってきた。膝下丈のカーキ色のペンシルスカートを穿き、色の合ったピンストライプのジャケットに、ランの花の形の大きなブローチをつけている。患者ケアサービスの責任者だった。

「ここにいていただく必要はないんですよ」責任者は五人のだれとも目を合わせずに言った。「ご友人ですが……医師がご遺体を調べ終えて正式な報告書を書きました。お望みでしたら、控えを請求できます。一週間ほどで入手できるかと。ただ、きょうのところはお引きとりください――お願いします。ほかのみなさんがとまどっておられますので」

「ごちゃごちゃ言っても無駄だよ。あたしたちはどこへも行かないから」ノスタルジア・ナランが言った。責任者を見て腰をあげていたほかの四人とちがい、自分の意志を裏づけるかのようにすわったままでいる。その目は暖かみのある茶色でアーモンド形をしているが、ナランを見た人々の大半が注目するのはそこではなく、マニキュアをした長い爪や、幅の広い肩や、革のパンツや、シリコンで豊かにした胸だった。彼らは動じる様子もないトランスジェンダーに見つめ返されることになる。ちょうどいまの、責任者のように。

「なんとおっしゃいました？」苛ついた声音で、責任者は言った。

ゆっくりした手つきで、ナランはハンドバッグを開き、シルバーのケースから煙草を一本取り出したが、すぐにでも吸いたいにもかかわらず、火をつけなかった。「要するにね、友達のレイラと会えるまであたしたちは帰らないってこと。いざとなったらここで野宿させてもらうよ」

責任者は眉を吊りあげた。「聞きちがいをなさったかもしれませんから、はっきり申しあげます。待っていていただく必要はありません。それに、あなたがたがご友人のためにできることはありません。ご家族ではないんですから」

「ぼくらは家族より親密なんです」声を震わせながら、サボタージュ・シナンが言った。

ナランは唾を呑みこんだ。喉に引っかかって取れない塊があった。レイラが殺されたという知らせを聞いてから、まだひと粒の涙もこぼしていない。何かが苦痛をさえぎっていた――態度と言葉をことごとく尖らせる怒りが。

「いいですか、それは当方のあずかり知るところではありません」責任者は言った。「つまり、ご友人はもう墓地へ移送されたんです。すでに埋葬がすんでいるかもしれません」

「ちょ……ちょっと、それ何？」夢から覚めたかのように、ナランはゆっくりと身を起こした。「どうして教えてくれなかったのよ？」

「法律上、うちにそんな義務は――」

「法律上？　人としてはどうなの？　知ってたら一緒に行ったのに。じゃあ、あんたたち大ばか者の人でなしは、レイラをどこへ連れてったわけ、いったい？」

責任者は一瞬目をまるくして、たじろいだ。「まず第一に、わたしに向かってそんな口をきかないで。第二に、わたしにその場所を明かす権限は――」

「だったら、権限とやらを持ってるやつを連れてきな」

「聞き捨てならない暴言だわ」わなわなと顎を震わせながら、責任者は言った。「警備員を呼んであなたがたをここからつまみ出してもらわないと」

「ならこっちはあんたの顔にガツンと一発お見舞いしないと」ナランは言ったが、ほかの四人が彼女の手をとって引き止めた。

「ねえ、落ち着こう」ジャメーラがナランに小声で言った――耳に入ったかどうかは定かでないけれど。

責任者はキトゥンヒールをきゅっとまわして背を向けた。立ち去りかけたそのとき、足を止めて、横目で五人をにらんだ。「そういう人用の墓地があるんです。ご存じなかったとは驚きだわ」

「くそばばあ」ナランはぼそりとつぶやいた。がさがさして太いその声は、やはり相手の耳に届いた

——もちろんナランは、思ったままの印象を責任者に伝えたかったのだ。

数分後、レイラの友人五人は警備員らに連れられて病院の敷地を出た。何事だとばかりに、愉快そうな笑みを浮かべた物見高い連中が歩道に集まっていた。これもまた、イスタンブルが常に変わらず、即興の見世物と陳腐な弥次馬の街である証だ。一方、数フィート後ろから一同についてきている老人にはだれも注意を払わなかった。

病院からだいぶ離れた角で警備員らが手に負えない五人を解放したあと、カメール・エフェンディが彼らに近づいた。「お邪魔してすみません。ちょっとお話できますか」

ひとりまたひとりと、レイラの友人たちはそちらへ顔を向けて、老人を見つめた。

「おじいさん《アムカ》、何かご用？」ザイナブ122が言った。

怪しんではいても、そう冷ややかではない口調だった。べっこう縁の眼鏡の奥で、目を赤く腫らしている。

「病院に勤めておる者です」身を寄せながら、用務員は言った。「あんたがたがあそこで待ってるのを見てたんで……このたびはご愁傷さまです」

見ず知らずの人から悔やみの言葉を聞くとは思ってもいなかったので、レイラの友人たちはしばしその場で固まった。

「教えて、あなたは遺体を見たの？」ザイナブ122が訊いた。声を落として付け加える。「彼女……すごく苦しんだのかしら？」

「ご遺体は見ました、ええ。即死だったはずですよ」相手よりもまず自分自身を納得させるように、カメール・エフェンディはうなずいた。「墓地へ移送する手配をしたのはわたしなんです。キリオスにある墓地で——聞いたことがあるかどうか、あまり知られてないので。〝寄る辺なき者の墓地〟と呼ばれてます。いい名前じゃありませんね。あそこには墓標もなく、番号を記した木の厚板があるだけです。けど、お友達の埋められた場所はお伝えできますよ。あんたがたには知る権利がある」

そう言って、老人は紙切れとペンを取り出した。その手の甲は、浮き出た静脈と老化による染みに覆われていた。ミミズがのたくったような文字で、数字を走り書きする。

「じゃあ、これを。お友達の墓参りに行っておあげなさい。きれいな花を植えて。魂の安らぎを祈って」「彼女はヴァンの出身と聞いてます。死んだ女房もそうでした。地震で亡くなりましてね、一九七六年の。何日も瓦礫を掘って探したが、遺体は見つからなかった。まる二カ月経つと、ブルドーザーが全部均《なら》してしまった。いろんな人に言われたもんです、〝そう嘆くな、カメール・エフェンディ。つまるところ、どんなちがいがある？　奥さんは埋まってる、われわれもみんな、いずれは地面の六フィート下に仲間入りするんじゃないか？〟とね。良かれと思ったのかもしれんが、そんなことを言う連中をどれほど憎んだことか。葬式は生きてる人間のためのもの、そりゃまちがいない。大事なのは、まともに埋葬してやることです。でなきゃ浮かばれようがないと思いませんか？　いや、すまん、くだくだしゃべってしまって。たぶん……こう言いたかったんです、愛する者に別れを言えないのはどんな気持ちかわかると」

「さぞかしおつらかったでしょう」ハリウッド・ヒュメイラが言った。いつもはすこぶる口数が多いのに、それ以上言葉が出ないようだ。

「悲しみはツバメと同じです」用務員は言った。「ある日目が覚めて、いなくなったと思っても、実はほかの場所へ渡って翼を温めているだけなんだ。遅かれ早かれ、また戻ってきて心のなかに止まるんです」

用務員は順番にひとりひとりと握手を交わし、お元気でと言った。そしてレイラの友人たちがじっと見守るなか、足を引きずりつつ病院の建物の角を曲がって、大きな門の向こうへ消えた。そこでついにノスタルジア・ナランは、骨太で肩のがっしりした身長六フィート二インチのその女は、歩道のへりにすわりこみ、両脚を胸に引き寄せて、異国に置き去りにされた子供のように大泣きした。

だれも口を開かなかった。

しばらくして、ヒュメイラがナランの背中に手を置いた。「さあ、さあ。もう帰ろう。レイラの物を整理しないと。ミスター・チャップリンにも餌をやらなきゃいけないし。あの猫の世話をしなかったらレイラに怒られちゃうよ。かわいそうに、きっとお腹を空かせてる」

下唇を噛んで、ナランは手の甲でさっと涙を拭った。立ちあがって、ほかの四人を見おろしても、脚がふらついて力が入らなかった。こめかみが鈍痛でずきずきする。友人たちに、自分を置いて先に行ってくれるよう身ぶりで促す。

「ほんとにいいの?」ザイナブ１２２が心配そうに見あげた。

ナランはうなずいた。「平気だよ。あとで追いつくから」

四人はナランの言葉に従った――いつもそうするように。

ひとりになると、ナランは煙草に火をつけた。昼過ぎからずっと吸いたくてたまらなかったが、ヒュメイラが喘息持ちなので我慢していたのだ。深々と吸いこんで、肺にいっときためてから、煙の渦を吐き出す。〝ご家族ではないんですから〟とあの責任者は言った。あいつに何がわかる？　なんにもだ。レイラのことも、あたしたちのことも何ひとつ知らないくせに。

ノスタルジア・ナランの信ずるところでは、世のなかには二種類の家族がある――肉親からなる血族と、友人からなる、いわば水族《みずぞく》だ。血族のほうがたまたま思いやりにあふれたいい家族だったなら、その幸運に感謝して、せいぜい大事にすればいい。もしちがったとしても、まだ望みはある。大嫌いなわが家を出られる歳になれば、状況は好転するかもしれない。

水族のほうについては、人生のもっとあとでできるもので、たいていは、自分自身で作っていく。たしかに、幸せで愛情深い血族がいちばんなのだろうけれど、それがないなら、素敵な水族が、黒いすすのように胸にたまった傷や痛みを洗い流してくれる。だからこそ、友人たちは心のなかの貴重な場所をあてがわれ、親族全員を合わせたよりも大きなスペースを占めることができるのだ。ただし、身内に拒絶されたように感じた経験のない人たちは、百万年経ってもその事実を理解することはないだろう。水が血よりも濃く流れることがあるのを、決して知ることはないだろう。

ナランは振り返って、最後にもう一度病院を見た。こんなところから遺体安置所は見えないのに、その冷気をたしかに感じたみたいに身震いした。死が怖いのではない。現世でのまちがいが奇跡のように正される来世があるとも信じていない。レイラの友人たちのなかでただひとり、無神論者を公言するナランは、肉体――魂という抽象的な概念のことではない――は永遠だと考えている。分子が土と混ざって、植物に栄養を与えると、その植物は動物に食われ、動物は人間に食われる。ということは、大多数の仮定に反して、人間の体は不滅なのだ、自然のサイクルを通じて終わりなき旅をしているのだから。死後の世界にそれ以上の何を望めるというのか。

ただ、ナランはずっと、六人のなかで自分がいちばん先に死ぬだろうと思っていた。長続きしている友人グループにはかならず、だれよりも自分が先に逝くと本能的に知っている人間がいるものだ。それが自分だとナランは確信していた。卵胞ホルモンのサプリメントや、男性ホルモンの阻害剤や、手術後の痛み止めをあれだけ飲んできているし、もちろん長年の多量喫煙や、不健康な食事、過剰な飲酒も……。だから自分でないとおかしいのだ。生気と思いやりに満ちたレイラじゃなく。ナランにとってかぎりない驚きの種であり、ちょっとした苛立ちの種でもあったのは、長くイスタンブルで暮らしていても、レイラが自分とちがって皮肉にも辛辣にもなっていないことだった。

　北東からのひんやりした風が、下水のにおいを舞いあげながら内陸のほうへ吹き抜けていった。ナランは寒さに身をこわばらせた。こめかみの疼きは場所を移して、胸部に広がりながら骨格を突き破り、手で心臓を締めつけられているかのようだ。ずっと先で、ラッシュアワーの往来が街の動脈をふさいでいる。街はいまや病んだ巨獣と化していて、その息遣いは痛ましいほどゆっくりで不規則だ。それに対して、ナランの息遣いは速くて荒々しく、その容貌は燃えるような憤りで形作られている。ナランの無力感を深めたのは、レイラの突然の死や、その残酷で恐ろしい殺され方ばかりではなく、どんなことにも公正さが完全に欠けていることだった。人生は不公平なものだが、それにも増して死が不公平であることに気づいてしまったのだ。

　子供のころからずっと、人が――あらゆる人が――ひどい扱いや不公平な扱いを受けるのを、ナランは腸《はらわた》が煮えくりかえる思いで見てきた。ディー・アリがよく言っていたように、これほど〝歪《いびつ》な〟世界に公平さを期待するほどうぶではないけれど、だれもがある程度の尊厳を持つ権利があると思っている。その尊厳を、ほかのだれのものでもない土地に見立てて、そこに希望の種をまくのだ。ひょっとしたら、いつか、小さな芽が出てきて花が咲くかもしれない。ノスタルジア・ナランに言わせれば、その小さな種はすべて、そのために闘う価値のあるものだった。

ナランは老人がくれた紙切れを取り出し、走り書きのメモを読んだ。〝キリオス。寄る辺なき者《キムセシズラー》の墓地《メザルリー》、七〇五――〟。目を凝らすと二に見える最後の数字は、紙の下端ぎりぎりに書かれていて、ほとんど判読できない。きれいとは言いがたい筆跡だ。クラッチバッグに入れてある万年筆で、ナランはすべての文字をなぞった。そして紙切れを丁寧に折りたたんで、またポケットにしまった。

レイラが寄る辺なき者の墓地に捨てられたなんておかしい。寄る辺なき者なんかじゃないのに。レイラには友達がいた。忠実で、情に厚い、一生の友が。ほかのものはろくに持っていなかったかもしれないが、友達はたしかにいた。

「あのおじいさんの言うとおりだ」ナランは思った。「レイラはまともに埋葬してやらないと」

ナランは煙草の吸いさしを歩道に投げ捨て、火のついている先端をブーツで踏み消した。港から霧がゆっくりと忍び寄ってきて、波止場沿いの水たばこ《シーシャ》・カフェやバーをぼやけさせていた。数百万人が住むこの街のどこかで、レイラを殺した人間がいまも夕食をとるかテレビを観るかしているのだ。良心のかけらもない、人間とは名ばかりのだれかが。

ナランは目を拭ったが、涙は止めどなくあふれてきた。マスカラは頬に流れ落ちている。乳母車を押している女がふたり、そばを通った。ナランに驚きと哀れみのまなざしを向け、すぐに顔をそむける。ほぼ瞬時に、ナランは傷ついた表情になった。見た目や生業《なりわい》だけで避けられたり蔑まれたりするのには慣れっこだ。それは別にいいけれど、自分や友達を哀れまれるのには我慢ならない。

きびきびと歩きだしながら、ナランはすでに心を決めていた。いつもそうしてきたように、反撃に出ようと。社会の慣習と、判断と、偏見と……無臭ガスのように人々の暮らしに充満する、無言の敵意と闘うのだ。生前からどうでもいい存在だったと言わんばかりに、レイラの遺体を捨てる権利はだれにもない。あたし、ノスタルジア・ナランがかならず、旧友にふさわしい、尊厳ある扱いを受けさせてみせる。

これでおしまいではない。いまはまだ。今夜、ほかの四人と話をして、レイラの葬儀をしてやる方法を一緒に考えよう——そんじょそこらの葬儀じゃなく、この騒がしい古都が見たこともない最高の葬儀を。

この騒がしい古都

イスタンブルは幻だ。失敗に終わった奇術師のトリックだ。

イスタンブルは、大麻《ハシシ》愛好者の心のなかにだけ存在する夢だ。実際、イスタンブルは単独では存在していない。いくつものイスタンブルが、最後に生き残れるのはひとつだけだと承知のうえで、取っ組み合い、競い合い、ぶつかり合っている。

たとえば、徒歩か小舟で行き来するようにつくられた古風なイスタンブルがある——旅まわりの修道者や、占い師、仲介人、船乗り、綿打ち職人、敷物叩き、ヤナギの籠を背負った荷担ぎたちの街だ。近代的なイスタンブルがある——ぶんぶん行き交う車やオートバイ、さらなるショッピングセンターや高層ビルや工業用地向けの建築資材を積んだ工事トラックが走りまわる、スプロール化した都市だ。皇帝のイスタンブル対平民のイスタンブル、世界的なイスタンブル対偏狭なイスタンブル、洗練されたイスタンブル対無教養なイスタンブル、異端のイスタンブル対敬虔なイスタンブル、男らしいイスタンブル対、街の象徴および守護者としてアフロディテ――愛欲の女神にして争いの女神でもある――を選んだ、女らしいイスタンブル。そして、とうの昔に遠くの港へ向けて船出した者たちのイスタンブルもある。彼らにとってこの街は、記憶と神話と熱烈な願いからなる、霧のなかに消えていく恋人の顔のように永遠にとらえがたい大都市でありつづけるだろう。

こうしたイスタンブルはみな、生命を宿したマトリョーシカのように、互いのなかで息づいている。ただ、邪《よこしま》な魔法使いがそれらをばらばらにして並べたとしても、その長大な列のなかに、ある特定の界隈――ペラ（ベイオールの旧称）――ほど彼好みの悪評高い地区はほかに見つからないだろう。動乱と無秩序の中心であるこの地区は、何世紀ものあいだ、自由主義と放蕩と西洋かぶれ――トルコの若い男たちに道を誤らせる三つの力――と結びついていた。ギリシャ語に由来するその名は、〝向こう側に〟、または単に〝向こうに〟〝超えて〟を意味する。金角湾の向こうに。確立された規範を超えて。その昔は、対岸《ペラン・エン・シカイス》のイチジク畑として知られていたとおり、ペラ地区は〝対岸〟にある。そしてそこは、死の前日まで、テキーラ・レイラが住んでいたところだった。

ディー・アリを亡くしたあとも、レイラはふたりのフラットから出ていこうとしなかった。至るところに彼の笑いが、彼の声がたっぷり染みついていた。家賃は高かったけれど、なんとか払えた。夜遅くに仕事から帰ると、じゅうぶん熱い湯が出たためしのない錆びたシャワーヘッドの下で、肌をごしごしこすって洗う。そして、新生児みたいに赤むけした体で窓辺の椅子にすわり、街の空が白んでくるのを眺める。ディー・アリの思い出が、毛布のように柔らかく心地よく、レイラを包んでくれる。足もとでまるくなったミスター・チャップリンと一緒に、そのまま眠りこんでしまい、たいてい午後に、体のどこかが攣《つ》ったり痛くなったりして目覚める。

ヘアリー・カフカ通りは、荒廃したビル群と、照明器具を専門に扱う小さくて陰気な店々とのあいだを走っている。夜になって、店のすべてのランプが灯されると、その一帯は、別の世紀に迷いこんだかのような、セピア色の光に包まれる。かつて、この場所はファー・ラインド・カフタン（毛裏のカフタン）通りと呼ばれていた——一部の歴史学者らは、フェア・ヘアード・コンキュバイン（金髪の妾）通りだったと主張しているけれど。どちらであったにせよ、野心的な高級化プロジェクトの一環として、自治体がこの地区の街路標識を一新することを決めた際、担当の役人が、その名称ではあまりに語呂が悪いと考え、短縮してカフタン（トルコの民族衣装）通りとした。その名で通っていたのはある日の朝までのことで、夜中に吹いた強風のせいで文字がひとつ剝がれ落ち、カフタ通りになった。だがそれもまた、定着はしなかった。劣化しない標識の設置を手伝っていた文学専攻の学生が、カフタをカフカに変えたのだ。その作家のファンは新たな呼び名を歓迎し、ほかの者たちは、なんのことだかわからないながら、響きが気に入って受け入れた。

　ひと月後、超国家主義の新聞に、イスタンブルにおける隠れた外国の影響と題した記事が載った。ユダヤ人作家にはっきりと敬意を表するくだんの行為は、現地のイスラム教文化を根絶しようとする悪計の一部だと書かれていた。真相はどうだったのかという議論に決着がつかないまま、通りの名前を元に戻すことを嘆願する動きが広まった。ふたつのバルコニーのあいだに〝愛さぬ者は去れ——偉大な一枚岩の国を〟と記した横断幕が掲げられた。雨に洗われ、日光で色褪せたその横断幕は、イスタンブル特有のロドス——南西の風——にはためいていたが、ある午後、紐がぷつりと切れ、怒れる凧となって空を飛んでいった。

　そのころにはもう、反動主義者たちは別の闘争をはじめていた。そちらが形になってくるとたちまち、嘆願運動は忘れ去られた。やがて、古いものと新しいもの、事実に基づくものと想像に基づくもの、現実のものと非現実の融合したものが同時に存在する、この街のほかのあらゆるものと同様に、この場所はヘアリー・カフカ（毛深いカフカ）通りとして知られるようになった。

この通りの中ほどの、古い公衆浴場と新しいモスクのあいだに割りこむようにして、以前は現代的で立派だったがいまでは見る影もない、アパートメントの建物が立っている。あるとき、素人のこそ泥が正面入口の窓ガラスを叩き割り、その大きな音にびっくりして何も盗らずに逃げた。住人はだれひとり、ガラスの交換費用を負担しようとしなかったため、それ以来、その窓は引越業者が使うような茶色のガムテープで補修されている。

そのドアの前に、ミスター・チャップリンがいま、尻尾を体に巻きつけてすわっていた。漆黒の毛と、金色の斑点のある翡翠色の目をしている。石灰入りのバケツに突っこんでみてすぐに引きあげたかのように、前足の一本が白い。小さな銀色の鈴のついた首輪が、動くたびにチリチリと鳴る。彼自身がその音を聞くことはない。何物にも静寂を乱されない世界に彼は生きている。

前夜、テキーラ・レイラが仕事に出かけたとき、彼は建物を抜け出していた。夜中の散歩者《フラヌール》であるミスター・チャップリンには、よくあることだ。いつも夜明け前には、喉が渇いてへとへとになるので、戻ってくる。飼い主が自分のためにドアを半開きにしてくれているのを知っているから。ところがけさは、珍しくドアがぴったり閉まっていた。それからずっと、辛抱強くすわって待っている。

また一時間が過ぎた。車が、思いきりクラクションを鳴らしながら走り過ぎていく。行商人が、声を張りあげて商品を売り歩いている。角を曲がったところの学校が、拡声器で国歌を流し、数百人の生徒が声を揃えて歌っている。歌い終わると全員で宣誓する――〝わが存在がトルコの存在への贈り物とならんことを〟。ずっと遠くの、作業員が先ごろ転落死した建設現場の近くで、ブルドーザーが轟音を響かせ、地面を震わせている。イスタンブルの音の摩天楼が空を満たしていたが、それもこの猫には聞こえなかった。

ミスター・チャップリンは、頭を優しく撫でてもらいたくてたまらなかった。ボウルいっぱいのサバとジャガイモのパテ（大好物）が待つ、上階の自分のフラットに戻りたくてたまらなかった。伸びをして背中を弓なりにしながら、飼い主はいったいどこにいるんだろう、テキーラ・レイラの帰りがきょうにかぎってこんなに遅いのはなぜなんだろうと思った。

悲しみ

夕闇の迫るころ、レイラの友人たち——まだ追いついていないノスタルジア・ナラン以外——がヘアリー・カフカ通りのアパートメントにたどり着いた。それぞれが合鍵を持っているから、なかへ入るのに難儀することはない。

正面ドアに近づいたところで、サボタージュの顔にためらいの色がよぎった。急に胸が締めつけられて気づいたのだ——レイラのフラットに入っていって、彼女の不在が作りだした切ない空虚に直面する心の準備はできていないと。自分にとってこんなに大事な人たちからさえ、逃げだしたい衝動に駆られた。ひとりになる必要があった、少しのあいだだけでも。

「ぼくはまず会社に戻ったほうがよさそうだ。いきなり飛び出してきたから」

けさ、サボタージュは知らせを聞くなり、ジャケットを引っつかんでドアのほうへ向かいながら、子供のひとりが食中毒にかかったと上司に告げて、駆け出してきたのだった。「マッシュルームだ、きっと夕食のマッシュルームにあたったんです！」苦しい口実だが、それよりましなものを考えつかなかった。職場の人はだれも、自分がレイラと友人関係にあることを知らない。けれどもいま、ふと思ったが、妻が会社に電話をかけて、その嘘を暴いてしまっているかもしれない。だとしたら、ずいぶん面倒なことになる。

「ほんとに？」ジャメーラが訊いた。「もう遅いんじゃない？」

「ちょっと顔を出して、何も問題ないかたしかめたら、すぐに戻ってくる」

「いいよ、ぱぱっとすませてきて」ヒュメイラが言った。

「ラッシュの時間だけど……まあがんばるよ」

サボタージュは車が嫌いだが、閉所恐怖症で、混んだバスやフェリーボートに詰めこまれるのは耐えられない――そしてラッシュ時のバスやフェリーボートはみな混んでいる――ので、いやいやながら車に頼っていた。

三人の女は歩道にたたずみ、立ち去るサボタージュを見送った。足どりがやや不安定で、もはや地面の堅固さを信用できないかのように、敷石にじっと目を落としている。肩をすぼめ、痛々しいほどうなだれていて、活力がすっかり尽きてしまったようだ。強くなった風にジャケットの襟を立てて、彼は人波のなかに消えた。

ザイナブ122がさっと涙を拭い、眼鏡を押しあげた。ほかのふたりのほうを向いて言う。「ねえ、先に行ってて。わたしはちょっと食料雑貨店に寄るから。レイラの魂のためにハルヴァ（穀物粉、油脂、牛乳、砂糖、ゴマやナッツを練り固めた菓子）を作らないと」

「わかったよ」ヒュメイラが言った。「ミスター・チャップリンのために正面ドアをあけておくね」

うなずくと、ザイナブ122は右足を先に出して道を渡った。「慈悲深きアッラーの御名のもとに《ビスミッラー・アッラフマーン・アッラヒーム》」赤ん坊のころから付き合ってきた遺伝性疾患による奇形のせいで、その体は平均よりも速く老化していた——人生が全速力でゴールすべきレースであるかのように。それでも、めったに不平は言わなかったし、そういうことを聞かせる相手は神だけにとどめていた。

グループのほかの面々とちがって、ザイナブ122は深く神を信じている。徹底した信者だ。日に五回祈りを捧げ、アルコールを断ち、ラマダーンにはまる一カ月断食する。ベイルートにいたころはコーランを熟読し、数ある翻訳を比較した。そのすべての章を暗唱できる。けれども彼女にとって宗教は、ある時点で凍結した書物というより、呼吸する有機体の生物に近い。融合物だ。書かれた言葉を口頭の習慣と混ぜ合わせ、そこに迷信と民間伝承をひとつまみ加える。そしていま、レイラの魂を終わりなき旅へ送り出すためにするべきことがいくつかあった。残り時間はわずかだ。魂はぐずぐずしていない。まずは白檀のペーストと、樟脳と、バラ水を買う……それからなんとしてもハルヴァをこしらえて、見知らぬ人や近所の人たちにも配るのだ。すべての準備を整えなくては。グループの何人かは——ことにノスタルジア・ナランは——その努力を認めないだろうとわかっていてもだ。

無駄にできる時間はないので、ザイナブ122はいちばん近い店に向かった。いつもなら行かない店だ。そこの店主をレイラは毛嫌いしていた。


食料雑貨店は、缶詰や袋入りの商品を床から天井まである棚に陳列した、薄暗い店だった。店内の、年数を経てつるつるになった木製のカウンターに、地元住民に〝超排外主義の店主〟として知られる男が寄りかかっていた。縮れた長い顎ひげを引っぱりつつ、夕刊の紙面に見入り、読みながら唇を動かしている。テキーラ・レイラの写真が店主を見つめ返していた。〝今月四件目の不可解な殺人〟との見出しがついている。〝イスタンブルの街娼のあいだで警戒心強まる〟

調べによると、被害者女性は認可された娼館を十年以上前に離れたのち、ふたたび街なかで仕事をするようになっていた。現場で現金や宝石が見つかっていないことから、襲撃の最中に強奪されたものと警察は考えている。この事件は現在、ここ一カ月のあいだにいずれも絞殺された、ほかの娼婦三人の殺害事件と関連づけられている。彼女らの死により、イスタンブルのセックスワーカーが殺人の被害者となる率はほかの女性たちより十八倍も高いという、あまり知られていない事実が明らかになった。そして、娼婦殺害事件のほとんどは未解決のままであるという事実も——これには、業界関係者の多くが重要情報の提供に非協力的であることも影響している。しかしながら、法執行機関は引きつづきいくつかの重大な手がかりを追跡中である。警察副署長は記者会見で……

ザイナブ122が歩み寄ってくるのを見るなり、店主は新聞をたたんで抽斗にしまった。体裁を繕うのに一拍余計にかかった。

「いらっしゃい《セラミュン・アレイキュム》！」必要以上に大きな声で、店主は言った。

「ええ、どうも《ヤ・アレイキュム・セラーム》」自分より背の高い豆袋の横に立って、ザイナブ122は応じた。

「お悔やみを」店主は客をよく見ようと、首を伸ばし、顎を突き出した。「テレビでやってたんです、午後のニュースは観ました？」

「いえ、観てません」ザイナブ122はそっけなく言った。

「まあ《インシャアッラー》、あんないかれた犯人はすぐ捕まりますよ。ギャングのメンバーだったとわかってもわたしゃ驚きませんね」自分の言葉にうなずく。「金のためならなんだってやりますから、あの略奪者どもは。この街にはクルド人やら、アラブ人やら、ロマやらなんやらが多すぎるんです。ああいうのがここへ入りこんでからというもの、生活の質なんてものは消えちまった――パッとね！」

「わたしはアラブ人だけど」

店主は苦笑いした。「いや、お客さんのことじゃありませんよ」

ザイナブ122は豆を品定めした。〝レイラがここにいたら、このむかつく店主に立場をわきまえさせただろうに〟。だがレイラはもういないし、揉め事がひどく苦手なザイナブ122は、苛つかされる相手をどうあしらえばいいのかよくわからなかった。

ふたたび目をあげてみると、店主がこちらの答えを待っている様子だった。「ごめんなさい、ぼんやりしてて」

店主はわけ知り顔でうなずいた。「これで四人目の犠牲者なんですよね？　あんな死に方をして当然の人間なんていません、たとえ堕落した女性でもね。非難してるわけじゃない、誤解しないでくださいよ。わたしは常々自分に言い聞かせてるんです、だれであれしかるべき人間に、アッラーは罰をおくだしになるのだと。たったひとつの罪もゆるがせにはなさらないと」

ザイナブ122は額に手をやった。頭痛の気配を感じる。片頭痛などとは無縁だったのに。それでいつも苦しんでいたのはレイラだ。

「それで、葬儀はいつなんです？　ご遺族が手配を？」

ザイナブ122はその問いにぎくりとした。レイラは遺族に引きとりを拒まれて寄る辺なき者の墓に葬られたなんてことを、この詮索屋にだけは言いたくなかった。「ごめんなさい、急いでるの。ミルクをひと瓶とバターをひと包みいただける？　ああ、セモリナ粉もね」

「なるほど、ハルヴァをこしらえるんですね？　それはいい。わたしにも忘れずにいくつか持ってきてくださいよ。それとお気遣いなく、このお代はわたしが持ちます」

「いいえ、けっこう、甘えられないわ」爪先立ちになって、ザイナブ122はカウンターに代金を置き、後ろへさがった。お腹がグウグウ鳴っている――そういえば、朝から何も食べていなかった。

「ええと、まだあったわ。もしかして、バラ水と、白檀のペーストと、樟脳もこちらに置いてる?」

店主は物問いたげな目を向けた。「もちろんですとも、いまお持ちします。うちの店は必要なものをなんでも揃えてます。いったいどうして、レイラはもっとちょくちょく来てくれなかったんだか」

アパートメント

また散歩に出て戻ってきたミスター・チャップリンは、正面ドアが半開きになっているのを見て喜んだ。アパートメントの建物に体を滑りこませ、なかに入ると、首輪の鈴を派手に鳴らして階段を駆けあがった。

レイラのフラットに近づいたとき、なかからドアが開いて、ゴミ袋を手にしたハリウッド・ヒュメイラが現れた。入口の外に袋をおろす。管理人が今夜遅くに回収しにくるはずだ。室内へ戻ろうとしかけて、猫がいるのに気づいた。彼女は廊下に出てきて、その大きな尻で明かりをさえぎった。

「ミスター・チャップリン! みんな心配してたんだよ、どこへ行ったんだろうって」

太くてがっしりして、青緑色の静脈がびっしり浮き出たヒュメイラの脚に、猫はさっと体をすりつけた。

「まあ、図々しい子だね。なかへお入り」そこでヒュメイラは、数時間ぶりに笑みを浮かべた。

すばやい動きで、ミスター・チャップリンはまっすぐダイニングルームへ向かった。居間と客間も兼ねている部屋だ。クッション代わりにフリースの毛布を敷いてある籠に飛びこむ。片方の目を開き、もう片方を閉じたまま、部屋をくまなく見まわす。まるで、ひとつひとつの細部を記憶するかのように、自分のいないあいだに何も変化がなかったのをたしかめるかのように。

多少の修繕が必要とはいえ、嘘のように感じのいいフラットだ。そのパステル調の色使いも、南向きの窓も、高い天井も、実用性より雰囲気重視の暖炉も、端のめくれかけた金色と青色の壁紙も、低めに吊したクリスタルのシャンデリアも、平らでなくひび割れもあるけれど磨きたてのオーク材の床板も。どの壁面にも、さまざまな大きさの額入りの絵が掛かっている。すべてディー・アリの描いたものだ。

正面の大きなふたつの窓からは、歴史あるガラタ塔の屋根が見おろせる。このアパートメント群と遠くの摩天楼を、その塔は憎々しげに見あげている――信じがたいかもしれないが、これでも昔は街でいちばん高い建物だったんだぞ、とでも言うように。

ヒュメイラはいま、レイラの寝室に入って、何箱もある小物の整理をはじめながら、放心したように小さくハミングしていた。昔ながらの曲を。なぜそれを選んだのかはわからない。疲れがにじんでいても、その声は豊かでつやがある。何年も、イスタンブルのいかがわしいナイトクラブで歌い、低予算のトルコ映画に出演してきた。そのうちの何本かは、いま思い出しても恥ずかしくなる、成人向け映画だ。当時はスタイルがよかったし、静脈瘤もなかった。危険と隣り合わせの生活だった。対立するふたつのマフィアの抗争に巻きこまれて負傷したこともあれば、頭のおかしいファンに膝を撃たれたこともあった。いまはもう、そんな生活をするには歳をとりすぎた。夜な夜な煙草の副流煙を吸ってきて、喘息が悪化したため、吸入器をポケットに入れて持ち歩き、頻繁に使うようになっている。長年のあいだに、ずいぶん体重も増えた——何十年にもわたって、キャンディみたいにぽんぽん口に入れてきたありとあらゆる錠剤の、多くの副作用のひとつだ。睡眠薬、抗鬱剤、抗精神病薬……。

太りすぎていることと鬱傾向になることには、明らかに似たところがあるとヒュメイラは思っている。どちらの場合も、その症状で苦しむ人を社会は非難する。ほかの病状ではそんな目で見られることはない。ほかの病気を患っている人は、少なくともある程度は同情と精神的支援を受けている。肥満や鬱の患者はちがう。〝食欲を抑えることもできただろうに……〟〝気の持ちようでどうにかなっただろうに……〟。だがヒュメイラは、この体重も落ちこみ癖も、みずから選んだものではないのを知っている。レイラはそれをわかってくれていた。

「どうして鬱と闘おうとしてるの？」

「だって、それがあたしのするべきことだもの……みんながそう言うし」

「あたしの母親も——昔はおばさんって呼んでたけど——よくそんなふうに思ってた、もっと思い詰めてたかも。いろんな人から鬱と闘うように言われつづけてたから。でもあたしは、何かを敵と見なしたとたんに、余計に相手を強くしちゃう気がするの。ブーメランがそうでしょ。力いっぱい投げると、戻ってきて同じ力で自分に当たる。あんたに必要なのはたぶん、鬱と友達になることだよ」

「ずいぶん面白いこと言うね。友達になるにはどうしたらいいの？」

「そうね、こう考えてみたら？　友達っていうのは、暗闇を一緒に歩けて、たくさんのことを学ばせてくれる相手だよね。ただ、自分と友達はちがう人間だってこともわかってる。鬱は自分自身とはちがう。自分っていうのは、きょうやあしたの自分の気分よりもずっと大きな存在なの」

レイラはヒュメイラに、薬の量を減らして趣味を見つけるようしきりに勧めた。運動をはじめるなり、女性のための保護施設でボランティアをするなり、自分と似た境遇の人たちを助けるなりしたほうがいいと。けれどもヒュメイラは、不当に厳しい人生を送ってきた人たちと過ごすのはそうたやすくないと気づいた。試してはみたが、精いっぱい気遣いをして善意の言葉をかけても、ただ寒々しい空気を吹きかけているようにしか思えなかった。自分自身が絶えず恐れと不安に襲われている状態で、どうやって他人に希望や元気を与えろというのか。

レイラはスーフィズムやインド哲学やヨガの本も買ってきてくれた――どれも、ディー・アリを亡くしてからレイラが興味を持ったものだ。だが、それらの本を何度もぱらぱらめくってみたものの、ヒュメイラはなかなか読み進めることができなかった。そうした本に書いてあることはみな、簡単に実行できるとされているけれど、そもそも自分よりもっと健康で、もっと幸福で、単にもっと幸運な人たちを対象にしているように思えた。瞑想するためにまず心を静める必要のある人間が、瞑想の助けを借りて心を静めることなどできるものだろうか。ヒュメイラは消えることのない心のざわめきを抱えて生きていた。

レイラがいなくなったいま、ヒュメイラの頭のなかでは、真っ黒な恐れが、出口を見失ったハエのように飛びまわっていた。病院から戻ってすぐに抗不安薬のザナックスを一錠飲んでいたが、効いている感じがしなかった。血なまぐさい暴力のイメージに、胸が苦しくなる。残虐行為。殺生。無分別で、無意味で、根拠のない悪行。夜を切り裂くナイフのように、シルバーの車が目の前をよぎる。ぶるっと身震いして、ヒュメイラは疲れた指関節を鳴らし、気力で作業を続けた。ベッドの下に古い写真の束があどけかけていて、髪が幾筋もうなじに垂れているのにもかまわずに。大きなシニヨンがほったが、これを見るのはつらすぎる。そんなことを考えていたとき、椅子の背に掛けてあるフクシア色のシフォンのワンピースに目が留まった。それを手にしたとたん、思わず泣き顔になる。レイラの気に入っていた服だ。

普通の女性市民

食料品の詰まった袋を両手に持って、ザイナブ122はフラットに入っていき、ふうっと息をついた。「もう、あの階段のせいで寿命が縮むわ」

「なんでそんなに時間かかったの？」ハリウッド・ヒュメイラが訊いた。

「あのいやな男としゃべらなきゃいけなくて」

「だれ？」

「超排外主義の店主。レイラが毛嫌いしてた」

「ああ、そうだったね」ヒュメイラは納得して言った。

互いに物思いに沈んで、ふたりはしばらく黙っていた。

「レイラの服を処分しなきゃ」ザイナブ122は言った。「それにシルクのスカーフも――ほんと、山ほど持ってたから」

「あたしたちが持ってたほうがいいと思わない？」

「慣習に従わないと。だれかが死んだら、その人の服は貧しい人に配るのよ。貧しい人がありがたく思ってくれると、死者が来世への橋を渡る助けになるの。タイミングが肝心。さっさと行動しなきゃね。レイラの魂はもう旅立とうとしてるから。シラートの橋は剣より鋭くて、髪の毛より細くて…

……」

「ああ、またはじまった。ちょっとぐらい休ませてよ！」しゃがれた声が背後から聞こえた。同時にドアが押しあけられ、女ふたりと猫は驚きで飛びあがりそうになった。

ノスタルジア・ナランが入口に立って、眉をひそめていた。

「びっくりして死ぬかと思った」早鐘を打っている胸を手で押さえながら、ヒュメイラが言った。

「そりゃよかった。いい気味だよ。宗教じみたことをぐだぐだ夢中でしゃべってるのがいけないんだ」

ザイナブ122は膝の上で手を組んだ。「貧しい人を助けても別に害はないと思うけど」

「けど、純粋に助けるわけじゃないよね？　むしろ交換条件での取引だ。〝ほら、貧しいみなさん、このお古をあげるから、わたしたちに神の祝福を祈ってね。では神さま、この神の祝福引換券をお渡ししますから、天国で日当たりのいい一角をあてがってください〟。言っちゃ悪いけど、宗教なんてわかりやすい取引と同じだよ。持ちつ持たれつの」

「そんな言い方って……ひどい」ザイナブ122は口を尖らせて言った。だれかに信仰を軽んじられたときに感じるのは、怒りとは少しちがう。悲しみだ。そのだれかがたまたま友達だったときには、悲しみがもっと深くなる。

「まあいいや。いまのは忘れて」ナランはソファに倒れこんだ。「ジャメーラはどこ？」

「あっちの部屋にいる。ちょっと横になりたいってさ」ヒュメイラの顔に影がよぎった。「ほとんどしゃべらないし、何も食べてない。心配だよ。体調が体調だし……」

ナランは目を伏せた。「あたしがあとで話す。それで、サボタージュは？」

「大急ぎで会社に顔出しにいったよ」ザイナブ122が答えた。「もうこっちへ向かってるはずだけど、たぶん渋滞にはまってる」

「わかった、待とう」ナランは言った。「じゃあ訊くけど、どうしてこのドアはあけっぱなしなの？」

ザイナブとヒュメイラがさっと視線を交わした。

「親友が惨殺されたっていうのに、あんたたちは彼女のフラットのドアをちゃんと閉めてもいない。頭がどうかしたんじゃないの？」

「よしてよ」ヒュメイラが言い、震えながら深く息を吸った。「だれかがこのフラットに押し入ったとかじゃないでしょ。レイラは深夜に街なかにいたの。車に乗りこむところを目撃者が見てる――シルバーのメルセデスにね。被害者がみんな同じ殺され方をしてるの、知ってるよね」

「だから？　だからあんたたちは危険な目に遭わないってことになるの？　それとも、自分たちがそんなだから大丈夫だと思ってるわけ？　ひとりはちびで、もうひとりは――」

「でぶ？」ヒュメイラはかっと顔を火照らせた。吸入器を取り出し、手のひらに握りしめる。ナランといるといつも以上に吸入器が必要になるのは、経験上わかっていた。

ザイナブ122は肩をすくめた。「わたしはどんなふうに言われようと平気」

「〝引きこもりの落ちこみ屋〟って言おうとしたんだけど」ナランはマニキュアをした手を振った。「要するに、レイラを殺したやつがこの街でただひとりのサイコ野郎だと思ってるんなら、そう祈ってなってこと！　ドアもあけておけばいい。いっそのこと、〝ようこそサイコパス《ヴィルコメン・サイコパテン》〟ってドアマットを敷けば？」

「極端なことばっかり、いい加減にしてよね」ヒュメイラは顔をしかめた。

ナランは一瞬考えた。「あたしのこと？　それともこの街？　あたしは極端なことばっかりのイスタンブルにこそ、いい加減にしてもらいたいね」

ザイナブ122はカーディガンのほつれた糸を引き抜いて、それをまるめた。「わたしがさっき、ちょっと買い物に出てたから——」

「そう、数秒しかかからない」ナランは言った。「襲われるのは、ってことだけど」

「お願いだから怖いこと言わないで……」最後は力なく言い、ヒュメイラはもう一錠ザナックスを飲もうと決めた。二錠がいいかもしれない。

「ほんとそう」ザイナブ122は同調した。「死んだ人に失礼よ」

ナランは頭を起こした。「どういうのが死んだ人に失礼なのか知りたい？」さっと手を伸ばし、クラッチバッグをあけて、夕刊を取り出す。そして地元と全国の記事に囲まれたレイラの写真が目を引く面を開き、声に出して読みはじめた。


警察副署長は記者会見でこう述べている。「犯人はすぐに見つけますのでご安心ください。この事件に取り組む特捜班を雇いました。現段階では、不審な行為を見聞きしたらどんなことでも警察にお知らせくださるよう、一般のかたがたにお願いします。とはいえ、市民のみなさん、特に女性は、警戒なさらなくて大丈夫です。この殺人者は無差別に犯行に及んではいません。例外なく、ある特定の集団が狙われています。被害者は全員、街娼でした。普通の女性市民が身の安全を気にする必要はありません」

ナランは折り目に沿って新聞をたたみなおし、頭にくるといつもするように舌打ちをした。「普通の女性市民って！　このくそ野郎はこう言ってるんだ。〝善良なご婦人のみなさん、心配要りません。あなたがたは安全です。通りで惨たらしく殺されるのは売春婦だけですから〟。こういうのこそ、死んだ人に失礼だってあたしは言いたいね」

敗北感が、ふれたものすべてに染みつく硫黄の煙のように、厚く容赦なく、部屋を包んだ。ヒュメイラが吸入器を口に持っていき、ひと吹きした。呼吸が落ち着くのを待ったけれど、だめだった。目を閉じて、眠りに落ちようとした。薬の力を借りた、深く怠惰な眠りに。ザイナブ12は、ひどくなる頭痛に耐えながら、ぴんと背を伸ばしてすわっていた。しばらくしたらお祈りをはじめ、レイラの魂を次なる旅へ送り出すための調合物を用意するつもりだ。けれどもまだ無理だ。いまはその力がないし、ほんの少しだが、信仰心さえ欠けている。そしてナランは、ジャケットを着たまま肩をこわばらせ、黙りこくって、うつろな表情を浮かべていた。

隅ではミスター・チャップリンが、ごちそうを平らげ、毛繕いにかかっていた。

シルバーのメルセデス

毎晩、〈ギュネイ〉――〝南〟――という名の赤と緑のボートが、〈インターコンチネンタル・ホテル〉の道路をはさんだ向かいの、金角湾の岸に係留されているのが見られる。

それはクルド人の血を引く映画監督、ユルマズ・ギュネイに敬意を表して名づけられたボートで、彼の映画にも一度登場したことがある。現在のオーナーはそのことを知らないし、知ったところで気にもかけないだろう。その男は、もう海には出ないという漁師から、一年前にこのボートを買いとっていた。新たなオーナーは小さな調理室を造って、キョフテ・サンドイッチをこしらえる鉄製のグリルを据えつけた。ほどなく、刻みタマネギとトマトのスライスを添えたサバの網焼きもメニューに加わった。イスタンブルで、屋台料理店が成功するかどうかは、何を売るかよりも、いつどこで売るかにかかっている。夜間は、ほかの点では危険があるものの、昼間より儲かる。夜のほうが客が太っ腹になるからではなく、より腹を空かせているからだ。アルコールが体じゅうをめぐっている状態で、クラブやバーからどっと客が出てくる。まだ観念して帰る気にはなれないので、ボート屋台に立ち寄って、家路につく前に最後の無節制にふける。ぴかぴかのドレスを着た女やダークスーツを着た男が波止場のスツールに腰かけ、サンドイッチにかぶりつき、日中なら鼻も引っかけないだろう粗末な白いピタを噛みちぎるのだ。

この夜、七時に最初の客がやってきた——普段よりずいぶん早いな。埠頭にメルセデス・ベンツが停まるのを見て、店主はそう思った。見習いをさせている甥を大声で呼ぶ。街でいちばんの怠け者で、隅にだらしなくすわってテレビの連続番組を観ながら、煎ったヒマワリの種を無心にボリボリかじっている。脇のテーブルには、その殻が山と積みあがっている。

「その尻をあげろ。客が来たぞ。行って注文を聞いてこい」

少年は立ちあがって脚を伸ばし、海から吹いてくる潮風で肺を満たした。ボートの側面に打ち寄せる波を名残惜しげに見つめたのち、何かの謎を解こうとしてあきらめたかのように、彼は顔をしかめた。ぼそぼそ独りごとを言いながら、埠頭へ足を踏み出し、のろくさとメルセデスのほうへ向かう。

街灯の下で、その車は堂々たる輝きを放っていた。スモークガラスのウィンドウ、特注らしき流線型のスポイラーと、グレーと赤のクロムホイールを備えている。子供のころから高級車に熱烈に憧れていた少年は、感嘆の口笛を吹いた。でも自分が乗るならファイアバードがいい——スチールブルーのポンティアック・ファイアバードだ。車はああいうのじゃないと！　走らせるんじゃなく飛ばすんだ、そのスピードたるや――

「おい、若いの！　注文とるなりする気はあるのか？」途中までおろした窓から身を乗り出して、運転席の男が言った。

夢想から急に引きもどされた少年は、ややあって答えた。「あ、いいっすよ。なんにします？」

「まずは、客に対する礼儀だな」

そこでやっと、少年は顔をあげてふたりの客をまともに見た。話していたほうは、禿げ頭で痩せこけている。顎がごつごつしてやつれた顔にはニキビ跡が目立つ。もうひとりの男は正反対に近かった――でっぷりしていて、頬の血色がいい。それでもどことなく、ふたりは血縁がありそうに見えた……たぶん目のせいだ。

好奇心から、少年は車にもっと近寄った。内装も外装に劣らず見事だった。ベージュの革張りのシートに、ベージュの革巻きのハンドル、ベージュの革張りのダッシュボード……。だが次に目にしたものに、少年は息を呑んだ。顔から血の気が引いていく。注文を聞くと、できるかぎりの早足で、心臓をばくばくさせながら、大急ぎでボートに戻った。

「で？　何にするって？　キョフテかサバか」店主は尋ねた。

「ああ、キョフテを。それとアイラン（ヨーグルトに塩と水を混ぜた飲料）も一緒に。けど……」

「けど、なんだ？」

「持っていきたくないよ。あいつら、なんか変なんだ」

「どういうことだ、なんか変ってのは」

そう問いかけながらも、答えは返ってこないだろうと店主は感じていた。やれやれと首を振り、ため息をつく。少年は、建設作業員だった父親が塔状の足場から転落死して以来、一家の稼ぎ手となっていた。父親自身、きちんとした訓練も受けていなければ、安全装具も着けておらず、のちに判明したところでは、足場そのものも適切に組まれていなかった。遺族は建設会社を訴えたが、なんの賠償も受けられそうになかった。案件が多すぎて、裁判所が処理しきれないのだ。イスタンブルの複数の地域で急速な高級化と不動産価格の急騰が見られ、高級アパートメントの需要が高まっているいま、建築現場での事故件数は信じがたいほど増えていた。

　だから、まだ学校にかよっているこの少年は、やる気があろうとなかろうと、夜に働かざるをえないのだった。ただ、ひどく神経質で、ひどく無口で、ひどく意固地な彼は、どう見ても重労働に向かないタイプだ――それはつまるところ、イスタンブルに向かないということになる。

「使えないやつだ」聞こえよがしに、店主は言った。

　その言葉は無視して、少年はグリルに肉団子を載せ、注文の品を用意しはじめた。

「もういい！」店主は不満のうめきとともに言った。「先にグリルに油を引けと、なんべん言わなきゃならないんだ？」

　手からトングをひったくり、店主は少年を追い払った。あすにはお払い箱にしてやる――お情けでこの日まで決意を先延ばしにしてきたが、もう我慢の限界だ。おれは赤新月（イスラム教諸国で赤十字の役割を果たす組織）じゃない。自分の家族を養って、商売を維持していかなきゃならない。

　すばやく機敏な手つきで、店主は熾火を掻き立てて火を起こし、キョフテを八個焼いて、トマトのスライスと一緒に半切れのピタのなかに詰めた。そしてアイランのボトルを二本つかむと、すべてを盆に載せて車のほうへ向かった。

「どうも、こんばんは」声に愛想をにじませて、店主は言った。

「あのぐうたらな見習いはどうした？」運転席の男が訊いた。

「ええ、ぐうたらなやつで。おっしゃるとおりですよ。何か失礼があったなら、どうかご勘弁を。あすにも蹴り出してやるつもりです」

「早すぎるってことはないぞ、おれに言わせりゃ」

うなずいて、店主は半分開いた窓越しに盆を手渡した。車内をさっと盗み見る。

ダッシュボードに小さな磁器人形が四体据えてある。ハープを持った光輪のある天使だが、それらの肌には赤茶色の塗料が点々と散っていて、車が停止しているいまも、首がわずかにぐらぐらしていた。

「釣りはとっとけ」

「ありがとうございます」

代金をポケットにしまうあいだも、店主はその天使から目を離すことができなかった。胸が悪くなってきた。じわじわと、ほとんど無意識のうちに、甥がひと目で何に気づいたのかがわかってきた——あの人形の染みは、ダッシュボードのあの染みは……あの赤茶色の斑点は、塗料ではない。乾いた血だ。

運転席の男は、店主の心を読んだかのように言った。「こないだの夜、事故っちまったんだ。鼻をぶつけて、いやってほど血が出た」

店主は気の毒がるように苦笑いした。「ああ、それは大変でしたね。どうぞお大事に《ゲチュミシュ・オルスン》」

「掃除させなきゃならんが、暇がなくてな」

うなずきながら、店主が盆を回収して辞去しようとしたとき、車の反対側のドアが開いた。ずっと沈黙していた助手席の男がいま、ピタサンドを手に外へおり立って言った。「おたくのキョフテはいけるな」

店主は男をちらりと見て、顎の傷跡に気づいた。だれかに顔を引っ掻かれたような跡だ。女だな、と思ったが、それは自分の知ったことではなかった。動揺を抑えたつもりだったが、出てきた声はいつもよりうわずっていた。「ええ、おかげさまで評判になってます。ほかの街から来てくださるお客さんもいまして」

「たいしたもんだ……ロバの肉を食わされちゃいないらしい」男は言い、自分の冗談に笑った。

「もちろんですとも。牛肉だけです。最上級の」

「さすがだな！　こんなに美味いんだ、きっとまた来させてもらうよ」

「いつでもどうぞ」店主は言い、唇をぎゅっと引き結んだ。うろたえてはいたが、特に不満はなく、ありがたいくらいだった。このふたりが危険なやつらだとしても、それはほかの人間の問題で、自分には関係ない。

「なあ、おたくはいつも夜に営業してるのかい？」運転席の男が訊いた。

「いつもそうです」

「いろんな客が来るんだろうな。いかがわしいのも来るか？　商売女とか、変態とか？」

背後では、船の通過にともなって水面が波立ち、ボートが浮き沈みしていた。

「うちのお客さんはちゃんとした人ばかりです。堅気でまともな」

「それはいい」シートに戻りながら、助手席の男が言った。「見苦しい連中はのさばらせたくないよな？　この街もずいぶん変わった。いまじゃこんなに汚《けが》れてる」

「ええ、汚れてます」店主はそう言っておいた。ほかに言葉が浮かばなかったのだ。

店主がボートに戻ると、甥が緊張して不安そうな顔つきで、両手を腰に当てて待っていた。「それで？　どうだった？」

「問題なしだ。おまえに持っていかせればよかった。なんでおれがおまえの仕事をやってる？」

「じゃあ見なかったの？」

「何をだ」

少年は、目の前で人が縮んでいっているかのように、おじを疑わしげに見た。「あの車のなか……ハンドルに血がついてた……人形にも……そこらじゅうにだ。警察に通報したほうがよくない？」

「おい、警察にうろつかれるのはごめんだ。商売をだめにされてたまるか」

「あっそう、商売ね！」

「何が不満なんだ？」店主はぴしゃりと言った。「おまえのその仕事にありつきたい人間はそこらにごまんといるのがわからんのか？」

「じゃあそいつらにくれてやるよ。くだらないキョフテなんかどうだっていい。だいたい、このにおいには反吐が出るよ。馬の肉だし」

「よくもそんなことを！」店主は頬を真っ赤にして言った。

だが少年は聞いていなかった。とうにメルセデス・ベンツに注意を戻し、いまや埠頭に低く垂れこめている暗い空の下の、冷ややかな威容を見つめていた。ぼそりとつぶやく。「あのふたり……」

店主の表情が和らいだ。「連中のことは忘れるんだ。おまえはまだまだ若い。なんでもかんでも知りたがるな。それがおれからの忠告だ」

「そう言うおじさんは知りたくないの？　これっぽっちも？　あいつらがもし悪いことをしてたら？もしだれか殺してたら？　法律上、ぼくらは協力者になるよ」

「もういい」店主は空の盆を叩きおろした。「テレビの観すぎだ。いい加減なアメリカの犯罪スリラーばっかり観て、すっかり探偵気取りじゃないか！　あしたの朝、おまえの母さんと話すからな。おまえには新しい仕事を見つけてやる――それと今後は、テレビ禁止だ」

「ああ、どうとでも」

それ以上何も言うことはなかった。脱力感に襲われ、ふたりともしばらく口をきかなかった。赤と緑の釣り舟〈ギュネイ〉のかたわらでは、うねり泡立つ海が、イスタンブルから遠くキリオスまでくねくねと延びた海岸道路沿いの巨礫《きょれき》に全力でぶつかっていた。

上からの眺め

新築の高層ビルのワンフロアを占め、急成長中の商業地区を見おろす豪華オフィスのなかでは、若い男がそわそわと膝を上下にゆすりながら、待合室ですわっていた。ガラスの仕切りの奥にいる秘書が、ときおり首を伸ばしては、申しわけなさそうな笑みをかすかに浮かべて、彼に目をやっている。当人と同じく秘書も、彼の父親がもう四十分も息子を待たせているのはなぜなのか、理解に苦しんでいた。だがいつでも、あえてこういうことをして、自分にはおまえの話を聞く必要も時間もないとわからせたがるのがこの父親だった。息子はまた腕時計をたしかめた。

ようやく、ドアが開いてもうひとりの秘書が現れ、お入りくださいと告げた。

父親は机の向こうにすわっていた。猫脚で、抽斗の取っ手は真鍮、天板には彫刻の施された、クルミ材の骨董机だ。見事な品だが、こんな現代的な部屋には仰々しすぎる。

挨拶もなく、息子はつかつかと机に歩み寄り、持ってきた新聞をそこに置いた。開いた面の本文のあいだから、レイラの顔が覗いている。

「なんだこれは」

「父さん、それを読んで。頼むから」

父親は新聞をぞんざいに一瞥し、見出しに目を走らせた。〝殺害された娼婦、市のゴミ容器のなかで発見される〟。眉根を寄せて言う。「なぜこれをわたしに見せる？」

「ぼくはこの女性を知ってるから」

「ほう！」父親の顔が明るくなる。「女性の友人がいるとはけっこうなことだ」

「わからない？　父さんがぼくのところに寄こした人だよ。その人が死んだ。殺されたんだ」

沈黙が部屋じゅうに放散した。やがてそれは凝結して、晩夏の池で繁殖する藻のようにどろどろして厚みの定まらない、醜悪なものに変わった。息子は父親からその向こうの窓に目を移し、眼下の街を眺めた。細かなもやの下、扇状に広がる家並みと、密集した通りと、彼方へうねりゆく丘陵を。高みからの眺めはすばらしかった。ただ、不思議なくらい生命感がない。

「その記事に全部書いてある」息子は懸命に抑えた口調で言った。「今月ほかにも三人の女性が殺されてる……全員が、同じぞっとするようなやり口で。それがどうしたって？　ぼくはその三人も知ってる。全員を。父さんがぼくのところへ寄こした女性たちだ。偶然にしてはできすぎじゃないか？」

「おまえのために手配したのは五人だったと思うが」

父独特の平然たる反応にまごついて、息子は一瞬黙った。「そう、五人だったね、そしてそのうちの四人が死んだ。じゃあもう一度訊くけど――偶然にしてはできすぎじゃないか？」

父親の目は何も語っていなかった。「いったい何が言いたいんだ」

息子はひるんだ。いつもの恐怖心が襲ってきて、どう続けていいかわからなくなる。戦慄は時間を遡り、とたんに彼は、父親の視線に気圧《けお》され汗をかいている子供に戻っていた。だがそのときに、被害者の女性たちが、わけても最後のひとりが脳裏に浮かんだ。バルコニーで交わした会話を、唐突に、軽くふれ合っていた膝を、互いの息に混じったウィスキーのにおいを、彼は覚えていた。〝あのね、ダーリン。あなたがこういうことしたくないのはわかってる。あなたがだれかを愛してて、あたしよりその人と一緒にいたいのもわかってる〟

彼の目に涙がにじんだ。きみは根が善良だからこそ心が痛むんだと、恋人は言った。きみの持っている良心は、だれもが誇れるものじゃないと。だがほとんど慰めにはならなかった。あの四人の女性がぼくのせいで死んだ？　そんなことがあっていいのか？　正気を失ってしまいそうだ。

「こんなやり方で、ぼくを治そうっていうのか？」自分でもはっとするほど、大きな声を出していた――叫んだに近い。

父親は顔をこわばらせて、新聞を押しのけた。「そこまでだ！　このばかげた事件とわたしはなんの関係もない。ありていに言って、わたしが街で売春婦狩りをしているなどとおまえに思われたのが驚きだ」

「父さん、あなたのしわざだとは言ってない。でも父さんのまわりのだれかだろう。説明してもらいたいね。どうやって女性たちを手配したんだい？　だれかが段取りをつけたんだろう、呼び出しの？」

「当然だ」父親は自分の右腕のひとりの名を告げた。

「その男はいまどこに？」

「どこって、いまもわたしの下で働いている」

「その男に問いただすべきだ。そうすると約束してもらうよ」

「いいか、おまえは自分のことだけ気にしていろ、わたしのことはわたしが決める」

息子は顎をぐっと持ちあげた。その顔から緊張の色が消え、どうにか次の言葉が出てきた。「父さん、ぼくはもう行くよ。この街を出なきゃならない。イタリアへ行く——この先何年か。ミラノの大学院の博士課程に合格したんだ」

「寝ぼけたことを言うな。結婚式が目前なんだぞ。もう招待状を送ってあるんだ」

「悪いね。それは父さんに対処してもらわないと。ぼくはいなくなるから」

父親は立ちあがり、初めて声をうわずらせた。「わたしに恥をかかせる気か！」

「もう決めたんだ」息子は絨毯に目を落とした。「あの四人の女性——」

「おい、まだそれを言うのか！　わたしはなんの関係もないと言っただろう」

息子は父親に目を向け、自分はこうはなるまいと胸に刻みつけるかのように、その厳格な顔を注視した。警察へ行くことも考えたが、父はその方面にも顔が利くから、捜査がはじまってもすぐに打ち切られるのが落ちだろう。いまはただ、ここを離れたかった——愛する人と一緒に。

「小切手一枚たりとも送らんぞ、いいんだな？　どうせ戻ってきてわたしに泣きつくことになる」

「さよなら、父さん」

背を向ける前に、彼は手を伸ばして新聞をつかみ、折りたたんでポケットにしまった。この冷えきったオフィスにレイラの写真を置き去りにしたくなかった。彼女のスカーフも、まだ手もとにある。

痩せたほうは、生まれながらの禁欲主義者だった。肉体など取るに足りないものだと、彼はよく語った。自分には豊かな着想と、広く通用する持論がある。大ボスから、息子のために娼婦を手配してくれと頼まれたとき、そんな注意を要する秘密めいた仕事をまかされたのを光栄に思った。初回はただ、女が到着して行儀よくふるまい、すべて滞りなく運んだのを見届けるために、ホテルの外で待機していた。その夜、車のなかで煙草を吸いながらすわっているとき、ある考えが浮かんだ。これはありきたりの仕事ではないのかもしれないと、ふと思ったのだ。自分のするべきことがほかにもあるのかもしれないと。使命だ。その考えに激しく心を揺さぶられた。自分を重要な存在に感じ、大いに発奮した。

　彼はこの考えをいとこに話した。粗野で単純な、こらえ性のない男で、左の拳はもっとこらえ性がない。自分とちがって頭を使う人間ではないが、義理堅く、実践向きで、厄介な仕事をこなせる。申しぶんのない相棒だ。

　めざす女をまちがいなく捕まえるために、ある方法を考えた。毎回、娼婦に指示した服を着てこさせるよう仲介人に頼むのだ。そうすれば、女がホテルから出てきたとき簡単に見分けがつく。前回はそれが、ゴールドのスパンコールの、ぴっちりしたミニドレスだった。ひとり殺すたびに、車内の天使のコレクションに磁器人形の新たな一体を加えた。そう、それこそが自分たちのしていることだった。売春婦を天使に変えているのだ。

ただの一度も、彼自身はその女たちにふれていない。そのことには誇りを持っていた――自分は肉欲を超越しているのだと。鋼のように冷ややかに、毎回、最後の最後まで傍観していた。四人目の女は、予想外に、持てるかぎりの力で激しく抵抗したものだから、自分も手を汚さないといけなくなるかとしばらく気を揉んだ。だがいとこは屈強で、体格でもまさっていたし、床に鉄梃《バール》を隠していた。

計画

「煙草が吸いたい」ナランは言い、ドアをあけてバルコニーへ出た。

眼下の通りに目をやる。この近所もどんどん変わっていた。もはやどこも見慣れた感じがしない。次々と店子が入っては去っていく――古いものが新しいものに入れ替わる。サッカー選手のカードを交換する男子生徒みたいに、街区どうしが住民を交換している。

ナランは唇に煙草をはさんで火をつけた。最初の煙を吸いこみながら、レイラのジッポをつくづくと眺める。カチッと開き、パチンと閉じ、カチッと開き、パチンと閉じる。

そのライターの片側には英語で文字が刻まれている。〝ベトナム――きみは生を実感せぬまま死に瀕している〟

このアンティークのジッポは見かけどおりのただの物ではなく、永遠の放浪者なのだと、ナランはふいに思った。これは人から人へと渡り歩き、そのたびに持ち主より長生きしてきた。レイラの前は、ディー・アリのものだったし、ディー・アリの前は、不運にも一九六八年七月に第六艦隊の軍艦でイスタンブルにやってきたアメリカ人兵士のものだった。その兵士は、怒りに燃える左派の若きデモ隊から逃げている途中で、手に持っていたライターと、頭にかぶっていた帽子《キャップ》を落としたのだ。ディー・アリがライターを、仲間がキャップを拾った。続く騒動のなか、その兵士の姿は見失ってしまったし、見つけていたとしても、拾ったものを返したかどうかはなんとも言えない。何年ものあいだ、ディー・アリはそのジッポを幾度となく掃除して磨いていた。壊れたときは、タクスィム地区の裏通りで腕時計や雑多な物を直している修理屋のもとへ持ちこんだ。ただ彼は、常に心のどこかで、この小さなライターは戦争でどんな惨事や殺戮を目撃したのだろうと考えていた。両陣営の殺しを、人間が同じ人間に対してどこまで残虐になれるのかを間近で見ただろうか。ソンミ村の虐殺の現場にも居合わせて、丸腰の民間人の——女たちや子供たちの——悲鳴を聞いただろうか。

ディー・アリを亡くしたあと、レイラはそのジッポを愛用し、肌身離さず持ち歩いていた。ところがきのう、なんだかぼんやりして珍しく無口だったレイラは、〈カラヴァン〉のテーブルにそれを置き忘れていった。ナランはきょう本人に渡そうと思っていた。〝どうしたのさ、こんな大事な物を置き忘れて。あんたももう歳だね〟。そう言ってやったら、レイラは笑い飛ばしただろう。〝あたしが、歳？　やめてよね。ジッポのほうが迷子になったんだってば〟

ナランはポケットからティッシュを出して鼻を拭いた。

「ねえ大丈夫？」ヒュメイラがバルコニーのドアから首を突き出して訊いた。

「うん、平気。すぐに戻るよ」

どうだかという顔をしつつも、ヒュメイラはうなずいた。それ以上何も言わず、部屋に引っこんだ。

ナランは煙草をひと口吸い、かすかな煙の筋だけを吐き出した。それから、ジェノヴァ人の石工と大工が手がけた名建築、ガラタ塔に向けてひと吹きする。こう考えると不思議だった——この街のどれだけの人々が、いま同じことをしているだろう、そこにすべての悩み事の答えがあるかのように、円柱状の古い塔を見つめながら。

下の通りで、上を見あげた若者がナランを見つけた。目つきが無遠慮になっていく。そして叫んだ――卑猥なひとことを。

ナランはバルコニーの手すりから身を乗り出した。「それ、あたしに言ったの？」

若者はにやついた。「もちろん。あんたみたいな女が好みでさ」

眉をひそめて、ナランは姿勢を戻した。横を向き、できるだけ小さい声で室内のふたりに訊く。「どっかに灰皿ある？」

「ええと……レイラがコーヒーテーブルにひとつ置いてたよ」ザイナブ122が言った。「ほらこれ」

ナランは灰皿をつかみとり、手のひらで重さをみた。そしていきなり、手すりの向こうへ投げ落とした。灰皿は下の歩道で粉々に砕けた。どうにか飛びすさって一撃をかわした若者は、青ざめてこわばった顔をして、呆然と上を見ていた。

「ばか野郎！」ナランは叫んだ。「あたしがその毛むくじゃらの脚に口笛を吹いたかい？　なんか迷惑かけたかい？　よくもあたしにあんな口がきけるよ！」

若者は口を開きかけて、すぐ閉じた。そのまま足音荒く立ち去るや、近くの喫茶店からどっと笑いが起こった。

「なかに入って、お願いだから」ヒュメイラが言った。「バルコニーに立って知らない人に物を投げたりしちゃだめ。ここは喪中の家なのよ」

踵を返し、ナランは煙草を手にしたまま部屋に入った。「喪に服したくなんかないね。あたしは何かしたいんだ」

「わたしたちに何ができるっていうの」ザイナブ１２２が言った。「何もできないよ」

ヒュメイラは心配そうな顔つきだった――また二錠、こっそり薬を飲んだせいで、少し眠そうでもある。「レイラを殺したやつを探しにいこうとしてるんじゃないといいけど」

「ああ、それは警察にまかせるよ、信用してるわけじゃないけど」ナランは鼻から煙を吐いたあと、すまなそうに手であおいでヒュメイラにかからないようにしたが、あまりうまくいかなかった。

ザイナブ１２２が言った。「レイラの魂のために祈るのはどう――あなたの魂のためにも？」

ナランは眉を吊りあげた。「ろくに耳を貸しもしない神になんで祈るのさ？　言ってみれば〝神のシカト〟だよ。その点は同じだね、ミスター・チャップリンも神さまも」

「なんて罰当たりな《トーヴェ、トーッェ》」ザイナブ１２２は言った。神の名が不敬に口にされるのを聞いたときは、いつもそう言う。

ナランは空のコーヒーカップを見つけて、煙草を揉み消した。「あのね、あんたはお祈りすればいいよ。人の気持ちを踏みにじりたくはないからね。レイラはすばらしい人生を送って当然だったのに、そうはならなかった。せめてきちんと埋葬されるべきだと思う。寄る辺なき者の墓地でこのまま腐らせたりしちゃいけない。あそこはレイラの眠る場所じゃないよ」

「ねえハビビ、状況を受け入れることも覚えないと」ザイナブ１２２は言った。「わたしたちにはどうすることもできない」

このときガラタ塔は、沈みゆく夕日を背に、紫と深紅の薄衣に身を包んでいた。七つの丘と、一千近い大小の地域にわたって、街は果てしなく広がっている。この世の終わりまで征服されぬままになると予言された街が。はるか彼方では、渦巻くボスポラス海峡が、現実と夢を混ぜ合わせるくらいたやすく、塩水と淡水を混ぜ合わせていた。
「いや、たぶん」ナランは少し間を置いて言った。「たぶんあるよ、あとひとつだけ、あたしたちがテキーラ・レイラのためにしてやれることが」

サボタージュ

サボタージュがヘアリー・カフカ通りに着くころには、遠くの丘が黒くかすんだ夜の帳に包まれていた。投げやりな気持ちに浸りながら、最後の日の光が建物の隙間から差してきて、一日が終わろうとしているのを眺めた。いつもなら、延々と渋滞にはまっている苛立ちで汗をかき、運転者にも歩行者にも同等に腹を立てているところだが、いまはただ疲れきっていた。手には、赤い包装紙で包んで金色のリボンをかけた箱を携えている。自分の鍵を使ってアパートメントに入り、階段をのぼっていった。

サボタージュはいま四十代前半で、身長は高くも低くもなく、ずんぐりした体型をしている。喉仏が出っぱっていて、グレーの目は笑うとほぼなくなり、最近生やした口ひげは丸顔に似合っていない。数年前から早くも髪が薄くなってきた——自分では、人生が、本物の人生がまだはじまってもいないと思っているだけに、なおさら早すぎる。

秘密を抱えた男。レイラが家出をした一年後に彼女を追ってイスタンブルに出てきたとき、彼はそういう存在になった。母を残してヴァンを離れることには抵抗もあったが、それでも決行したのには、ふたつ理由があった。ひとつは明白な、ひとつは秘密の理由だ――勉学を続けること（最高ランクの大学への入学許可を得た）と、幼馴染みを探すことだ。手もとにあるのはレイラから届いたはがきの束と、もう使われていない住所だけだった。何度か手紙もくれたが、新生活のことはあまり書かれていなかったし、そのうちふっつりと、はがきが来なくなった。レイラの身に、話したくない何かが起こったのだとサボタージュは感づき、なんとしても彼女を見つけなくてはと思った。あらゆる場所を探しまわった――映画館、レストラン、劇場、ホテル、カフェ、そうした場所が成果なしに終わると、今度はディスコやバーや賭場を、最後には、重い気持ちで、ナイトクラブや売春宿をあたった。あきらめず探しつづけたすえに、とうとうレイラの居所がわかったが、それはまったくの偶然からだった。同室の青年が娼館通りの常連になっていて、足首にバラのタトゥーのある女のことをほかの学生に話しているのをたまたま聞いたのだ。

「見つけないでくれたらよかったのに。あんたになんか会いたくない」ようやく再会を果たしたとき、レイラはそう言った。

その冷たさに、サボタージュは胸をえぐられる思いがした。レイラの目には、ほとんど怒りの色しかなかった。けれども彼は、その険しい表情の下に、羞恥心が隠れていることを察した。そうなると放っておけず、頑固に何度でも足を運んだ。こうしてレイラを見つけたからには、二度と離さないつもりだった。その悪名高い通りの饐えたにおいに我慢ならなかったので、しばしばその入口の、オークの老木のまだらな木陰で、ときには何時間も待っていた。たまに、レイラがちょっと買い物に出たり、ビター・マーの痔の軟膏を取りにいったりすると、サボタージュはそこの歩道にすわりこんで、本を読んでいたり、顎を掻きながら数学の方程式を解いていたりした。

「なんでしつこくここへ来るわけ、サボタージュ？」

「きみのことが忘れられないから」

　それは、学生の半数が盛んに授業をボイコットし、ほかの半数が反体制派の学生をボイコットしていた時代のことだった。この国の大学のキャンパスでは、毎日のように何かが起こっていた。爆弾処理のために分隊が駆けつけ、カフェテリアで学生どうしが衝突し、教授が暴言を浴びせられ、じかに暴力を振るわれてもいた。そんな状況のなかでも、サボタージュは無事に試験を乗りきり、優秀な成績で大学を卒業した。国立銀行に就職したが、たまの社員旅行などを除いては義理の付き合いを避けつづけ、人からの誘いはすべてことわっていた。少しでも空いた時間があれば、レイラと過ごすようにしていた。

　レイラがディー・アリと結婚した年、サボタージュは同僚をひそかにデートに誘った。ひと月後には、彼女にプロポーズした。結婚生活にはそれほど幸せを感じなかったけれど、父親になったのはわが身に起こった最良のことだった。途中までは自信を持って順調に昇進していたものの、幹部への道筋が見えてきたとたん、彼は後れをとった。頭脳明晰であっても、組織のなかで中心的役割を担うには、内向的すぎたし、押しが弱すぎた。初めてプレゼンテーションをしたときは、頭が真っ白になって、死ぬほど汗をかいた。会議室は静まりかえり、遠慮がちな咳の音だけが聞こえていた。何度もドアのほうに目をやった。気が変わって逃げだしたくなっているみたいに。そんなふうに思うことはしょっちゅうだった。だから、そこそこの地位に甘んじて、まずまずの生活を維持していくことを選んだ――よき市民として、よき社員として、よき父として。だが、どんな道のりにさしかかろうと、レイラとの友達付き合いをあきらめたことは一度もなかった。

「昔、あんたのことを、あたしのサボタージュ・ラジオって呼んでたよね」レイラはよくそう言った。

「いまの自分を見てみなよ。自分の評判を妨害《サボタージュ》してる。あたしみたいな人間と友達だって知ったら、あんたの奥さんや同僚はなんて言う？」

「知らなくていいんだ」

「いつまで隠しておけると思うの？」

そこでサボタージュはこう答えるのだ。「いつまでも、必要なだけ」

職場の人たちも、妻も、隣人も、親類も、薬剤師をやめて久しい母親も、だれひとり知らない――彼にもうひとつの生活があることを、レイラやその友達といるときの彼はまったくの別人であることを。


サボタージュは、どうしても必要がないかぎりはだれとも会話せず、賃借対照表に没頭して日々を過ごす。夕方になるとオフィスを出て、運転は嫌いだけれど、車に乗りこみ、〈カラヴァン〉へ向かう――世間で受けがよくない人々に受けのいいナイトクラブだ。そこで彼はくつろぎ、煙草を吸い、ときには踊る。長時間家を空ける口実として、妻には、薄給を補うために工場で警備員の夜勤をしていると言ってある。

「赤ん坊の粉ミルクを製造してるところだよ」と妻に話したのは、単に赤ん坊という言葉を出せば、より無害に聞こえるだろうと思ったからだ。

幸い、妻はあれこれ尋ねはしなかった。むしろ、夫が毎晩家を出ていくのを見て、どこかほっとしているようでさえあった。ときどき心配になるのは、心の大釜のなかでこんな考えがたぎりだすことだった――妻は自分を追い出したいのだろうか？　とはいえ、サボタージュが気にしているのは、妻本人よりも、妻の大家族のことだった。妻は血筋にイマームやホジャ（イスラム学の教師）の多い良家の生まれだ。あの一族に真実を話せるわけがない。それに、自分は子供たちを愛している。子煩悩な父親だ。売春婦や異性装者と夜につるんでいることを理由に妻から離婚を申し立てられたら、裁判所は決して自分に親権を与えはしないだろう。子供たちと会うことさえ許されないかもしれない。真実は破滅をもたらす劇薬になりかねない。日常生活という防壁にぼこぼこ穴をあけ、建物全体を壊してしまいかねない。年長の親族たちに自分の秘密を知られたら、とんでもない騒ぎになるだろう。頭のなかでがんがん響く彼らの声が聞こえるようだ――怒鳴り、罵倒し、脅すその声が。

朝、ひげを剃りながら、サボタージュは鏡の前で弁解の練習をすることがある。ある日家族に見つかって締めあげられる事態になったときに、聞かせるつもりの弁解だ。

〝あの女と寝てるの?〟妻はそう訊くだろう、親族のかたわらで。〝ああ、あなたとなんか結婚しなければよかった――子供手当を娼婦に注ぎこむなんて、どういう人なの!〟

〝いや、ちがう! そんな関係じゃないんだ〟

〝あらそう? つまりタダで寝てくれてるってこと?〟

〝頼むからそんな言い方はやめてくれ!〟と彼は訴えるだろう。〝彼女は友達なんだ。いちばん古い――小学校からの〟

こんな言いぐさはだれも信じないだろう。

「もっと早く来たかったんだけどね、渋滞がまさに悪夢でさ」サボタージュは言い、椅子に腰をおろした。疲れて喉がからからだ。

「お茶でも飲む?」ザイナブ122が言った。

「いや、いいよ」

「それは何？」サボタージュの膝の上の箱を指さして、ヒュメイラが訊いた。

「ああ、これ……レイラへのプレゼントだよ。オフィスに置いてたんだ。今夜渡すつもりで」リボンをほどき、箱をあける。中身はスカーフだった。「混じりけなしのシルク。きっと気に入っただろうにな」

喉に熱いものがこみあげてきた。呑みこむこともできず、思わずあえぐ。抑えこもうとしていた悲しみが一気に噴き出す。目がつんと痛くなり、知らぬ間に涙がこぼれていた。

ヒュメイラが台所へ駆けこみ、水のグラスとレモンのコロンヤの瓶を持って戻ってきた。コロンヤを水にひと噴きしてから、サボタージュに手渡す「飲んで。気分が落ち着くから」

「これは何？」サボタージュは訊いた。

「母特製の薬よ、悲しみに効く――それ以外にもね。母はいつもコロンヤを手もとに置いてた」

「ちょっと待って」ナランが口をはさんだ。「本気でそんなもの飲ませる気？　あんたのママの薬で、アルコールを受けつけない人間がおかしくなったらどうすんのよ」

「でもただのコロンヤだし……」ヒュメイラは急に自信をなくして、ぼそぼそ言った。

「ぼくなら大丈夫」みなに注目されているのが恥ずかしくて、サボタージュはグラスを返した。

サボタージュが酒に弱いのは周知の事実だった。ワインをグラス四分の一飲むだけでべろべろになる。何度かは、ほかのみんなのペースに合わせようと、ジョッキ二、三杯のビールをがぶ飲みして、意識を失った。そんな夜には、いろいろ危なっかしいことをやらかしたあげく、翌朝にはきれいに忘れていた。カモメを眺めるために屋根にのぼったとか、ショーウィンドウのマネキンと会話していたとか、〈カラヴァン〉のカウンターに跳び乗り、踊っている集団めがけてダイブしたが、受け止めて肩に担いではもらえず、床に落ちただけに終わったとかいう話を、微に入り細をうがって人から聞かされたものだ。あんまり恥ずかしいので、そうした話の中心にいるぶざまな人物と自分は無関係だと思いこもうとした。だがもちろん、自分だとわかっていた。アルコールを受けつけない体質なのもわかっていた。たぶんその分解酵素が欠如しているか、肝機能に問題があるのだろう。あるいは、まっすぐでせまい道を踏みはずすことのないよう、妻の一族のホジャやイマームに呪いをかけられたのかもしれない。

サボタージュとはそれこそ正反対の意味で、ナランはイスタンブルのアングラ集団における伝説だった。最初の性別適合手術を受けた直後から、ショットでがんがん飲む習慣を身につけていた。昔の青い身分証明書（男性市民に発給されるもの）を嬉々として処分し、新しいピンクの身分証（女性市民用）を手にしたものの、術後の痛みがひどすぎて、酒の力を借りずには耐えきれなかった。その後もさらに手術を受けたが、そのたびに処置は複雑になり、費用も高額になっていった。そういうことについて、彼女に注意を促す者はいなかった。それはトランスジェンダーの仲間内でさえ、あまり持ち出されない話題で、話すなら声をひそめるのが常だった。傷口が感染したり、組織がなかなか治癒しなかったり、激痛が慢性化したりすることもあった。そして、彼女の体がそうした予期せぬ合併症と闘っているあいだに、借金が積み重なった。ナランはあらゆるところで仕事を探した。選り好みはしなかった。数えきれないほど門前払いを食らったすえに、以前働いていた家具工房にまであたってみた。しかしだれも雇ってはくれなかった。

トランスジェンダーに門戸が開かれている職業は、理髪業と性風俗業ぐらいだった。すべての路地とすべての地下に美容院があるように見えるイスタンブルには、すでに美容師があり余っていた。トランスジェンダーは認可された娼館にも受け入れられなかった。そうしておかないと、客が騙されたと感じて苦情を言うからだ。結局、あとにも先にも多くの者たちがそうしたように、彼女は通りに立つようになった。暗澹として、心身を消耗する、危険な仕事だ。彼女を目当てに停まるどの車も、砂漠の砂を踏むタイヤのように、彼女の鈍化した心に跡を残していった。目に見えない刃で、ナランは自分をふたつに切り裂いた。その片割れが、もう片方を静かに見守り、あらゆる細部に注意を払い、さまざまなことを考えるあいだ、もうひとりのナランはするべきことをすべてこなし、いっさい何も考えない。通りすがりの人間に侮辱され、警官の独断で逮捕され、客に乱暴され、彼女は屈辱に次ぐ屈辱に苦しんだ。トランスジェンダーを拾う男の多くは特殊なタイプで、欲望と軽蔑のはざまで揺れていて、どちらへ傾くか予測がつかない。じゅうぶん長くこの仕事をしてきたナランは、そのふたつの感情が、水と油とはちがって、容易に混ざり合うのを知っていた。敵意むき出しの相手が、思いがけず、餓《かつ》えたような肉欲を露にしたり、愛想よく見えた相手が、ほしいものを手にしたとたん、卑劣で狂暴になったりする。

イスタンブルで国家行事や大きな国際会議があるたび、外国の代表者を乗せた黒塗りの車が、空港から街に点在する五つ星ホテルまで往来を通っていくので、警察署長の決断でその経路となる通りの一掃がはじまる。そういうとき、異性装者はみな、ゴミ同然に掃き集められ、ひと晩留置される。一度、そうした一掃作戦のあと、ナランは留置場に入れられ、乱雑に髪を剃られたうえに服を剝ぎとられた。警官たちは裸の彼女を監房に入れてひとりで待たせ、ほぼ三十分おきに様子を見にきては、バケツ一杯の汚水を頭に浴びせた。警官のひとりは、端整な顔立ちの寡黙な青年で、同僚たちの彼女への仕打ちを不快に思っているようだった。胸の痛みと無力感の表れたその顔を、ナランはいまでも覚えている。せまい空間に閉じこめられ、自分自身という見えない檻から出られずにいるのが、自分ではなくその青年であるかのようで、一瞬彼が不憫に思えたことも。朝になると、その警官が彼女の服を返しにきて、角砂糖を添えたお茶を一杯出してくれた。そんなひどい夜にしたのはほかの人たちだとナランは知っていたし、国際会議が終わって釈放されたあとも、起こったことをだれにも話さなかった。

入口さえ見つかれば、ナイトクラブで働くほうが安全なので、探しに探してそれを見つけた。そのクラブのオーナーが発見して喜んだように、ナランには意外な才能があった。いくらでも酒が飲めるうえに、ほろ酔いにもならないのだ。彼女は客のテーブルに同席し、日向のコインみたいに目をきらきらさせて、雑談に興じる。それと同時に、意気投合した客をそそのかして、メニューのなかでも特に値の張る飲み物を注文させる。かくして、ウィスキーやコニャック、シャンパン、ウオッカが大いなるユーフラテス川のごとく流れることになる。その客をじゅうぶん散財させてしまうと、ナランは別のテーブルへ移り、また最初から同じことをする。クラブのオーナーは彼女に惚れこんでいる。ナランという金儲けマシーンに。


ナランは立ちあがり、グラスに水を満たしてサボタージュに差し出した。「あんたがレイラに買ってきたそのスカーフ、すごくきれいだね」

「ありがとう。レイラが気に入るかなと思って」

「そりゃあ、気に入ったに決まってる」ナランは元気づけるように、サボタージュの肩にそっと指先を置いた。「そうだ、こうしたら――それをポケットに入れておきなよ。今夜レイラに渡せるよ」

サボタージュは目をしばたたいた。「いまなんて？」

「まあいいから。いま説明する……」ふいに物音に気をとられて、ナランは口をつぐんだ。廊下の閉まったドアに目を据える。「あんたたち、ジャメーラが寝てるのはたしかなの？」

ヒュメイラは肩をすくめた。「起きたらすぐに出てくるって言ってたけど」

しっかりした、すばやい足どりで、ナランはそのドアまで歩いていき、取っ手をまわした。なかから鍵がかかっている。「ジャメーラ、眠ってるの、それともさめざめ泣いてるの？　それに、もしかして、あたしたちの話をこっそり聞いてる？」

返事がない。

ナランは鍵穴に向かって言った。「あたしの勘じゃ、あんたはずっと起きてて、惨めな気持ちでレイラを恋しがってる。それはみんな同じなんだから、出てきたら？」

ゆっくりと、ドアが開く。ジャメーラが出てきた。

その大きな黒い目は、泣き腫らして真っ赤になっている。

「ああ、かわいそうに」ほかのだれに対するのともちがう優しい口調で、ナランはジャメーラに話しかけた。甘いリンゴをきれいに磨いてから差し出すように、言葉を発する。「そんな顔して。泣いちゃいけないよ。自分を大事にしなきゃ」

「大丈夫」ジャメーラは言った。

「ナランの言うとおり――これぱっかりはね」ヒュメイラが言った。「こう考えるんだよ、あんたがそんなふうになってるのを見たら、レイラがものすごく悲しむって」

「ほんとそうよ」ザイナブ122が慰めるように微笑んだ。「一緒に台所へ行かない？　ハルヴァができてるかたしかめましょ」

「それに、何か食べるものを注文しなくちゃ」ヒュメイラが言った。「朝からだれも食事してないでしょ」

サボタージュが腰をあげた。「ぼくも手伝うよ、みんな」

「いい考えだね。ハルヴァの具合を見にいって、食べ物を頼んで」ナランは後ろで手を組み合わせて、部屋のなかを行きつ戻りつしはじめた。最後の戦闘前に自身の軍隊を閲兵する将官のように。シャンデリアの明かりの下で、その爪が鮮やかな紫色に光っていた。

そしてナランは窓辺に立ち、その顔をガラスに映して外を眺めた。遠くで嵐が発生していて、北東の、ちょうどキリオスのあたりへ雨雲が押し寄せている。その夜ずっと物思わしげで憂いに沈んでいた彼女の目はいま、決然たる輝きを得ていた。友人たちは、寄る辺なき者の墓地のことをきょうの午後初めて耳にしたかもしれないが、そのおぞましい場所について、ナランはすでにあらかたのことは知っていた。そこへ葬られる運命をたどった人を過去に大勢知っていたし、その人たちの墓がのちにどうなったかはたやすく想像がついた。その墓地のトレードマークである惨めさは、飢えた口のようにぱっくり開いて、彼らをまる呑みにしてしまった。

このあと、五人でテーブルを囲んですわって、全員が食べ物を少し腹に入れたら、ノスタルジア・ナランは友人たちに自分の計画を話すつもりだ。なるたけ慎重に、丁寧に説明しなくてはならない。最初はみな、恐れをなすだろうから。

カルマ

三十分後、全員がダイニングテーブルを囲んだ。山盛りのラフマジュン——挽肉を載せて焼いたノラットブレッド、近所のレストランに注文したもの――が真ん中に置いてあるが、ほとんど手がつけられていない。みな、あまり食欲がなかったが、ジャメーラに食べるよう促していた。ひどく弱っている様子で、その繊細な顔はいつも以上にげっそりしている。

最初はとりとめのない会話をしていた。だが食べるのと同じく、話すのにもなんだか労力が要った。レイラの家でこうしてすわっているのは変な感じがした。束ねた髪からほつれ毛をぱらぱら垂らして、台所のドアから顔を覗かせては、飲み物やつまみを勧めてくれる本人がいないせいだ。五人の視線が室内をゆっくりと移動し、初めて見るかのように、大小のあらゆる品々にとどまった。このフラットはどうなるのだろう。家具や絵や装飾品がすべて運び出されたら、レイラもある意味で消えてしまうのだろうかと、それぞれがふと考えた。

しばらくすると、ザイナブ１２２が台所へ行き、リンゴのスライスを盛ったボウルと、できたての――レイラの魂のための――ハルヴァを載せた皿を手に戻ってきた。甘い香りが部屋を満たした。

「ハルヴァに蠟燭を立てたほうがいい」サボタージュが言った。「レイラはいつも、ただの夕食をお祝いに変える口実を探してた。パーティが大好きだったし」

「誕生日パーティは特にね」ヒュメイラがあくびをこらえながら、間延びした声で言った。時間を空けずに三錠も精神安定剤を飲んだのを後悔していた。眠気を追い払おうと、自分のぶんだけ淹れたコーヒーに、いま砂糖を入れ、スプーンをかちゃかちゃカップにぶつけながら搔き混ぜていた。

ナランが咳払いをした。「ああ、歳は思いきりサバを読んでた。一度こう言ってやったんだ、〝あんたさ、大ボラを吹くんなら、なんて言ったか覚えとくことだね。どっかに書き留めておくんだ。ある年は三十三歳で、次の年は二十八歳ってわけにはいかないよ！〟って」

みないっせいに笑ったが、じきにわれに返り、なんとなく不謹慎な気がして笑いを引っこめた。

「じゃあ、いまから大事な話をするよ」ナランが宣言した。「でも頼むから、ごちゃごちゃ言うのは最後まで聞いてからにして」

「あらあら。いやな話になりそうだ」ヒュメイラがけだるい調子で言った。

「だめなほうに考えないで」ナランは言い、サボタージュのほうを向いた。「あんたのあのトラックだけど、いまどこにある？」

「ぼくはトラックなんか持ってないよ！」

「奥さんの家族が持ってなかった？」

「お義父《とう》さんの埃まみれのシボレーのこと？　あの鉄の塊が最後に動いたのは大昔だよ。なんで訊くんだい？」

「使い物になるんなら、それでいいよ。ほかにもいろいろと必要になる——シャベルに、鋤《すき》に、たぶん手押し車も」

「なんの話をしてるのかさっぱりわからないのはぼくだけ？」サボタージュは言った。

ヒュメイラが指先で両方の目頭をこすっていた。「ご心配なく、だれもわかってないよ」

ナランは居住まいを正し、胸をぐっと膨らませた。いまからするつもりの提案に緊張して、鼓動が速くなっていくのがわかる。「今夜、みんなであの墓地へ行こうと思うんだけど」

「なんだって？」サボタージュが素っ頓狂な声をあげた。

ゆっくりと、すべてがよみがえってきた——ヴァンでの子供時代、薬局の二階のせま苦しいフラット、古い墓地の見える部屋、ツバメか風か、ほかの何かだったかもしれない、ひさしの下のカサコソ音。記憶を閉め出して、ナランの話に集中する。

「説明だけでもさせて。聞きもしないうちに反応しないでよ」熱をこめて、ナランは一気に言葉を吐き出した。「あたしは頭にきてるんだ。生涯をかけてすばらしい友情を築いた人間が、寄る辺なき者の墓地に葬られるなんて、そんなのありかい？　あんなところがレイラの永遠の居場所になるなんて。そんなのおかしいよ！」

どこからともなくミバエが飛んできて、リンゴの上を浮遊していた。しばしのあいだ、五人ともじっとすわって、気を散らしてくれるそのハエを見守った。

「わたしたちみんな、レイラが大好きだった」ザイナブ122が慎重に言葉を選んで言った。「わたしたちを結びつけてくれたのは彼女だしね。でも、もうこの世にはいない。みんなで彼女の魂のために祈って、安らかに眠らせてあげよう」

ナランは言った。「あんな惨めなところで、どうやって安らかに眠れっていうのさ？」

「忘れちゃだめ、ハビビ、あれはただの体なの。レイラの魂はあそこにはいない」ザイナブ122は言った。

「そんなことどうしてわかる？」ナランはぴしゃりと言った。「そりゃ、あんたみたいな信心深い人間にとっては、体は取るに足りない……いっときのものかもしれない。けど、あたしにとってはちがう。だって知ってるよね？　あたしがどんなに大変な思いをしてこの体になったか！　これも──」と言って乳房を指さす。「頬骨も……」そこでやめた。「薄っぺらな話に聞こえたらごめん。みんなが大事に思ってるのはその〝魂〟ってやつなんだろうし、たしかめようがないけど、たしかにそれはあるのかもしれないよ？　けどあたしは、体も大事だってわかってもらいたい。どうでもいいものなんかじゃないって」

「続きを聞かせて」ヒュメイラがコーヒーの香りを嗅いで、またひと口飲んだ。

「あの病院のおじいさんを覚えてる？　あの人は奥さんにちゃんとしたお葬式をしてやれなかったっ

て、いまだに自分を責めてる――あれだけ年月が経ったあとでも。あんたたちも、そんな気持ちでずっと生きていきたい？　レイラを思い出すたびに、友達としての務めを果たさなかった罪悪感で胸を焼かれることになるよ」ナランはザイナブ１２２に向かって、片眉をあげた。「悪く受けとらないでほしいんだけど、あたしはとにかく、あの世にはこれっぽっちも関心がないんだ。あんたの言うとおり、レイラはもう天国にいて、天使たちにメイクの技を教えたり、翼のムダ毛を処理してやったりしてるのかもしれない。そうなってたら、何よりだよ。けど、この地上で不当に扱われてることについてはどうなのよ？　あたしたちはそれをほっといていいの？」

「いいわけない、どうするのか聞かせてくれ！」サボタージュが反射的に言ったが、とんでもない考えが頭に浮かんできて、たちまち気勢を失った。「ちょっと待った。まさか、遺体を掘り出しにいこうって言おうとしてるんじゃ？」

突拍子もないことを言われたらいつもそうするように、ナランが手をひらひら振って、信じてもいない天を仰ぐのを、四人全員が待ち受けた。墓地へ行くと聞いたときはてっきり、ちゃんとした葬儀らしく、レイラと最後のお別れをするつもりなのだろうと思っていた。だがいまでは、ナランがもっと過激な提案をしていることがわかってきた。気まずい沈黙が流れた。みな反論したいのだが、だれも一番手にはなりたくないという、ありがちな瞬間だ。

ナランは言った。「あたしたちはこれをやるべきだと思う。レイラのためだけじゃなく、あたしたちのためにも。自分が死んだらどうなるか考えてみたことある？　まちがいなく、みんな同じ五つ星の扱いを受けるよ」ヒュメイラに指を突きつける。「あんたは逃げてきた、そうだよね、夫を捨てて、家族と部族の面目をつぶして。ほかに履歴書に載ってることは？　安っぽいクラブで歌ってた。それでもまだ足りないとばかりに、下品な映画の出演経験まである」

ヒュメイラは赤面した。「だって若かったから。何も――」

「あたしはわかってる、けど世間はわかろうとしないよ。同情なんて期待しちゃいけない。気の毒だけど、あんたも寄る辺なき者の墓地に直行だ。たぶんサボタージュもね、二重生活を送ってたことが家族にばれたら」

「もう、やめてよ」次は自分だと察して、ザイナブ122がさえぎった。「みんな動揺してるじゃないの」

「あたしは事実を話してるだけ」ナランは言った。「あたしたちはみんな重荷を背負ってるんだよ、言ってみればね。その荷がだれよりも重いのがあたし。ぞっとするよ、偽善ってやつには。みんな、テレビでゲイの歌手を観るのは大好きなくせに、自分の息子や娘もそうだとわかったら怒り狂うんだから。あたしはこの目で見たんだ、アヤソフィアの外で、こんなプラカードを掲げてる女を――〝終末は近い、大地震がわれわれを襲うだろう――娼婦とトランスジェンダーだらけの街はアッラーの天罰を免れまい！〟。認めてやろうじゃないの、あたしは憎しみを引きつける磁石だって。死んだらあたしも、寄る辺なき者の墓地に捨てられるだろうね」

「そんなこと言わないで」ジャメーラが涙声で言った。

「あんたはわかってないんだろうけど、いま話してるのは普通の墓地のことじゃないんだよ。あそこは……たとえようもなく惨めなところなんだ」

「どうして知ってるの？」ザイナブ122が訊いた。

ナランはいくつもはめている指輪のひとつをまわした。「あそこに葬られた知り合いがいたんだ」トランスジェンダー仲間がほぼ例外なくその墓地へ行き着くという事実は言わなくていいだろう。

「レイラをあそこから出してやらなきゃ」

「業《カルマ》の循環みたいだね」ヒュメイラが両手でマグを包んで言った。「あたしたちは毎日試されてる。自分は真の友達だと言えば、その献身の度合いを試されるときがやってくる。宇宙の力が、どれだけ相手を大事にできるか示すよう求めるの。レイラがくれた本に書いてあった」

「あんたの言ってることはよくわからないけど、同感だよ」ナランは言った。「カルマでも、ブッダでも、ヨガでも……動機はなんだっていい。あたしが言いたいのは、レイラに命を救われたってこと。あの夜のことは一生忘れないよ。だれにも言ってなかったんだけど。人でなしどもがいきなり現れて、拳を振るいはじめた。あたしはやつらに脇腹を刺された。そこらじゅう血の海だ。大げさじゃなく、切り裂かれた子羊みたいにだらだら血を流してたんだから。ほんとに、もう死ぬと思った。そしたらスーパーガールが現れた、クラーク・ケントのいとこだよ、覚えてる？　彼女はあたしの腕をとって引き起こしてくれた。そこであたしは目をあけた。それはスーパーガールじゃなくて、レイラだった。逃げることもできたのに、彼女は残った……あたしのために。それで一緒にそこから逃げた——どうやってかは、いまだにわからない。医者にも連れてってくれた。もぐりの医者だけどね。そこで傷を縫ってもらった。レイラのおかげで」ナランは息を吸い、ゆっくりと吐き出した。「だれにも無理強いはしたくない。来たくないなら、その気持ちもわかるから。たとえひとりでも、あたしはやるつもり」

「一緒に行くよ」ヒュメイラはそう口走っていた。コーヒーの残りを一気に飲んで、少し元気が出ていた。

「本気？」不安やパニック発作を抱えているのを知っているだけに、ナランは驚いた顔をした。

だが、今晩飲んだ精神安定剤が、ヒュメイラを恐れから切り離しているようだった——その効き目が薄れるまでのあいだは。「ええ！　手助けが必要になるでしょ。でもまずは、もっとコーヒーを淹れておかないと。魔法瓶に入れて持っていったほうがいいかも」

「ぼくも行くよ」サボタージュが言った。

「墓地は苦手じゃなかった？」ヒュメイラが言う。

「苦手だよ……でもこのなかで男はぼくだけだから、自分の責任として、きみたちに無理をさせちゃいけないと思う」サボタージュは言った。「それに、ぼくがいないとあのトラックが手に入らないよね」

ザイナブ122が目をまるくした。「ちょっと、待ってよ、みんな。そんなことしちゃいけない。死者を掘り出すのは罪よ！　それに、訊いていいかな、そのあとはレイラをどこへ連れていくつもり？」

計画の後半まではよく考えていなかったことにいまごろ気づいて、ナランは椅子の上でもぞもぞした。「ちゃんとした、立派な墓地へ連れていくんだよ。ちょくちょくお参りに行って、花を供えようよ。できれば墓石を注文したいよね。つやつやしてなめらかな、大理石のやつを。黒いバラと、ディー・アリの好きだった詩人の詩も彫ってもらう。すごく気に入ってた南米の人、だれだったっけ？」

「パブロ・ネルーダ」サボタージュは言い、壁の絵に目を移した。ベッドに腰かけたレイラの絵だ。短い深紅のスカートと、胸がこぼれそうなビキニトップを着て、髪を高い位置でまとめ、見る人のほうへ軽く顔を向けている。美しすぎて、手が届かない。ディー・アリが娼館でこれを描いたのをサボタージュは知っている。

「そう、ネルーダ！」ナランは言った。「独特なやり方でセックスと悲しみを混ぜてみせるよね、南米人って。そのどっちかの表現が得意な国は多いけど、南米人は両方に成功してる」

「それか、ナーズム・ヒクメットの詩」サボタージュは言った。「ディー・アリもレイラも敬愛してた」

「なるほど、いいね、これで墓石の件は片づいた」ナランは満足げにうなずいた。

「墓石がなんなの？　どれだけおかしな話してるかわかってる？　レイラをどこに埋葬するかも決めてないくせに！」お手あげのしぐさをして、ザイナブ122が言った。

ナランは困った顔をした。「何か考えるからさ、それでいい？」

「ディー・アリの隣で眠らせてあげるのがいいと思う」サボタージュが言った。

全員の目がそちらへ向く。

「そうだよ、なんで思いつかなかったんだろ？」ナランは鼻息を荒くした。「ディー・アリがいるのは、ベベクのあの日当たりのいい墓地だ——立地は最高で、眺めもいい。詩人とか音楽家が大勢眠ってる。レイラもきっとすんなり馴染めるよ」

「最愛の人と一緒にいられるしね」サボタージュがだれの顔も見ずに言った。

ザイナブ122はため息をついた。「みんな、正気に戻ってくれない？　ディー・アリが眠ってる墓地は、しっかり管理されてる。ただ乗りこんでいって、掘りはじめるわけにいかないの。正式な許可証をもらわないと」

「正式な許可証！」ナランは鼻で笑った。「夜中にだれがそんなものたしかめるのさ？」

台所へ行く途中、ヒュメイラはなだめるようにザイナブ122に向かってうなずいた。「あんたは来なくていいから、大丈夫」

「わたしも行くしかないでしょう」声をわなわな震わせながら、ザイナブ122は言った。「だれかがあんたたちのそばにいて、しかるべきお祈りをしなきゃ。さもないとみんな、この先ずっと呪われることになる」そこで上を向いてナランを見つめ、肩を怒らせる。「墓地で罵り言葉を吐かないって約束して。神を冒瀆するのもだめ」

「約束する」ナランは明るく言った。「あんたの精霊《ジン》を怒らせないようにするよ」

ほかの四人が話し合っているあいだに、ジャメーラが無言でテーブルを離れていた。いまはドアの近くでジャケットを着こんだあと、せっせと靴紐を結んでいる。

「ねえ、どこ行くの？」ナランが訊いた。

「準備できたよ」ジャメーラは静かに言った。

「あんたは行かなくていいの。家に残って、美味しいお茶でも淹れて、ミスター・チャップリンを見守りながらあたしたちを待ってて」

「なんで？　みんなが行くなら、あたしも行く」ジャメーラは目を険しく細め、鼻孔をわずかに膨らませた。「これがみんなの友達としての務めなら、あたしの務めでもある」

ナランは首を横に振った。「悪いけど、あたしたちはあんたの体の心配をしなくちゃいけないの。夜更けの墓地になんか連れていけないよ。そんなことしたらレイラに生皮を剝がれちゃう」

ジャメーラは頭をのけぞらせた。「みんなしてあたしを死にかけの人みたいに扱うのやめてよ！まだ大丈夫だよ？　まだ死にやしない」

ジャメーラが癇癪を起こすなどめったにないことなので、みな黙ってしまった。

バルコニーから一陣の風が吹いてきて、カーテンをはためかせた。一瞬、部屋のなかに新たな存在が加わったかのように感じられた。うなじにかかる一本のほつれ毛のような、かろうじて知覚できる感触だ。だがそれは、しだいにはっきりしてきて、いまや全員がその強さを、その引力を感じることができた。目に見えないどこかの領域に彼らが足を踏み入れたか、それともどこかの領域が彼らのなかに侵入してきたのか。壁の掛け時計が時を刻むなか、みなが真夜中の訪れを待ち受けた——壁に飾られた絵も、ガタピシきしむフラットも、耳の聞こえない猫も、ミバエも、テキーラ・レイラの五人の旧友も。

道路

ビュユックデレ通りの角、ケバブ料理店の向かいに、多くの不注意な運転者が過去に捕まり、さらに多くが今後も捕まるにちがいない、ネズミ捕り待機地点がある。パトロールカーはたびたび、厚く茂った灌木の陰にひそみ、何も知らずにその交差点を突っ走っていく車を捕らえる。

運転者の観点からすると、その待機地点に関して予測がつかないのは、警官が張っているのはいつなのかという点である。交通巡査は明け方にそこにいることもあれば、午後にしかいないこともある。何日も姿が見あたらず、もうそこでの取り締まりはやめたのかと思う時期もある。しかしまた、猛撃に出る前に好機をうかがうヒョウのように、青と白の車が常に待機している時期もある。

警官の観点からすると、そこはイスタンブルでも最悪の待機地点のひとつだった。停止させて罰金を科す運転者がいないからではなく、単にその数が多すぎるからだ。国の収入を生み出す違反切符をこれだけ大量に切っているのに、国は感謝を示そうとする気配もない。こうなると警官は、怠りなく監視に励んでなんになるのかと自問するほかない。おまけにこの仕事は、隠れた危険に満ちている。ときには捕まえた車が、トップクラスの政府官僚か実業家か裁判官か陸軍大将の、息子か甥か妻か愛人のものだったということがある。そして、その警官はトップクラスの面倒に巻きこまれることになるのだ。

それは同僚――仕事熱心でまじめな男――の身にも起こった。彼は若い男の乗ったスチールブルーのポルシェを停止させた。無謀運転（ハンドルから両手を離してピザを食べていた）と赤信号無視という、イスタンブルでは日々多くの運転者が犯している違反が見られたからだ。パリが愛の街で、エルサレムが神の街、ラスヴェガスが罪の街ならば、イスタンブルは並行処理《マルチタスク》の街だ。ともかくその警官はポルシェを止めた。

「いま赤信号を無視して――」

「そうか？」運転者はみなまで言わせなかった。「おれのおじがだれだか知ってるのか？」

それは、ちょっと勘のいい警官なら気に留めていただろうほのめかしだった。あらゆる社会階層に属する無数の市民が、毎日似たようなほのめかしを聞いて、ただちにその含むところを察する。罰金を微調整しうること、規則を曲げうること、例外を設けうることを彼らは理解している。政府職員の目が一時的に見えなくなることや、耳が必要なあいだだけ聞こえなくなることを承知している。しかしくだんの警官は、その仕事に不慣れなわけではなかったが、理想主義という不治の病を患っていた。ゆえに、運転者の言いぐさを聞くなり、引きさがる代わりにこう言った。「あなたのおじがだれであろうと関係ありません。規則は規則です」

それが真実でないことは子供でも知っている。規則は〝ときとして〟規則なのだ。別のときには、状況によって、無意味な言葉になったり、ばかげた文句になったり、落ちのないジョークになったりする。規則とは、穴が大きすぎてあらゆる種類のものが抜け落ちてしまうふるいだ。規則とは、とうに味がしなくなっているのに吐き出せずにいるチューインガムだ。この国、そして中東全域における規則は、決して規則ではない。それを忘れていたせいで、くだんの警官は仕事を失うことになった。

運転者のおじ——上級大臣——の確たる指示で、東の国境近くの寂れた小さな町へ左遷され、そこでは何マイルにもわたって一台の車も走っていないのだった。

だから今夜、その忌まわしい待機地点で監視をはじめたふたりの交通巡査は、違反切符を切ることに消極的だった。シートに背をあずけ、ラジオでサッカーの——メジャーにはほど遠い、二部リーグの——試合の実況を聞いていた。ふたりのうちの若いほうが、婚約者のことをしゃべりはじめた。それも、のべつ幕なしに。もうひとりのほうは、なぜその話題でこうも饒舌になれるのか解せなかった。自分自身はできるかぎり妻のことを忘れていたかった、少なくとも勤務中の心安らぐ数時間のあいだは。彼は一服すると言いわけして車からおり、がらがらの道路を見ながら煙草に火をつけた。この仕事が嫌いだ。こんなふうに感じるのは初めてだった。退屈や疲労を覚えたことは前にもあったが、嫌悪感には慣れていなくて、その強烈な感情を持て余した。

顔をあげると、遠くに厚い雲の壁が見えたので、思わず目を見開いた。集中的な雷雨だ。軽く不安がよぎる。前回のように、雨水で街じゅうの地下が水浸しになるだろうかと案じたそのとき、キーッというけたたましい音に驚かされた。首の毛がいっせいに逆立った。アスファルトをこするそのタイヤの音で、背筋に悪寒が走る。まだ振り返りもしないうちに、目の端で動きをとらえた。そしてその車を見た——道路を突っ走ってくる怪物を、見えないゴールラインに向かって疾走する金属の競走馬を。

それはピックアップトラック——一九八二年型のシボレー・シルバラード——だった。イスタンブルではめったに見かけないたぐいの、オーストラリアやアメリカのもっと広い道路により適した車だ。以前は鮮やかで明るいゴールドフィンチイエローだったようだが、いまでは泥と鉄錆にまだらに覆われている。だが何より警官の目を引いたのは、ハンドルを握っている人物だった。運転席にいるがたいのいい女は、くわえ煙草で、真っ赤な髪を四方八方へなびかせていた。

そのトラックが高速で走り過ぎるとき、荷台で人が身を寄せ合っているのがちらりと見えた。互いの体にぎゅっとしがみついて、風に飛ばされまいとしていた。ひとりひとりの顔はよく見えなかったものの、あのうずくまり方からすると、生きた心地がしていなかったのは明らかだ。それぞれの手には、鋤やつるはしやシャベルらしきものが握られていた。突然、トラックは左へそれ、今度は右にそれて、道路にほかの車両がいたら、まちがいなく事故を起こしているところだった。荷台にいる肥満体の女が悲鳴をあげ、バランスを失って、握っていたつるはしから手を放した。つるはしは道路にごろんと転がり落ちた。そしてみないなくなった——トラックも、運転者も、同乗者も。

警官は、煙草を地面に捨てて足で踏み消すと、ごくりと唾を呑み、たったいま自分が何を目にしたのかを、気を落ち着けて考えた。震える手で車のドアをあけ、車載の無線機を手にとった。

同僚も、道路に目を奪われていた。興奮しきった声で話しだす。「ひゃあ、いまの見ました？　あれ、つるはしですか？」

「そのようだな」落ち着き払っているふうを懸命に装って、年嵩《かさ》の警官が言った。「行って拾ってこい。証拠として必要になるかもしれないし、あそこに放置してはおけない」

「いったい何事でしょうね？」

「おれの勘だと、あのトラックはどこかへ向かって急いでるだけじゃない……何か怪しい」そう言って無線機の送話スイッチを入れる。「二‐三‐六号車より通信指令部へ。応答願います」

「どうぞ。二‐三‐六」

「シボレーのピックアップ。運転者は速度違反。事故の危険性あり」

「ほかに同乗者は？」

「います」声が喉でつっかえた。「疑わしい積み荷――荷台に四名の人間。キリオス方面へ走行中」

「キリオス？　まちがいないですか」

警官は内容と場所を繰り返し、通信指令係が地域のほかの各車へ情報を伝えるのを待った。

無線機のザアザアという雑音が途絶えると、若いほうの警官が言った。「なぜキリオスなんですかね？　夜のこの時間、あそこには何もないのに。活気のない古い町ですよ」

「ビーチに行くのでもないかぎりはな。わからんぞ、月夜のパーティでもあるのかも」

「月夜のパーティか……」若い警官が繰り返した。その声にはちょっと羨ましげな響きがあった。

「あるいは、あの惨めな墓地へ向かってるのかもな」

「なんの墓地です？」

「ああ、そりゃ知らないだろうな。海辺にある、薄気味悪い場所だ。古い要塞の近くの」年嵩の警官は、回想にふけるように答えた。「何年も前の、ある晩遅くに、おれたちが追い詰めたろくでもない悪党が、その墓地に逃げこんだんだ。おれは追いかけた――うぶだったんだな。暗闇で、何かに足を引っかけた。あれは木の根っこだったのか、大腿骨だったのか。見る勇気はなかった。とにかくつまずいたんだ。先のほうで何か聞こえた――低く、沈んだうめきが。人間のうめき声だったかはっきりしないが、動物のうなり声のようでもなかった。すぐに背を向けて引き返した。すると――コーランに誓ってもいいが――その声が追っかけてきたんだ！　得体の知れない、いやなにおいがあたりに漂ってた。あんなおっかない思いをしたのは初めてだ。ほうほうの体《てい》で逃げ帰ったが、翌日妻にこう言われた。〝あなた、ゆうべ何してたの？　服がひどいにおいよ！〟」

「わあ、ぞっとするな。知りませんでしたよ」

うなずきながら、年嵩の警官は言った。「ああ、幸運だと思っておけ。知らないほうがいい場所もある。寄る辺なき者の墓地に行き着くのは呪われたやつだけだ。破滅した者だけだ」

破滅した者

イスタンブルの中心部から車で一時間ほどの、黒海の海岸に、キリオスというギリシャ系の古い漁村がある。名物は、白く細かい砂浜、こぢんまりしたホテル、切り立った崖、そして敵軍の侵入を見事食い止めたためしのない中世の要塞である。何世紀にもわたって、数多《あまた》の者がやってきては去り、それぞれの歌と、祈りと、呪いを残していった——ビザンティン帝国軍、十字軍、ジェノヴァ人、海賊、オスマントルコ人、ドンコサック、そして短期間ではあるが、ロシア人も。

いまでは、だれひとりそれらの者を覚えていない。この地域にギリシャ語の名前——砂《キリア》——を与えたその砂が、すべてを覆って消し去り、過去の名残を静かな忘却に置き換えた。当節では、海岸一帯が、観光客や国外在住者や地元の人々に人気の休暇先となっている。そこは対照に富んだ場所だ。プライベートビーチと一般向けビーチ。ビキニ姿の女性とヒジャブをまとった女性。毛布を広げてピクニックをする家族と風のように走り過ぎる自転車乗り。低価格の家々を背景にぎっしりと並び立つ高価な別荘。オークやマツやブナの細長い林と、コンクリートの駐車場。

キリオスの海はすこぶる荒い。潮衝《ちょうしょう》と強い波に呑まれて毎年数人は溺死し、ゴムボートで出動する沿岸警備隊によって遺体が引きあげられる。犠牲者が無謀にも体力を過信してブイの外側まで泳いでいったのか、耳に快い子守歌のごとき底流の腕のなかへ誘いこまれたのかは、なんとも言えない。

不幸な事故が起こるたび、波打ち際から、行楽客がその展開を見守る。日差しを手でさえぎりながら、双眼鏡を覗きながら、魔法で釘付けにされたかのように、みなが一方向を見つめる。ふたたび言葉を交わしはじめた彼らは、いやに生き生きとしている――ほんの数分間ではあれ、思いがけない経験を共有した仲間どうしだ。やがてまた、それぞれの寝椅子やハンモックに戻っていく。しばらくはうつろな顔をして、どこかほかへ行こうかと考えているふうに見える――砂が同じように金色で、風がたぶんもっと穏やかで、海がここまで猛々しくないほかのビーチへ。とはいえここは、ほかの多くの点で文句のつけどころがない。手ごろな価格に、味のいいレストラン、落ち着いた天候に、息を呑む眺望、だいたい自分たちには、なんとしても骨休めが必要なのだ。みな、そういうことを声高に言いはしないし、自分自身に認めもしないかもしれないが、心のどこかでは、リゾートに来て溺れるなんてことをしでかした死者に憤慨している。このうえなく身勝手な行為に思えるからだ。一年じゅうあくせく働いて、金を貯め、気まぐれな上司に耐え、恥を忍び怒りを抑え、絶望したときには、太陽の下での怠惰な日々を夢見てきた。だから行楽客はとどまる。体を冷やしたくなると、さっと海に浸かって、いやな気持ちを追い払う。ついさっき、どこかの不運な人間が息絶えた、その海中で。

ときおり、難民を満載したボートがこの水域で転覆する。彼らの遺体が海から引きあげられ、浜に並べられると、記事を書くために記者たちが集まってくる。そのあと遺体は、アイスクリームや冷凍魚の運搬用の冷凍トラックに積みこまれ、特殊な墓地へ運ばれる――寄る辺なき者の墓地へ。アフガン人、シリア人、イラク人、ソマリア人、エリトリア人、スーダン人、ナイジェリア人、リベリア人、イラン人、パキスタン人――彼らは生まれ故郷から遠く離れた墓地の、どこでも空いているスペースにでたらめに横たえられ、埋められる。その周囲の至るところに眠っているのは、難民でも不法滞在の移民でもないけれど、十中八九、同じように故国で疎外されていたトルコ国民だ。そういうわけで、観光客にも、多くの地元の人々にさえ知られていないが、キリオスには、ほかに類のない埋葬地がある。そこへ迎えられる死者は、三つの種類に分かれる——拒絶された者、敬うに値しない者、身元不明の者だ。

ヤマヨモギやイラクサやヤグルマギクの茂みに覆われ、ところどころ杭がなくなり鉄線の垂れさがった木の柵に囲まれたこの場所は、イスタンブルでもとりわけ異様な墓地である。訪問者は、いるとしてもごくわずかだ。老練な墓泥棒でさえ、非運の者たちの呪いを恐れて近寄らない。死者の眠りを妨げるのには危険がともなうが、その死者が破滅した者でもある場合には、無防備に災厄を招く危険もついてくる。

寄る辺なき者の墓地に葬られる者のほとんどは、なんらかの意味での、除け者である。多くは生前、家族や、村や、世間の爪弾《つまはじ》きに遭っている。コカイン中毒者、アルコール依存者、賭博師、けちな犯罪者、路上生活者、家出人、はみ出し者、行方不明者、精神疾患者、落伍者、未婚の母、娼婦、ぽん引き、異性装者、エイズ患者……。好ましくない者。社会の嫌われ者。文化に溶けこめない者。

この墓地に眠る者のなかには、冷酷な殺人者や、連続殺人鬼、自爆テロ犯、性犯罪者、そして不可解かもしれないが、その無辜《むこ》の被害者たちもいる。悪人も善人も、非情な者も慈悲深い者も、地面の六フィート下に、何列も何列も連なって埋まっているのだ。そのおおかたには、質素な墓石さえ立っていない。名前も生年月日も記されていない。番号を記した粗削りの木の板が立ててあるだけで、それすらなく、錆びたブリキ板ですまされたところもある。そして、この混迷をきわめた場所の、何千という捨て置かれた墓のあいだのどこかに、掘られたばかりの墓がひとつある。

そこがテキーラ・レイラの埋葬された場所だ。

七〇五三番。

レイラの右手の七〇五四番は、みずから命を絶ったソングライターの墓だ。胸を打つその歌詞を書いた本人が見捨てられた墓に眠っていることも知らず、人々はいまもそこかしこで彼の曲を口ずさんでいる。寄る辺なき者の墓地には、自殺者もたくさんいる。多くの場合それは、イマームがその死者の葬儀を執りおこなおうとせず、遺族もまた恥ずかしさや悲しみから遠方での埋葬に同意した、小さな町や村の出身者だ。

レイラの北側の七〇六三番は、殺人者の墓だ。この男は、嫉妬に狂って妻を撃ち殺したのち、妻の浮気相手とおぼしき男の家に乗りこんで、その相手も射殺していた。銃弾がひとつ残り、標的がいなくなると、彼は自分のこめかみに発砲したが、狙いをはずして頭の側面を撃ち抜き、昏睡に陥った数日後に死んだ。だれもその遺体を引きとらなかった。

レイラの左隣の七〇五二番は、まちがった闇を抱えた者――狂信者――の墓だ。この男はナイトクラブへ入りこんで、ダンスや飲酒に興じている罪人たちを皆殺しにしようと心に決めたが、銃を手に入れることができなかった。苛立った男は、銃の代わりに、殺鼠剤に浸した釘を圧力鍋に詰めた爆弾を使うことにした。細部まで周到に計画を練っていたものの、その殺戮装置を作っている最中に自分の家を吹き飛ばしてしまった。あらゆる方向へ飛び散った釘の一本が、心臓にまっすぐ刺さった。それはほんの二日前の出来事で、彼はもうここにいる。

レイラの南側の七〇四三番は、（この墓地でただひとりの）禅僧の墓だ。この尼僧は孫を訪ねるためネパールからニューヨークへ向かう機内で、脳内出血に見舞われ、その飛行機は緊急着陸した。そして彼女は一度も足を踏み入れたことのなかった街、イスタンブルで亡くなった。遺族はその遺体を茶毘《だび》に付して遺灰をネパールへ返してくれるよう求めた。彼らの信仰に従うなら、死者がそこで最期の息をつけるよう、火葬用の積み薪に火をつける必要があった。だがトルコでは火葬が禁じられているため、代わりに埋葬されなくてはならなかった、それもイスラム法に定められているとおり、すみやかに。

街には仏教徒のための墓地が存在しなかった。歴史ある墓地、現代風の墓地、イスラム教徒（スンニ派、アレヴィ派、スーフィー）向け、ローマカトリック教徒向け、ギリシャ正教徒向け、アルメニア使徒教会とアルメニアカトリック教会の信徒向け、ユダヤ教徒向けなど、さまざまな墓地があるのだが、仏教徒に特化したところはひとつもない。結局、孫たちの祖母は寄る辺なき者の墓地へ連れてこられた。遺族がそれを承諾したのだ。見知らぬ者たちに囲まれていても、もう永眠しているのだから気にしないだろうと言って。

レイラの近くのほかの墓は、警察の留置場で死んだ革命家たちで占められていた。公には〝自殺〟と記録されている、〝監房内でロープ（またはネクタイ、またはシーツ、または靴紐）で首をくくっているのが発見された〟と。だが死体の痣や火傷は別のことを語っている――留置場における激しい拷問の事実を。クルド反乱軍の兵士たちもまた、国の向こう端からはるばるこの墓地まで運ばれてきた。彼らが民衆の目に殉教者と映ることを国が危惧したため、遺体はガラス製品か何かのように注意深く梱包されて搬送された。

この墓地の最年少の住人は、捨てられた赤ん坊たちだ。モスクの中庭や、日当たりのいい公園や、薄暗い映画館に置き去りにされた、小さな包み。運に恵まれた者たちは、通りすがりの人に助けられ、警官の手にゆだねられ、親切に食べ物と着る物を与えられ、その人生の暗い出だしに逆らうべく、至福とか、喜びとか、希望といった明るい名前をつけてもらう。だがなかには、それほど運のよくない者たちもいる。赤ん坊を死なせるには、寒空の下にひと晩放置するだけでじゅうぶんだ。

イスタンブルでは毎年、平均して五万五千人の死者が出る――そして、そのうちのわずか百二十人ほどが、ここキリオスへ送られることになる。

訪問者

真夜中、稲妻のひらめきに切り裂かれる空を背景に、うなりをあげるシボレーのピックアップトラックが、砂煙を立てながら古い要塞の脇を走り過ぎた。ガタガタと前進しながら、カーブで横滑りして、陸を海から隔てる露出した岩のほうへ大きくそれたが、すんでのところで向きを変えてどうにか進路へ戻った。さらに数ヤード進んで、トラックは急停止した。しばらくなんの音もしなかった――車のなかでも、外でも。夕方ごろから吹き荒れていた風さえもやんだようだった。

運転席のドアがきしみをあげてひらき、ノスタルジア・ナランが飛びおりた。月光を浴びたその髪が、炎の光輪さながらに輝いている。目の前に広がる墓地をにらみながら、ナランは足を踏み出した。錆びた鉄の門、木の板を墓標代わりにした荒れ放題の墓の列、犯罪防止の役目をかけらも果たしていない壊れた柵、節だらけのイトスギの木立――どこをどう見ても、不気味でぞっとする場所だ。まさにナランの想像していたとおりに。肺いっぱいに空気を吸いながら、後ろをさっと振り返って告げる。

「着いたよ！」

そこでようやく、トラックの荷台で身を寄せ合っていた四つの人影が、意を決したように動いた。ひとりひとりが顔をあげ、狩人の気配をうかがっているシカのように、鼻をひくつかせる。

最初に立ちあがったのはハリウッド・ヒュメイラだった。彼女はリュックサックを背負って荷台から這いおりるなり、頭のてっぺんに手をやってシニヨンの具合をたしかめた。おかしな角度にひん曲がっている。

「ああ、もう、髪がぐしゃぐしゃ。顔の感覚もないし。冷えきっちゃってる」

「風のせいだよ、大げさだね。今夜は嵐が来てるんだ。だから頭を覆っとけって言ったのに。ほんと、言うこと聞かないんだから」

「風じゃなくて、あんたの運転のせいだよ」ザイナブ122が言った。トラックの荷台から難儀しておりてくる。

「あれを運転って呼ぶか？」サボタージュが飛びおり、それからジャメーラに手を貸した。

サボタージュのまばらな髪はぴんぴん立っていた。ウールの帽子をかぶってこなかったのを後悔したが、それより何より、真夜中にこんな気味の悪い場所へ来てもいいと言ったのを後悔しはじめていた。

「そんなんでいったいどうやって免許を取ったの？」ザイナブ122が訊いた。

「教官と寝たんでしょ」ヒュメイラがぼそりと言った。

「ああ、うるさいなあ、どいつもこいつも」ナランは顔をしかめた。「あの道を見なかった？　あたしのおかげで、少なくとも無事に着いたでしょうが」

「無事に！」ヒュメイラが言った。

「よく言うよ！」サボタージュが言った。

「お黙り、くそったれ！」すばやく決然と、ナランはトラックの荷台へどすどす歩み寄った。

ザイナブ122がため息を漏らした。「あの、言葉に気をつけてもらえる？ 約束したでしょ。墓地で大声出したり罵ったりはやめてよ」ポケットから数珠を取り出し、指にかける。この夜更けの冒険は難航しそうだと、何かが告げていた。となれば、よき精霊の力をせいぜい借りなくては。

一方、ナランは荷台の尾板を倒して、道具をおろしはじめた——手押し車、鍬《くわ》、根掘り鍬、シャベル、鋤《すき》、懐中電灯、ロープひと巻き。それらを地面に並べながら、頭を掻く。「つるはしがなくなってる」

「ああ、あれ」ヒュメイラが言った。「あたし……落としちゃったかも」

「どういうことよ、落としちゃったかもって？ つるはしだよ、ハンカチじゃなくて」

「握っていられなかったの。あんたのせいだよ。スピード狂みたいな運転するから」

ナランはぎろりとねめつけたが、暗いので気づかれずに終わった。「わかった、無駄話はここまで。仕事にかかろう。あんまり時間がないよ」鋤と懐中電灯を手にとる。「みんな道具を持って！」

そのひと声で、みな順々に道具を手にした。遠くのどこかで、海がごうごうとうなり、とてつもない力で岸にぶつかっていた。背後では古い要塞が、何十年もそうしてきたようにじっとたたずみ、動物——おそらくドブネズミか、ハリネズミ——の影がその門を駆け抜け、嵐をしのぐ待避場所へ逃げこんでいた。

音を立てずに、一行は墓地の門をあけてなかへ入った。五人の侵入者、五人の友が、亡くした友を探しまわる。合図を受けたかのように、月が雲の陰に隠れて、あたり一帯を黒の濃淡に染め、いっときの間、キリオスのこの寂しい墓地は、この世のどこでもない場所になった。

夜

墓地の夜は、街の夜とは質感がちがう。闇夜の墓地では、光がそこにないというより、暗闇そのものが——生きて息をしている存在として——そこにある。それは好奇心の強い生き物のように五人の後ろをついてきたが、行く手にひそむ危険を知らせる気があるのか、狙いすましてそちらへ押しやる気でいるのかは、まったく読めなかった。

強風に逆らって、五人は前へ進んだ。恐怖にかぎりなく近い不安に威勢を呼び起こされ、最初はきびきびと歩いた。一列縦隊の先頭を行くのは、片手に鋤、反対の手に懐中電灯を携えたナランだ。その後ろに、それぞれ道具を手にしたジャメーラとサボタージュ、そして空の手押し車を運ぶヒュメイラが続く。ザイナブ122はと言えば、みなより脚が短いせいばかりでなく、悪霊よけのフレーク塩とケシの種をせっせとばらまいていたせいもあり、最後尾にいた。

鼻を突くにおいが地面から立ちのぼってくる——湿った土、濡れた石、野生のアザミ、朽ちかけた落ち葉、あとは名前を挙げたくない諸々のにおい——強烈な腐敗臭だ。岩や木の幹を緑色の苔が覆っていて、その葉状の鱗片が闇のなかでぼうっと光って見えた。ところどころで、象牙色のもやが目の前を漂っていった。一度、地面のすぐ下から聞こえてくるような、ガサゴソという音がした。ナランが足を止め、懐中電灯でぐるりと周囲を照らした。そこで初めて、墓地がどれほどだだっ広く、なすべき仕事がどれほど困難かを痛感した。

せまさや滑りやすさにもめげず、五人は行けるところまでひたすら一本道を行った。その道が正しい方向へ導いてくれるように思えたからだ。ところがほどなく一本道は消え、気がつけば、墓だらけの道なき丘をとぼとぼ歩いていた。膨大な数の墓があり、そのほとんどに番号の書かれた板が立っているが、なくなっているものもかなりありそうだった。弱々しい月明かりのもと、それらの板は幽霊に見えた。

ときたま、石灰岩の墓石が立っている恵まれた墓にも出くわし、そのひとつには碑文が刻まれていた――

生ける者と死せる者を見誤るなかれ。
この忘れられし地で、目を欺かぬものはない……

Y・V

「もうたくさんだ、ぼくは帰るよ」シャベルを握りしめて、サボタージュが言った。

ナランは袖に刺さったイバラを引き抜いた。「ばか言ってるんじゃないよ。こんなくだらない詩ごときで」

「くだらない詩？　この男はぼくたちをおどかしてるんだぞ」

「男かどうかわからないよ。イニシャルしかないんだし」

サボタージュはかぶりを振った。「どっちだっていい。だれにせよここに葬られた人は、これ以上先へ行くなってぼくらに警告してるんだ」

「映画でよくあるみたいに」ヒュメイラがつぶやく。

サボタージュはうなずいた。「ああ、何人かのグループが幽霊屋敷に入っていって、夜が終わるころには、みんな死んでるんだ！　観客がどう思うかわかるだろ？　〝ま、はっきり言って、自業自得だよね〟——あしたの朝刊にもそう書かれるはめになる」

「あしたの朝刊はもう印刷にまわってるよ」ナランが言った。

「ああ、そりゃ助かった」サボタージュはなんとか笑顔をこしらえた。そして一瞬、みながヘアリー・カフカ通りのレイラのフラットにいる気分になった。六人全員で、ガラスの呼び鈴みたいな笑い声をあげて、互いをからかい合っている気分に。


　また稲妻がひらめき、今度はとても近く、地面から空へ光が走ったかと思うほどだった。ほとんど間をあけずに、雷鳴が響いた。サボタージュが立ち止まり、ポケットから刻み煙草入れを取り出した。マリファナを一本巻いたが、火をつけるのに手間取った。風が強すぎる。やっとのことで火をつけると、深々と一服した。

「ちょっと、何してんの？」ナランが訊いた。

「神経を落ち着かせてる。ぼくの哀れな、擦り減った神経を。こんなところにいたら心臓発作を起こしそうだ。うちの父方の男連中はみんな四十三になる前に死んでるしね。父は四十二のときに心臓発作を起こした。ぼくがいまいくつだか当ててみてよ！　ここにいたら健康を害するって断言してもいい」

「あのね、いまあんたがラリったら、どんないいことがあるわけ？」ナランは片眉を吊りあげた。

「それに、煙草の火って何マイルも離れたところから見えるんだよ。戦場で兵士が喫煙を禁じられてるのはなぜだと思う?」

「参ったな、ここは戦場かよ！　その懐中電灯はどうなんだよ？　敵にはこのマリファナの先っぽは見えても、そっちのまぶしい光線は見えないとでも？」

「光は地面に向けてる」ナランはどんなふうにか示すべく、そばの墓を懐中電灯で照らした。迷惑したように、コウモリが飛び立ち、五人の頭上を羽ばたいていった。

サボタージュはマリファナを爪ではじき飛ばした。「わかったよ。これで満足?」

一行は、木の板と節だらけの木をよけながらジグザグに進んだ。寒いのに汗をかいているのは、招かれざる訪問者だという自覚から、気を張って苛々しているせいだ。シダやアザミが脚をこすり、地面の枯れ葉がザクザク音を立てる。

ナランのブーツが木の根に引っかかった。よろめきつつもバランスを取りもどす。「ああ、ちくしょう！」

「罵り言葉はだめ」ザイナブ122がたしなめた。「ジンに聞こえちゃうかも。お墓の下のトンネルに棲んでるのよ」

「こういうときにそれ言うかな」ヒュメイラが言った。

「怖がらせるつもりはないの」ザイナブ122は悲しそうにヒュメイラを見つめた。「ジンに出くわしたらどうすればいいかも知らないでしょ？　うろたえないこと、それが第一のルール。走らないこと、第二のルールね、彼らはわたしたちより足が速いから。第三のルールは、彼をばかにしないこと――彼女もね、女性のジンはとにかく怒りっぽいから」

「それはつくづく納得だわ」ナランが言った。

「第四のルールもある?」ジャメーラが訊いた。

「ええ。見かけに騙されないこと。ジンは変装の名人なの」

ナランは鼻を鳴らし、はっと失態に気づいた。「失礼」

「ほんとよ」ザイナブ１２２は言いつのった。「コーランを読んでたら知ってるはずなのに。ジンはどんなものにも姿を変えられるの、人間にも、動物にも、植物にも、鉱物にも……。あの木が見える？　あれは木だとみんな思ってるけど、ひょっとしたら精霊かもしれない」

ヒュメイラとジャメーラとサボタージュは、そのブナの木にこっそり目をやった。一見すると、幹が節だらけで、枝は地面の下の死体に劣らず生気がなさそうな、ありふれた古木だ。だがこうしてじっと見つめているいまも実は、不気味なエネルギーや怪しいオーラを発しているのかもしれない。

相変わらず動じていないナランが、足どりをゆるめて後ろをさっと振り返った。「もうたくさん！　みんなを怯えさせるのはよしな」

「役に立とうとしてるのに」ザイナブ１２２はむっとして言った。

〝そのばかげた話がみんな事実だとしても、知ったところでどうしようもないことをなんで山ほど吹きこむのさ？〟。ナランはそう言いたかったが、自制した。ナランから見ると、人間は鷹狩りのハヤブサに似ている。空へ舞いあがる強さと能力を持っていて、自由で軽やかでのびのびしているけれど、ときに、強制のもとかみずからの意志で、囚われの身となることもある。

故郷のアナトリアで、ナランはハヤブサが鷹匠の肩に止まって、従順に次のごちそうなり命令なりを待っているのを間近で見ていた。鷹匠の口笛は、自由を終わらせる合図だ。また、その気高い猛禽がそわそわしないよう頭巾をかぶせられるさまも見ていた。見ることは知ることで、知ることは怖がることなのだ。多くを見ないほどハヤブサが落ち着くことは、どんな鷹匠でも知っている。

だが方向もわからず、空も陸も黒い麻布と化している頭巾の下で、落ち着いているとはいえ、ハヤブサはやはり緊張しているだろう、いつなんどき口笛が聞こえるかと身構えて。あれから何年も経ったいま、ナランには、宗教もまた——そして権力やお金や思想傾向《イデオロギー》や政治も——頭巾のような働きをしているように思える。迷信や予言や信仰といったものはみな、人間の目をふさいで心を落ち着かせながらも、その奥深くにある自信を、もはやなんでもかんでも恐れるほどに弱めてしまう。

だが自分はちがう。懐中電灯の光を浴びて水銀のようにきらめくクモの巣を見据えながら、自分はむしろ何も信じない、とナランは心のなかで繰り返した。宗教も、イデオロギーも。あたし、ノスタルジア・ナランは、絶対に目隠しをされたりしない。

ウオッカ

また道がはじまっている墓地の隅まで行くと、友人一行は足を止めた。このあたりの墓の番号は、順序を無視して、でたらめにつけられているようだった。懐中電灯の明かりを移動させながら、ナランは声に出して番号を読んでいった。「七〇四〇、七〇二四、七〇四八……」

だれかに担がれているんじゃないかとでも言うように、ナランは眉根を寄せた。昔から算数は不得意だった。というか、実は、ほかのどんな学科も。きょうに至るまで、何度も見ている夢のひとつが、学校に戻っている夢だった。不恰好な制服を着て、髪を痛々しいほど短く刈った、子供のころの自分が見える。綴りが苦手で、文法はもっと苦手なせいで、クラス全員の前で先生に叩かれている自分が。当時は〝失読症〟という言葉が村の〝日常生活事典〟にまだ載っていなかったので、先生も校長もナランに少しの同情も示さなかった。

「大丈夫?」ザイナブ122が言った。

「もちろん!」ナランはわれに返った。

「このへんの墓標はすごく変だね」ヒュメイラがつぶやいた。「ここからどっちへ行く?」

「みんなここで待ってたら? あたしがたしかめてくるよ」ナランは言った。

「ひとりぐらい一緒に行ったほうがよくない?」ジャメーラが心配そうに言った。

ナランは手を振ってことわった。少しのあいだひとりになって、考えをまとめたかった。ジャケットの内ポケットからスキットルを取り出し、景気づけのひと口を豪快にあおる。それから、このなかでほかに唯一酒を飲めるヒュメイラにスキットルを手渡した。「飲んでみな、でも気をつけて」

そう言って、ナランは姿を消した。

もはや懐中電灯もなく、月もいっとき雲の陰に隠れているいま、四人は暗闇に取り残された。じりじりと互いのそばへ寄っていく。

「はじまりはこんなふうだよね」ヒュメイラがぼそぼそ言った。「つまりその、映画のなかでは。ひとりがほかの人たちを置いてって、無残に殺される。それはほんの数ヤード先で起こるんだけど、みんなもちろん気づかない。それでまたひとりが離れて、同じ目に遭って……」

「心配しないで、わたしたちは死んだりしない」ザイナブ122が言った。

ヒュメイラが、精神安定剤を飲んできたのにぴりぴりしだしているのなら、サボタージュはそれにも増してひどい気分だった。それでこう言った。「ナランがきみに渡したあの酒だけど……みんなでまわし飲みしないか?」

ヒュメイラはためらった。「飲んだら大変なことになるの、自分でわかってるでしょ」

「でもそれは普通の日の話だよ。今夜のぼくたちは非常事態にあるんだ。さっき、家族の男連中の話をしたろ。ぼくはこの場所が怖いわけじゃない。死ぬのが怖くて震えあがってるんだ」

「マリファナを吸ったら？」ジャメーラが気遣うように言った。

「もう残ってないんだよ。こんな状態でどうやって歩けばいい？　というか、墓なんか掘れるのか？」

ヒュメイラとザイナブ122は目を見合わせた。ジャメーラは肩をすくめた。

「わかった」ヒュメイラが言った。「正直言って、あたしもひと口飲まずにいられない」

スキットルをヒュメイラから奪いとって、サボタージュは飲みっぷりよくあおった。そしてもうひと口。

「そのくらいにして」ヒュメイラは言い、自分もぐっとひと口飲んだ。火の矢が喉を駆けおりる。思わず顔をゆがめ、背をまるめた。「うわ……きっつい……何これ？」

「知らないよ、でもぼくは気に入った」サボタージュは言い、スキットルをひったくってまたひと飲みした。いい気分になって、すぐさまもうひと口流しこむ。

「ちょっと、やめなよ」ヒュメイラがスキットルを奪い返して、蓋をした。「強烈だね。こんなの飲んだことと――」

「みんな、行こう！　こっちだよ」暗闇から声がした。ナランが戻ってきていた。

「あんたのお酒」ヒュメイラがナランのほうへ歩きながら言った。「どんな毒が入ってんのよ」

「ああ、飲んでみた？　特別なやつだよ。スピリトゥス・マグナニムスっていうんだ。ポーランドの――いや、ウクライナだか、ロシアだか、スロヴァキアだかのウオッカだよ。こっちじゃ、だれがバクラヴァを考え出したかで喧嘩してる、トルコ人か、レバノン人か、シリア人か、ギリシャ人かってね……あっちのスラヴ人たちは、ウオッカで喧嘩してるんだ」

「じゃあ、あれはウオッカだったの？」ヒュメイラは疑わしげに言った。

ナランはにんまり笑った。「そういうこと！　ただ、ウオッカのなかでもぶっちぎりのやつだよ。アルコール度数九十七パーセント。機能的で実用的。歯医者は抜歯の前に患者に飲ませる。外科医は手術に使う。香水の材料にもなる。けどポーランドでは、お葬式で飲む——死者に敬意を表してね。だから、ぴったりだと思ったんだ」

「墓地に最強のウオッカを持ってきたわけ？」ザイナブ122が言い、呆れたように首を振った。

「ま、あんたにわかってもらおうとは思ってないし」ナランはふてくされた口調で言った。

「それで、レイラのお墓は見つかったの？」話題を変えて場の空気を和らげようと、ジャメーラが訊いた。

「そう、そう！　あっち側にあったよ。みんな、準備はいい？」

返事を待たずに、ノスタルジア・ナランは懐中電灯を左手の道に向け、ずんずん歩いていった。サボタージュの顔に怪しい笑みが浮かんでいて、その目がどんよりしていることには気づかずに。

過ちを犯すのが人間

ついに、五人は見つけた。身をかがめて互いに顔を寄せ合い、解読を要する謎に取り組むみたいに、特定の墓を見つめる。ほかの多くと同じく、この墓もまた、番号が記されているだけだった。〝テキーラ〟とも〝レイラ〟とも刻まれていない。墓石もない。整然と花を植えた手入れのいい区画もない。あるのは、墓地の作業員がぞんざいに数字を書いた木の板だけだ。

五人の存在に威圧されてか、トカゲが岩の下から走り出てきて、前方の伸び放題の茂みへ一目散に逃げこんだ。囁きくらいにまで声を落として、ヒュメイラが訊いた。「ここがレイラの埋められた場所？」

ナランは静かな意気込みをもって立っていた。「そう、掘るよ」

「早まらないで」ザイナブ122が手をあげた。「先に祈らないと。きちんとした儀式もなしに遺体を掘り出したりしちゃだめ」

「わかったよ」ナランは言った。「頼むから、手短にね。急いでるんだ」

ザイナブ122は鞄から瓶を取り出し、あらかじめ用意してきた混合物――材料は岩塩、バラ水、白檀のペースト、カルダモンの種、樟脳――を墓のまわりに撒いた。目を閉じ、両手のひらを上に向けて、開端のスーラを暗唱する。ヒュメイラがそれに加わった。サボタージュは目がまわっていて、まず腰をおろさないと祈りを唱えられなかった。ジャメーラは三回十字を切って、声を出さずに唇を動かした。

続く静寂に、悲しみが染みこんでいく。

「さてと、そろそろ取りかかるよ」ナランが言った。

全体重をかけて、ナランは鋤を地中深くに突き立て、刃の上端をブーツで踏んで押しこんだ。はじめるまでは、地面が凍っているんじゃないかと心配していたが、思いのほか湿っていて軟らかく、ナランはリズミカルな動きですいすい作業を進めた。そしてほどなく、心安らぐ懐かしいにおいと土の感触に包まれた。

ナランの胸に、あるイメージが浮かんだ。レイラと初めて会ったときのことを思い出していた――最初、レイラは娼館の窓ガラスを息で曇らせている、見慣れない顔にすぎなかった。だがその身ごなしには、境遇にほとんどそぐわない、穏やかな気品があった。肩に垂らした豊かな髪といい、大きくて表情豊かな黒い目といい、レイラは、昔ナランが畑を耕していて見つけたコインの肖像の女性にそっくりだった。そのビザンティン帝国の女帝と同様、レイラの表情には、時や場所を超越した、とらえがたい何かがあった。ボレキ屋でよく会っては、互いを信用して打ち明け話をしていたのを思い出す。

「彼女がどうなったか考えてみたことある?」レイラはある日突然そう訊いてきた。「あんたの若いお嫁さん……部屋に――ひとりきりで――置き去りにした人」

「ああ、きっとほかのだれかと結婚したはず。いまごろは群れをなすほど子供がいるにちがいないよ」

「そういうことじゃないの。あたしにはがきをくれるでしょ? 彼女にも手紙を書いたほうがいい。どういうことだったのか説明して、謝るの」

「本気で言ってる? あたしは見せかけの結婚をさせられたんだよ。あのままじゃおかしくなってた。あたしは自分を救うために逃げたの。あそこに残って嘘の人生を送ったほうがよかったっていうの?」

「ちがうってば。自分の人生を修復するためにできることはするべきよ、それは自分に対する義務だから――ただ、それをなし遂げる過程で他人を傷つけないよう気をつけなきゃいけないの」

「やだ、何それ!」

レイラはいつもの心得顔で、辛抱強くナランを見ていた。

ナランは両手をあげて降参した。「はいはい、わかりました……愛しい妻に手紙を書くよ」

「約束する？」

レイラの墓を掘り起こしている最中に、とうの昔に忘れていたそのやりとりが、ひょいと脳裏に浮かんでくるなんて。ナランは頭のなかでレイラの声を聞き、約束したあの手紙を結局書かなかったことも思い出した。


サボタージュはいま、墓のへりに立って、賞賛の混じった驚きとともにナランを見守っていた。体を使う仕事は昔からさっぱりだめだった。家で、蛇口の修理や棚の設置が必要になると、近所の人を呼んでいた。サボタージュは親戚じゅうから、数字や税金還付のような退屈な問題に夢中になる人間と見られている。自分としては、創造力のある人間と思ってもらいたいのだけれど。注目されない芸術家。評価されない科学者。生かされない才能。ディー・アリをどれほど羨んでいたか、レイラに話したことはなかった。ほかに彼女に話さなかったことは？　記憶が脳裏を駆けめぐる。ひとつひとつ異なるピースをはめていけば、レイラとの長い付き合いというジグソーパズルになる——修復不可能なひび割れや、欠けたピースだらけの。

体内を流れていくウオッカのせいで血流が速まり、耳のなかでドクドクと音が鳴っている。耳をほぼふさいで、音を遮断しようとした。そのまま待つ。耳鳴りは消えず、今度は天に慰めを求めるかのように、頭をのけぞらせた。見あげた空に妙なものを見つけ、呆気にとられる。月の表面から、人の顔がこちらを見おろしていた。驚くほど見慣れた顔が。限界まで目を細めてよくよく見ると、それは自分の顔だった！　だれかが月にぼくの顔を描いたんだ！　ショックのあまり、サボタージュは驚愕のあえぎを漏らした。沸騰寸前でシューシュー音を立てているサモワールさながらに、やかましくて苦しげなあえぎを。唇を引き結んで内側を噛み、自分を抑えようとしたが、だめだった。

「みんな、月を見た？　ぼくがあそこにいるんだ！」頬を紅潮させて、サボタージュは言った。

ナランが掘る手を止めた。「あいつ、どうかしたの？」

サボタージュは目をぎょろつかせた。「ぼくがどうかしたかって？　全然どうもしないよ。なんでいつもぼくがどうかしたって思うんだ？」

はっと息を呑むや、ナランは鋤を放り出してサボタージュのほうへつかつかと歩み寄った。そして両肩をつかんで目を覗きこみ、瞳孔が広がっているのを見てとった。

即座に、ほかの四人を振り返る。「こいつ、酒を飲んだの？」

ヒュメイラが大きく息を吸いこんだ。「気分がよくなかったんだ」

ナランは歯を食いしばった。「なるほどね。で、いったい何を飲んだの？」

「あんたの……ウオッカを」ザイナブ122が言った。

「はあ？　何考えてんのよ？　あたしでさえ、あれには気をつけてるのに。このあとだれがこいつの面倒見るわけ？」

「ぼくが」サボタージュが言った。「自分の面倒は自分で見るさ！」

ナランはまた鋤を握った。「こいつを絶対あたしに近づけないでよ。本気だからね！」

「ほら、こっち来て」ヒュメイラが言い、サボタージュをそっと自分のかたわらへ引き寄せた。

サボタージュは弱々しい腹立ちのため息をついた。またしても、いちばん近しい人たちにわかってもらえないという、あの馴染みのありすぎる感覚にとらわれていた。愛する人たちは黙っていても心を読んでくれると期待して、言葉をあまり重視してこなかった。率直に話す必要があるときも、ほのめかすだけに終わることが多い。感情を表に出さなくてはいけないとき、いつも以上に感情を隠してしまう。死はだれにとっても恐ろしいものだろうが、虚飾と義理にまみれた人生を、他人の要望と要求に形作られた人生を送ってきたと心の奥で自覚している者にとっては、なおさら恐ろしい。父は偏狭で口さがないヴァンの町に母と自分を残して急逝したが、その年齢に自分も達したいま、サボタージュがこう自問するのは当然のことだった——自分もこの歳で世を去ったら何が残るのかと。

「月にいるぼくのこと、だれも見てないの？」サボタージュは訊いた。波立つ水の上の筏みたいに、全身を前後に揺らしながら。

「シーッ、おとなしくね」ヒュメイラが言った。

「けど、ぼくのこと見た？」

ザイナブ122が言った。「見た、見た。みんな見たよ」

「もう消えたんだ」サボタージュは視線を落とし、落胆のにじんだ顔で言った。「パッとね！　あっけない。死ぬときもそうなるのかな」

「いまはあたしたちがついてる」ヒュメイラが魔法瓶をあけ、サボタージュにコーヒーを差し出した。サボタージュはいくらか飲んだが、落ち着いた様子はなかった。「この場所が怖いんじゃないって言ったけど、あれは半分嘘だった。ここは気味が悪いよ」

「あたしも」ヒュメイラが静かに言った。「勇んで出てきたけど、いまはもうだめ。きっと当分は悪夢を見るよ」

ナランを少しも手伝っていないことに気が引けつつも、四人は並んで力なく突っ立って、地面から土の塊がすくい出されていくのを見守った。ひとすくいごとに、この奇妙な場所にあるささやかな秩序と平穏が乱されていくのを。

墓が掘り返されたいま、サボタージュと三人の女たちは土の小山のまわりに集まっていた。暗い穴のなかを見おろす気にはなれなかったけれど。まだいまは。

ナランが泥まみれで荒い息をしながら、自分の掘った穴から出てきた。額の汗を手で拭ったが、同時に土をなすりつけていたことには気づいていない。そして言った。「ご協力どうも、怠け者のご一行」

だれも返事をしなかった。縮みあがっていて声が出ないのだ。このいかれた計画に賛同してトラックに飛び乗ったあたりまでは、冒険気分だったし、レイラのために正しいことをしていると感じていた。だがいまは、打って変わって、生々しく本能的な恐怖にとらわれていた。さっき全員で立てた誓いも、真夜中に死体と対面するときにはほとんど意味を持たない。

「ほらほら。レイラを出してあげよう」ナランは懐中電灯で墓穴のなかをぐるりと照らした。

明かりに照らされて、ヘビのようにのたうっている木の根が何本か見えた。穴の底には、土くれの点々と散った屍衣がある。

「どうして棺がないの?」おそるおそる穴に近寄って、なかを見おろしたジャメーラが訊いた。

ザイナブ122がかぶりを振った。「それをするのはキリスト教徒だね。イスラム教では、簡素な屍衣に包んで死者を葬るの。ほかには何もなし。それによって、死んだらみな平等ということになる。故郷の人たちはどうしてた?」

「死んだ人は見たことないの」ジャメーラはつっかえながら話した。「母さん以外は。母さんはキリスト教徒だったけど、結婚してからイスラム教に改宗して……だけど……葬儀については揉めたの。父さんはイスラム教式の埋葬をしたがって、母方のおばさんはキリスト教式がいいと。それで大喧嘩して。修羅場になった」

ザイナブ１２２はうなずきながら、深い悲しみに包まれていた。自分にとっての宗教は常に、希望と立ち直りと愛の源であり、地下の暗闇から信仰の光のもとへ自分を運びあげてくれるエレベーターだった。その同じエレベーターが、かくもたやすくほかのだれかをどん底へ導きうるのだと思うと、胸が痛んだ。自分の心を温め、信条や肌の色や国籍に関係なく、すべての人類に近づけてくれたその教えが、人間を分断し、混乱させ、引き離し、敵意と流血の種をまくもののように解釈されうるなんて。いつか神のもとに呼ばれ、その面前で話す機会が持てたなら、ぜひともただひとつの素朴な疑問を投げかけたい――〝気高く慈悲深き神よ、なぜあなたはこれほどひどく誤解されるにまかせておられるのですか？〟と。

ゆっくりと、ザイナブ１２２は視線を下へさまよわせた。そこであることに気がつき、たちまち現実に引き戻された。慌てて言う。「レイラの屍衣の上には木の厚板が何枚か渡してあるはず。なぜ遺体が保護されてないの？」

「墓掘り人が手を抜いただけじゃないの？」ナランは両手の土を払って、ザイナブ１２２のほうを向いた。「それじゃ、飛びこんで！」

「えっ？　わたし？」

「あたしはここでロープを引っぱる役。だれかが穴に入らなきゃ。いちばん体が小さいのはあんただし」

「はっきり言うけど、わたしには無理。もしおりたら、出てこられなくなっちゃう」

ナランはそう言われて少し考えた。ヒュメイラに目をやる――太りすぎてる。それからサボタージュ――酔っ払いすぎてる。最後にジャメーラ――体力がなさすぎる。ため息が出た。「いいよ、あたしがおりる。どうせもうじゅうぶん長く下にいたしね」

鋤を脇に置いて、ナランは穴に近づき、へりから覗いた。悲しみで胸が波立つ。この下に親友が――人生の二十年以上を一緒に過ごした女性がいる。いい時期も、悪い時期も、過酷な時期も。

「じゃあ、いまからどうするか言うよ」ナランは告げた。「あたしが這いおりたら、あんたたちはロープを投げ入れて、そしたらあたしがそれをレイラの体にくくりつける。そして一、二、三で、あんたたちがレイラを引っぱりあげるの、わかった？」

「了解！」ヒュメイラがしゃがれ声で言った。

「どう引っぱるんだい？　ちょっと見せて」サボタージュが言い、だれかが止める間もなく、ずんずん前へ進んだ。

最強のウオッカの影響で、いつもは血の気のない肌が、肉屋の塊肉を思わせる赤色に染まっていた。ジャケットを脱いでしまっているのに、だらだら汗をかいている。サボタージュはできるかぎり首を伸ばして、墓のなかを覗きこんだ。そこで青ざめた。

数分前には、月の表面に自分の顔を見ていた。あれには面食らった。だが今度は、穴の底の屍衣に幽霊めいた自分の顔が見える。これは死の暗示だ。友人たちにはわかるまいが、死の天使アズラエルが次はおまえだと言っているのが、自分にはわかった。頭がくらくらしはじめる。吐き気を覚え、目がよく見えないまま前へよろめいて、バランスを失った。気がつくと尻をついて両足を突き出し、まっすぐ墓のなかへ滑り落ちていた。

すべてあっという間のことだったので、ほかの四人は反応する間もなかった――とはいえジャメーラは、悲鳴をあげたけれど。

「なんてざまだろうね！」ナランがいかめしい姿で立ち、腰に手を当てて、サボタージュの苦境を見おろした。「どこまでそそっかしいの？」

「ねえ、大丈夫なの？」ヒュメイラがへりから慎重に覗きこむ。

穴のなかで、サボタージュは棒立ちになって、顎だけを震わせていた。

「いちおう生きてる？」ナランが訊いた。

声を取りもどして、サボタージュは言った。「なんか……ぼく……墓のなかにいるみたいだ」

「ああ、それはわかってる」ナランは言った。

「うろたえないで」ザイナブ122が言った。「こう考えるといいよ。いま恐怖と向き合ってるんだって。それはいいことだから」

「ここから出してくれ。頼むよ！」サボタージュは助言に感謝できる状態ではなかった。屍衣を踏まないよう気をつけて脇へ移動したが、墓の漆黒の闇のなかに見えない生き物がいそうな気がして、すぐにまた動いた。

「ちょっと、ナラン、あんたが助けてあげなきゃ」ヒュメイラが言った。

ナランは大仰に肩をすくめた。「なんであたしが？　あそこにいてちょっとは懲りれば、それも悪くないかもよ」

「いまなんて言った？」聞こえてきたサボタージュの声はもごもごしていて、喉に固形物が詰まっているみたいだった。

ジャメーラが口をはさんだ。「ナランはからかってるだけ。いま助けるよ」

「そのとおり、心配しないで」ザイナブ122が言った。「わたしがお祈りを教えるから――」サボタージュの息遣いが速くなった。墓の側面の真っ暗な壁に、自分の顔が死人のように青白く浮かびあがった。心臓に手を当てる。

「ちょっと、やだ！　心臓発作を起こすんじゃない？――お父さんみたいに」ヒュメイラが言った。

「なんとかして、早く！」

ナランはため息をついた。「はいはい、わかったよ」

ナランが穴に飛びおりて隣に着地するなり、サボタージュはがばりと抱きついた。ナランを見てこんなにほっとしたのは初めてのことだ。

「ああもう、手をどけてくれる？　動けないよ」

しぶしぶ、サボタージュは腕をほどいた。生まれてこのかた何度となく、他人に手厳しいことを言われ、とことん神経をすり減らされていた――子供時代の家庭では、強くて愛情深いけれど厳しい母に、学校では教師たちに、軍では上官たちに、職場ではほぼ全員に。何年も威嚇されつづけて心が砕け、髄しか残らなかった。そうでなければ、そこで度胸が育ったかもしれないのに。

強く言いすぎたかと後悔して、ナランは身をかがめ、両手を組み合わせて足がかりを作った。「いいよ。のぼって！」

「ほんとに？　きみが怪我しないかな」

「そんなことは心配しないの。ほら、急いで」

サボタージュはナランの手に片足を、ナランの肩に片膝を、そしてナランの頭に反対の足をかけて、よじのぼっていった。ヒュメイラが、ザイナブ122とジャメーラの力を少し借りて、下へ手を伸ばし、サボタージュを引きずりあげた。

「ありがとう、神さま！」地上に出るなり、サボタージュは言った。

「へえ、しんどい思いをしたのはあたしなのに、神さまのお手柄になるんだ」穴の底からナランがぼやいた。

「ありがとう、ナラン」サボタージュは言った。

「どういたしまして。さて、だれでもいいからロープを投げてくれる？」

落ちてきたロープをつかんで、ナランは遺体にくくりつけた。「引きあげて！」

最初、梃子でもそこを動かないとばかりに、遺体はびくともしなかった。やがて、じりじりと引きあげられていった。じゅうぶんな高さまでくると、ヒュメイラとザイナブ１２２が慎重にそれを持ちあげ、できるだけそっと地面に置いた。

最後に、ナランが這いあがってきた。手も膝も擦り傷と切り傷だらけだ。「ふう。もうへとへと」

だが、だれもその言葉を聞いていなかった。ほかの四人はみな、愕然と目を見開いて屍衣を見つめている。引っぱりあげているあいだに、屍衣の一部が裂け、そこから顔が少し覗いていた。

「この人、顎ひげがある」サボタージュが言った。

ザイナブ１２２は戦慄の面持ちでナランを見あげながら、ゆっくりと状況を呑みこんだ。「アッラーよ、われらに慈悲を垂れたまえ。まちがった墓を掘ってしまいました」


「いったいどうしてこんなまちがいが起こったの？」顎ひげの男をみなで埋めなおし、墓を元どおりに均《なら》したあとで、ジャメーラが訊いた。

「病院のあのおじいさんのせいだよ」ちょっときまり悪そうに言い、ナランはポケットから紙切れを取り出した。「めちゃくちゃ読みにくい字でさ。七〇五二なのか七〇五三なのかよくわからなかったんだ。見当のつけようもないし。あたしのせいじゃない」

「もういいよ」ザイナブ122が優しく言った。

「さあさあ」ヒュメイラが気を取りなおして言う。「合ってるほうのお墓を掘ろうよ。今度はあたしたちも手伝う」

「あたしの手伝いはいいから」いつものしっかりした自分に戻って、ナランは鍬を手にした。「あいつをしっかり見張ってて」サボタージュを指さす。

サボタージュは顔をしかめた。弱虫扱いされるのは嫌いだ。気の弱い人間はだいたいそうだが、彼もひそかにこう信じている——小さいときからずっと、自分のなかにはヒーローがいて、出てきて全世界にほんとうの自分を見せたくてうずうずしているのだと。

一方ナランは、すでに鍬を振るいはじめていたが、肩甲骨のあいだが焼けるように疼いていた。腕や体のあちこちも痛む。まめができているんじゃないかと、こっそり手のひらを見てみた。男の外見を内面の自分に合わせて女の外見に変える、長く困難な道のりのなかで、何より失望を味わわされたのがこの手だった。耳や手は、手術で変えることが最も難しいパーツだと外科医に説明された。髪は植毛できるし、鼻は形を変えられるし、乳房は大きくできるし、脂肪は吸引してほかの部位へ注入できる——まったく別人のようになれるのは驚くべきことだ——けれども、手の大きさや形に関してはほとんどなすすべがないのだ。マニキュアを何本費やそうと、その埋め合わせにはならない。しかもナランは、厚くてがっしりした農民の手をしているから、長年それを恥ずかしく思ってきた。だが今夜ばかりはその手に感謝した。レイラも誇らしく思ってくれただろう。

今回は慌てず、慎重に掘り進めた。ヒュメイラ、ジャメーラ、ザイナブ122、そしてサボタージュまでが、ナランのかたわらで黙々と手を動かし、一度に少量ずつ土をすくい出していった。ふたたび底まで掘ってしまうと、またナランが飛びおり、またロープが投げ入れられた。

遺体を引っぱりあげる段階で、最初のときに比べて軽いのがわかった。そっと地面に横たえる。今度は何が出てくるかと、おっかなびっくり屍衣の隅を持ちあげた。

「レイラだ」ヒュメイラが、泣きそうな声で言った。

ザイナブ122が眼鏡をはずし、両手のひらで目を拭った。

ナランは汗まみれの額に張りついたほつれ髪を払いのけた。「じゃあ撤収だね。愛する人のところへ連れてってやろう」

みなで注意深く、レイラの遺体を手押し車に載せた。胴体と脚がうまくバランスを保つよう、ナランが遺体の位置を調整した。出発する前に、ナランはウオッカを多めにひと口あおった。食道を焼きながら胃の腑へ流れ落ちていくその液体は、懐かしいキャンプファイアのように、心地よく温かかった。


百フィートほど先で、また稲妻が空を貫いて地表に達し、つかの間、墓地全体が明るくなった。しゃっくりをしたのと同時だったので、サボタージュはひるみ、変な声を出した。やがて、それはうなり声に変わった。

「うなるの、いい加減にやめてよ」ナランが言った。

「ぼくじゃないよ！」

サボタージュの言葉はほんとうだった。犬の群れがどこからともなく現れた。十四ほど、いや、もっとたくさんいそうだ。大型の黒い雑種犬が、耳を前向きに伏せ、目を黄色く光らせ、歯をむき出して、群れの先頭に立っている。そして集団で近づいてきた。

「犬だ！」サボタージュが息を呑み、喉仏を大きく上下させた。

ザイナブ１２２が囁く。「それか、ジンかも」

「ケツを噛まれてみりゃわかるよ」ナランが言った。ジャメーラの盾になるべく、じりじりと近寄っていく。

「もし狂犬病の犬だったら？」ヒュメイラが訊いた。

ナランは首を横に振った。「あいつらの耳を見てみな、切りこみが入ってる。野犬じゃないんだ。去勢されてる。たぶんワクチンも打たれてる。じっとしててよ、みんな。こっちが動かなければ、襲ってこないから」そこでふと思いついて、こう言った。「何か食べ物を持ってきてる、ヒュメイラ？」

「なんであたしに訊くのよ？」

「そのリュックをあけて。何が入ってるの？」

「コーヒーだけだって」ヒュメイラはとっさに言ったが、すぐにあきらめた。「認めるよ、食べ物もちょっと入ってる」

リュックサックから、夕食の残り物が出てきた。

「そんなもの持ってきたなんて信じられない」ザイナブ１２２が言った。「どうするつもりだったの？」

ナランが言った。「決まってるじゃん、真夜中の墓地での楽しいピクニックだよ」

「お腹が空くかもしれないと思っただけ」ヒュメイラは膨れ面をした。「長い夜になりそうな感じだったし」

五人は犬たちに食べ物を投げた。三十秒でそれはなくなった――が、群れに争いを生じさせるには三十秒あればじゅうぶんだった。全匹がありつけるだけの食べ物はないとわかったとたん、喧嘩が勃発した。一分前には、彼らはチームだった。いまは敵どうしだ。ナランは小枝を一本つかみ、それをミートソースに浸して、できるだけ遠くへ放り投げた。互いを威嚇しながら、犬たちは小枝を追って駆け出した。

「行っちゃったね!」ジャメーラが言った。

「いまのうちはね」ナランは警告した。「急がなきゃ。かならず固まって移動するんだよ。早歩きで行くけど、急な動きはだめ。極力、犬を刺激しないようにね、わかった?」

新たな使命感に燃えながら、ナランは手押し車を押していった。道具を携え、疲れた足を引きずりつつ、一行はトラックをめざして、来た道を戻った。風があるにもかかわらず、遺体からはかすかに異臭がしていた。たとえにおいがもっと強くても、亡き友を気遣って、だれも口に出しては言わなかっただろう。レイラは昔から香水が大好きだったから。

計画変更

とうとう降ってきた雨は、ほとばしるように激しかった。轍に足をとられながら泥道を進むナランは、手押し車を操るのに難儀していた。サボタージュは、ジャメーラに一本しかない傘を差しかけてやりながら、のろのろと歩いていた。服の下までびしょ濡れになったいまは、いくらかしらふに戻っている。ふたりの後ろに続くヒュメイラは、不慣れな激しい運動に息を荒くし、吸入器にしっかり指をかけていた。わざわざ下を見なくても、ストッキングが無残に破れて、足首の擦り傷から血が出ているのがわかる。最後尾をよたついて歩くザイナブ122は、水を吸ってガボガボ鳴る靴のなかで足を踏んばり、自分より長身で脚力もある人たちに遅れまいとしていた。

ナランは顎を突き出し、唐突に立ち止まった。懐中電灯のスイッチを切る。

「なんで消しちゃうの？」ヒュメイラが言った。「何も見えないじゃない」

実際はそうとも言えなかった——どれだけ薄暗くとも、月明かりがせまい道を照らしてくれていた。

「ちょっと、静かにして」ナランの顔に懸念の色がよぎった。全身を硬直させている。

「どうしたの？」ジャメーラが小声で言った。

ナランはおかしな角度に首を傾け、遠くの音に耳をそばだてた。「あそこの青いライトが見える？茂みの陰に警察の車がいるんだよ」

みながその方向を見ると、墓地の門の六十フィートほど先にパトロールカーが停まっていた。

「嘘でしょ！　もうおしまい。みんな捕まっちゃう」ヒュメイラが言った。

「どうしたらいい？」いまやっと追いついたザイナブ122が言う。

ナランは何も考えつかなかった。とはいえ、常々思っているとおり、リーダーの仕事の半分はリーダーらしくふるまうことだ。「じゃあこうしようか」間を置かずに言う。「手押し車はここへ置いていく、ギコギコうるさいしね——こんな土砂降りでも。あたしがレイラを運ぶから、このまま歩きつづけよう。トラックにたどり着いたら、全員があたしと一緒に前の座席に乗りこむ。レイラは荷台に載せる。あたしが毛布でくるむよ。で、音を立てないようにここからゆっくり出ていく。幹線道路に出たら、アクセルを踏みこんで、さようなら。鳥のように飛んでく！」

「気づかれないかな？」サボタージュが訊いた。

「最初は大丈夫、これだけ暗いんだし。そのうち気づくだろうけど、そのときにはもう遅いよ。突っ走っていくから。この時間にはほかの車もいない。まじめな話、きっとうまくいくって」

またしても無茶な計画に、またしても、みな揃って同意した。もっといい代案はだれも出せなかった。


ナランはレイラの遺体を腕に抱えあげ、それから肩に担いだ。

〝これでチャラだね〟と考えた。暴漢どもに襲われたあの夜を思い出しながら。

あれはディー・アリが死んだずっとあとのことだった。彼と結婚していたあいだ、レイラはまた街角に立つ日が来るとは夢にも思っていなかっただろう。人生のそのパートはもう終わったと、過去が気まぐれにはずせる指輪であるかのように、みなに話していた。だれよりも自分にそう言い聞かせていた。だが当時は、どんなことも可能に見えていたのだ。愛が若さと軽やかにタンゴを踊っていた。レイラは幸福だった——望むものすべてを手にしていた。そんなときディー・アリが、彼女の人生に登場したときと同じくらい突然に、この世を去った。そしてレイラに、決して癒えることのない心の痛手と、膨れあがっていく借金を残した。あとでわかったことだが、ディー・アリはビター・マーに支払った金を、本人が言っていたように革命の同志からではなく、高利貸しから借りていたのだった。

ナランはいま、よく三人で食事した、アスマリメスシットのレストランでの一夜を思い出していた。ブドウの葉のピラフ巻きとイガイのフライ（ディー・アリがみなのために注文したが、主にレイラが食べた）、ピスタチオのバクラヴァとマルメロの実のクロテッドクリーム添え（レイラがみなのために注文したが、主にディー・アリが食べた）、そしてラクをボトルで（ナランがみなのために注文したが、主に自分が飲んだ）。その夜の終わりには、ディー・アリは面白いほど酔っ払っていた。それは〝革命家の規律〟なるものを守っている彼には珍しいことだった。ナランは彼の革命仲間とはまったく顔を合わせていなかった。レイラもそうで、そのころには結婚して一年以上経っていたことを思うと、おかしな話だった。ディー・アリがはっきりそう言ったことはなかったし、尋ねても否定しただろうけれど、自分の妻やその癖のある友人を同志たちに気に入ってもらえる自信がないのだな、と容易に察しがついた。

ナランがその話を持ち出そうとすると、いつもレイラはきつい目でにらんで、強引に話題を変えた。いまは大変な時期だから、とレイラはあとからナランに言ったものだった。罪もない市民が殺されてるし、毎日どこかで爆弾が炸裂してるし、大学は戦場と化してるし、通りには極右の民兵がうようよしてるし、監獄では拷問が日常化してる。ある人にとって、革命はただの言葉かもしれないけど、別の人にとっては生死のかかった問題なの。情勢がこんなに悪化して大勢の人がこんなに苦しんでるときに、まだじかに会ってくれてないからって、若者のグループに反感を持つのはばかげてる、と。ナランは丁重に異論を唱えた。あたしや、あたしの豊胸したての乳房をおおらかに抱擁する余裕もないとはどういう革命なのか、こっちが知りたいと。

その夜、ナランはディー・アリにそれを訊いてやろうと心に決めていた。窓際のテーブル席にすわっていると、スイカズラとジャスミンの香りが風に運ばれてきて、煙草と揚げ物とアニスの実のにおいと混ざり合った。

「あんたに訊きたいことがあるんだけど」ナランはレイラの視線を避けながら言った。

すぐさまディー・アリは姿勢を正した。「嬉しいね、ぼくもきみに質問があるんだ」

「へえ！　じゃあお先にどうぞ」

「いや、きみから」

「ほんとにいいって」

「わかった。西欧の都市とこの国の都市との最大のちがいは何かって訊いたら、きみはどう答える？」

ナランはラクをぐいっと飲んでから答えた。「そう、こっちじゃ、あたしたち女は、だれかにいたずらされたときにそのくそ野郎をちくりと刺してやれるように、安全ピンを持ってバスに乗らなきゃならない。西欧の大きな街はたぶんそんなふうじゃないでしょ。もちろん、何事にも例外はあるけど、大雑把には、〝こっち〟と〝あっち〟の明らかなちがいは、公共のバスで使われる安全ピンの数だって言っとくよ」

ディー・アリはにやりとした。「ああ、それもあるかも。けどぼくは、いちばんのちがいは墓地だと思うな」

レイラが興味津々の目を向けた。「墓地？」

「ああ、そうだよ」ディー・アリはレイラの前の手つかずのバクラヴァを指さした。「それ、これからまだ食べる？」

夫が小学生並みの甘党なのを知っているので、レイラは皿を彼のほうへ押しやった。

ディー・アリが言うには、ヨーロッパの主要都市の埋葬地は、きっちり区画整理されて手入れも行き届いていて、王室の庭園と言っても通るほど緑豊からしい。イスタンブルではそうはいかなくて、地上で営まれている生活に劣らず墓地も荒れている。ただそれは、単にきれい好きかどうかの問題というわけでもない。歴史上のある時点で、ヨーロッパ人は死者を町はずれに追いやるという名案を思いついた。〝見えないものは忘れ去られる〟からというよりは、〝見えないものは都会の生活を邪魔しない〟からといったほうが正確だ。墓地は都市の城壁の外に造られ、亡霊は生者から遠ざけられた。それは白身から黄身を取り除くように、すみやかに効率よくおこなわれた。その新たな措置は、結果として非常に有益だとわかった。もはや墓石を――人生の儚さと神の厳格さを思い出させるいやなものを――見なくてすむようになると、ヨーロッパの市民はにわかに行動的になった。日々の生活から死の影を追い出したので、ほかのことに集中できるようになった。独唱歌《アリア》を作曲し、ギロチンや蒸気機関車を発明し、世界のほうぼうを植民地化し、中東を分割し……。そういうことや、もっとすごいことをなし遂げることができる。しょせんは死すべき存在だという不安の種を無視してさえいれば。

「イスタンブルはどうなの？」レイラは訊いた。

バクラヴァの最後のひと切れをすくいながら、ディー・アリは言った。「こっちはちがう。この街は死者のものだ。ぼくらのものじゃなく」

イスタンブルでは、一時的な住人にして招かれざる客なのは生者のほうで、きょうここにいてもあすにはいなくなるのだと、心の底でだれもが承知している。白い墓石が、至るところで――幹線道路沿いや、ショッピングモールや、駐車場や、サッカー場で――市民の目をとらえ、糸の切れたネックレスの真珠みたいに、あらゆる隅に散らばっている。数百万のイスタンブル市民が潜在能力のほんの一部しか発揮できていないとしたら、それは気が滅入るほど墓が身近にあるせいだとディー・アリは言った。夕日に赤く輝く大鎌を手にした死神がすぐそこの角にいるのをしじゅう意識していれば、人は革新の意欲を失ってしまう。だからこそ修復計画は頓挫し、基幹施設の整備は進まず、集合的記憶はティッシュペーパー並みに薄弱なのだ。だれもが最終出口へ向かってつるつる滑っていくさなかに、どうして未来の設計や過去の保存にこだわっていられようか。民主主義、人権、言論の自由――どのみちみな死ぬのだとすれば、それらにどんな意味があるのか。墓地の造られ方と死者の扱われ方が、文明と文明のあいだの何より顕著なちがいだ、とディー・アリは締めくくった。

三人はそれきり黙りこんで、店内でナイフやフォークや皿がかちゃかちゃいう音を聞いていた。そのあとなぜ自分がそんなことを言ったのか、ナランはいまだに解せずにいる。その言葉は、それ自体が意志を持っているかのように、するりと口から出てきた。

「くたばるのはあたしが最初だよ、まあ見てて。あんたたちには、お墓のまわりで涙なんか流さないで、踊ってもらいたいね。煙草吸って、お酒飲んで、キスして、ダンスして――それがあたしの遺言」

ナランがそんなことを言いだしたのに動揺して、レイラは顔をゆがめた。そして頭上で明滅している蛍光灯を仰ぎ見たが、その美しい目はいま、雨の色をしていた。けれどもディー・アリは、ただ笑みを浮かべていた――優しく、悲しげな笑みを。まるで心のどこかで、ナランが何を言おうと、いちばん先にいなくなるのは自分だと知っているかのように。

「それで、きみの訊きたかったことって?」ディー・アリは言った。

そのとき急に、ナランは気が変わった。もうどうでもよかった。なぜ自分たちを彼の同志に会わせてくれないのかとか、来るかどうかもわからないその明るい未来で、革命はどんなふうになっているのかとか、そんなことはもう。たぶんこの街には、思いわずらうに値するものなどないのだろう。ここでは何もかもが常に移り変わって消えていきつつあり、信じられるたしかなものは、すでに半ば過ぎ去った、いまのこの瞬間だけなのだから。

ずぶ濡れで疲れきった体で、五人はシボレーにたどり着いた。全員が前の座席に乗りこんだ——運転者を除いて。ナランは荷台で、かいがいしくレイラの遺体をくるみ、そのまわりにかけたロープをトラックの側板に結んで、転がり落ちないよう固定した。満足すると、ほかの四人に加わり、静かにドアを閉めて、ずっと抑えていた息を吐き出した。

「さてと。みんな準備はいい？」

「いいよ」ヒュメイラが沈黙を破って言った。

「じゃあ、とにかく静かにね。いちばん大変なとこは終わったから。きっとやり遂げられる」

ナランはイグニションにキーを差しこみ、そっとまわした。エンジンがかかった次の瞬間、音楽がけたたましく鳴った。ホイットニー・ヒューストンが夜に向かって、傷ついた心はどこへと問いかける。

「くそっ！」ナランは言った。

テープデッキに手を叩きつけたが、もう遅すぎた。車をおりて脚を伸ばしていた警官ふたりが、茫然とこちらを凝視していた。

ナランはバックミラーに目をやり、警官たちが車に駆けもどるのを見つめた。ぐっと胸をそらして言う。「いいや、計画変更。しっかりつかまって！」

都市*へ戻る

　雨で滑りやすい路上でタイヤが空転するなか、シボレーは四方八方へ泥をはね散らしながら、丘を突っ走り、森を突っ切った。道路の両脇に、風雨で傷んだポスターや広告板があった。ひとつは、端のほうが全部めくれて文字しか読みとれなかった――〝ようこそキリオスへ……あなたの夢見る休暇を……すぐそこでお気軽に〟

　ナランはアクセルをベタ踏みしていた。パトロールカーがサイレンをやかましく鳴らしているものの、まだはるか後方にいるし、その小型のシュコダはぬかるみの上を滑ったり制御しきれず横滑りしたりして、加速するのもままならないようだ。それでにわかにナランは、ぬかるみに、雨に、嵐に、この古いシボレーに感謝した。街に入ったら、あのパトロールカーを速度でしのぐのはいまより難しくなる。その先は自分を信じるのみだ。裏道には詳しい。

　高いモミの木の林が中央にある道路の分岐点で右へ曲がると、ヘッドライトのまぶしさで、シカがその場に凍りついた。そのシカを見て、ナランはとっさにあることを思いついた。車軸の向きを縁石と平行にし、車高がじゅうぶんあることを祈りつつ、モミの林にまっすぐトラックを乗り入れ、即座にヘッドライトを消した。瞬く間の早業だったので、だれもひとことも発しなかった。五人は待った――運命を信じ、神を信じ、人知の及ばぬ力を信じて。一分後、パトロールカーがこちらの車には気づかずブーンと走り過ぎ、十マイル先のイスタンブルへ向かっていった。

＊原注：〝イスタンブル〟の名は〝都市へ〟を意味する中世ギリシャ語イス・テン・ポリンが転訛したもの。

道路へ戻ったときには、視界に入る車は自分たちのトラックだけになっていた。最初の交差点で、頭上で風に揺れている信号が緑から赤に変わったが、フルスピードで走り抜けた。はるか遠くに街が見えてきて、その輪郭の上方で、オレンジ色の光線が暗い空を貫いた。もうじき夜が明ける。

「やってることがちゃんとわかってるといいんだけど」もはや祈りを唱えつくしたザイナブ122が言った。スペースが足りなくて、彼女は半ばヒュメイラの膝の上にすわっている。

「心配ご無用」ナランが言い、ハンドルをきつく握りなおした。

「そうよ、何を心配するの？」ヒュメイラが言った。「ナランがこの調子で運転を続けるんなら、あたしたち、どうせそう長くはこの世にいないよ」

ナランはかぶりを振った。「もう、緊張させるのやめてよ、みんなして。街に入ったら、もっと目立たずに動けるって。あたしが裏道を見つけるし、そうしたら消えたも同然だよ！」

サボタージュは窓の外を眺めていた。ウオッカの効き目は三段階で彼を襲った。最初は興奮、次は恐怖と不安、そして最後は憂鬱だ。助手席の窓をおろした。風が吹きこんで窮屈な空間を満たす。どれだけ冷静になろうとしても、どうやったら警察を振りきれるのかわからなかった。そしてもし、死体と怪しい見てくれの女たちと一緒のところを捕まったら、妻と超保守的な義理の家族になんと言えばいいのか。

サボタージュはシートにもたれ、目を閉じた。暗闇が目の前に広がり、レイラが現れた。大人の女性ではなく、少女のころのレイラが。学校の制服を着て、白いソックスと爪先の少し傷んだ赤い靴を履いている。脇目も振らず、レイラは庭の木のほうへ駆けていき、膝をついて土をひとつかみすると、それを口に押しこんで嚙んだ。

その行動を見ていたことを、サボタージュは一度もレイラに話さなかった。あのときはひどいショックを受けた。人が土を食べようなんてどうして思う？　それから間もなく、レイラの腕の内側の切り傷にも気づいて、脚や腿にもまだあるのかもしれないと思った。心配になって問い詰めたけれど、レイラはただ肩をすくめた。〝大丈夫、やめどきはわかってる〟と。その告白は、まさしく罪の告白だったから、なおいっそうサボタージュの懸念を深めた。彼は、だれよりも前に、だれよりも鋭く、彼女の苦悩を見抜いていた。深く濃密な悲しみが彼のなかに根づいた。心臓を手のなかに握られた。だれにも明かさずにいて、長年のあいだに大きく育った悲しみ。だれかの苦悩を自分のもののように心に抱くことが愛でないなら、何を愛というのか？　手を差し伸べると、目の前の少女は、幻のように消えた。

サボタージュ・シナンの人生は、後悔の連続だったが、そのどれとも比較にならないほど悔やんでいるのは、レイラについぞこう言えなかったことだ——ヴァンでの子供時代、青く晴れわたった空の下を毎朝一緒に登校し、休憩時間に互いを見つけ、夏にはあの大きな湖のほとりで水切り遊びをし、冬には湯気の立つサーレップ（ランの球根の粉末と牛乳と砂糖を煮詰めた飲み物）のマグを手に庭の塀に並んですわり、アメリカ人画家の絵を眺めたあのころ、とうに失われたあの日々以来ずっと、ぼくはきみのことを愛していたと。

キリオスからの道路とちがい、イスタンブルの街路は、こんなとんでもない早朝でさえ、がらがらにはほど遠かった。シボレーはアパートメントの並ぶ街区をひとつまたひとつと走り過ぎたが、各戸の窓は抜けた歯かくりぬかれた目のように暗くうつろだった。ときどき、トラックの前に予期せぬものが現れた——野良猫、夜勤明けの工場労働者、高級レストランの前で煙草の吸い殻を探す路上生活者、わびしく風に飛ばされていく傘、車道の真ん中に立って自分にだけ見える幻に笑いかけている麻薬常習者。それだけにナランは、いっそう油断なく、いつでも急ハンドルを切れるよう前のめりになっていた。不満げにぼやく。「この人たち、頭どうかしたの？　この時間はみんなベッドにいるはずでしょ」

「まちがいなく、向こうもあたしたちを見てそう思ってるね」ヒュメイラが言った。

「ふん、こっちには使命があるんだ」ナランはバックミラーを一瞥した。

失読症に加え、ナランには軽い統合運動障碍があった。運転免許を取るのも彼女には簡単ではなかったし、ヒュメイラは下品な嫌みを言っていたけれど、あれはそう的はずれでもなかった。教習所の教官に色目を使ったのだ。ほんのちょっと。それでもあれからの年月、一度も事故は起こしていない。埋もれたビザンティン帝国の宝よりも一平方ヤードあたりの乱暴運転者の多い街では、なかなかの偉業だ。運転はある意味でセックスに似ていると、ナランは昔から思っていた。最大限に楽しむには、焦る必要はなく、常に相手のことを考える必要がある。〝道程を大事にし、流れに身をまかせ、張り合わず、決して支配しようとしないこと〟。だがこの街は、人生に疲れたかのように、赤信号をぶっちぎったり、緊急待避用の路肩を走ったりするいかれた車だらけだ。ときどき、ナランは戯れに、そういう車のリアバンパーから数インチのところまで車間を詰めて、ヘッドライトを点滅させ、クラクションを鳴らしてやる。そうやって危険なほど接近すると、ぶらさがった芳香剤や、サッカーチームの三角旗や、天然石の数珠のすぐ上のバックミラーに映った運転者の目が見えるので、その表情をとくと眺める——自分が女にあおられていて、しかもその女は女装した男かもしれないと気づいたときの、ぎょっとした表情を。

ベベクの近くまで来ると、古きオスマン墓地と、さらにのぼったところのボスポラス大学に至る急な坂道の角に、パトロールカーが停まっているのが見えた。あれは自分たちを待ち伏せしているのか、それともただの休憩中のパトロールカーなのか。どちらにせよ、見られる危険は冒せない。ギアを入れ変えて、ナランはすばやくUターンし、アクセルを踏みこんで速度計の針を赤いゾーンへ一気に振れさせた。

「どうするの?」ジャメーラが訊いた。額に玉の汗が浮いている。前日の精神的ショックと徹夜の奮闘がいま、その弱った体に響いているのだ。

「別の墓地を探そうか」ナランが言った。いつもの命令口調ではなくなっていた。

もう残り時間は少なかった。ほどなく朝になり、トラックの荷台の行き場のない死体とともに取り残されるだろう。

「けど、じきに明るくなるよ」ヒュメイラが言った。

どうやらついに状況を制しきれなくなり、返す言葉を必死に探しているナランを見て、ザイナブ122は目を伏せた。墓地を出てからずっと、良心の痛みに苛まれていた。レイラの遺体を掘り出したのをひどく後悔していたし、アッラーの眼前でみなが罪を犯してしまったのを気に病んでいた。ところがいま、柄にもなくまごついているナランを見ていたら、天啓を受けたような衝撃で、ある考えが浮かんだ。たぶん、細密画に描かれた人々のように、互いを補い合ったときにより強くなり、より輝きを増し、ずっと生き生きするのがこの五人なのだ。たぶん自分は、肩の力を抜いて、凝り固まった思考パターンを捨て去るべきなのだろう、結局この目的は、レイラを手厚く葬ることなのだから。

「この時間に別の墓地なんてどうやって探すんだよ？」口ひげを引っぱりながら、サボタージュが訊いた。

「その必要はないかも」ザイナブ122がとても静かに言ったので、みなが聞き耳を立てた。「埋葬はしなくていいのかも」

ナランが怪訝そうに顔をゆがめた。「なんだって？」

「レイラは埋葬を望んでなかった」ザイナブ122は言った。「一、二度ふたりでそういう話をしたの、娼館にいたころ。この街の四人の守護聖人について話してたときかな。〝いつか聖人の霊廟の隣に埋葬してもらいたい〟ってわたしが言ったら、レイラは〝いいじゃない、そうなるといいね。でもあたしはいやだな。もし選べるんなら、地面の六フィート下に埋めてもらいたくはない〟って言ったの。そのときはちょっと苛ついたのよね、わたしたちの宗教では、はっきり埋葬と決まってるから。そんなこと言うもんじゃないって諭したけど、レイラは譲らなかった」

「どういうことだ？　レイラは火葬を望んでたのかい？」サボタージュが声高に言った。

「ちがう、そうじゃなくて」ザイナブ122は眼鏡を押しあげた。「レイラは海のことを言ってたの。自分が生まれた日に、家のだれかがガラスの鉢で飼ってた魚を小川に放したんだって。それが海まで泳いでいくかもって考えがすごく気に入ってたみたいで。だから自分は、死んだらその魚を探しにいくんだって言ってた、金槌なのにね」

「つまり、レイラは海に投げこんでもらいたがってたってこと？」ヒュメイラが訊いた。

「うーん、投げこんでほしかったかどうか、具体的なところはわからない。遺言書のたぐいは残してなかったみたいだし。でも、そう、土の下より水のなかがいいって言ってたの」

ナランは道路から目を離さずに、顔をしかめた。「なんでそれを先に言わなかったの？」

「なんでそんなことを？　あれはただの雑談で、まじめに話し合ったわけじゃないもの。それに、その行為は罪だし」

ナランはザイナブ122に顔を向けた。「じゃあなんでいまになって話すわけ？」

「だって急に、それが腑に落ちたから」ザイナブ122は言った。「レイラの選択はたしかにわたしのとは合わないけど、それでも尊重はしたい」

全員がいま、考えこんでいた。

「さあ、どうする？」ヒュメイラが訊いた。

「海へ連れていこう」ジャメーラが言った。彼女独特の、軽やかで確信に満ちたその声が、ほかのみなに、初めからそうしているべきだったのだと感じさせた。

そうと決まるが早いか、シボレー・シルバラードはボスポラス大橋へ急行した。その昔、レイラが数千のイスタンブル市民とともに開通を祝ったその橋へ。

第三部　魂

橋

「ヒュメイラ？」

「んん？」

「大丈夫、あんた？」ハンドルをきつく握ったまま、ナランが訊いた。

半分閉じかかったまぶた越しに、ヒュメイラは答えた。「ちょっと眠いだけ、ごめん」

「今夜は何か薬飲んでたの？」

「ちょっとばかし飲んだかもね」ヒュメイラは力なく微笑んだ。その頭がジャメーラの肩にこてんと倒れる、まさに眠りに落ちるように。

ナランはため息をついた。「どうしようもないね！」

ヒュメイラが楽な姿勢になるよう、ジャメーラは少し横へずれて体を近づけた。

まぶたが完全に閉じたとたん、ヒュメイラはとろけるような眠りに沈みこんだ。マルディンで、姉の腕に抱きあげられている子供の自分が見える。大好きな姉だ。そこにほかの兄弟姉妹が加わり、笑いながら輪になってくるくるまわっている。遠くでは、収穫途中の畑が平坦に広がっていて、聖ガブリエル修道院の窓に日が当たっている。みなをそこに残し、石の裂け目を吹き抜ける風の音を聞きながら、ヒュメイラはその古い修道院めざして歩いていく。その建物はどこか様子がちがって見える。近くまで行くと、その理由がわかった――煉瓦ではなく錠剤でできているのだ。水や、ウィスキーや、コカ・コーラや、紅茶で、そして水なしでヒュメイラが飲みくだしてきたすべての錠剤で。顔がみるみるゆがんだ。そして泣きじゃくった。

「落ち着いて、ただの夢だよ」ジャメーラが言った。

ヒュメイラは泣きやんだ。トラックの走行音にも動じず、穏やかな顔つきになる。豊かな髪はほどけていて、濃い黄色に染まっていない根もとは生まれつき黒い。

ジャメーラは、幼いころ母親が聞かせてくれた子守歌を歌いはじめた。アフリカの空と同じくらい澄みきった声で。それを聴いていると、ナランと、サボタージュと、ザイナブ122はみな、ひとつも言葉はわからないながら、その歌に温もりを感じた。文化はちがっても似たような習慣と旋律が生まれ、世界のどこでも、人は苦痛にあえぐとき愛する者の腕のなかで優しく揺すられるのだと思うと、妙に心安らぐものがあった。

シボレーがボスポラス大橋めざして突っ走るなか、輝きに満ちた夜明けが訪れた。レイラの遺体が金属のゴミ容器のなかで発見されてから、まる一日が過ぎていた。

汗で湿った髪を首に張りつけ、ナランはエンジンの回転をあげた。トラックが咳きこむような音を立てて震えたので、一瞬、失望させられるかと不安になったが、ごろごろうめきつつも加速してくれた。ハンドルを片手でしっかり握り、もう片方の手でハンドルを軽く叩きながら、ナランは小声で言った。「うんうん、わかるよ。あんたも疲れたんだね」

「いま、車に話しかけてる?」ザイナブ122がにやつきながら言った。「なんにでも話しかけるんだね――神さまは除いて」

「それじゃあさ、約束する。これが成功したら、あのおかたに挨拶するよ」

「見て」ザイナブ122は窓の外を指さした。「あのおかたが、ちょうど挨拶してくれてるみたいよ」

外では、水平線沿いの空一帯が、牡蠣の貝殻の内側の、玉虫色に光る淡い紫に変わっていた。広大な海には船や釣り舟が点々と浮かび、街はどこにも角張ったところがないかのように、つるりとなめらかに見える。

アジア側の岸へ向かっていくと、豪壮な大邸宅群が見えてきた。その向こうには中産階級の剛健な戸建て住宅群が見え、さらに遠くの丘の上には、崩れそうなあばら屋が何列も何列も立ち並んでいた。建物のあいだには、墓地や聖人の霊廟が点在していて、白帆を思わせるそれらの古い墓石は、いまにも漂っていきそうだった。

目の端でヒュメイラの様子をたしかめながら、ナランは煙草に火をつけた。喘息の人も眠りこんでいれば症状が出ないというわけではないけれど、普段よりは罪悪感がなかった。あけた窓から煙を吐き出すようにしたが、風のせいで全部なかへ戻ってきた。

投げ捨てようとしたとき、隅にいるサボタージュが突然言った。「待った。その前にぼくにも吸わせて」

サボタージュは物思いにふけりながら、静かに一服した。子供たちはいまごろ何をしているだろうと考えた。一度もレイラに会わせなかったことが悔やまれた。いつかみんなで集まって美味しい朝食か昼食をとろうと、ずっと考えていたのだ。あの子たちは、自分がそうだったように、たちまち彼女を好きになっただろうに。いまとなってはもう遅い。思えば自分は、いつでも、何をするにも遅きに失していた。隠れたり、何かを装ったり、人生を細かく分割したりするのはもうやめて、自分にまつわる多くの真実を集合させる道を探さなくてはいけない。友人たちを家族に引き合わせ、家族を友人たちに引き合わせ、もし家族が友人たちを認めてくれなければ、力を尽くしてわかってもらうべきだ。それをするのがこれほど難しくなければいいのに。

サボタージュは煙草を投げ捨て、窓を閉めて、ガラスに額を押しつけた。自分のなかの何かが動きだし、力を集めつつあった。

バックミラーをたしかめたナランは、だいぶ後方でパトロールカーが二台、橋へ通じるこの道路に入ってくるのを見た。目をまるくする。これほど早く追いつかれるとは予想していなかった。「警察の車が二台いるよ！　後ろのほうに」

「だれかひとりがおりて、警察の注意をそらしたほうがいいかな？」サボタージュが言った。

「わたしにやらせて」ザイナブ122が即座に言った。「遺体のことではみんなに手を貸せないだろうけど、これならできる。怪我したふりか何かすればいいよ。警察も停まるしかなくなるでしょ」

「本気？」ナランが言った。

「ええ」ザイナブ122はきっぱりと言った。「本気も本気」

ナランはトラックを急停止させて、ザイナブ122がおりるのを手伝い、すぐにまた走りだした。ヒュメイラが、騒ぎに眠りを妨げられて薄目をあけ、シートの上でもぞもぞ動いたあと、また眠りこんだ。

「幸運を祈ってる。気をつけて」開いた窓からナランが声をかけた。

そして車は走り去った。歩道に残されたザイナブ122と広い街とのあいだに、彼女の小さな影がたたずんでいた。

橋の途中で、ナランはブレーキを踏んで左へ急ハンドルを切った。車は路肩へ寄っていき、スリップして停まった。

「さてと、手伝ってほしいんだけど」珍しく素直に、ナランは言った。

サボタージュがうなずき、ぐっと胸を張った。「いいとも」

ふたりは急いでトラックの後部へまわりこみ、レイラを固定していたロープをほどいた。すみやかに、サボタージュはポケットからスカーフを取り出して、屍衣の折り目に押しこんだ。「プレゼントを忘れるわけにはいかないからね」

ふたりは一緒に、レイラの遺体を肩に担いで、重みを分散させ、膝の高さの柵のほうへすり足で向かっていった。慎重に柵をまたぎ越し、そのまま歩きつづける。外側の欄干にたどり着くと、その金属の上面に遺体をそっとおろした。人間をにわかに小さく見せる、頭上からジグザグに垂れた巨大な鋼のケーブルの下で、ふたりはひと息つきながら、目と目を見交わした。

「いくよ」断固とした顔つきで、サボタージュが言った。

ふたりは欄干の上の遺体を、最初はそっと、遠慮がちに押した。初めて登校した子供に教室へ入るよう促すときのように。

「おい、そこのふたり！」

ナランとサボタージュはふたりとも凍りついた――空気を切り裂く男の声、鋭くきしむタイヤの音、ゴムの焦げるにおいに。

「やめろ！」

「動くな！」

パトロールカーから、大声で命令しながら警官が駆けおりてきて、もうひとりが続いた。

「そいつらは人を殺した。死体を遺棄しようとしてる！」

サボタージュが青ざめた。「いや、ちがう！　彼女はもう死んでた」

「黙れ！」

「その男を地面に置け。ゆっくりと」

「女だよ」ナランは思わず言った。「ねえ、お願いだから説明――」

「しゃべるな！　身動きもするな。これは警告だ、撃つぞ！」

もう一台、パトロールカーが停まった。後部座席にすわっているのはザイナブ１２２で、目に恐怖をたたえ、顔面蒼白になっている。長くは警官の注意をそらしておけなかったのだ。何ひとつ計画どおりにいかない。

警官がまたふたりおり立った。

橋の反対側の車線では、交通量が増えはじめていた。ゆっくり走り過ぎる車の窓から、物見高い顔が覗く。スーツケースを後部座席に積みあげ、休暇帰りの家族を運んでいる自家用車。すでにそこそこ混んでいる市バス。朝の早いその乗客たち――掃除婦、店員、行商人――はいま、一様にぽかんと口をあけている。

「死体をおろせと言ってるんだ！」警官は繰り返した。

ナランは目を伏せながら、一瞬、何かを悟った顔をした。レイラの遺体は当局の手に渡り、ふたたび寄る辺なき者の墓地に埋められるのだろう。自分たちはもう何もできない。努力はした。でも失敗に終わった。

「ごめんね」サボタージュのほうへ半ば顔を向け、ナランは囁いた。「全部あたしのせいだ。何もかも台なしにした」

「急な動きをするな。手は上にあげておけ！」

片方の腕でまだ遺体をつかみながらも、ナランは警官のほうへ小さく一歩踏み出し、降参のしるしに空いたほうの手をあげた。

「死体をおろせ！」

ナランは膝をつき、遺体をそっと歩道に引っぱりおろそうとしたが、サボタージュが同じことをしていないのに気づいて、動きを止めた。どうしたのかと、そちらへ目をやる。

サボタージュは、警官たちの言ったことをひとことも聞いていなかったかのように、じっと立っていた。目をおおかた閉じると、空や海や街全体からすべての色が消え、いっとき、あらゆるものがレイラの好きな映画と同様のモノクロになり、一本のフラフープだけが生き生きと回転して、明るくはっきりしたオレンジ色の円を描いた。そんなふうに昔に戻れたらどんなによかったか。レイラを遠くへ連れ去ってしまうバスの切符代を渡す代わりに、ヴァンに残って自分と結婚してほしいと頼んでいれば、どんなによかったか。なぜあんなにも臆病だった？　言うべきときに言うべき言葉を口にしなかった代償は、なぜこれほど大きい？

突如力が湧いてきて、サボタージュは前のめりになり、遺体を欄干の向こうへ突き落とした。顔に吹きつける潮風は、流れる涙と同じ味がした。

「やめろ！」

いくつもの音が空中で融け合った。カモメが鳴き、引き金が引かれ、サボタージュの肩に銃弾が当たった。激痛が走ったが、不思議と耐えられた。一瞬、空が見えた。果てしなく、恐れを知らず、寛大な空が。

トラックのなかで、ジャメーラが悲鳴をあげた。


レイラは虚空へ落ちていった。二百フィート以上を、まっすぐ急速に落下した。その下で、海はオリンピック・プール並みに青く明るくきらめいていた。落ちていくさなか、屍衣がいくらかほどけ、母が屋根の上で育てていたハトたちのように、レイラの周囲や上方を舞った。ただ、このハトたちは自由だ。彼らを閉じこめるケージはない。

水のなかにレイラは落ちた。

この世の狂騒から離れて。

青い闘魚《ベタ》

レイラは自分が、漕ぎ舟に乗った孤独な釣り人の頭上に落ちるのではないかと心配した。でなければば、橋の下を航行する船の上で景色を眺めているホームシックの水兵か。でなければ、豪華なヨットのデッキで雇い主の朝食を用意している料理人か。それは自分の運しだいだろう。だが、そんなことはひとつも起こらなかった。レイラはただ、鳴き交わすカモメたちと、ひゅうひゅうと吹く風の只中に落ちた。太陽が水平線上に顔を出していて、その対岸を網の目状に埋める家々や通りが燃えているように見えた。

上方では澄みわたった空が、前夜の嵐を詫びるように光を発していた。下方では、画家が絵筆で白い絵の具を散らしたような波頭が立っている。遠くの四方に見えるのは、混乱して取っ散らかっていて、傷ついていながら傷つけもする、だがいつもながらに美しい彼女、イスタンブルの街だ。

レイラは気分が軽かった。満たされていた。一ヤード落ちるごとに、負の感情をひとつ手放した——怒り、悲しみ、物欲しさ、苦痛、後悔、恨み、そのいとこの嫉妬。そういうものを、ひとつずつ、全部投げ捨てた。そして、全身を震わす喜びとともに、海面を突き破った。レイラの体が水を分かち、世界が活気づいた。それはいままでのどんな体験とも似ていなかった。無音で、無限の世界。レイラはあたりを見まわし、その広大さにもかまわず、すべてを視界におさめた。前方に小さな影が見えた。

それは青い闘魚《ベタ》だった。レイラが生まれた日、ヴァンの小川に放されたあの魚だ。

「やあ、やっと会えたね」魚は言った。「どうしてこんなに長くかかったの？」

レイラはなんと言っていいかわからなかった。水のなかでしゃべれるんだっけ？

まごついているレイラを微笑ましげに見て、青いベタは言った。「ついてきて」

声を取りもどしたレイラは、恥を忍んでこう言った。「泳ぎ方を知らないの。習ったことなくて」

「そんなの心配要らないよ。きみは知る必要のあることをみんな知ってる。一緒に来て」

レイラは泳いだ——最初はゆっくりと、ぎこちなく。やがてしなやかに、自信を持って、ぐんぐんピッチをあげていった。だが、どこかへたどり着こうとしているのではなかった。もう急いだり、逃げたりする理由は何もないのだ。タイの群れがレイラの髪と戯れて泳ぎまわる。ハガツオやサバが足先をくすぐる。イルカが波の上で宙返りしたり跳ねたりしながら、レイラをエスコートしてくれる。

レイラはそのパノラマを、テクニカラーの宇宙を見渡した。水中のどの方向にも、新たな日だまりがあって、別の日だまりに流れこんでいくようだった。レイラは沈没した客船の錆びついた残骸を見た。失われた財宝を、探査艇を、帝国の大砲を、沈んだままの車を、古代の難破船を見た。麻袋に詰めて宮殿の窓から押し出され、そのあと海に落とされた妾たちを見た。彼女らの宝飾品はいま海草にからまり、その目はいまだに、かくも残酷な最期を迎えさせた世界の意味を探している。レイラはオスマン帝国やビザンティン帝国時代の詩人や作家や反逆者を見つけた。裏切りの言葉や物議を醸す信条のせいで海に投げこまれた者たちだ。気味の悪いもの、優美なもの——あらゆるものがレイラのまわりに、豊富に存在していた。

苦痛を除くあらゆるものが。ここには苦痛のかけらもない。

レイラの心は完全に動きを止め、体はすでに腐敗しはじめていて、魂はベタを追いかけている。寄る辺なき者の墓地を出られて、レイラはほっとしていた。そして幸いにも、この活気あふれる世界の一部になれた。ありえないと思っていたこの癒やされる調和の、新たな炎のように青く輝くこの広大な海の一部になれた。

ついに自由《フリー・アット・ラスト》になった。

エピローグ

ヘアリー・カフカ通りのフラットは、風船や吹き流しや旗で飾られていた。当人はもういないけれど、きょうはレイラの誕生日だ。

「サボタージュはどこ?」ナランは訊いた。

彼をそう呼ぶのには、新しく理由ができた。彼はついに、そして完全に、自分の人生を破壊《サボタージュ》したのだ。いかがわしい友人たちにともなわれ、ボスポラス大橋から娼婦の死体を突き落として警官に撃たれたあと、サボタージュは新聞各紙の紙面を賑わせた。その同じ週に、彼は仕事と、結婚生活と、家を失った。妻がひとりの相手と長く不倫関係にあり、だから夜出かけていく夫を快く見送っていたことを、彼はいまごろになって知った。その事実が、離婚調停の際、いくらか彼に有利に働いた。妻の家族はと言えば、口もきいてくれなくなったが、ありがたいことに子供たちはちがい、毎週末に会うことを許されていて、それで何も文句はなかった。サボタージュはいま、グランドバザールの近くに小さな露店を出して、コピー商品を売っている。以前の給料と比べて稼ぎは半分になったが、それで満足していた。

「渋滞にはまってるんでしょ」ヒュメイラが言った。

ナランはマニキュアしたての手を振った。指には火のついていない煙草とディー・アリのジッポをはさんでいる。「もう車は持ってなかったと思うけど。今度はどんな言いわけするかね？」

「車がないからって言いわけだよ。バスに乗らなきゃならないし」

「もうじき来るよ。ちょっと待ってあげて」ジャメーラがなだめるように言う。

うなずくと、ナランはバルコニーへ出ていき、椅子を引き寄せて腰をおろした。通りを見おろすと、ビニール袋を手に食料雑貨店から出てきて、ややよたついて歩いているザイナブ12が見えた。

突然出てくる喫煙者の空咳に襲われて、ナランは横腹をつかんだ。肺のあたりが痛む。歳には勝てない。年金も貯蓄もなく、暮らしを支えていくものが何もない。レイラのフラットに一緒に住んで家賃を分担するというのは、自分たち五人がはじめた何より賢明なことだった。ひとりだけでは脆くても、集まれば強くなれる。

はるか遠く、屋根や円蓋の連なりの向こうには、ガラスのようにちらちら光る海があり、その水中深くのどこか、至るところにレイラがいる——無数の小さなレイラが、魚のひれや海草にしがみつき、二枚貝の貝殻のなかから笑っている。

イスタンブルは液体の街だ。ここには永続するものがない。どんなものも落ち着いていられない。これはみな、氷河が溶け、海面が上昇し、洪水が押し寄せ、知られていたすべての暮らしが破壊された、数千年前にはじまったことにちがいない。おそらく、厭世家が真っ先にこの地から逃げ出し、楽天家はしばらく待って事がどう転じるか見守ることを選んだだろう。人類の歴史において連綿と続く悲劇のひとつは、厭世家のほうが楽天家よりも生き残りに長けていたことだとナランは思っている。それはつまり、理論上、人類は人間らしさを信じない人々の遺伝子を持っているということだから。

洪水が来ると、水は四方八方から勢いよく流れこんで、その途上のあらゆるものを呑みこんだ——

動物も、植物も、人間も。こうして黒海や、金角湾や、ボスポラス海峡や、マルマラ海ができた。水はあたり一帯を流れ、合流して陸地をつくり出し、やがてそこに巨大都市が築かれた。

それはいまもって固体化していない、母なるこの街は。目を閉じると、ナランには足の下で暴れている水の音が聞こえる。流れを変え、渦を巻き、探しまわる水の音が。

流動は続く。

読者への注釈

本書には多くの事実を記しているが、物語全般はフィクションである。

キリオスの〝寄る辺なき者の墓地〟は実在の場所であり、急速に大きくなりつつある。最近では、ヨーロッパへ渡ろうとする途上、エーゲ海で溺死したますます多くの難民がそこに埋葬されている。彼らの墓も、ほかのすべての墓と同様、番号だけが記され、名前が記されることは稀だ。

作中に登場させたこの墓地の永眠者たちは、そこに葬られた人々についての新聞記事や実話――たとえばネパールからニューヨークの孫のもとへ向かっていた禅宗の尼僧の話など――を参考に創作した。

娼館通りも現実に存在し、作中に記述した一九六八年のベトナムでのソンミ村の虐殺や、一九七七年のイスタンブルでのメーデー集会の虐殺といった、歴史上の事件もまた事実である。狙撃手がそこから群衆に発砲した〈インターコンチネンタル・ホテル〉は現在、〈マルマラ・ホテル〉となっている。

一九九〇年まで、トルコにおける婦女暴行の容疑者は、被害者が売春婦であることを証明できた場合、申し渡された刑期を三分の一減らすという、刑法第四三八条の適用を受けていた。〝売春婦の精神または身体の健康が強姦によって悪影響を被るとは考えにくい〟との論拠により、立法者たちはその条項を擁護していた。一九九〇年、セックスワーカーを狙った暴行事件が増加するなか、国内各地で積極的な抗議がおこなわれた。市民社会からのこうした強い働きかけのおかげで、第四三八条は廃止された。しかしそれ以後の、男女平等、特にセックスワーカーの環境改善に向けた国内での法修正の動きは、あったとしてもごく少ない。

そして最後に、主人公の五人の友人はわたしの想像の産物だが、わたしがイスタンブルで出会った実在の人々――トルコ出身者、移住者、外国人――に触発されたところもある。レイラとその友人たちはまったく架空のキャラクターではあるが、この小説のなかで描いた友情は、少なくともわたしの見るかぎり、この魅力的な古い街と同等の現実味を持っている。

トルコ、寄る辺なき者の墓地
©Tufan Hamarat

謝辞

この小説の執筆中、特別な人たちがわたしに力を貸してくださった。そのかたがたに深く感謝している。

わたしのすばらしい編集者、ベネシア・バターフィールドに心から感謝したい。だれよりもわたしを理解し、信念と愛と決断力をもって導き励ましてくれる編集者と仕事ができるのは、作家にとってほんとうに喜ばしいことだ。ありがとう、ベネシア。わたしのエージェント、ジョニー・ゲラーにも大いに感謝しなくてはならない。耳を傾け、分析し、認めてくれる彼と会話するたびに、わたしの思考に新たな窓が開けた。

本書の初期原稿を忍耐強く読んで助言をくれたかたがたにも大変感謝している。スティーヴン・バーバー、あなたはほんとうに素敵な友達で、寛容な人！　ジェイソン・グッドウィン、ローワン・ラウス、ローナ・オーウェン、ずっとわたしに付き合ってくれてありがとう。キャロライン・プリティ、とても親切にいろいろ教えてくれて、どうもありがとう。ニック・バーリー、最初の章を読んで、自分を信じて振り返らずに書きつづけろと言ってくれてありがとう。パトリック・ジールマンとピーター・ハーグにも、最初の最初からわたしの力になってくれたことに大感謝。あなたがたの貴重な支援は決して忘れない。

英国ペンギンブックスのジョアンナ・プリオール、イザベル・ウォール、サファイア・リーズ、アナ・リドリー、エリー・スミス、そして文芸エージェンシー、カーティス・ブラウンのデイジー・メイリック、ルーシー・タルボット、シアラ・フィナンにも感謝を表したい。ロサンゼルスから素敵なEメールを何通も送ってくれたサラ・マーキュリオ、ニューヨークから賢明な言葉をかけてくれたアントン・ミューラーにも感謝を捧げる。そしてドアン出版社の編集者と友人たち――本への愛のみに導かれ、流れにさからっても泳ぎつづける、すばらしく勇敢なチーム――にも感謝を。大好きな子供たち、ゼルダとエミール・ザヒール、最愛の夫エユップ、そしてずっとずっと前にわたしのペンネームに名前をもらった、母のシャファクにも感謝している。

この小説を書きはじめてまもなく、祖母が他界した。葬儀には行っていない。作家やジャーナリスト、知識人や学者、友人や同僚がまったく根拠のない嫌疑で逮捕されていたその時期、母国へ戻ることに不安があったからだ。祖母の墓前に立てなくても気にしなくていいと母は言った。それでもやはり気になったし、すまないと思った。祖母はとても近しい存在だった。わたしを育ててくれた人だ。

この小説を書き終えた夜、空には満ちてゆく月が出ていた。わたしはテキーラ・レイラのことを思い、祖母のことを思った。前者は架空のキャラクターで、後者は自分の血肉ともいうべき実在の人ではあるけれど、なんとなくふたりは知り合いで、〝反逆する女〟どうし、親交を結んでいたような気がしている。つまるところ、月明かりのもとで自由の歌をうたいつづける女たちにとっては、心の境界など取るに足りないものなのだ……

訳者あとがき

二〇一七年三月、医療系情報サイトMedical Xpressに驚くべき記事が掲載された。カナダの集中治療室勤務の医師らの報告によると、臨床死に至ったある患者が、生命維持装置を切ったあとも十分三十八秒間、生者の熟睡中に得られるものと同種の脳波を発しつづけたという。医師らは、これが機器の誤作動によるものでないことを確認し、医学誌The Canadian Journal of Neurological Sciencesに論文を発表したが、この発見がわれわれの死後の生にとって何を意味するのかはまだ不明だとしている。『レイラの最後の10分38秒』は、このニュースに興味を引かれた作家エリフ・シャファクが、〝人はそのわずかな時間に何を思うのだろう？　もし人生を振り返るのなら、どんなふうに？〟という想像をもとに描きあげた、ひとりのトルコ人女性の物語である。

幕あけは、一九九〇年のトルコ。主人公のレイラはイスタンブル暮らしの長い娼婦で、冬の日の明け方、死体となって路地裏の大型ゴミ容器に棄てられている。心臓の鼓動が止まり、呼吸も途絶えたというのに、どういうわけか意識はまだある。肉体に死後の変化が起こりつつあるのもわかる。いつまで続くとも知れないその状況のなか、レイラは塩の肌ざわりと味とともに、一九四七年、この世に生まれ落ちた日のことを思い出す。それから一分が経つごとに、記憶と結びついた味やにおい――レモンと砂糖、スイカ、カルダモン・コーヒー、シングルモルト・ウィスキー等々――が、レイラの生涯の忘れがたい出来事を次々と、だが気まぐれな順序で呼び起こしていく。トルコ東部の地方都市ヴァンで、ふたりの妻を持つ厳格な父のもと、従順な娘でいることへの反発を募らせて過ごした少女時代。やむにやまれぬ家出の果てに行き着いた、イスタンブルの娼館での生活。最愛の人ディー・アリとの出会いからはじまる甘美な日々。やがて運命に翻弄されたすえ、娼婦連続殺人の被害者として死ぬことになった顚末を……

回想には、生前にレイラと固い絆を育み、死後も忠実な友でありつづける五人も姿を見せる。アナトリアの農家の息子だったナランは、幾度もの手術に耐えて女性の外見を手に入れたトランスジェンダーだ。レイラの幼馴染みのシナンは、秀才だがひどく内気な男性で、銀行員生活の裏でひそかにレイラたちと過ごすことに癒やしを感じている。小人症というハンディキャップを負うザイナブは、レバノン出身の敬虔なイスラム教徒で、娼館の雑用係としてレイラと出会ったが、占いの心得もある。夫の暴力に耐えかねてトルコ南東部の町から逃げてきたヒュメイラは、婚家の追跡に怯えながら、容姿を変えてナイトクラブの歌手をしている。ジャメーラは、政情不安の故国からトルコへ逃れてくる際、不運にも娼婦となった若いソマリア人だが、レイラとは人種の壁を越えて親しくなった。

そしてもうひとり、忘れてはならない存在が、女性のパーソナリティを持つ〝彼女〟、イスタンブルの街だ。作者はエッセイ「物語がわたしの故郷」（ポプラ社刊『この星の忘れられない本屋の話』所収）のなかで、イスタンブルは自分にとって〝エネルギーに満ちあふれた強烈なキャラクター〟であり、〝カラフルな背景やメランコリックな景色を提供してくれる、ただの舞台装置とはわけがちがいます〟と述べている。二〇世紀後半のこの街は、政治や思想上の激しい変動に揉まれながら、レイラとともに時代を歩んでいく。一九六八年の第六艦隊寄港、一九七三年のボスポラス大橋開通、一九七七年のメーデー集会の虐殺といったイスタンブルの歴史的な出来事は、レイラの人生にも大きな変化をもたらし、物語にうねりを与えている。さらに、なんでもない日常の習慣や食べ物、個性ある地区や通りの描写には、ごちゃ混ぜの魅力を放つ街の表情を見ることができる。

本書は「心」「体」「魂」と題された三部で構成されている。第一部「心」では、故郷の町で家父長制という絶対的な力に抑えつけられ、大都会では直接的な暴力にさらされながらも、世を拗ねず、自分を見失わずに生きてきたレイラの肖像が繊細に描き出される。また、作中に挿入された五人の親友それぞれの物語にも、異質な者への強い偏見、名誉殺人の横行、難民の搾取といった問題が影を落としている。

そうした社会的弱者やマイノリティが葬られがちな実在の埋葬地として、第二部「体」に登場するのが〝寄る辺なき者の墓地〟である。無縁墓地か共同墓地とも呼べなくはないが、現地では、単に弔いをする親類縁者がいないというより、だれにも気遣われない死者の行き着く惨めな場所と認識されていて、巻末の写真からも荒れて寒々とした様子がうかがえる。そこに眠る人々の忘れ去られた身の上にも関心を向ける必要を感じた、と作者は語っている。

第二部のもうひとつの焦点となるのは、一九九〇年ごろのイスタンブルで多発していたというセックスワーカー暴行事件だ。こうした事件の犠牲者となったレイラの遺体をめぐって、親友五人組は捨て身の行動に出る。そこからは、おのおのの死生観やレイラへの想いがしんみりと語られたかと思えば、コミカルな場面もちらほらはさまれ、ほろ苦さと微笑ましさの入り交じった展開となっていく。

そして第三部「魂」には、また異なる色合いの加わった、詩情あふれる幕引きが待っている。全篇を通して死を直視するかたわら、尊い友情や純粋な愛にも光を投じ、力強く生を肯定した物語である。

作者のエリフ・シャファクは、一九七一年、フランスのストラスブールでトルコ人の両親のもとに生まれ、幼少期から青年期をアンカラ、マドリッド、アンマン、イスタンブルで過ごした。現在は夫とふたりの子供とともにロンドンに住んでいる。

国際関係の学士号、ジェンダーと女性学の修士号、政治学の博士号を持つシャファクは、トルコと米国、英国のいくつかの大学で教鞭をとってきた。オックスフォード大学のセント・アンズ・カレッジでは名誉研究員に選任されている。また、世界経済フォーラムの創造経済に関するグローバルアジェンダ評議会メンバー、欧州外交問題評議会の創設メンバーでもある。

講演者としては、TEDカンファレンスの姉妹講演会、TEDグローバルに二度登壇している。二〇一〇年の「フィクション小説の利害」、二〇一七年の「多様な考え方が持つ革命的な力」の二講演は、いずれも大きな称賛を受けた。これらは日本語字幕付きの動画でも視聴できる。

このほか、女性や子供、LGBTQの人権擁護者としても積極的に活動している。

トルコで最も読まれている女性作家と言われるシャファクは、世界の主要な刊行物に寄稿しており、二〇一〇年にフランス文化省より芸術文化勲章を受勲、二〇一九年には英国の王立文学協会員に選ばれている。また、二〇一七年のマン・ブッカー国際賞を含め、数々の文学賞の選考委員を務めてきた。

小説家としての執筆スタイルは独特で、自身の言語背景を綴ったエッセイによると、初期には母語のトルコ語で書いていたが、二〇〇四年ごろから、最初に英語で書くやり方に切り替えている（英語で書きあげた作品はプロに依頼してトルコ語に翻訳、その訳稿を自身の語彙とリズムで書き改めたものをトルコでも刊行する）。それまでは母国トルコの重み、イスタンブルの複雑さをときに息苦しく感じていたが、別の言語で書くことで理想的な距離感が得られ、より身軽に、より大胆に書けるようになったという。作者のこのような創作方法を尊重し、英語版**10 Minutes 38 Seconds in This Strange World**の全訳である本書では、架空の場所や人物の呼称に使われた英語をそのまま生かした箇所があることをおことわりしておきたい。

シャファクは小説十一作をはじめとして、エッセイ、アンソロジー、児童書などの著作をトルコ語で出版している。英語でも出版された著作には以下の十一作（＊以外の九作が小説）があり、最新作の本書が長篇小説としては邦訳初紹介となる。『レイラの最後の10分38秒』は、二〇一九年のブッカー賞最終候補作、二〇二〇年の王立文学協会オンダーチェ賞の最終候補作となったほか、二〇一九年の《エコノミスト》誌の年間ベストブックの一冊、同年の書店チェーン〈ブラックウェルズ〉の年間ベストブックなどに選出された。

The Gaze (2006)　トルコ語での出版は二〇〇〇年
The Flea Palace (2007)　トルコ語での出版は二〇〇二年
The Saint of Incipient Insanities (2004)
The Bastard of Istanbul (2007)
The Forty Rules of Love (2010)
***Black Milk* (2011)　産後鬱の経験を記した回顧録、トルコ語での出版は二〇〇七年
**The Happiness of Blond People* (2011)　ヨーロッパの移民問題についてのエッセイ、英語版のみ
Honour (2012)

The Architect's Apprentice (2014)
Three Daughters of Eve (2016)
10 Minutes 38 Seconds in This Strange World (2019)　本書

小説の作風については、東西の伝統的な文学を融合させた、どこか懐かしい味わいに特色がある。理知的でありながら気取りのない語り口や、巧みな構成、五感に訴えるディテールもいい。扱う題材は、民族間のギャップ、神秘主義、哲学、信仰、アイデンティティ、ジェンダーなど幅広く、作品を通じてさまざまなメッセージを発している。

多様な文化に接した経験を生かし、国際舞台で活躍するシャファクだが、母国トルコでは政治的抑圧の対象となることもあった。***The Bastard of Istanbul*** の刊行時には、作中で一九一五年のアルメニア人虐殺をジェノサイドと表現していることが、国家に対する侮辱罪にあたるとして起訴された。最終的には不起訴となったものの、ブッカー賞ノミネートが話題となった昨年にはまた、過去二十年間に発表したすべての小説に関して、性的暴力を猥褻《わいせつ》に描写したなどの疑いでトルコ当局の調査を受けている。それでもシャファクは、臆せず発言し表現することをやめていない。

本書をお読みくださったみなさんは、各章内の場面転換を示す闘魚《ベタ》のマークにお気づきだっただろうか。主人公の人生のはじまりと終わりに現れ、優雅に泳ぐその魚は、美しさの内に強さを秘めたレイラの分身のようでもあり、彼女が手放さなかった精神の自由を体現しているようでもある。

二〇二〇年七月

本書の原文には、ハンセン病に関する記述があり、日本版では時代背景、作者の意図を尊重し、原文のまま訳出してある。現在では、この病気は、実際には感染し発病することは稀で、医学の進歩の結果、治癒可能であることが広く知られている。

（編集部）

訳者略歴　1969年生まれ。英米文学翻訳家。関西学院大学文学部卒。訳書『穴の町』ショーン・プレスコット，『荒野にて』ウィリー・ヴローティン，『夜が来ると』フィオナ・マクファーレン（以上早川書房刊），『ソングライン』ブルース・チャトウィン他多数

レイラの最後《さいご》の10分《ぷん》38秒《びょう》

2020年9月10日　初版印刷
2020年9月15日　初版発行

著者　エリフ・シャファク

訳者　北田絵里子《きただえりこ》

発行者　早川　浩

発行所　株式会社早川書房
東京都千代田区神田多町2－2
電話　03－3252－3111
振替　00160－3－47799
https://www.hayakawa-online.co.jp

印刷所　株式会社亨有堂印刷所
製本所　大口製本印刷株式会社

Printed and bound in Japan

ISBN978-4-15-209962-4 C0097